我的长兄是个瘸子,以裁缝为业。有一天他在店里做活,无意中一抬头,看到楼上一位美如圆月的女子。

《第三十夜》(利昂·卡雷 绘)

我五哥带着那些钱财向另一个地方逃去,不期路上遇到劫匪,钱财全被抢去,还被劫匪割掉了两个耳朵。

《第三十二夜》(利昂·卡雷 绘)

阿里·努尔丁上去搂住艾尼斯·吉丽斯的腰,二人紧紧拥抱在了一起……
　　　　《第三十二夜》(利昂·卡雷　绘)

阿里·努尔丁和女奴艾尼斯·吉丽斯行至一个天棚下,但见那里果实垂挂,鸟儿站在枝头歌唱。

《第三十四夜》(利昂·卡雷 绘)

哈里发爬上大树,移到靠近窗子的树枝上朝里看,只见那里坐着一个小伙子和一个姑娘,老园丁易卜拉欣坐在旁边。

《第三十五夜》(利昂·卡雷 绘)

加尼姆掀开箱盖一看,原来躺在里面的是一位被麻醉了的女子。那女子容颜俊俏,穿金戴银,颇有公主的气派。

《第三十九夜》(利昂·卡雷 绘)

林中树木繁茂,马蹄击打地面,舒尔康从梦中惊醒。他睁开眼睛一看,发现自己置身林间。
《第四十六夜》(利昂·卡雷 绘)

前面一缕烟尘腾空而起,烟尘渐消,出现了约百名骑兵,人人披坚持锐,好不威武。

《第五十夜》(利昂·卡雷 绘)

国王每天晚上都要去看望公主,和她谈话,言谈之间吐露爱慕之情。但是,公主并不接受国王的表白。

《第五十一夜》(利昂·卡雷 绘)

布拉克本全译本

THE
ARABIAN
一千零一夜
NIGHTS

ألف ليلة وليلة

[阿拉伯]佚名 著
李唯中 译
[法]利昂·卡雷 [英]达尔齐尔兄弟 等绘

北京燕山出版社

CONTENTS
目录

849 第一百四十一夜	978 第一百五十八夜
854 第一百四十二夜	981 第一百五十九夜
871 第一百四十三夜	985 第一百六十夜
882 第一百四十四夜	987 第一百六十一夜
895 第一百四十五夜	992 第一百六十二夜
899 第一百四十六夜	996 第一百六十三夜
908 第一百四十七夜	1000 第一百六十四夜
911 第一百四十八夜	1005 第一百六十五夜
921 第一百四十九夜	1008 第一百六十六夜
934 第一百五十夜	1012 第一百六十七夜
941 第一百五十一夜	1016 第一百六十八夜
944 第一百五十二夜	1021 第一百六十九夜
954 第一百五十三夜	1025 第一百七十夜
962 第一百五十四夜	1028 第一百七十一夜
968 第一百五十五夜	1030 第一百七十二夜
971 第一百五十六夜	1033 第一百七十三夜
975 第一百五十七夜	1035 第一百七十四夜

1039	第一百七十五夜	1183	第二百零四夜
1044	第一百七十六夜	1187	第二百零五夜
1048	第一百七十七夜	1192	第二百零六夜
1051	第一百七十八夜	1198	第二百零七夜
1055	第一百七十九夜	1201	第二百零八夜
1060	第一百八十夜	1206	第二百零九夜
1063	第一百八十一夜	1212	第二百一十夜
1068	第一百八十二夜	1215	第二百一十一夜
1075	第一百八十三夜	1219	第二百一十二夜
1078	第一百八十四夜	1225	第二百一十三夜
1082	第一百八十五夜	1232	第二百一十四夜
1084	第一百八十六夜	1239	第二百一十五夜
1088	第一百八十七夜	1244	第二百一十六夜
1091	第一百八十八夜	1249	第二百一十七夜
1096	第一百八十九夜	1253	第二百一十八夜
1103	第一百九十夜		
1108	第一百九十一夜		
1112	第一百九十二夜		
1117	第一百九十三夜		
1122	第一百九十四夜		
1133	第一百九十五夜		
1137	第一百九十六夜		
1141	第一百九十七夜		
1146	第一百九十八夜		
1151	第一百九十九夜		
1158	第二百夜		
1162	第二百零一夜		
1170	第二百零二夜		
1176	第二百零三夜		

第一百四十一夜

夜幕降临,莎赫札德接着讲故事:

幸福的国王陛下,这位受了伤的"窃马大盗"伽萨尼稍稍停顿之后,接着对卡麦康讲:

老太婆札特·达瓦希一行终于进入伊拉克境内,我一直跟在他们后面,神经紧张起来,担心一旦进入巴格达,就难以下手盗马。

正当我决心动手盗马的时候,忽见前方荡起一片烟尘,铺天盖地。过了一会儿,烟尘散去,闪出五名骑士,挡住了他们的去路,为首者名叫凯赫达什。"凯赫达什"这个名字有其含义,意思是说他在战场上像雄狮,英雄们在他面前就像床单,他一脚就可以踏平。

凯赫达什一帮人朝老太婆及其随行的仆人走去,把他们包围之后,七手八脚将老太婆和那十个奴仆全都绑了起来。随后,凯赫达什夺过马缰,牵着那匹"风骓",得意扬扬地准备离去。

眼见"风骓"要被他们牵走,我心想:"我白白辛苦了,完啦!"我忍耐了一会儿,想看看事情究竟会怎样发展。那老太婆札特·达瓦希眼见自己被绳索捆绑,沦为俘虏,哭了起来,喊住凯赫达什,苦苦哀求道:"伟大的壮士,无比的英雄啊,你们已经得到了马,如愿以偿了,还要怎样处置我这个老太太和我的奴仆呢?"

老太婆一番花言巧语,娓娓动听,还立誓说要送给那伙强盗一匹好马和其他牲口。这些话真的奏效了，骗过了凯赫达什，他当即把札特·达瓦希放了。

之后，凯赫达什一伙牵着马走了。我一直跟着他们来到这个地方，盯着那匹"风雏"，终于得手了，盗得了这匹宝马。我纵身上鞍，抽了一鞭，这马飞也似的跑了。他们发现马丢了，随即策马追赶，将我包围起来，向我射箭投镖。我伏在马背上，一动不动，多亏这匹千里马扬起四蹄，代我厮杀，像流星，似闪电，带着我冲出了包围圈。因战斗激烈，我负了伤，再加上三天不曾进食，所以感到精疲力竭，眼前一片昏黑。

讲到这里，伽萨尼喘息片刻，望着卡麦康说："好兄弟，有幸遇到了你这个好心人，多蒙你同情、照顾。好兄弟，我看你虽衣不遮体，但满面富贵相。你叫什么名字？"

卡麦康回答说："我叫卡麦康，是杜姆康国王之子，欧麦尔·努阿曼国王是我的祖父。我的父亲去世了，我成了一个孤儿。父王生前已立我为王，只因我年幼，由一个无道之辈代为摄政；出乎常理的是摄政王取而代之，当上了国王，我却被赶出了宫门。"

卡麦康一口气将自己的身世和经历全都向伽萨尼讲了一遍。

伽萨尼说："你出身帝王之家，是真正的王子王孙，日后必大有作为，将成为当今天下第一英雄。你若能把我扶上马，你坐在我身后，我可以把你送回家，让你饱享今世荣华，更得来世富贵。可是，我是一点儿力气也没有了。假若我死在路上，这匹宝马就送给你了，因为你比任何人都应该得到这匹良驹。"

卡麦康说："凭安拉起誓，假若我能把你背回家，我会毫不迟疑的。假如我的生命掌握在我的手中，我会自愿将我的财产分给你一半，而不会提出要这匹宝马的要求。因为我是个愿做好事、救人于危难的人。谁为别人做一件好事，安拉就会为他堵住七十道灾祸之门。"

卡麦康下定决心，把伽萨尼扶上马背，凭借着伟大安拉的默助，终于把他送回家去了。

伽萨尼说："请你稍等片刻。"

伽萨尼合上双眼，伸开两掌，仰面念道："万物非主，唯有安拉；穆罕默德是安拉的使者。"

伽萨尼已为死做好了准备，随后凄然地吟诵道：

> 曾待奴仆薄，浪迹遍地留。
> 逝者如斯夫，一生泡于酒。
> 平日喜盗马，不惜搏激流。
> 毁房劫厩畜，非法不顾头。
> 我罪情势重，罪大令人愁。
> "沃兔"千里马，完好在我手。
> 愿望已实现，宝马伴我走。
> 盗马平生好，河边葬我首。
> 期济贫孤汉，毕生壮志酬。

伽萨尼吟罢诗，双眼一合，口一张，大叫一声，告别了人间。

卡麦康就地挖了一个坑。安葬伽萨尼之后，他揩了揩马面，仔细观察那匹"凤骓"宝马，顿时喜出望外，心想："真是一匹千里马！就是萨桑国王的御马厩里，也不会有这样的良驹。"

流浪途中，卡麦康从商人们的口中听到了萨桑国王与佟丹宰相之间发生矛盾的消息。

卡麦康出走之后，佟丹宰相及半数以上的军队不听萨桑国王的指挥，而且他们说，只有卡麦康才是他们的国王。基于这一信念，佟丹宰相带上一大批人马到印度群岛、柏柏尔人居住的地区和苏丹国去了。他们在那里招募了大批军队，就像波涛汹涌的大海，看不见头和尾。他们发誓要打回伊拉克，谁反对他们，就把谁杀掉；不迎卡麦康登上王位，他们绝不刀枪入库。

卡麦康听到这个消息，顿时陷入了沉思之中。

萨桑国王得知佟丹宰相率众多人马出走，不禁骇然大惊，立即沉浸在忧思的海洋里。此时此刻，萨桑国王想到了卡麦康，希望他回到自己的身边，好用好言好语和小恩小惠拢住他的心，让他担任自己手下的军事统帅，以便扑灭刚刚燃烧起来的造反火焰。

卡麦康从商人口里得知这一消息，立即策马回返巴格达。

萨桑国王正在宫中坐立不安，不知如何是好，忽然听到卡麦康回来的消息，马上率领巴格达的高级官员，前去迎接。巴格达城里人也都走出家门，去迎接他。

卡麦康在众人的簇拥下来到王宫。宫仆们立即把卡麦康回来的消息告诉了他的母亲。

寡母听说儿子回来了，不禁欣喜若狂，忙去看儿子。母亲看见儿子，一把将儿子搂在怀里，频频亲吻儿子的前额。

卡麦康对母亲说："妈妈，让我去见萨桑国王吧，他对我有厚恩深情啊！"

见卡麦康骑着宝马而来，大臣们一时不知道该如何形容那匹宝马，更不晓得如何描述马背上的那位英雄骑士。他们对萨桑国王说："国王陛下，我们从未见过这样的骑士大英雄。"

萨桑国王听罢，忙走了过去，向卡麦康问好。卡麦康见到萨桑国王走来，立即站起身，走上前去，亲吻国王的双手和双脚，然后把那匹宝马当作礼物送给了萨桑国王，并且说："这是一匹宝马，名唤'风骓'，送给国王，请国王笑纳吧！"

萨桑国王表示欢迎，说道："欢迎你，我的孩子卡麦康。凭安拉起誓，因为你几天不在，我真觉得天低地窄，愁思满怀。赞美安拉，你平平安安地回到了家中。"

萨桑国王转脸去看那匹名叫"沃兔"的宝马，一眼便认出了那匹宝马，因为当年他与杜姆康国王一起包围君士坦丁堡时就见过那匹马。当年，卡麦康的伯父舒尔康总督，就是在那里遭难的。

萨桑国王对卡麦康说："假若你的已故父王见到这匹宝马，他定会用一千匹马来换它。不过，现在这匹马已荣归其主了。我已经收下这份贵重礼物，现在我把这匹马赐赠给你，因为只有你最配得到这样的宝贝，唯有你才是骑士英雄。"

萨桑国王令下人给卡麦康取来华贵锦袍，赐赠予他；又把宫中最大的宫殿让卡麦康居住，还给了卡麦康大量钱财，对他格外敬重，这让卡麦康感到欢欣快乐。

萨桑国王之所以这样行事，原因在于怕出现宰相佟丹率兵讨伐国王的后果。

卡麦康非常高兴，耻辱感为之烟消云散。

卡麦康进了家门，来见母亲。他问："母亲，我堂姐她好吗？"

母亲说："凭安拉起誓，孩子，你出门之后，我一直心绪烦乱，无暇顾及你的那位心上人。"

"母亲，你快去她那里一趟。我很想见她一面。"

"这种想法对于一个男子汉来说，多丢面子呀！妈妈不能去，免得给你招来灾祸。我不去她那里，也不向她转达这种话。"

卡麦康听母亲这样一说，立即把盗马贼伽萨尼告诉他的那个消息对母亲说了一遍。卡麦康说老太婆札特·达瓦希已经进入伊拉克，正向巴格达走来。

卡麦康态度严肃地对母亲说："那个名叫札特·达瓦希的老太

婆是我们最危险的敌人,正是她毒死了我的爷爷,害死了我的伯父。我一定要报这个仇,雪这个恨!"

说罢,卡麦康离开母亲,去找一个名叫赛阿丹娜的老太太去了。

赛阿丹娜是位经验多、见识广、多谋善断且热心肠的老太太。卡麦康见到她,把自己的近况及对润仙姑娘迷恋的心情向老太太讲了一遍,求老太太去见润仙姑娘一面。老太太说:"我这就去!"

赛阿丹娜离开卡麦康,向润仙姑娘的闺房走去。老太太和润仙姑娘谈了一会儿,把卡麦康的情况告诉了她,姑娘答应夜半时分来见卡麦康。

讲到这里,眼见东方透出黎明的曙光,莎赫札德戛然止声。

第一百四十二夜

夜幕降临,莎赫札德接着讲故事:

幸福的国王陛下,卡麦康回到巴格达后,想马上与润仙姑娘见面。母亲不愿意找润仙姑娘,卡麦康就求赛阿丹娜帮忙。赛阿丹娜离开卡麦康,向润仙姑娘的闺房走去。

老太太和润仙姑娘谈了一会儿,然后去见卡麦康,告诉他,姑娘问他好,并且答应夜半时分来见他。

卡麦康听后,不禁心花怒放。他以极大的耐心盼望着夜幕降临。卡麦康只嫌时间过得太慢,好容易才熬到了夜半,因精神实在支持不住，竟然不知不觉进入了梦乡。

夜半时分，润仙姑娘披着黑绸袍，来到卡麦康的房间，发现卡麦康在呼呼睡大觉。润仙姑娘将他推醒，问道："你口口声声说如何爱我，怎么到见面的时候，你却睡着了，好像心里一点儿事都没有呢？"

卡麦康惊醒过来，急忙说："亲爱的，我心中的希望，凭安拉起誓，我之所以睡觉，是想在梦中与你相会呀！"

润仙姑娘听完，以温柔的话语责备卡麦康，她吟道：

> 倘非爱情真，焉能入梦里？
> 凭主我起誓，开口呼堂弟；
> 世间求爱者，明眸失迷离。

卡麦康听了润仙姑娘的责备诗，感到羞愧。随后，这对少男少女相互拥抱，相互诉说离别之苦和无限眷恋与思念。仿佛这对恋人有说不完的绵绵话语，不知不觉东方已绽出了黎明的曙光。卡麦康眼见分别的时刻来临，泪水滚滚淌落，不住地长吁短叹，吟道：

> 躲避终告结，恋人远方来；朱唇含白玉，珍珠穿成排。
> 甜甜百千吻，拥抱尽开怀。不觉一夜过，面颊未分开。
> 抬头望东方，已绽鱼肚白；如同宇宙锋，赫然出鞘外。

卡麦康吟完诗，二人依依惜别，润仙姑娘慌忙回闺房去了。

卡麦康与润仙姑娘幽会的秘密不期被宫女们发现了。有个宫女立即报告了萨桑国王。萨桑国王得知此事，勃然大怒，手握宝剑，怒气冲冲地来到润仙姑娘的闺房，想送姑娘一死。就在这时，姑娘的母亲努兹蔓赶到,急忙劝阻说:"你千万别伤害她!假若你伤害了她,事情传出去,势必为君王带来奇耻大辱。再说,卡麦康是帝王之后,品行端正,没做什么出轨之事,无可指责。你要忍耐,万万不可鲁莽行事。如今,宫中人和所有的巴格达人,传言说佟丹宰相在各地招募了许多人马,随时可能进入巴格达,拥立卡麦康为国王。"

萨桑国王听夫人这样一说,大怒道:"我一定要把卡麦康投入灾难之中!让他上无苍天盖顶,下无土地立足。近来,我总做些让他高兴的事情,各方面都对他进行了照顾,目的在于不让臣民的心向着他。努兹蔓,你就等着看他的下场吧!"

说完,萨桑国王愤然离去,处理朝政事务去了。

第二天,卡麦康来到母亲面前,对母亲说:"母亲,我已下定决心,外出漫游,拦路抢劫,弄一些马匹、钱财、奴仆来。等我的钱财积攒多了,情况好转了,置办了彩礼,我就向萨桑国王的公主润仙求婚。"

母亲说:"人家的财富不是没有人看管的,都是由舞刀弄矛、能擒拿狮豹的壮汉们守卫着的,你怎么能弄到手?"

"我决心已下,不达目的,绝不罢休!"

卡麦康去找赛阿丹娜,让她告诉润仙姑娘,说他决计外出筹措聘礼,回来向她求婚结亲。

卡麦康见到了赛阿丹娜,对她说:"你一定要把她的回话带给我。"

老太太走去告诉润仙,去了没有多长时间就回来了。老太太告诉卡麦康:"润仙公主午夜时来见你。"

卡麦康心急如焚,忐忑不安,如坐针毡,觉得夜晚的时间过得特别慢,好不容易才熬到了午夜。润仙姑娘如约按时而至,对卡麦康说:"你熬夜辛苦,我愿以自己的生命为你赎身。"

卡麦康慌忙站了起来，对润仙说："好姐姐，你是我心灵的期望，我愿以我的灵魂换取你的欢乐。"

卡麦康把自己出外漫游的决心告诉了润仙。姑娘听后，两行珠泪扑扑簌簌落下，激情难抑。卡麦康急忙劝慰道："我的好姐姐，亲爱的，你不要哭了！我向注定我们暂时分手的天命祈祷，期望让我俩再次欢聚。"

卡麦康的行期到了，他告别了母亲，佩上宝剑，蒙好面罩，骑上"风骓"宝马，出了宫门，行至大街上。此时此刻，英俊、潇洒、利落的卡麦康，简直就像一轮圆月，皎洁放光。行至巴格达城门下，他忽然看见前些日子漫游时遇到的那位朋友萨巴赫正往城外走。

萨巴赫认出了卡麦康，立即走上前去，向卡麦康问好，卡麦康回了礼。萨巴赫问道："兄弟，你瞧我，还是带着那口破剑，而你却骑着一匹宝马，想必腰包里的钱也是满满的。这究竟是怎么一回事呀？"

卡麦康回答说："猎人究竟能打到多少猎物，那要看他有多高的愿望。你我分别后未过一个时辰，我便有此福临。你乐意随我一道，再去那片旷野，以便实现自己的愿望吗？"

萨巴赫说："凭天房的主人起誓，从今以后，我只能称呼你为'我的主人'了。"

说罢，萨巴赫背起宝剑和马褡，为卡麦康牵着马，出了巴格达城门。

卡麦康和萨巴赫在旷野上跋涉了四天，靠猎羚羊吃肉充饥，喝泉水解渴。第五天，二人登上山丘，见丘下芳草遍地，骆驼、牛羊和马匹成群，牛犊、驼羔、马驹在牲畜圈周围欢蹦乱跳。

见此情景，卡麦康不禁欣喜若狂，下决心厮杀一场，抢走母驼和公驼。他对萨巴赫说:"好一大笔财富啊!看管人那么少,我们不妨去抢上一把吧!"

萨巴赫忙劝说道:"主公,看管人并不少,而且都是好骑士,其中不乏英雄豪杰、骑士好汉。我们如果轻举妄动,说不定就会把命葬送在这里。"

卡麦康认为萨巴赫是胆小鬼,于是自己冲下山丘,决计发动一场突袭。他边下山丘,边吟道:

努阿曼后裔,志高雄心在。
大略展宏图,壮志满胸怀。
一旦烽火起,疆场见高矮。
贫者有求之,苦相顿消埋。
我求造物主,援助手伸来。

卡麦康冲到牧场,把骆驼、牛羊和马匹赶到一起,正准备赶走之时,忽见一群奴隶杀了出来,他们手握亮晃晃的宝剑和长矛,为首的是一个土耳其骑士,看上去像是个身经百战的英雄,武艺超群,他一手挥剑,一手握矛,直朝卡麦康冲来。那骑士大声喊道:"好一个大胆的窃贼!假若你知道这牲畜的主人是谁,你定不敢轻举妄动。你有所不知,这些财产是罗马人和吉尔吉斯人的。他们当中,人人是英雄,个个是豪杰,谁人敢于侵犯他们?他们连国王的号令都不放在眼里。他们只因一匹马被盗,便派众奴仆外出追寻;不追回被盗马匹,誓不罢休。"

卡麦康厉声喝道:"好个奴才,还不俯首听命!你们追寻的那匹马,就在我的胯下。你们想干什么?难道想交战厮杀?若想厮杀,那就出战吧!"

卡麦康对着"风雏"的耳朵喊了一声，但见那宝马扬蹄飞奔，直朝土耳其骑士冲去，势如破竹，锐不可当。卡麦康手起剑落，但见那骑士一命呜呼。紧接着，卡麦康结果了第一个、第二个、第三个、第四个人的性命。众奴仆见此情景，不寒而栗，仿佛被钉子钉在原地一样，一动不动，呆若木鸡。

卡麦康大声对他们说："你们这些小杂种，赶快把牲口赶在一起！如若不然，我手中的矛和剑就要喝你们的血！"

那些奴仆个个俯首听命，乖乖地把牲口赶在了一起。

守在山丘上的萨巴赫见此情景，高兴极了，快步向山丘下走去。

就在这时，只见远方荡起一缕烟尘，顷刻铺天盖地。片刻过后，烟尘散去，出现一队人马，闪出百名骑士，个个如狼，人人似虎。

萨巴赫一看见那百名骑士，慌忙向山丘上逃去，躲在一个地方，坐山观虎斗。他自言自语地说："我不是骑士，只能坐在一旁看看热闹。"

但见那百名骑士从四面八方将卡麦康包围起来。一名骑士走上前去，问道："你想把这些牲口带到哪里去？"

卡麦康回答道："想与我交战厮杀吗？你们瞧一瞧，站在你面前的不是别人，而是一头雄狮，天下无敌；是一位英雄，举世无双；是一口利剑，所向披靡。"

那名骑士一听，方开始仔细打量卡麦康。骑士发现，站在自己对面的这个小伙子果然像一头威武的雄狮；然而再看其面孔，却似一轮皎洁的圆月。

那名骑士名叫凯赫达什。

凯赫达什见卡麦康容貌俊秀，英姿勃勃，便想起了自己的意中人,觉得小伙子的容貌堪与自己的心上人媲美。

凯赫达什的情人名叫珐蒂妮,是最漂亮的女人之一。她天生丽质,性情娴静,真是人美心美,人见人爱,追求者不计其数。国内的骑士和英雄们面对珐蒂妮的威严,无不望而却步。珐蒂妮本人是一位巾帼英雄。她曾立下誓言,只同能够战胜她的男子结为伴侣。

凯赫达什正是珐蒂妮的无数追求者中的一位。

珐蒂妮对她的父亲说:"只有在战场上,通过刀枪剑戟激战,能够打败我的人,才配与我接近。"

这句话传到了凯赫达什的耳里,他害怕了,不敢与姑娘比武,唯恐自己败于一个女子手下,给自己带来耻辱。凯赫达什的一个仆从怂恿主人说:"你是个阳刚气十足的男子汉,且是相貌堂堂的美男子。你与一个女子交战,就是她比你的武艺再高,你也能战胜她!因为那女子一看见你的美貌,便会败在你的手下,你准能得到她。要知道,女子们对男子们也是有求的。这种情况,你自然一清二楚,了如指掌。"

仆从的这番话并未说动凯赫达什。凯赫达什还是拒绝与珐蒂妮比武,一直到在牧场见到卡麦康的时候。

凯赫达什听见卡麦康的那几句话,又看到他的美貌,误认为站在自己面前的这位骑士英雄就是他梦寐以求的貌美而勇敢的女子珐蒂妮。凯赫达什走到卡麦康面前,大声怒斥道:"珐蒂妮,你这个该死的!你有意让我见识一下你的勇猛,那就离鞍下马吧!我拦路抢劫各方英雄好汉,一一战胜他们,终于积下了这么一大笔财产。所有这些,都是为了取悦你的心。你就和我结为百年之好吧!到那时,将有公主伺候你,你就成了这个国家的王后。"

卡麦康听了这番话,不禁怒火胸中燃,厉声呵斥道:"你这个该死的东西!丢开珐蒂妮及你对她的空想,上前跟我对打厮杀吧!

过不了多大一会儿，这里就是你的葬身之地！"

卡麦康策马要求立即对战。凯赫达什仔细打量对方，发现卡麦康的腮下有青胡楂儿，如同玫瑰花丛中的桃金娘，这才意识到自己认错了人，对方根本不是女子，而是一位须眉英雄。凯赫达什对仆从们说："喂，你们出一个人，手握宝剑和长矛，冲上去，与他厮杀！你们要知道，一伙人对付一个人，那是一种耻辱，哪怕矛头上只有火把。"

话音未落，凯赫达什手下的一名骑士骑着一匹高头黑马向卡麦康冲了过去，但见那匹黑马前额上有一块钱币大的圆形白斑，光亮耀人眼目，正像诗人所描述的那样：

良驹已到来，腾跃入酣战；纵横驰骋急，扬蹄天地间。
仿佛日东升，晨光映额前。似欲寻仇报，周身一片暗。

那名骑士与卡麦康开始交手，矛对矛，剑对剑，噼啪作响，寒光闪闪，令人头昏目眩。战不多时，卡麦康冲过去奋力一击，将那名骑士的缠头巾斩断，紧接着一矛狠刺，只见那名骑士翻身落马，登时一命呜呼。

紧接着，凯赫达什派出第二名、第三名、第四名、第五名骑士冲上前来，与卡麦康对战，每每战不到两个回合，便一个个丧命于卡麦康的剑下。其余的骑士，未曾上阵，便已心中惴惴不安，刚一凑前，便被斩于马下。不到一个时辰，凯赫达什的部将已所剩无几。

凯赫达什眼见手下人一个个丧命，知道对方确实是位大英雄，身手不凡，冷静沉着，意志坚强，不禁胆量顿消，不敢拍马出战，只有怯生生地对卡麦康说："壮士，既然我已把我同伴的血献给了你,那么,这些财产就请你随便拿吧!你年轻貌美,比我更值得活下去。我同情你,想要什么,就拿什么好啦!"

卡麦康说:"你根本不会有什么仁义道德,还是不要说这种好听的话了。你还是赶快逃命吧,不要怕受责怨。你不要再幻想收回这些东西,还是让你自己走正道吧!"

凯赫达什一听卡麦康这样说,不禁心中怒火万丈,觉得对方真是该死。他对卡麦康说:"你这该死的顽童!假若你知道我是何许人,你就不会说这种话!你到人群里打听一下,就会晓得本人是一头远近闻名的雄狮,大号凯赫达什。本人曾打家劫舍,专取财主;拦路抢劫,不分行者、商贾。你座下的这匹良驹宝马,正是我寻劫的目标。我想让你告诉我,你是怎样得到这匹马的?"

卡麦康说:"你有所不知,这匹马是从一位老太婆手中转到我姑父萨桑国王陛下御前的。那个老太婆与我家素有冤仇,我的祖父欧麦尔·努阿曼国王和我的伯父舒尔康总督,都是死在那个老太婆的毒手之下。"

凯赫达什急不可耐地问:"你的父亲究竟是何许人?"

"家父乃是杜姆康国王,祖父则是欧麦尔·努阿曼国王。"

凯赫达什恍然大悟,如梦初醒:"哦,原来如此!怪不得你集美貌和英雄气概于一身呢!"

凯赫达什稍停片刻,又对卡麦康说:"小伙子,你只管放心走就是了!你父王生前从善如流,福泽遍播于天下,不愧是一位开明君主!"

卡麦康说:"凭安拉起誓,你这个卑鄙下流之徒,我根本不把你放在眼里。你怎配赞美我的父王!"

凯赫达什一听,怒不可遏。紧接着,双方同时行动,向对方发动进攻。只见战马竖耳、摇尾、扬蹄,剑飞矛舞,你来我回,攻守交替,厮杀剧烈,致使双方都以为天塌地陷。两个武士简直变成了两只羝羊,轮番相互刺杀。凯赫达什想一矛结束卡麦康的性命,不期卡麦康灵巧一闪,继而挥矛朝凯赫达什刺去,只见矛头刺入他的前胸,又从后胸露出,凯赫达什当即落马,一命终结。

卡麦康眼见对手一个个倒下,没有人再敢向他发动进攻,这才松了一口气,继续把牲口向一块赶,准备带走。卡麦康对着众奴仆吆喝道:"赶快把牲口赶到一起,准备给我送走!"

这时,萨巴赫从山丘上走下来,来到卡麦康的面前,说:"喂,盖世大英雄,我一直在为你祈祷,安拉答应了我的全部祈求,全力默助你,所以你才勇敢无比,势不可当,终于大获全胜。祝贺你!"

说完,萨巴赫走去割下凯赫达什的首级,提在手里,扬扬自得。卡麦康见此情景,不禁哈哈大笑,说道:"喂,萨巴赫,你这个该死的家伙!我本来以为你是个英雄,曾身经百战呢!"

"主公,我的主人,不要忘记了你的仆人!这些战利品,不用说有我一份;我全指望着这些战利品,来成全我与堂妹奈吉梅的姻缘呀!"

"当然有你一份!不过,现在你的任务是看管这些战利品和奴隶。"

"恭敬不如从命!主人只管放心,仆人一定干好这件事!"

卡麦康稍事整理,决定立即回返。

卡麦康带着大批战利品,日夜兼程,平安回到京城巴格达。将士们见卡麦康回来了,不但带着大批财宝,又见矛头上插着凯赫达什的首级,无不称羡。商人们认出那是凯赫达什的脑袋,无不欢呼雀跃。他们说:"安拉眼明,除了这个大害虫,结果了这个土匪路霸的性命!"

他们连声为商队祈祷祝福。巴格达的百姓们出来迎接卡麦康。

卡麦康把杀死凯赫达什的经过向他们详细诉说，所有骑士、英雄都对卡麦康敬重万分。

在众人的簇拥下，卡麦康行至王宫大门前，将插着凯赫达什首级的长矛靠在宫门上。之后，卡麦康把马匹、骆驼分给百姓，巴格达人因此对卡麦康敬重、热爱之至，人心都向着卡麦康这位大英雄。

卡麦康给萨巴赫安排了一座宽大住宅，然后去见母亲，将发生的事情一一告诉她老人家。

卡麦康凯旋荣归的消息传入王宫，萨桑国王听后，不禁骇然……

萨桑国王立即召集亲信们，进行商议。国王对他们说："现在，我要把我的秘密和心事向诸位透露。你们有所不知，这个卡麦康很可能将我们赶出这个国家。你们要知道，凯赫达什武艺高超，且有库尔德和土耳其部族的支持，但最终还是死在了他的矛下，如今首级放在宫门外，何况我们呢！我们的命运也会像凯赫达什一样趋于死亡。令我感到最担心的，还是卡麦康的那些亲信。正如你们所知，佟丹宰相忘恩负义，完全背弃了我。据悉他在外面招募了大批军队，立誓回来拥戴卡麦康为王，说王权是他的父亲和祖父的。毫无疑问，他会把我杀掉的。"

亲信们听了萨桑国王的这番话，无不感到惶恐。他们异口同声地说："国王陛下，问题没有这样严重，也不值得如此高看一个毛孩子。假若我们知道卡麦康是你一手拉扯大的，如今他竟如此忘恩负义，我们当中谁也不会拥护他。国王陛下，我们都听候你的命令。假若你下令让我们把他杀掉，我们会立即行动；如果你想把他赶走，我们会马上赶走他。"

萨桑国王听亲信们这样一说，当即回答道："杀掉他是上策。"

不过，你们要立个誓约。"

亲信们当即立誓一定要杀死卡麦康。他们认为，只要杀了卡麦康，就是佟丹宰相回来，得知卡麦康已死的消息，也会心灰意冷，转而拥护萨桑国王的。

亲信们立下誓约，萨桑国王为他们一一加官晋级。之后，他返回寝宫。然而首领和军队不愿意出动。他们想等一等看看情况如何。因为他们发现军队的大多数将士已跟宰相佟丹站在一边。

消息传到润仙姑娘的耳里，姑娘顿感愁绪大增，急忙派人叫来赛阿丹娜。因为这位老太太是润仙和卡麦康之间的传信人。

赛阿丹娜听命来到姑娘面前，润仙吩咐她马上向卡麦康报信儿。

赛阿丹娜急匆匆来见卡麦康，卡麦康见老太太来了十分高兴。老太太把润仙托付她转达的消息一一说了个明明白白。卡麦康听完，对老太太说："请向堂姐转达我对她的亲切问候，并请对她说：土地本属于伟大的安拉所有；安拉将把土地传给为其崇拜者谋福利的人。诗人说得多么好啊，听我吟诵一首诗做证：

　　王权属安拉,篡夺主必究;罪恶无旁贷,临了强回收。
　　不论你我他,寸土不宜留;若得一寸地,天下人共有。

赛阿丹娜回到润仙姑娘那里，将卡麦康的话一一转达，并且告诉她，卡麦康就在巴格达城。

萨桑国王一直等待着卡麦康出城，以便派人尾随，将他杀死。

一次，卡麦康外出狩猎，萨巴赫随行。自打入城以来，萨巴赫与卡麦康形影不分，日夜相伴。

卡麦康巧布猎网，一网抓住十只羚羊，其中有一只母羚羊，眼眸是黑色的,双目炯炯有神,颇为惹人喜爱。但见那只母羚羊左顾右盼,若有所思,似通人性,于是卡麦康将它放生。见此情景,萨巴赫大感不解,忙问:"喂,我的主人,你为什么要把这只羚羊放了呢?"

卡麦康听后一笑,随后把剩下的九只羚羊也都放了,并且说:"出于仁义,应该把正给小羚羊哺乳的母羚羊放掉。那只母羚羊东张西望,说明它有正等着哺乳的小羚羊,因此将它放生。看在母羚羊的面儿上,我把其余的羚羊也都放了。"

萨巴赫说:"那么,也放我走,让我回去与亲人团聚吧!"

卡麦康一笑,用矛柄朝萨巴赫胸上一推,将他推倒在地,只见萨巴赫身体蜷曲,活像一条蛇。

正在此时,远方一缕烟尘升腾而起,遥看群马奔驰,烟尘下出现一彪人马,向着二人所在的地方飞奔而来。

原来这一伙人见卡麦康出城打猎,立即将此事禀报了萨桑国王。萨桑国王闻讯,立即派迪拉姆军中的一位名叫加米阿的将军率领二十名骑士,赏给他们若干银钱,要他们追杀卡麦康。

加米阿一行靠近卡麦康,便向他发动进攻。卡麦康挥矛上阵,仅几个回合,便将那二十余人杀了个一人未剩。当萨桑国王骑马赶到时,已见将军和骑士们都倒在了血泊之中,不禁惊异,立即拨转马头,踏上归程。

萨桑国王没走多远,那些骑士的家人却赶来了,把萨桑国王用绳索捆绑起来,要跟国王论论长短。

卡麦康一气斩杀了那些骑士之后,和贝都因人萨巴赫一道离开了那里。

二人走在路上时,遇到一位青年站在自家门前。卡麦康上前致意问安,青年立即回了礼,并请二人进门做客。

卡麦康和萨巴赫进门坐了下来，青年走去端来鲜奶和肉汤泡饼，肉汤油星明亮可见，恭恭敬敬地放在客人面前。青年说："请二位客人进餐吧！"

卡麦康却静坐在那里，纹丝不动，表示不吃。青年问道："尊敬的客人，为何不动手吃呢？"

卡麦康回答道："我曾经许下愿言。"

"为何许下愿言呢？"

"兄弟有所不知，萨桑国王暴虐横行，篡夺了我的王位，那王位本是我的父王和祖父传给我的。父王离开人世后，萨桑国王趁我年幼，夺取了王位。我因许下愿言：不报这心头之仇，我绝不吃任何人的东西。"

青年听后，高兴地说："你的心愿就要实现了，应该高兴才是。据我所知，萨桑国王被囚禁在一个地方了。我猜想他很快就会死掉了。"

"他被囚禁在哪里？"卡麦康问。

"就在那座高高的圆屋顶下。"

卡麦康抬头望去，果然看见一座巨大的圆顶建筑物，而且看到许多人出入那里。卡麦康立即站起来走去，来到圆屋顶下，只见人们争先恐后地去抽打萨桑国王的面颊，而那位国王则忍气吞声，一动不动。

卡麦康看清萨桑国王所在的地方后，回到那位青年的家里，坐下来，从从容容地吃了一顿饭，然后把剩下的肉放在行囊里，原地坐下休息，直到夜幕降临。那位青年入睡之后，卡麦康独自向囚禁萨桑国王的圆顶建筑物走去。

圆顶建筑物周围有多条狗看守。卡麦康刚一走近圆顶建筑便见一条狗冲了过来，连声狂吠，令人胆战。卡麦康急忙从行囊里掏出一块肉丢给狗,又接连抛给其余的狗几块肉,吠声这才终止了。

卡麦康顺利进了建筑物,上前用手抚摩萨桑国王的头,国王一惊,高声问道:"你是什么人?"

"我就是你千方百计想杀掉的那个卡麦康。安拉有灵,不让你的阴谋得逞,你如今落得这种下场,你篡夺了我的王位,背弃了我的父王和祖父,难道还不能让你得到满足,你还想方设法追杀我?"

萨桑国王立伪誓,说他无意追杀卡麦康,并且说:"这些传言均与事实不符。"

卡麦康原谅了他,然后说:"现在跟我走吧!"

"我周身无力,一步也走不动啊!"萨桑国王说。

"既然如此,我就牵来两匹马,你我都骑上马行路。"

卡麦康走去牵来马,扶萨桑国王上了马,又走去叫了萨巴赫,三人骑马走了一夜,终于进了一座花园,坐下来休息谈天。

卡麦康走到萨桑国王跟前,问道:"你还是打内心里讨厌我吗?"

萨桑国王说:"凭安拉起誓,我不讨厌你了。"

他们商定返回巴格达,萨巴赫说:"我先赶往巴格达,向人们报告你们返回的喜讯!"

萨巴赫告别二人,策马急速返回巴格达,向男男女女报告萨桑国王和卡麦康即将返回的喜讯。人们听后,纷纷走出家门,敲打着铃鼓,吹奏着笛子,迎接国王卡麦康。

润仙姑娘闻讯,喜出望外,步出宫门,宛如夜空中的一轮圆月,明亮皎洁,美丽动人。卡麦康走上前去,相爱之人心心相通,相思之人心心相印。

一时间,卡麦康成了巴格达人议论的中心话题。骑士们都说卡麦康是最杰出的英雄。他们说:"只有卡麦康才配做我们的国王。

王权应该像原来属于他的祖父那样归还给他。"

萨桑国王来见妻子努兹蔓，努兹蔓对丈夫说："我听见人们没有别的话说，开口闭口都是卡麦康。他们对卡麦康竭尽赞美之词，有口皆碑。"

萨桑国王说："俗语说，看景不如听景，此话一点儿不假。我见过他了，并没有像人们说的那样品行完美，只是人们相互效仿，出于对卡麦康的偏爱，竞相赞扬他，巴格达人的心都转向了卡麦康。那个叛逆宰相佟丹在别的地方纠集了大批军队。谁将成国君，谁又愿意服从于一个没有能力的孤儿统治者呢？"

努兹蔓说："你打算怎么办？"

"我决计将卡麦康杀掉。等宰相佟丹回来时，见卡麦康已不在人世，他也就失望了，只有服从于我，听从我的指挥，为我效力。"

努兹蔓感到为难："背弃外人已是奇丑，又怎能用来对付亲人呢？最好的办法是把你的女儿润仙嫁给他，缔结良缘。古人有诗为证：

　　时代造英雄，总有才人出；
　　纵使你胜人，他势不可阻。
　　敬之当由衷，敬人不受辱。
　　不论近与远，你必去照拂。
　　知密不可言，免遭贬谪苦。
　　多少闺房女，新娘叹不如；
　　毕竟新娘子，独得时运助。

萨桑国王听了努兹蔓的这番话，明白了诗中的含义，站起身来生气地说："假若不是因为我知道你在说笑话，我会拔剑出鞘，让你身首分家，停止呼吸。"

努兹蔓说："我在和我自己开玩笑，你何苦发脾气？"说着，扑上前去，亲吻萨桑国王的头和双手，并且说："你的想法是正确的。我将和你一道策划一个计谋，把他杀死。"

萨桑国王一听这番话，高兴不已。他说："赶快出个主意，解除我心中的忧虑吧！因为我一点儿办法都想不出来了。"

"我将设法摧毁他的心。"

"你用什么办法？"

"我将通过那个名叫芭根的老宫女。那个老太婆阴险毒辣，诡计多端，而且心狠手毒，什么事都干得出来，卡麦康和润仙都是她一手带大的。尤其是卡麦康，更是离不开那老太婆，夜里就睡在老太婆的脚头上。"

萨桑国王听完妻子的话，兴奋地说："这个主意好！"

片刻后，萨桑国王把芭根叫到面前，给她说明白，命令她设法杀死卡麦康，并答应事成之后，必有重赏。

芭根说："遵命！不过，我希望你给我一把饮过人血的匕首，好让我一举成功。"

萨桑国王随后递给她一把匕首，并且说："就看你的了！"

芭根接过匕首，离开萨桑国王，边走边思考如何进行这次暗杀活动。这个老宫女听过许多神话传奇、珍闻趣事，会背诵许多诗歌。

芭根来到卡麦康的住处，见卡麦康正等着润仙姑娘。她一看见卡麦康，便说道："相见的日子来了，分离的岁月过去了。"

卡麦康抬头见是老宫女芭根，急忙问："润仙姑娘……她好吗？"

老太婆说："据我所知，她的心总是想着你、恋着你呀！"

卡麦康立即站起来走去，为老宫女脱下外衣，答应日后一定给她重赏。芭根说："今天夜里，我就睡在你这里和你做伴。我将和你讲讲我听到的一些故事,让一个相思中的孤儿开开心!"

"那就请你给我讲一个能使我开心消愁的故事吧!"

"好吧!"

老太婆芭根衣服里揣着匕首,坐在卡麦康的身边,开始给他讲故事了。

我听过许许多多有趣的故事,其中最有趣味的算是《大烟鬼》的故事。

从前有个好色的人,且是个大烟鬼。他把自己的钱都花在了女人身上,终于落得一贫如洗,身无分文。

当他感到天地狭窄、无路可走时,便开始沿街乞讨。一天,他走到市场,想找点儿吃的东西填充一下辘辘饥肠。他走着走着,突然脚指头被钉子扎了一下,鲜血直流,疼痛难忍。他急忙坐下来,拔掉钉子,擦了擦血,包扎了一下被钉子扎破的脚指头,然后站起身来,边叫着疼痛,边向前走去。

走了没多远,他来到一家澡堂门前,便拐了进去,脱掉衣服,下到浴池里。他发现这家澡堂十分干净,于是坐在水池里,擦身洗头,直到精疲力竭。过了一会儿,大烟鬼移到了冷水池中。

讲到这里,眼见东方透出黎明的曙光,莎赫札德戛然止声。

第一百四十三夜

夜幕降临,莎赫札德接着讲故事:

幸福的国王陛下，那个好色的大烟鬼感到天地狭窄、无路可走时，便开始沿街乞讨。一天，他走到市场，想找点儿吃的东西填充一下辘辘饥肠。他走着走着，突然脚指头被钉子扎了一下，鲜血直流，疼痛难忍。他急忙坐下来，拔掉钉子，擦了擦血，包扎了一下被钉子扎破的脚指头，然后站起身来，边叫着疼痛，边向前走去。

走了没多远，来到一家澡堂门前，便拐了进去，脱掉衣服，下到浴池里。他发现这家澡堂十分干净，于是坐在水池里，擦身洗头，直到精疲力竭。过了一会儿，大烟鬼移到了冷水池中。

他见冷水池中只有他一个人，便取来一块大麻烟，吞了下去。大麻烟一下肚，顿感头晕目眩，飘飘欲仙，不知不觉就倒在了大理石地板上；朦朦胧胧之中，似乎看见一位按摩大师开始为他推拿、按摩，另有两个奴仆站在他的头前，一个手托钵碗，另一个拿着各种洗澡用具，恭恭敬敬、规规矩矩地为他搓澡擦身。

眼见此情此景，这个大烟鬼心想："这些人究竟是怎么一回事呀？他们伺候错了人吧？或者他们与我是同类，都是大烟鬼？"他伸直双腿，仿佛听见澡堂侍者对他说："喂，先生，时间到了，今天轮到你了。"

大烟鬼一笑，心想："啊，大麻烟，妙哉，妙哉！"之后，他一声不吭地坐起来，侍者走来拉住他的手，把一条黑绸浴巾围在他的腰上，然后他跟着两个拿着钵碗和浴具的奴仆走去。二个奴仆一直把他带进一个单人浴间，那里香气扑鼻。大烟鬼进去一看，那里摆放着各种水果、香瓜，奴仆给他切开西瓜，让他坐在一张檀木椅子上。澡堂侍者为他擦洗，奴仆给他淋水，最后给他按摩，干干净净，舒舒适适，轻轻松松，心中有说不出的快活。

洗搓、按摩完毕，奴仆们对他说："陛下，祝你幸福安乐，万寿无疆!"

说罢，奴仆们出了房间，关上了房门。这时，大烟鬼站了起来，解下围腰的浴巾，开怀大笑，直笑得昏迷过去。他一直笑了一个时辰。因为他觉得实在好笑，心想："这些人怎么像宰相称呼国王那样，呼我为'陛下'呢？也许他们一时糊涂，把事情都弄颠倒了，等他们弄清了我的真实身份时，就会骂我'无耻之徒'，甚至会把我狠揍一顿。"

他自己冲了澡，把房门打开，仿佛看到一个小宫仆和一个大太监走了进去。宫仆打开手里拿的包裹，取出三条丝巾，一条搭在他的头上，另一条搭在他的肩上，第三条围在他的腰上。大太监递过一双拖鞋，让他穿在脚上。片刻过后，一群宫女和太监走来，搀扶着他。他边走边笑，来到一个宫殿，看见那里摆放着一张大床，富丽堂皇至极，只有皇帝后妃才配用。奴婢们走来，让他坐在一把宝椅上，给他按摩，他不知不觉又进入了梦乡。

大烟鬼做起了梦。梦见一个窈窕美女来到他的面前，他把她搂在怀里，让她坐在自己的大腿上……他终于把她压在了身下，正要云雨之时，忽听有人厉声喊道："喂，无耻之徒，天已正午，你怎么还在这里睡觉！"

大烟鬼睁开蒙眬睡眼，发现自己躺在冷冰冰的大理石地板上，一丝不挂，那阳物直挺挺的……周围站着许多人，无不在挤眉弄眼，讥笑嘲讽他。

大烟鬼这才恍然大悟，知道自己做了个梦，完全是大麻烟带来的幻觉。他满面愁容地对唤醒他的那个人说："你稍等一会儿，让我过一把瘾再叫我，那该多好！"

那个人说："大烟鬼，你一丝不挂睡在这里，那玩意儿直挺挺的，莫非你也不觉得害臊？"

人们哈哈大笑,大烟鬼羞得连脖子都红了。他在梦里尝到了幸福的滋味,而醒来之后仍觉得饥肠辘辘,不知去何处觅食。

卡麦康听完老宫女讲的故事,不禁开怀大笑,笑得前仰后合。他说:"阿姨,这个故事奇妙无比,我从未听过这样的故事。你还有别的故事吗?"

"有啊!"

接着,老太婆芭根又讲了许多神奇古怪的故事,直至卡麦康进入梦乡。

老太婆芭根一直坐在卡麦康身旁。大半夜过去,老太婆芭根想:"该抓住机会行事了!"她起身掏出匕首,正要动手时,忽见卡麦康的母亲进了房间。

老太婆芭根见卡麦康的母亲进来,急忙藏起匕首,迎上前去。老太婆心中害怕,周身颤抖,神情紧张,像是在发高烧。卡麦康的母亲见此情景,感到奇怪,急忙把儿子叫醒。

卡麦康睁开蒙眬睡眼,见母亲坐在床头,很是高兴,但万万没有想到母亲的到来救了他一命。

卡麦康的母亲为什么三更半夜来看儿子呢?原来润仙姑娘听说萨桑国王要害卡麦康,立即把消息告诉了婶娘。她对婶娘说:"婶娘,赶快去卡麦康那里吧!老妖婆芭根要对卡麦康下毒手了。"

润仙姑娘把事情的原委一五一十地告诉了婶娘。

卡麦康的母亲听后,便立即来到儿子房间,正好赶在老芭根下手之前。

卡麦康醒来,对母亲说:"妈妈,你来得正是时候。芭根阿姨一直守在我的身边。"

卡麦康望着老太婆芭根,问:"阿姨,说真的,除了你刚才讲的那些故事，还有别的什么好听的故事吗？"

老太婆芭根说："我还有更好听、更离奇的故事要讲给你听呢！不过，现在不是讲的时候了。"

老太婆站起身来，卡麦康向她说了一声"再见"。这个老奸巨猾的老太婆从卡麦康母亲的眼神里意识到暗杀阴谋已走漏了风声，忙站起来，匆忙告别离去。

房间里只剩下母子二人，母亲对卡麦康说："孩子，今天是个吉庆的日子，安拉把你从老太婆的毒手下解救出来了。"

"妈妈，出什么事啦？"

听儿子这样一问，母亲便把谋杀之事从头到尾讲了一遍。卡麦康说："妈妈，大命之人无人能杀，即使被杀，也不会死的。不过，从谋略出发，我们要设法躲开这些人，然后听凭安拉的安排。"

次日天一亮，卡麦康便走出巴格达城，投奔宰相佟丹去了。

卡麦康离去之后，萨桑国王与妻子之间出现了分歧，致使努兹蔓一气之下带着女儿润仙也离开了京城，投奔宰相佟丹去了。紧接着，萨桑国王手下的大臣也相继纷纷离去，聚集到了宰相佟丹的旗帜下。

宰相佟丹的旗帜下兵强马壮，要员们坐下来商量大计，大家取得一致意见，决计向罗马国王发动进攻，为先王欧麦尔·努阿曼和舒尔康报仇雪恨。

佟丹宰相率大队人马进入罗马境内，没想到发生了作战不利等种种一时解释不清的事，他们都成了罗马国王罗姆赞的俘虏。

他们被俘的第二天早晨，罗姆赞国王下令将卡麦康和宰相佟丹及其一伙带来。卡麦康和佟丹宰相来到国王面前，国王却让他们坐在自己的身边，接着吩咐宫仆摆筵席。顷刻之间，一桌桌丰盛的饭菜摆在他们面前。他们本认为必死无疑，相互说："他叫我们来，就是为了把我们杀死。"结果出乎意料,却见丰盛的筵席摆在眼前,定神之后,便吃喝起来。

他们吃饱喝足,罗姆赞国王说:"我做了一个梦,把梦境讲给修道士们听了一遍,他们对我说,这个梦只有宰相佟丹才能给你圆。"

佟丹宰相说:"好啊!国王陛下,你梦见了什么?"

罗姆赞国王说:"相爷阁下,我梦见自己跌入一口黑井旁的一个坑里,许多人折磨我。我想逃出去,可是,我刚刚站起来,却走不动,爬不出那个坑。我左顾右盼,看见那里有一条金腰带;我伸手从地上捡起金腰带,却见一条变成了两条;我把两条金腰带扎在腰里,忽见两条又变成了一条。相爷阁下,这就是我梦中所看到的景象。"

佟丹宰相说:"国王陛下,你的梦中所见证明你有位兄弟,或一位侄子,或一位堂兄弟,或一位血亲,他是一个同你有血缘关系的人。"

罗姆赞国王听宰相佟丹这样一说,望了望卡麦康、努兹蔓、润仙、宰相佟丹及其他俘虏,心想:"假若我把这些人杀掉了,他们的大部队就会因统帅丧命而溃不成军,不打自败,我也就可以马上返回京城,免得王权被人篡夺。"

罗姆赞国王决心已下,立即唤来刽子手,令其即刻杀掉卡麦康。就在这个时候,国王的接生婆急速走来,大声喊道:"国王陛下,您想干什么?"

"我想把手中的俘虏统统杀掉,然后把他们的首级甩给他们的同伴,事毕之后,我率兵进行一次征战,该杀死的杀死,该击败的击败。这是一次决定性的战役。打完仗后,即返京城,免得有人趁机篡权,发生不测之事。"

接生婆一听,快步走到国王跟前,用希腊语说:"你怎好杀你的侄子、姐姐和外甥呢？"

罗姆赞国王听接生婆这样一说，不禁勃然大怒，说道："你这个该死的老太婆，你不是告诉我说，我母亲被杀了，我父亲被毒死了吗？而且你还给了我一颗玮珠，对我说那颗珠子本是我父亲的。你为什么不对我说实话？"

"国王陛下，我对你说的全是实话。不过，我和你的事情都很奇特，与一般事情大不相同。我名叫麦尔加娜，你母亲名叫伊卜里梓。伊卜里梓公主天生如花似月，而且武艺超群，名闻英雄豪杰之间，致使人们常常以她的勇敢打比方。你父亲是欧麦尔·努阿曼国王，乃巴格达、呼罗珊大地当之无愧的主宰。这是千真万确的，没有任何可以怀疑之处。欧麦尔·努阿曼国王派其儿子舒尔康出征，常伴王子征战的就是这位佟丹宰相。你的哥哥舒尔康率领大军来到罗马境内，当他远离部队时，与你的母亲伊卜里梓公主相遇在她的宫中。当时，我们正在一个一个单独同你母亲操练武艺，摔跤、搏斗。你母亲的美丽容貌和超群武艺征服了你的哥哥舒尔康。你母亲在自己的宫中连续款待舒尔康达五天之久。

"时隔不久，这个消息由札特·达瓦希老太后的口传到你的外公那里。札特·达瓦希老太后外号'智多星'，人们常称呼她为札特·达瓦希。你的母亲伊卜里梓公主就是通过你的哥哥舒尔康皈依伊斯兰教的。之后，你的哥哥舒尔康带着你的母亲秘密抵达巴格达城。我和二十个宫女也跟着你母亲去了。我们都是在舒尔康的手里改信伊斯兰教的。

"在巴格达，我们见到了你的父亲欧麦尔·努阿曼国王。欧麦尔·努阿曼国王见伊卜里梓公主花容月貌，一见钟情，便单辟一座宫殿供她安身。一夜幽会，便怀上了你。

"你母亲伊卜里梓公主随身带有三颗玮珠，那真是世所罕见的珍珠之王。你母亲把三颗玮珠送给了你的父王,你父王将其中一颗送给了你的姐姐努兹蔓,将第二颗送给了你的哥哥杜姆康,把第三颗送给了你的长兄舒尔康。你母亲从你的长兄舒尔康手里拿到那颗珠王,把它留给了你。

"你的母亲临产之时,她十分想念亲人,便把心中的秘密吐露给我。我找到一个名叫埃杜班的黑奴,把事情悄悄告诉了他,他表示愿意和我们一道上路,送我们回国。我们带着埃杜班,悄悄溜出巴格达城,踏上了归国的路程。当时,你的母亲已经临盆了。

"当我们到达我国境内时,在一个谷地中,你母亲阵痛开始了。就在你母亲快要分娩的时候,那个同行的黑奴兽性大发,走近你的母亲,想强奸她。你母亲愤怒难抑,冲着黑奴一声大喊,吓退了他;与此同时,由于极度惊恐、烦恼,你呱呱落地了。

"就在这个时候,只见远处扬起一片烟尘,顿时铺天盖地,显然有一彪人马杀将过来了。那黑奴害怕自己的丑恶行为被揭穿而丧命,故而抽出宝剑,把你的母亲伊卜里梓公主给杀了,旋即转身上马夺路逃之夭夭了。

"黑奴逃走之后,那片烟尘渐消,出现一彪人马,不是别人,就是你外祖父哈杜布国王;他亲率人马,想去巴格达追寻你的母亲。哈杜布国王见自己的女儿尸横地上,非常难过,向我问起伊卜里梓公主的死因及秘密从你父王国家出走的原因,我便把所有情况,详详细细地从头到尾对国王讲了一遍。这就是罗马国王与巴格达之间为敌的根本原因。

"之后,我们把你母亲的尸首送回宫中安葬。我把你抱回来,养大成人,把你母亲那颗玮珠挂在了你的脖子上。你长大成人之后,我没有把真情实况告诉你,因为我怕把事实说明之后,会引起你们对仗交战。你的外祖父叮嘱我一定要严格保密。我是不能违背先王遗愿的,因此,对你守口如瓶,不让你知道你的生身父亲就是欧麦尔·努阿曼国王。如今,你登上了王位,我才能告诉你。大王陛下,也只有在这个时候,我才能告诉你。我把秘密和证据都说出来了,要怎么办,就靠你拿主意了。"

站在旁边的俘虏们听到接生婆麦尔加娜的这番话,努兹蔓登时一声大喊,然后说道:"这位罗姆赞国王就是我的同父兄弟。他的母亲就是罗马国王哈杜布的公主伊卜里梓。我和这位老宫女麦尔加娜很熟悉。"

罗姆赞国王听罢这番话,十分生气,一时不知如何是好,立即把努兹蔓叫到面前。罗姆赞国王看见努兹蔓,血缘亲情油然而生。国王要她把情况讲一讲,于是努兹蔓把前因后果讲了个一清二楚。国王发现努兹蔓的话与接生婆麦尔加娜的话完全一致,这时方才相信自己是伊拉克人,没有任何可疑之处,而且相信自己的生父就是欧麦尔·努阿曼国王。

罗姆赞国王想到这里,立即站起身来,松解姐姐努兹蔓身上的绳索。努兹蔓走到罗姆赞国王跟前,亲吻他的双手,禁不住泪水滚落而下。国王也随着姐姐哭了起来,深为手足之情打动,心里由衷地喜欢侄子卡麦康。

罗姆赞国王走去,夺过刽子手中的宝剑。俘虏们见此情景,都以为自己必死无疑了。国王下令把他们全叫到自己的面前,然后一一为他们松绑。国王对接生婆麦尔加娜说:"阿姨,请把你说的话给这些人解释一遍吧!"

麦尔加娜说:"大王陛下,这位老者就是佟丹宰相。他是最有力的证人,因为他了解事情的真相。"

麦尔加娜当即走到罗马国王叫来的那些人面前,把那番话对他们讲了一遍。努兹蔓公主、佟丹宰相及其他俘虏都相信麦尔加娜的话为真。

这时,麦尔加娜无意中一扭头,看见原来属于伊卜里梓公主的那颗稀世玮珠就挂在卡麦康的脖子上,麦尔加娜一眼认了出来,情不自禁地大喊一声,整个大帐为之震荡。她对罗姆赞国王说:"孩子,我的话增加了一个更加有力的证据,那就是挂在那个俘虏脖子上的那颗玮珠;那颗玮珠与你脖子上挂的那颗一模一样。这个俘虏就是你的亲侄子——卡麦康。"

麦尔加娜望着卡麦康,说:"王子,让我看看你脖子上挂的那颗稀世玮珠。"

卡麦康摘下脖子上的那颗玮珠,递到麦尔加娜手里,麦尔加娜又从努兹蔓手里要到第二颗玮珠,她把这两颗玮珠递给罗姆赞国王。

罗姆赞国王把三颗玮珠放在一起,一番仔细察看,确信那就是有力的证据,方相信自己是卡麦康的叔父,自己的亲生父亲就是欧麦尔·努阿曼国王。他当即站起身,走到佟丹宰相跟前,与他热烈拥抱,然后又拥抱卡麦康。一时间,欢声笑语回荡在整个大营之中。消息传开,营内营外,锣鼓喧天,笛声悦耳,欢声雷动,所有的人都沉浸在极度欢乐之中。

伊拉克和沙姆大军听到罗马人的欢叫声,个个纵身跃上马背,准备上阵厮杀。大马士革总督泽卜莱康骑在马上,心想:"罗马人营中如此欢声雷动,究竟原因何在?"伊拉克大军则已冲向战场,决心投身于一场激烈战斗了。

罗姆赞国王凝神望去,但见大军已经冲了过来,人人骑着战马,个个手握利器,摆出一副决战的架势,忙问原因何在。手下人将情况如实禀报,罗姆赞国王即令侄女润仙姑娘出任使臣,马上去伊拉克、沙姆军中说明情况,告诉他们和解已经实现,罗姆赞国王是卡麦康国王的亲叔父。

润仙姑娘脸上的愁云因之一消，立即上马，来到泽卜莱康总督大帐中，问安致意后，见泽卜莱康总督泪眼迷离，正为将军和大臣们的安全而担忧。润仙姑娘把事情的原委一一讲明，并且告诉总督，罗马国王罗姆赞是她和卡麦康的亲叔父。

泽卜莱康听后，愁云顿时烟消云散，众将士一个个笑容满面。

旋即，泽卜莱康总督和众将军纵身上马，在润仙姑娘的引领下，来到罗姆赞国王的大帐。他们进帐一看，只见罗姆赞国王正与卡麦康坐在一起。罗姆赞国王已就泽卜莱康的任职与卡麦康和佟丹宰相进行了商议，一致同意把沙姆的大马士革城交给泽卜莱康治理，让其仍然担任大马士革总督，并且命令他立即走马上任。

泽卜莱康总督得令，即率大军赴大马士革上任，众将士一道陪总督上路，送行一个时辰，然后返回营地。

伊拉克大军与罗马大军会合，决定立刻拔营，同往巴格达。将军们说："我们只有找到号称'智多星'的札特·达瓦希报了仇，才能消除我们的胸中怒气，一解我们的心头之恨。"

罗姆赞国王携文武百官做起程准备。卡麦康欢欢喜喜陪叔父罗姆赞去同麦尔加娜告别，祝她健康长寿，因为她在他们叔侄相认的过程中起了别人无法取代的作用。

罗姆赞国王、卡麦康国王和佟丹宰相一行人马，浩浩荡荡，向伊拉克进发了。经过长途跋涉，他们终于回到了祖国的大地上。

萨桑国王听到他们到来的消息，立即出宫迎接，上前亲吻罗姆赞国王的手，赠送锦袍。

罗姆赞国王坐下，让侄子卡麦康坐在自己的身边。卡麦康对叔父罗姆赞说："尊敬的叔父，这个国王宝座非你莫属。"

罗姆赞说："贤侄，我夺你的王位，安拉不容！"

宰相佟丹出了个主意，要叔侄二人同登王位，轮流执政，一人一天。叔侄二人对此感到满意，商定每人执政一天。

讲到这里，眼见东方透出黎明的曙光，莎赫札德戛然止声。

第一百四十四夜

夜幕降临，莎赫札德接着讲故事：

幸福的国王陛下，罗姆赞国王、卡麦康国王和佟丹宰相一行人马，浩浩荡荡，向伊拉克进发了。经过长途跋涉，他们终于回到了祖国的大地上。

萨桑国王听到他们到来的消息，立即出宫迎接，上前亲吻罗姆赞国王的手，赠送锦袍。

罗姆赞国王坐下，让侄子卡麦康坐在自己的身边。卡麦康对叔父罗姆赞说："尊敬的叔父，这个国王宝座非你莫属。"

罗姆赞说："贤侄，我夺你的王位，安拉不容！"

宰相佟丹出了个主意，要叔侄二人同登王位，轮流执政，一人一天。

叔侄二人对此感到满意，商定每人执政一天。

大事商量完毕，开始屠牛宰羊，举行盛大宴会，招待四方宾客。顷刻间，宫内宫外，欢声笑语，鼓乐齐鸣，热闹非常，一直持续了相当长时间。在这段时间中，卡麦康国王每天夜晚总是和润仙姑娘一起度过。

当人们正沉浸在国家安定、百业兴旺的欢乐之中的时候，忽报京城外荡起一股烟尘，铺天盖地，云遮雾障，同时传来求救的呐喊声……

原来发出求救呐喊声的是一位商人。只听那商人大声喊道："大王，陛下，你们的国家是个公正、安全的国度。我在异教徒国家里经商，平平安安，怎么到了你们这个国家，却遭人抢劫呢？"

国王走上前去，问其情况，那商人回答道："我是个生意人，离开家乡时间已久，到各地经商，东奔西走，南游北闯，已有二十个年头。我随身带有大马士革城颁发的营业执照，是已故大马士革总督舒尔康亲笔签署的；因为当时我献给总督一名美女，故总督给予我特别关照。我此次到了那个地方，贩得大批印度名贵货物，运到了你们这个公正、太平、安全国家的都城巴格达，准备在这里销售。出乎意料的是，一伙阿拉伯人和来自各地的库尔德人结成匪帮，向我的商队发动突然袭击，杀死了我的伙伴，抢走了我的货物和钱财……"

商人话未说完，便号啕大哭起来。

罗姆赞国王听了商人的诉说，由衷同情商人的处境。国王的侄子卡麦康听罢商人诉苦，也打心眼儿里可怜商人的遭遇。叔侄两位国王当场决定亲率百名骑兵，跟随商人去捉拿拦路抢劫的匪徒。

那百名骑兵，个个勇武过人，岂止一人当十，简直一人可当千人用。他们由商人在前带路，浩浩荡荡出了巴格达城。

百名骑兵马不停蹄，急行一天一夜，于拂晓时分抵达一座山谷，但见那里河水流淌，树木繁茂。他们发现匪徒们分散在山谷中，正在瓜分抢劫来的货物、钱财，还有部分货物没来得及瓜分。百名骑兵立即投入战斗，从四面八方包围了那伙匪徒。罗姆赞、卡麦康两位国王大喊一声，要他们立即投降，只见百名骑兵一齐包抄过去，一个时辰不到，匪徒全部被俘。

劫匪共有三百人，都是贝都因人当中的地痞流氓。骑兵们上前将他们全部擒获，收掉他们从商人那里抢夺的所有货物、钱财，然后将他们一一绳捆索绑，押解回京城巴格达。

回到京城，罗姆赞、卡麦康两位国王端坐在一张宝座上，喝令将劫匪带上来。国王问他们："谁是你们的头领？"

众匪徒异口同声地答道："我们有三个头领，是他们把我们招来的。"

两位国王随即命令他们："你们把三个头领指给我们看！"

匪徒们当即把三个头领推出队外。两位国王立即下令将三个匪首抓起来，投入监牢，然后又令其余匪徒把分得的财物全部交还给商人。商人清点了交还回来的布匹和钱财，发现少了四分之一，匪徒们答应找回短缺的所有货物。这之后，国王方才下令把其余的匪徒放掉。

事毕，那位商人从怀中掏出两封信，其中一封为舒尔康所书，另一封则是努兹蔓写的。原来那位商人从一个贝都因人手里买得处女努兹蔓，将她献给其兄舒尔康，由此引发了商人与总督、总督与美女之间的许多故事。

卡麦康国王看过那两封信，认出其中一封是伯父舒尔康总督写的，知道姑妈的经历，晓得伯父曾与同父异母的妹妹努兹蔓有过洞房花烛之夜。那第二封信，则是卡麦康国王的姑妈努兹蔓写的。卡麦康立即带上第二封信去见姑妈，将那位商人的情况从头到尾讲给姑妈听。

努兹蔓听罢卡麦康的述说，不但认出了自己的笔迹，而且想起那个花重金买下自己的商人。于是把商人托付给弟弟罗姆赞和侄子卡麦康，要二位国王好好款待商人。卡麦康国王立刻派人给商人送去许多钱财,并派男仆女婢伺候他。努兹蔓派人送给商人十万第纳尔和五十驮货物,还赠送了若干贵重礼物。然后,努兹蔓又派人去请那位商人到后宫做客。

商人来到后宫,努兹蔓站起来,热情地向他致意问安,然后告诉商人,自己是欧麦尔·努阿曼国王的女儿,罗姆赞国王是她的弟弟,而卡麦康国王则是她的侄子。

商人听了努兹蔓的介绍,欣喜不已,祝贺她平安闯过道道难关,祝贺她与弟弟、侄儿团聚,遂亲吻她的双手,感谢她的慷慨善举。商人对她说:"凭安拉起誓,你知恩图报,你的恩德我也永远记在心中。"

之后,努兹蔓回自己的房间去了。

商人在他们那里住了三天,然后告别国王和努兹蔓,到沙姆去了。

过了几天,国王把那在押的三个劫匪头目拉来审讯,问他们的身世经历,其中一个匪头招认说:"你们有所不知,我是个贝都因人,专门拐骗少男少女,然后把他们卖给商人。长时间以来,我一直干这种营生。我受妖魔引诱,巧遇这几个劫匪,然后纠集了一批阿拉伯人中的地痞流氓,开始拦路抢劫,尤其不放过那些商人,因为他们既有钱又有货。"

"那么,你就把你的亲身经历,把你拐骗少男少女的最出奇的故事讲给我们听一听吧!"

"诸位大王,要说最出奇的故事嘛,要算是二十二年前的那件。二十二年前的一天,我拐骗到一个耶路撒冷的小姑娘。那小姑娘生相标致,眉清目秀,然而却是个女仆,衣着破烂不堪,头上蒙着从斗篷上撕下来的一片布。我看见她从一家客栈走出来,便施了个小计,把她拐到了手,然后让她骑上骆驼,带走了。我本想把她带回乡下去，让她给我放牧骆驼，到山谷中拾牲口粪，不料小姑娘大哭不止，我走近她，把她狠狠地揍了一顿。后来，我把小姑娘带到大马士革城，有一个商人见这姑娘姿色动人，再加上口才出众，非常喜欢，一心想把她从我手里买走。那商人一再加价，终于以十万第纳尔的价钱，我把姑娘卖给了他。

"当我接过十万第纳尔，把姑娘交给那个商人时，我方才发现姑娘才学匪浅，满腹经纶。我后来听说，那个商人给小姑娘换上最漂亮的衣服，把姑娘献给了大马士革总督，总督非常慷慨，给商人的钱相当于他付给我的钱的两倍。诸位大王，这就是我所经历的最出奇的一件事。凭安拉起誓，我向那个商人要的价钱太低了。"

国王及在场的文武百官听完劫匪头目讲的故事，无不感到惊奇，但是，努兹蔓听了这个故事之后，脸上的光顿时消逝，脸色一下子沉了下来，大喊了一声，对弟弟罗姆赞说："这个贝都因人，就是在耶路撒冷拐骗我的那个坏蛋！就是他，毫无疑问。"

接着，努兹蔓把自己流落异乡时遭受的种种磨难、毒打、饥饿和屈辱，从头到尾向他们讲了一遍。努兹蔓说："现在，该是我杀掉这个贝都因人的时候了！"说着，抽出宝剑向贝都因人冲了过去。

那个劫匪头目此时大叫道："诸位大王，莫让她杀我，我还有更离奇的经历对诸位讲。"

卡麦康国王说："喂，姑妈，且慢！剑下留命！让他再给我们讲个故事，完了之后，再要他听你处置。"

努兹蔓退了回来。卡麦康对那个劫匪头目说："你再讲个故事给我们听吧！"

匪首讨价道："诸位大王，我再给你们讲个离奇的故事，你们能宽恕我吗？"

"可以的！"国王随口答应。

那个贝都因人又开始讲自己的一段经历。

一天夜里,我辗转反侧,无论如何也睡不着觉,急切地盼着天亮。可是夜过得太慢,天总也不亮。无奈,我便爬起来,佩上宝剑,拿起长矛,骑上马,外出了。诸位有所不知,我常挤出一点儿时间外出打猎。我这次天还未亮就出了门,正是为了去打猎。

我骑马行走了好长一段路,天才亮了,碰到了一伙人。他们问我去干什么,我如实相告。他们说:"真巧,我们正好同去打猎。"

我和那伙人相伴朝前走去。我们正走着时,突然看见一只鸵鸟出现在视野里,我们立即拍马追捕,那鸵鸟张开翅膀,奋力快速奔跑逃窜。我穷追不舍,一直追到一片旷野,那里既没有水,也没有草,只能听到蛇和神鬼的叫声。追到那里,鸵鸟忽然不见了,不知它是飞上了天,还是钻入了地。我们只好掉转马头,原路返回。

我们都认为天那么热的时候回程是很艰苦的,而且人人饿得心发慌,各个口渴得简直要冒烟,马也停下来不往前走了,觉得只有死路一条了。

就在这个时候,我们远远望到了一片草原,但见那里有鹿,还有羚羊,欢蹦乱跳,好生自在,而且那里还有一顶帐篷,帐篷旁边拴着一匹马,旁边插着一柄长矛。

眼见那片美景,我们顿时精神振奋起来,失望情绪云消雾散。我们立即掉转马头,向那片草原走去。我在前面走,伙伴们在后面紧跟。

我们一直行至那片草原,先饱饮一顿清凉的泉水,然后又饮了饮马。我被蒙昧时期[①]的那种激情所驱使,便向帐篷走去。走近一

---

① 蒙昧时期,伊斯兰教创立之前的时期,阿拉伯史称"蒙昧时期"。

看,见帐中坐着一个英俊的小伙子,简直就像一轮圆月。小伙子的右侧坐着一位窈窕淑女,身材苗条,好像杨柳枝条。我一眼看见那位淑女,便深深爱在心里。我向小伙子问了安好,小伙子回了礼。我问:"喂,阿拉伯兄弟,请告诉我,你是何人?你身边的那位姑娘又是谁呢?"

小伙子低下头去,过了好大一会儿,方才抬起头来,问我:"请告诉我,你是什么人?那些骑马的人又是些什么人呢?"

我告诉他:"我叫哈马德·本·法札里,被人们称为一个顶五百骑士的大英雄。我们从家里出来,想打猎去,不期口渴难忍,便来到你们的帐篷前,想讨点儿水喝。"

那小伙子听我这样一说,朝姑娘望了望,说:"给这个人拿水和吃的东西。"

姑娘站起来,拖着裙角,只听手和脚上的镯子铿锵作响,她乌发长垂,姗姗走去。片刻后,右手端着满满一银盆冷水,左手端着一满盘椰枣、鲜奶和煮熟了的兽肉。因为我太爱那位姑娘了,简直无法伸过手去接水拿肉,诗兴不禁大发,随即吟诵道:

> 掌涂化妆墨,黑白两分明。
> 如同老乌鸦,独立雪地中。
> 日月近姑面,惧色染双容。

我吃饱喝足之后,对小伙子说:"喂,阿拉伯显贵,我已把自己的真名实姓告诉了你。我希望你也把你的情况告诉我,让我知道你的真实姓名。"

小伙子说:"这个姑娘是我的妹妹。"

我立即说:"我希望你把你的妹妹嫁给我;如若不然,我就把你杀掉,把你的妹妹强行抢走。"

小伙子一听,低下头去,好半天才抬起头来,对我说:"你既然已经说你是一位知名骑士,一位堂堂的大英雄,是莽原上的一头雄狮,却又要背信弃义地对我发动进攻,要杀死我,还要抢走我的妹妹;如果你这样干,那将是你们的耻辱。假若你真像自己说的那样是位大英雄的话,那么,肯定不在乎拼杀一场。且请你稍等,让我做一下简单准备,穿上征袍,佩上宝剑,握住长矛,跨上战马,你我在战场上拼杀一阵。你若能够打败我,将我杀死,就请把我妹妹带走。"

我听小伙子这样一说,当即响应道:"你说的话非常公平,我没有异议。"

我立即掉转马头,回到伙伴当中。此时此刻,我更加迷恋那位美丽的姑娘了。

回到同伴们中间,我把姑娘的美貌和那个小伙子的勇敢向同伴们述说了一遍。我说那小伙子足有抵挡千夫之勇,还把我在帐篷里看到的无数宝物向他们描绘了一通。我对同伴们说:"这个小伙子之所以能独享此地肥美水草,就是因为他勇武过人。现在我要对你们说,谁能够杀死那个青年,他的妹妹就嫁给谁做老婆。"

我的同伴们说:"就按你说的办!"

说罢,他们抄起武器,跨上马背,向那个青年冲去。到那里一看,小伙子已全副武装,准备决战了。小伙子的妹妹上前拉住马镫子,泪水浸湿了面纱,哭泣着,悲鸣着,恐怕哥哥出什么意外。她凄然吟诵道:

我向安拉诉,痛苦与灾难;但期世主宰,令他心胆寒。
唤声兄长啊,他们杀机显;我们本无罪,何须刀枪见?

> 世间谁不晓,你是英雄汉;勇冠东西方,英名天下传。
> 有兄护卫妹,因妹志不坚;你本妹兄长,妹向你求援。
> 莫让凶敌们,抢夺我心田!莫教虎狼辈,强行将我占。
> 我凭主起誓,一地无可恋;倘若兄不在,纵使天地宽。
> 兄妹手足情,殉身兄面前。纵然和衣葬,甘卧土长眠。

哥哥听了妹妹吟诵的诗歌,不禁泪洒衣襟,随即将马头转向妹妹,立即和诗一首:

> 容我纵战马,挥戈斗敌顽;
> 且请妹静观,何时奇迹现。
> 纵使他们中,果有雄狮胆;
> 吾亦令其将,尝我刀与剑。
> 长矛饮敌血,独将风骚占。
> 不为妹献身,宁可入阴间;
> 但期群鸟至,啄尸万千段。
> 为妹挥长矛,殉身不辞言。
> 即使功不成,英名史书传。

哥哥吟罢诗,对妹妹说:"妹妹,听我对你说,听我嘱咐你两句。"

"哥哥,我听着呢,你讲吧!"

"假若我不幸死去,你不要让任何人征服你!"

姑娘听后,批打自己的面颊,说:"哥哥,我求安拉保佑你,不要让我看到你倒下,也不要让敌人征服我。"

小伙子伸手撩起妹妹的面纱,望了望妹妹的面孔。之后,小伙子把目光转向了我们,说道:"勇士们,你们究竟想当客人,还是想挥矛舞剑?如果想做客,那就请接受款待;如果想当虎做狼,那就一个一个地和我在这个战场上拼杀!"

小伙子话音未落,一个勇士冲上前去。那小伙子问:"你叫什么名字?你的父亲叫什么名字?我发誓不与我同名同姓的人拼杀。如果你果真与我同名,并且父名与我父亲的名字相同,那么,我就把妹妹送给你。"

勇士回答道:"我叫白拉勒。"

小伙子以诗作答:

好个白拉勒,口吐虚妄言。你若真英雄,战场身手显。
利剑在我手,酷似新月尖。小子且招架,一刺惊大山。

二人开始交战。小伙子一矛刺去,只见矛头从那个勇士的后胸穿出,登时落马气绝。旋即,又有一个勇士出战,只听小伙子吟道:

低贱癞皮狗,身价从何谈?激战何惜命,猛狮雄风展。

那小伙子拍马挥矛,仅仅一个回合,便把第二个勇士抛入了血泊之中。小伙子立马叫阵道:"还有出列格斗者吗?"

只见又有一个斗士冲向小伙子,同时吟道:

吾胸怒火烧,呼友来参战。你杀众头领,休躲我刀剑!

小伙子听罢,对吟道:

> 无耻一魔鬼,满口吐狂言。今你落杀场,定亡矛头前。

小伙子一矛刺入那斗士的前胸,顷刻矛尖穿出后胸。第三个人登时丧命。小伙子高喊:"谁还敢出战?"

第四个斗士出列了。小伙子问其名姓,那斗士说他叫黑拉勒,小伙子接着吟诵道:

> 你已铸大错,误入我海边。诗吟剑出鞘,你死不觉间。

二人纵马挥戈交战,仅仅两个回合,那第四个斗士的胸膛也被戳穿了。至此,出战的四个人都已丧命。

我眼见此情此景,心想:"我若拍马出场与他交锋,肯定不是他的对手;我若即刻逃遁,必然被阿拉伯人讥笑。"

未容我想出个主意,小伙子纵马朝我扑来,一把将我拉下马鞍,我一下子摔到地上,晕了过去。当他扬起宝剑,就要削我的脑袋时,我突然苏醒过来,拽住他的袍角。他一把将我抓起,简直就像鹰抓麻雀。

他的妹妹见此情景,朝他哥哥走来,亲吻哥哥的眉心。之后,小伙子将我交给了他妹妹,嘱咐说:"把他带走吧!因为他已成了我们的俘虏,优待他一些。"

姑娘揪住我的衣领,像拉死狗一样把我拖去。

过了一会儿,姑娘的哥哥回来了,姑娘帮助哥哥解下甲衣,换上便装,搬来一把象牙椅子,让哥哥坐下来。姑娘对哥哥说:"安拉让你尽显威风,使你战胜了灾难。"

小伙子吟诗作答:

> 妹见我出战,额头亮光闪。
> 听妹开口道:主赐兄勇敢;
> 莽原雄狮壮,见兄失尊严。
> 溃军散逃后,请问英雄汉:
> 我勇人皆知,志高摩苍天。
> 唤声哈马德,听我一言劝:
> 蛇与猛狮斗,丧命顷刻间。

听罢小伙子的诗,我一时不知如何是好。看看自己,已沦为阶下囚,不禁自惭形秽,自感渺小。我望着那姑娘的美丽容貌,心想:"这场灾难,都是由这如玉容颜引起的呀!"她的美貌令我神魂迷乱。我流着眼泪,吟诵道:

> 唤声好朋友,切勿多责怨;
> 怨言不入耳,因我心分散。
> 佳丽刚露面,吾落情网间。
> 爱意有多深,但嫌舌头短。
> 其兄智勇高,业成情督监。

姑娘给她哥哥端来饭菜,并请我和他们一道吃,我很高兴,自认命已保住。小伙子吃完饭,妹妹又给他送来葡萄酒,小伙子一场痛饮,直喝得头重脚轻,满脸通红。他望着我,对我说:"哈马德,你这个该死的!我就是阿巴德·本·泰米穆·本·赛阿莱伯。安拉有意赐你一条命,并让你喜结良缘。"

说罢,阿巴德递给我一杯酒,向我表示祝贺。我接过那杯酒,一饮而尽。随后,阿巴德又递过第二杯、第三杯、第四杯,我都喝了下去。

阿巴德与我对饮，要我立誓不背叛他。我向他立誓一千五百次，表示绝不背叛他，而且要当他的助手。

这时，阿巴德让妹妹取出十件锦袍赠送给我。诸位大王，我身上穿的这件，便是其中的一件。之后，阿巴德又令妹妹牵来一峰最好的骆驼，满驮珍宝和干粮，又牵来一匹红枣骏马。阿巴德说："这些全是送给你的。"

我在他们那里住了三天，有吃有喝，安逸自在。

阿巴德送给我的那些东西，至今仍在我手里。

三天之后，阿巴德对我说："哈马德兄弟，我想睡一会儿，休息一下。因为我对你完全放心了。如果你看见马队到来，不要惊惶，他们是赛阿莱伯部族的人，想和我打仗。"

说罢，阿巴德枕着宝剑，旋即进入了梦乡。

阿巴德睡熟之后，我心生邪念，想杀死他。于是，我一跃而起，从他头下抽出宝剑，手起剑落，登时阿巴德身首分家。阿巴德的妹妹闻声，立即从帐篷一侧跳过来，扑在哥哥尸首上，撕破自己的衣服，边哭边吟道：

　　转告亲友们，噩耗降人间。命运由天定，欲逃难上难。
　　哭声哥哥呀，不期已长眠。英容正像那，明月亮而圆。
　　与敌搏斗日，倒霉在那天。顽敌俱倒下，长矛却折断。
　　你去马失主，驰骋兴索然。女子难得生，似你好儿男。
　　好个哈马德，背信弃义汉！竟敢下毒手，害你落黄泉。
　　妄图借此机，目的得实现；岂知是着魔，一切皆枉然。

姑娘吟完诗，厉声责骂我："你这个该死的东西，你为什么背弃、杀害我的哥哥？他准备了那么多礼物和钱财，打算送你回家；他已决定把我许配给你，月初便举行婚礼。可是，你为什么要害死他呀？"

姑娘说罢，抽出宝剑，将剑柄插在地上，剑锋对准自己的胸口，身子一倾，剑锋当即从背后露出，姑娘登时瘫倒在血泊之中。

见此情景，我很难过，然而已经后悔莫及。我哭了起来。

片刻后，我快步跑进帐篷，把细软收拾在一起，带上便逃走了。因为心里害怕，一时着急，连同伴也没顾得上看一眼，更没有把姑娘和阿巴德的尸体埋起来。

诸位大王，这个故事比我在耶路撒冷拐骗姑娘的故事要精彩吧？

努兹蔓听罢这个贝都因人的得意讲述，顿觉眼前一片黑暗，即刻站起身来，抽出宝剑，手起剑落，他的首级顷刻滚落在地。

讲到这里，眼见东方透出黎明的曙光，莎赫札德戛然止声。

第一百四十五夜

夜幕降临，莎赫札德接着讲故事：

幸福的国王陛下，努兹蔓听罢这个贝都因人的得意讲述，顿觉眼前一片黑暗，即刻站起身来，抽出宝剑，手起剑落，他的首级顷刻滚落在地。

在座的人异口同声地问:"你何故如此急于杀掉他?"

努兹蔓说:"赞美安拉给了我这么一个好机会,让我亲手报了仇。"

努兹蔓吩咐奴仆把哈马德的尸体拖出去,让群狗饱餐一顿。

罗姆赞国王和卡麦康国王下令带另外两个匪首,仆役们应声带上来第二个匪首,那是个黑奴。国王问:"你叫什么名字?把你的罪恶从实招来!"

"我叫埃杜班。"

接着,这个黑奴把他如何调戏临盆的伊卜里梓公主,接着又杀害了她,然后逃走的过程讲了一遍。

埃杜班话音未落,罗姆赞国王一剑削下了这个黑奴的首级,并且说:"感赞安拉给我良机,让我亲手给我母亲报了仇,雪了恨。"

之后,罗姆赞国王告诉在座的人,说接生婆麦尔加娜早就给他讲过埃杜班的罪过。

第三个匪首就是把杜姆康丢在澡堂灰渣堆上的那个脚夫。耶路撒冷的好心人把病中的杜姆康托付给那个脚夫,让他把杜姆康送往沙姆大马士革医院,并且如数付了脚钱,然而他却把病中的杜姆康王子丢在灰渣堆上,自己悄悄溜走了。

"把你的罪恶从实招来!"国王厉声说。

那脚夫把他与杜姆康之间发生的事情讲了一遍,谈到耶路撒冷人怎样把病中的杜姆康交给他,要他把杜姆康从耶路撒冷送往大马士革医院,还说到耶路撒冷人怎样付给了他脚钱,而他拿了脚钱,却把病人扔在澡堂旁的灰渣堆上,然后逃跑了。

那脚夫话音未落,卡麦康国王便拔剑出鞘,手起剑落,削下了那脚夫的首级。卡麦康国王长长地出了一口气,说:"感谢安拉,让我处死这个逆贼,为我父亲报了仇。这段经历,家父曾亲口对我讲过。"

一阵沉默之后,在场的人相互议论说:"现在就剩下一个名叫札特·达瓦希的老妖婆了。这所有灾难,都是她一手造成的。谁能把她抓来,好让我们报仇雪耻呢?"

罗姆赞国王说:"一定要把她抓来!"

罗姆赞国王立刻提笔修书一封,让信使带给他的外婆札特·达瓦希。信中写道:

……

我已经征服了大马士革、摩苏尔、伊拉克等地,粉碎了穆斯林大军,俘虏了他们的国王。我希望你和艾弗里顿国王的女儿索菲雅公主以及基督徒高级官员迅速前来。这里已在我的手下,十分安全,不用带护卫军队。

……

札特·达瓦希接到信一看,认出那是罗姆赞国王的亲笔信,高兴异常,立即开始做起程准备。

札特·达瓦希和努兹蔓的母亲索菲雅公主等人一行跋涉数日,终于抵达巴格达城。差使先行报告客人即至,罗姆赞国王对百官说:"我们最好穿希腊服装接待老太太,以免她生疑心。"

"遵命!"文武百官异口同声。

他们立即换上希腊服装,列队准备迎客。

润仙姑娘见他们装束全变,说道:"凭安拉起誓,若不是因为我认识你们,我真会说你们是希腊人呢。"

罗姆赞国王走在队伍的最前面,千骑人马出城迎接老太婆。

宾主相互望见之时,罗姆赞国王离鞍下马,走上前去。老太婆看见罗姆赞国王,也下马步行。

罗姆赞国王冲上前去,一把掐住老太婆的肋骨,差点儿将她的肋骨掐断。

"这是干什么?"老太婆问。

老太婆话音未落,卡麦康国王、佟丹宰相一齐冲上前去,骑士们将老太婆带来的婢女、男仆团团包围起来,然后将他们押往巴格达。

罗姆赞国王下令装点巴格达城,大街小巷张灯结彩。三天过后,巴格达城面貌一新。他们给札特·达瓦希老太婆戴上缀着驴粪蛋儿的红色高帽子,遍游巴格达大街小巷。

传令官在队前边敲锣边高声喊道:"大家看哪,这就是谋害欧麦尔·努阿曼国王及舒尔康总督的罪犯!这就是她应得的惩罚,应有的下场……"

之后,他们把那个老太婆钉死在巴格达城门外的十字架上。

随老太婆来的人看到这种情景,都皈依了伊斯兰教。

卡麦康国王、罗姆赞国王、佟丹宰相及努兹蔓都认为这段故事曲折离奇,故命史官将此详细记入史册,以供后人阅览。

自此之后,他们过着幸福安乐的生活,直至天年竭尽,各自东西。

这就是欧麦尔·努阿曼国王及其儿子舒尔康、杜姆康、孙子卡麦康、公主努兹曼、孙女润仙姑娘故事的最后结局。

莎赫札德讲到这里,舍赫亚尔国王对她说:"我希望你能给我讲些飞禽走兽的故事。"

"遵命!"

莎赫札德的妹妹对姐姐说:"姐姐,我从未见过国王像今天这样开心,但求你与国王陛下恩爱情长。"

讲到这里,眼见东方透出黎明的曙光,莎赫札德戛然止声。

第一百四十六夜

夜幕降临,莎赫札德开始给舍赫亚尔国王讲《孔雀与野鸭》的故事:

幸福的国王陛下,相传在许久许久的遥远古代,一只雄孔雀和一只雌孔雀住在大海的岸边。大海的岸边生活着许多猛禽猛兽,还有其他多种野兽出没。那里树木繁茂,河渠纵横。孔雀夫妇夜间栖息在一棵树上,以防猛兽侵袭,白天方才出去觅食。

天长日久,因为孔雀夫妇总是处于惶恐不安之中,便决定另找一个安全的地方栖息。当夫妻俩正在天空盘旋,寻觅新的安身之地时,眼下突然出现一座岛屿,但见那里树木繁茂,河水流淌。孔雀夫妇便落在了岛上,决计在那里住下来,饿了吃树上的果子,渴时喝河中的清水。

孔雀夫妇自感找到了一个安全的地方。刚刚安定下来,忽见一只野鸭跑来,神情极度惶恐不安,行至孔雀夫妇栖息的那棵树下,方才放下心来。雄孔雀见此情景,认定其中必有离奇的缘由,于是问其发生了什么事及其惊慌失措的原因。野鸭说:"我发愁啊,都愁病了。我害怕的是人哪!一定要警惕人,要对人保持警惕啊!"

雄孔雀说:"你已经到了我们这里,就用不着担惊受怕了。"

"赞美安拉让我靠近了你们,解除了我的忧愁和烦恼。我是为寻求你们的友谊而来的。"

野鸭话音刚落,雌孔雀飞了下来,对野鸭说:"欢迎,欢迎!没有什么可怕的。我们住在一座岛上,四面都是大海,人怎么能到我们这里呢?从陆地来不了,从海上也无法登上来,你放心就是了。现在就请你谈谈你是怎样遇到人,人又怎样给你带来灾难的吧!"

野鸭开始给孔雀讲述自己的经历:

孔雀夫人,你有所不知,我一直生活在这座岛上,平平安安,从来没有见过什么灾难发生。

有一天夜里,我做了一个梦。梦见一个人模样的,他和我谈话,我也跟他谈话。正当这时,一个声音响在我的耳边,说道:"野鸭呀,你要对人保持警惕,不要被他的话欺骗,不要上人的当!因为人诡计多端,善于欺骗。一定要小心谨慎才是!人是狡猾的骗子,有诗为证:

与你交谈时,话语甜如蜜;存心欺骗你,恶伎似狐狸。

"你有所不知,人的办法多得很哪!他们能够捕捉海里的鲸鱼,能够用泥做的弹丸射鸟,还能逮住大象呢!不管什么,都摆脱不掉人的威胁;不论飞禽还是走兽,都逃不出人的手心。这就是我所听到的关于人的可怕之处,今天全都告诉了你……"

这时,我忽然惊醒了,心中害怕不已,直到现在,一想起这些话,仍然心惊肉跳,恐怕自己遭到人的暗算,或用计谋将我杀死,或用罗网将我捕获。在仅仅不到半天的时间里,我已感筋疲力尽,心灰意懒。日已西斜,我觉得肚子饿了,想吃点儿东西、喝点儿水去,便走了出来,依然心烦意乱,不知如何是好。我走到一座山上,在一处洞穴旁遇到一头黄毛狮崽。狮崽看见我,非常高兴,对我的羽毛色彩和温柔性情有说不出的喜欢。狮崽喊了我一声,对我说:"你来呀,走近我一点儿!"

我走到它跟前时,它问我:"你叫什么?属哪一类?"

我回答道:"我是野鸭,属于飞禽一类。"

我又对它说:"你为什么到这个时候还坐在这里呢?"

"好些天来,我的父亲都在叮嘱我,要提防人……恰巧我昨夜做了个梦,梦见一个人模样的……"

狮崽把它的梦中所见给我讲了一遍。说来也巧,跟我刚才讲的我做的那个梦一模一样。

听了狮崽的讲述,我对它说:"喂,狮子,我来找你,正是希望你能把人类灭掉,要你下定决心灭掉人类。我实在为自己的生命安全担心。你是百兽之王,还这样害怕人,我就更加害怕了。"

我再三劝说狮崽要对人保持警惕,叮嘱它要把人类杀掉,直至狮崽站起来,离开了原来的地方。我也跟着狮崽走去。

狮崽用尾巴击打着自己的脊背,发出噼噼啪啪的响声。我一直跟着狮崽行至路口,忽见一股烟尘腾空而起,片刻后,烟尘下出现一个赤裸裸的动物,时而狂奔猛跑,时而在地上打滚。狮崽看见它,便喊了一声,只见那动物乖乖地走了过来。狮崽说:"喂,智力低下的动物,你属于哪一类?你为什么要跑到这里来呢?"

"王子,我是毛驴。我之所以到这里来,是为了躲避人。"毛驴回答。

狮崽说:"你怕人把你杀掉?"

"不是的,王子!我是怕人对我玩弄计谋,骑在我的背上。人有一种东西,名叫'驮鞍',把它放在我的背上;另有一种东西,名叫'兜肚',把它兜在我的肚子上;还有一种东西,名叫'后鞘',拦在我的尾巴下面;那第四种东西,名叫'嚼子',横在我的嘴里;就这样,他们用锥刺使劲地刺我,强迫我进行我力所不能及的奔跑。我跌倒时,诅咒我一通;我叫一声时,谩骂我一顿;我年迈不能奔跑时,就给我做一条木腿,把我交给驴夫,让我背驮水袋或其他东西,往返穿梭。我一直生活在屈辱、卑贱、劳苦之中。我死之后,他们就把我扔到丘坡上让狗吃掉。世上还有比这更大的忧愁烦恼吗?世上还有比这更深重的灾难吗?"

孔雀夫人,我听了毛驴的这番话,想到人类的作为,周身颤抖不止。我对狮崽说:"毛驴是情有可原的,它的这番话使我更加恐惧了。"

狮崽问毛驴:"你要到哪儿去呢?"

"太阳升起之前,我远远地看到了人,拔腿就跑;因为我太害怕人了,我不停地奔跑,但期能找到一个摆脱人类威胁的地方安身。"

毛驴对狮崽说完这句话,正要同我们告别离去时,突然大路上扬起一缕烟尘,毛驴一声大叫,望着烟尘扬起的地方,放了一个响屁。

片刻过后,烟尘下出现了一匹黑马,前额生有一块金币大小的白斑。那匹黑毛白斑马腿蹄健壮,嘶鸣着奔跑而来,跑到狮崽面前,停了下来。

狮崽看见黑毛白斑马,一番称赞之后,问道:"大兽阁下,你属于哪个种类?为什么在旷野上飞快奔跑呢?"

"百兽之王,我属于马类。我之所以这样奔跑,目的在于躲避人哪!"黑毛白斑马回答道。

狮崽听马这样一说，感到奇怪，忙劝道："不要说这种话！你生得又粗又壮，这样说未免有些丢脸。你这样健壮，又跑得这样快，怎么会怕人呢？你看我的躯体这样小，我却已经下定决心，去和人打交道，对人发动突然袭击，食其肉，平息这位可怜的野鸭心中的惊惧，让它安居家乡。可是，你这个时候一来，你的话动摇了我的决心，令我改变了初衷。你身躯粗大，力大无穷，一脚便可将人踢死，而人却不畏惧你的粗壮与威严，竟然能将你征服了。你既如此，何况我这躯体弱小之辈呢！"

马一听狮崽的话，笑了起来。马说："兽王之子，我根本斗不过人啊！在人面前，我的粗壮、庞大和威严就不值得你羡慕了。因为人诡计多端，狡猾无比。他们用椰枣树叶纤维拧成的一种叫'羁绊'的东西，捆住我的四条腿，把我的头和腿绑在一根高桩子上，我只能站着，不能蹲坐，更不能睡觉。他们想骑我时，就把一种叫'马鞍'的东西，放在我的背上，再用两条带子，紧紧扎住套绑在我的腋下，再把一种叫'嚼子'的铁东西横在我的嘴里，然后连上一条名为'缰绳'的皮条子；他们要骑我时，在马鞍下挂上两个铁东西，称之为'马镫子'。一切准备完毕，人骑在鞍上，脚踩着马镫子，手握着缰绳，用马刺使劲地刺我的肚子，直至我鲜血流淌。兽王之子，人如何折磨我的事情，你就不要问了。当我年纪大了，没有多大力气了，跑不了那样快时，他们就把我卖到磨房里去，让我拉磨。我夜以继日地拉磨，待我力气竭尽时，便把我卖给屠夫，将我宰杀，剥下我的皮，拔掉我的尾巴。他们把我的毛卖给张箩制筛的；我的油，他们拿去炼。"

狮崽听了马讲述的这番话，更加愤怒、惆怅。它问马："你是什么时候离开人的？"

"我离开人有半天时间了，他们正在追赶我。"

狮崽正与马交谈时,突见一缕烟尘腾空而起。片刻过后,烟尘消散,出现一峰奔跑的骆驼,口中唠唠叨叨,两脚不停地蹬地,快速向着我们跑来。狮崽看见骆驼那样粗壮高大,认为那就是人,想扑上去,我急忙开口说:"百兽之王的公子,这不是人,而是骆驼,好像刚从人那里逃出来。"

我正和狮崽说话时,骆驼来到了狮崽的面前,向狮崽问安好,狮崽回了礼,并且问道:"你为什么到这个地方来呢?"

"逃避人哪!"

"你身躯魁伟,身强力壮,看上去一脚能把人踢死,为什么还会怕人呢?"

"王子啊,你有所不知,人足智多谋,诡计多端,除了死神,谁也难以征服他们。他们在我的鼻子里穿一根绳子,人称之为'鼻弦',再用笼头套在我的头上,然后把我交给最小的孩子;别看我身躯如此庞大,只要拉着那根鼻弦,就连最小的小孩子都能牵着我走。他们让我驮上重物,拉着我长途旅行。白天快要过去、夜晚降临时,他们便把沉重的劳务加在我的身上。我年纪大了,老了,力气衰竭时,主人就不要我了,把我卖给屠夫,将我宰杀。把我的皮卖给制革匠,把我的肉卖给厨师。人究竟给了我多少罪受,王子就不必再多问了。"

"你是什么时候离开人的?"狮崽问。

"傍晚时分。我猜想,我一走,他们看不见我时,就要追寻我。王子啊,就请让我在这荒原上奔跑吧!"

"喂,骆驼,且慢!就请亲眼见识一下我怎样将人捕获,食其肉,碎其骨,喝其血的吧!"

"王子啊,我真担心你被人抓住啊!人是狡猾的骗子,有诗为证呀!"接着,骆驼吟诵道:

一日灾星陨故土,万民以走为上策。

骆驼正与狮崽交谈时,忽见一股烟尘腾起。过了一会儿,烟尘散去,出现一位身材矮小、皮肤细嫩的老翁,肩上挎着一只篮子,里面放着木匠用的家什,头上顶着一根树枝和八块木板,领着几个小孩子,急匆匆地走来。

我一看见那位老翁,心中非常害怕,然而狮崽却站起来,朝那老翁走去。狮崽走到老翁跟前,老翁脸上绽现出笑容,口齿伶俐地说:"尊敬的兽王陛下,安拉赐你平安幸福,使你勇敢过人,力大无比。我饱受苦难,请大王拉我一把吧!除了大王陛下,我再无救星了。"

老翁站在狮崽面前,边哭边诉,呻吟不止。狮崽听罢老翁的哭诉,说道:"我来为你解除灾难!究竟谁虐待了你?长得像你这样英俊,口才像你这样出众的野兽,我压根儿还没见过。你究竟有什么冤枉事呢?"

"百兽之王陛下,我是个木匠。虐待我的不是别的,而是人,明天早晨,人就会来这个地方找我。"

狮崽听木匠这样一说,脸上的光泽顿时消失,脸色突然阴沉下来,它打起响鼻,吼叫不止,眼里闪着凶光,厉声说:"凭安拉起誓,我今夜里不睡觉了,一直熬到天亮;不达目的,绝不回去见我的父王。"

狮崽说罢,转眼凝视着那位老木匠,说:"我是讲义气的,无意伤害你的自尊心。不过,我看你走起路来很慢,步子很小,恐怕无法与野兽一道行动。请你告诉我,你要到哪里去呢?"

"你有所不知,我要到你父王的宰相豹子那里去。因为豹子宰相听说人要到这块土地上来，它十分害怕自己受到伤害，便派差使将我请来，让我给它造座住房，供它安身避敌，以免遭受人的进攻。差使到我家之后，我就带着树枝和木板，这就去为豹子宰相造房子。"

狮崽听罢木匠的这番话，对豹子的嫉妒心油然而生。它说："凭我的生命起誓，在去给豹子宰相造房子之前，你一定要先用这些木板为我造一座房子。等把我的住房造好，你再去为豹子宰相造房子不迟。"

木匠听罢狮崽的话，说道："我在为豹子宰相造好房子之前，是不能为你办任何事的。只有等我把豹子宰相的房子造好，我才能回过头来为王子效劳，为王子造一座足以防备人侵袭的坚固房舍。"

狮崽一听这话，发怒了："凭安拉起誓，你不用这些木板给我造一座房子，我就不让你离开这个地方。"

话音刚落，狮崽便向木匠扑去，想和木匠开个玩笑，它伸出前爪，把木匠肩上的篮子拉了下来，只见木匠登时倒在地上，昏迷过去。

狮崽见此情景，说道："木匠啊木匠，你这个该死的！你如此软弱无力，情有可原，怪不得你怕人哪！"

木匠仰面倒在地上，心中十分生气，但他竭力掩饰自己脸上的愠色，因为他怕狮子。过了一会儿，木匠坐了起来，笑着对狮崽说："好吧！我这就动手给你造房子。"

木匠拿过木板按狮崽的身体尺寸，用钉子钉了一个木箱形状的房子，连门都没留，而是开了一个大天窗，并为之做了一个盖子，周围钻了许多钉眼，让钉子头露出来。木匠对狮崽说："请进吧！前后腿都跪下去。"

狮崽从命，钻入箱子里，只有尾巴露在外面。狮崽想退出去，木匠说:"稍等,让我看看房子能不能容下你的尾巴。"

未等狮崽答话,木匠便把狮崽的尾巴卷了卷,塞入了木箱内,迅速用木盖将天窗盖上,立即钉住。狮崽叫道:"喂,老木匠,你造的这座房子太窄了,快让我出去吧!"

木匠说:"后悔已经来不及了,你要想从这口箱子里逃出去,那要比登天还难。"

木匠哈哈大笑一阵,然后又说:"你已入笼中。你是最坏的野兽。"

狮崽说:"兄弟,你怎能对我说这种话呢?"

"野兽啊,你要知道,你最害怕的事情已经发生了,命运使你落入了罗网之中,再警惕也无济于事了。"

狮崽听罢木匠这番话,恍然大悟,知道这木匠就是它的父王白天提醒它警惕的、梦中无名呼声告诫它要防备的人类一员。

孔雀夫人,毫无疑问,我相信那木匠就是人,我感到由衷害怕,担心自己会遭殃。

我躲到一个远一点儿的地方,看看那人究竟怎样处置那头狮崽。我亲眼看见那个人就在关着狮崽的那口箱子的旁边挖了一个坑,把箱子丢入坑中,架上干柴,点着了火,火熊熊燃烧了起来。

眼见此情此景,我更加害怕了。因为怕人伤害我,为了逃避人,我整整飞跑了两天。

孔雀夫妇听完野鸭的讲述,觉得非常奇怪。

讲到这里,眼见东方透出黎明的曙光,莎赫札德戛然止声。

第一百四十七夜

夜幕降临,莎赫札德接着讲故事:

幸福的国王陛下,孔雀夫妇听完野鸭的讲述,觉得非常奇怪。雌孔雀说:"野鸭妹妹,你现在可以高枕无忧了。因为我们现在在一座海岛上,这里没有人的行迹,你可以选择一个地方安身立命,安拉会为你和我们提供方便的。"

野鸭说:"我真担心灾难突然降临,我孤身难以抵抗。"

"那么,你就像我们一样,住在这里吧!"

雌孔雀一再劝说,野鸭终于住了下来。过了一会儿,野鸭又说:"孔雀姐姐,你知道,我的耐心是很差的,倘若我不是见你住在这里,我是不能住下去的。"

雌孔雀说:"你如果有什么要求,我们会满足你的。倘若我们的大限已近,谁又能拯救我们呢?任何生命,都有一定寿数;寿数尽时,才会归真。"

雌孔雀和野鸭正交谈时,突见眼前扬起一缕烟尘,野鸭一声大叫后,纵身跳入海中,同时说道:"小心呀!小心呀!即使在劫难逃,也要加倍提防。"

那缕烟尘遮云蔽日,铺天盖地。过了一会儿,烟尘渐消,一只羚羊出现了,野鸭和孔雀这才定下神来。雌孔雀对野鸭说:"野鸭妹妹,使你惶恐失措的是一只羚羊。你看哪,它向我们走来了。我们和羚羊没有什么利害关系,因为羚羊是食草动物,只吃大地上植物中的草类。你是水鸟，属于禽类，你只管放心就是了。千万不要发愁，因为发愁会伤身的……"

雌孔雀话未说完，羚羊便来到了它的面前，在树下乘起凉来。羚羊看见孔雀和野鸭，立即问好致安，说道："我今天才来到这座岛上。我没见过比这里水草更肥美、环境更安静的地方了。"

羚羊请孔雀和野鸭与自己结为好友。孔雀和野鸭见羚羊诚恳友好，便走了过去，表示愿意结为好友。于是它们立誓结盟，决心同吃同喝同玩，同生死，共患难。

孔雀、野鸭和羚羊从此一起吃喝，快乐地生活着。

有一天，一条迷了航向的船路过此岛，在它们附近的岸边停泊下来，船员们上了岸，分散在岛上。他们发现孔雀、野鸭和羚羊在一起，便向它们走去。羚羊一见人来，立即逃往野地里去，而孔雀夫妇则展翅飞上了天空，唯有野鸭惊惶失措，呆站在原地，不知如何是好。船员们于是把野鸭抓住了，只听野鸭高声喊道："命该如此，防不胜防！"

船员们将野鸭带上了船，雌孔雀眼见野鸭的遭遇，决心迁离此岛，它慨然叹道："不论是谁，都面临着灾难。若不是有这条船经过这里，我和野鸭怎会分离呢？野鸭是我最好的朋友之一。"

雌孔雀飞去会见羚羊，羚羊向雌孔雀问好，祝贺它平安脱险，向它打听野鸭的情况，雌孔雀说："敌人把它抓去了。我不愿意再在这座岛上住下去了。"

话音未落，雌孔雀眼泪簌簌落下，痛惜别离野鸭。它吟诵道：

　　离别之日碎我心，求主莫判两分离。

雌孔雀又吟唱道：

但期重聚日早至,听我诉说别离苦。

羚羊听后,伤心不已。经过羚羊再三劝说,雌孔雀方才打消了迁离那座岛屿的念头,与羚羊一起吃喝,心安神定。可是,它们仍为野鸭的离去感到难过。羚羊对雌孔雀说:"孔雀大姐,我已弄明白,我们的分离与野鸭的死亡,完全是从船上下来的那些人一手造成的。因此,千万要警惕他们,以防受人的欺骗,中人的阴谋诡计。"

雌孔雀说:"野鸭的死因,我知道得清清楚楚,就是因为它丢弃了祈祷。我曾告诉它,丢弃祈祷,恐怕会出事的。因为安拉所创造的一切都在赞美安拉,向安拉祈祷。倘若有谁忽略了祈祷与赞美,必会得到死神的惩罚。"

羚羊听罢雌孔雀这番话,忙说道:"安拉会让你的容貌更美丽!"

自此之后,羚羊祈祷从不间断,口中念念有词:"一切赞颂,全归安拉,全世界的主,至仁至慈的主……"

讲到这里,莎赫札德说:"幸福的国王陛下,现在我讲一个山中牧羊人的故事。"

舍赫亚尔国王说:"快讲吧!我留心听着呢!"

莎赫札德开始讲《山中牧羊人》的故事:

相传许久许久以前,有一位信士在山中修行。那座山中住着一对鸽子。那位信士常把自己的食物分成两份,一份留给自己,另一份送给鸽子夫妇享用……

讲到这里,眼见东方透出黎明的曙光,莎赫札德戛然止声。

第一百四十八夜

夜幕降临，莎赫札德接着讲故事：

幸福的国王陛下，那位信士常把自己的食物分成两份，一份留给自己吃，另一份送给鸽子夫妇享用，祝夫妇俩多多生儿育女。果然，信士如愿以偿，鸽子夫妇生育了许多儿女，而且都栖息在那位信士修行的山中。

鸽子们之所以会聚在信士所在的那座山上，原因是鸽子祈祷多。据传鸽子常常祈祷、赞美道："赞美你呀，安拉！创造了万物，创造了天，创造了地，为万物带来生机。"鸽子夫妇一直过着宽裕的日子。后来，那位信士离开了人世，鸽子群方才散去，分住在城市、乡村和山中。

相传，有一座山里住着一位牧羊人，是一位虔诚、清廉的信士。他牧放着一群羊，靠羊奶填饱肚子，用羊毛做衣御寒。

牧羊人住的那座山，树木繁茂，水草肥美，还有许多野兽。尽管野兽很多，却从未伤害过牧羊人和他的羊群。牧羊人生活在那座山中，安乐自在，整日沉浸在修功悟道之中，尘世与他毫无瓜葛。

有一次，牧羊人患了重病，住进一个山洞。他的羊群白日外出吃草，夜晚则回到山洞里栖身。

安拉有意要考验一下牧羊人的忠诚与耐力，于是派去一名天使，变成一位窈窕美女，进到洞中，坐在牧羊人面前。牧羊人见一美女坐在自己身边，不禁周身颤抖。他对美女说："姑娘，谁让你到这儿来的呢？你没有必要到我这里来。你我之间没有任何关系，你不该来我这里。"

美女说："牧羊人，难道你没有看到我如此貌美动人，没有闻到我的周身散发着扑鼻的香味？莫非你不懂得男人更需要女人的爱？你为什么要拒绝与我亲近呢？"

牧羊人说："姑娘，你欺骗成性，你的话我是不相信的。我远离尘世，索居深山，为了修身养性，不会和你们女子打交道的。"

"喂，迷路的牧羊人，我想陪你永居深山，终生伺候你。你如果能和像我这样的美女生活在一起，你将很快恢复健康。你拒绝我的一番好意，你会终生后悔。牧羊人，你有所不知，先辈圣贤哲人，哪一位不比你见识广，但他们都不拒绝女子，相反却亲近妇女，尽享人生乐趣。他们的行为既无害于宗教信仰，又不剥夺生活乐趣、宗教与人生，两者并不矛盾，本可两全其美。我劝你不要固执己见，接纳我吧！"

"姑娘，你说的那些，我都厌烦了；你提到的那些，我均已弃绝。因为你是个骗子，背信弃义，没有任何忠实、信用可谈。你的美貌背后，掩盖着多少丑恶？到头来，全是后悔和悲伤的结局。利己害人的女子啊，你赶快离开我吧！"

说罢，牧羊人用斗篷把自己的脸蒙上，不再看那美女，自己赞颂起安拉来。

天使见牧羊人如此虔诚、忠实，便离开山洞，腾空而起，回到了天上。

牧羊人修行的那座山附近有个山村，村里有位信士，并不晓得牧羊人所在的地方。一天夜里，村里的那位信士做了个梦，梦中仿佛听到有人对他说："在你附近的某个地方，隐居着一位虔诚的牧羊人，请你到他那里去，听从他的命令吧！"

第二天早晨，村里的那位信士便找牧羊人去了。走着走着，只觉天气炎热得厉害，他来到"美人泉"旁的一棵大树下，坐在树荫下乘凉休息。他正坐在那里时，忽见群鸟众兽纷纷来泉边喝水。鸟兽们见信士坐在那里，竞相逃离而去。

这时，信士心想："我坐在这里休息，却给鸟兽添了麻烦。"于是站起身来，自责道："我今天坐在这个地方，伤害了鸟兽。在我和鸟兽的主那里如何交代呢？正是因为我在这里坐着，鸟兽们才不敢来喝水、食草。在我的主面前，我是多么羞愧啊！清算之日来临，我有何面目去见安拉呢？"

说到这里，信士泪水滚落，边哭边吟道：

一旦人得知，何故被创生。既不混度日，亦不沉于梦。
死后得复活，清算日公正；责备难逃脱，大难量过功。
有禁必得止，有令定要行。终像七眠子①，长眠山洞中。

信士后悔自己坐在泉旁的一块大石头上，痛感自己阻碍了鸟兽们饮水，因此泪流不止。他茫然向前走去，终于找到了牧羊人。

信士见到牧羊人，问过安好，相互拥抱，信士仍然哭泣不住声。牧羊人说："我住在这里，不曾有人来看我，是谁把你领到这里来的？"

信士回答道："我做了个梦，梦见一个人向我描述了你所在的地方，并且吩咐我前来找你，向你问安。我正是遵循梦中人的指示来的。"

---

① 七眠子，也称洞中人。据《古兰经》记载，古代有七个青年因信奉独一无二的安拉而受到当时国王的迫害，他们遂逃离家乡到深山中避难，他们在山洞中沉睡了三百年。

牧羊人吻了吻那位山村里的信士；有他陪伴着自己，牧羊人心里感到高兴。信士与牧羊人一起住在山洞中，一道崇拜安拉，修身养性，虔诚清廉，洁身自好。二人食羊肉，喝羊奶，远避金钱与红尘，直到天年竭尽。

讲到这里，舍赫亚尔国王对莎赫札德说："莎赫札德，你的故事使我厌恶了我的王权，使我后悔，我悔不该杀死那么多女人和姑娘。你能给我讲个鸟儿的故事吗？"

"可以。"

莎赫札德开始讲《水鸟与雄龟》的故事：

相传，很久很久以前，有一只水鸟飞得很高很高，忽然俯冲下来，落在河当中的一块巨石上，河水流得很急。

水鸟刚刚站在巨石上，忽见一具人的尸体随水漂流过来，因水流急，将尸体搁浅在巨石一侧，又因尸体已胀得很大，停在那里一动不动了。

水鸟走近仔细观看，发现是一具人的腐尸，只见遍体伤痕。见此情况，水鸟心想："这个被杀死的人，原来是坏人。人们群起而攻之，将他杀死，才不担心受他的侵害了。"

水鸟边看腐尸边想，正觉得可疑之处甚多之时，只见许多兀鹰和秃鹫飞来，将那腐尸包围。眼见此情此景，水鸟惊惧异常，不禁自言自语道："我再也没有耐心在这里住下去了。"说罢，另找暂时栖息的地方，等到尸体被吃完、猛禽离去之后，再飞回原地。

水鸟一直飞了好远，才看见一条河，河心有棵大树，于是落到树上，远离故土的忧伤与痛苦难以表述。水鸟心想："啊，痛苦依然伴随着我呀！看见那具腐尸的时候，我高兴真主为我送来了美餐……可是，顷刻之间，欢乐变成了忧伤，愉快转化成了痛苦，欣喜让位给了惆怅。一群猛禽夺去了我的美食，使我不得享用，望食兴叹。在这样的世界上，我怎么能祈求得到安宁呢？我又怎能放心地生活呢？古谚说：'世界乃是一座房舍，属于没有房舍的人。无智之人则要受它欺骗，因为有金钱、儿女、族人和好友而安心居住，甚至对之完全依靠。先在地上得意蹒跚，最终走入地下，催促亲人将之掩埋。'对青年来说，面对灾难，忍为上策。我已经远离故土和巢穴，我本不喜欢远离兄弟和伙伴……"

水鸟正在沉思，突然看见一只雄龟滑入水中，向自己游来。

雄龟游近水鸟，问过安好，然后说："你为什么远离自己的家乡呢？"

水鸟回答说："那里来了许多敌人，智者是没有耐心与敌人为邻的。"

水鸟吟诵诗句道：

一旦灾星陨故土，万民以走为上策。

雄龟说："事情既然像你说的这样，我就一直守在你的身旁，不再离开你了。你有什么事情，我会为你效劳的。俗话说得好：再没有比背井离乡更难耐的孤零和寂寞。又有人说，任何灾难都不能与别离善良人等同。古人有训：智者自慰的最佳办法是异乡结友，忍受灾难。我衷心希望你允许我陪伴你，让我做你的仆人和助手。"

水鸟听了雄龟的这番话，说道："你说得对呀！凭真主起誓，我真的尝到了远离家乡，别离兄弟、朋友的寂寞孤苦。别离之中果有可以供人借鉴思考的问题。一个青年若找不到可以安慰自己的朋友和伙伴，那么，他便与外界中断了联系，听不到任何消息，因而招来长久祸患。智者在任何情况下，都应该通过接触朋友，消除心中的忧闷，增强自己的忍耐力和坚韧性；忍耐和坚韧是两种美德，凭借二者可以战胜一切灾难，排除一切恐惧心理和急躁情绪，使人遇事不慌，胆大心细，遇难呈祥。"

雄龟说："你千万不要急躁！因为急躁会搅乱你的生活，削弱你的意志。"

水鸟和雄龟交谈了很长时间。后来，水鸟说："我仍然担忧灾难临头，总也放不下心来。"

雄龟听水鸟这样一说，急忙走近它，亲吻水鸟的前额，然后说："群鸟遇事都来同你商量，以求平安，你还忧虑什么呢？"

雄龟一再安慰、劝解，水鸟终于心定神安。雄龟与水鸟相伴，生活平静安乐。

一段时间过后，水鸟思念起故乡来，于是悄悄地飞回河当中的那块巨石上。水鸟到原来腐尸所在的地方一看，猛禽已经踪影不见，而那具腐尸也只剩下几根骨头，于是它急忙飞到雄龟身旁，将所看到的情况一一如实相告，它高兴地说敌人已经离开了自己的家乡。水鸟对雄龟说："我想回老家去，和亲人朋友一起生活是愉快的。对于智者来说，离别故土的愁思是难以忍耐的。"

雄龟便和水鸟一起来到水鸟的故乡。到了故乡一看，没有发现任何可怕的迹象，水鸟因此不胜快乐，情不自禁地吟唱道：

> 兴许灾难降，青年无奈何。真主自有力，除灾方略多。
> 灾难环扣环，坚固不胜说。臆想难摧者，消隐在顷刻。

雄龟和水鸟在那块小岛式的巨石上住了下来。

水鸟正沉浸在平安、欣悦、愉快之中时，一只饥饿的鹞鹰俯冲下来,伸出爪子,将水鸟牢牢抓起,旋即它成了鹞鹰的一顿美餐。

平静岁月,水鸟没有保持应有的警惕性。它之所以丧命,原因在于它忽略了祈祷。据传,水鸟在此之前常常口中念念有词,赞美真主不止。

听罢水鸟的故事,舍赫亚尔国王说:"莎赫札德,你的这个故事为我提供了许多训诫。你能给我讲几个兽类的故事吗?"

"遵命!"

莎赫札德开始给国王讲《猴子与雄龟》的故事:

相传,很久很久以前,有一只猴子,本是猴国之王,名叫"马赫尔"。它年事已高,老态龙钟,被王国里的一只年轻的猴子打败,王位随之丢失,它只得逃出猴子王国。他来到一条河边,见那里有一棵无花果树,便爬上树去,从此居住在那棵树上。

有一天,老猴儿正在树上吃无花果,不期一个果子脱手落入水中。果子落水,传出一阵带有节奏的响声,老猴儿觉得甚是悦耳,于是边吃边往水里投果子;因那响声悦耳,老猴儿十分高兴,一连往水里投了许多无花果。

水里生活着一只雄龟,每见一个无花果落水,便游去吃掉。时间久了,雄龟以为那猴子有意把果子扔给自己,让自己吃,于是很想与猴子交朋友。

雄龟与老猴儿接近,亲切交谈,彼此很快熟悉起来,相互做了朋友。

守在家中的雌龟见雄龟久久不归,不禁忧心忡忡,遂将心事告诉了一位邻居。

雌龟说:"我真担心它在外面遇到什么不测,被人暗害了。"

邻居说:"你丈夫在河边,与一只猴子交了朋友,猴子供它吃供它喝,因此它不回来见你了。你想要你丈夫回家住,非想法子把猴子杀死不可。"

雌龟说:"那我该怎么办呢?"

邻居说:"你丈夫回来时,你就装病。它若问起你的病情,你就对它说:'大夫给我开了个方子,要我吃猴子的心,病才能好。'"

过了几天,雄龟回到家里,发现妻子情况不好,卧病不起,愁云满面。雄龟问:"你怎么成了这个样子啦?"

邻居答话说:"你妻子真可怜,她病了。大夫诊断过了,还给她开了个方子,只有吃猴子的心,病才能痊愈。"

雄龟说:"这太难办了!我们生活在水里,到哪儿去弄猴子的心呢?不过,我去设法弄我那个猴子朋友的心吧!"

雄龟来到河边,猴子问它:"兄弟,你有什么不方便,怎么几天不来见我?"

雄龟说:"我感到羞愧啊!因为你待我太好了,我不知道该怎样报答你的恩惠才是。我想请你到我家去做客,以便报答你给我的大恩大德。我的家在一座花果岛上,就请你坐在我的背上过河吧!"

老猴儿很想去雄龟家做客,于是从树上跳下来,坐在雄龟背上,雄龟开始游泳。

雄龟游到河心时,便展露出了隐藏在心中的恶意,将头垂了下去。

老猴儿问:"我怎么看你愁云满面、忧心忡忡呢?"

雄龟说:"我之所以发愁,是因为我的妻子患了重病,这使我不能从你这里得到更多的恩惠和关怀了。"

老猴儿说:"据我所知,你从我这里得到的恩惠已够你享用的了。"

雄龟说："是的。"

雄龟驮着猴子游了一个时辰，又停了下来。这时，猴子心中生疑，心想："这乌龟又停了下来，其中必有原因。我想它的心变了，背弃了我的友好感情，存心要害我。世上变化最快的莫过于心。有人道：'一个聪明人，不论什么时候做什么事、说什么话，也不论动还是静，就连亲戚、儿女、兄弟和朋友的心里有什么想法，都应该摸清楚，千万不可忽略。'这足以证明人心不可意料。学者们说：'朋友之间产生疑心，务必警惕，谨慎从事，时刻留心；假若事情果然如同意料，可以安然无恙；假若出乎意料，保持警惕，也不至于为自己带来损失。'"

想到这里，老猴儿对雄龟说："兄弟，你怎么啦？你怎么又犯起愁来了？仿佛又在自言自语什么。"

雄龟说："使我感到发愁的是，恐怕你到了我家，情况不像你想象的那么好。因为我的妻子重病在身呀。"

老猴儿说："你不要发愁！惆怅对你没有任何好处。你就赶快找能治你妻子病的药和食物吧！有人说：'有钱人应把钱用在三个地方：其一，施舍；其二，饥馑时；其三，女人身上。'"

雄龟说："你说得对！大夫为我的妻子诊断后，说除了吃猴子的心，别无救药。"

老猴儿听雄龟这样一说，心中暗想："唉，可怜哪！我这把年纪，还没有挣脱贪欲的纠缠，致使我又跌入灾难的泥坑。有人说得好：'知足常乐，贪欲招灾！'我现在需要用智慧，想办法，才能摆脱困境。"

想到这里，老猴儿说："你何不在我家时，就把此事告诉我，也好让我带着我的心呢？这是我们猴子的生活规律，出门访亲问友时，总是要把心放在家人那里或放在原地，以免看见人家的妻室时产生邪念。我们外出时，是从不带心的。"

雄龟急切地问："你的心现在在哪里？"

老猴儿答道："我把我的心留在了那棵无花果树上了。你如果真想要我的心，就带我回那棵树下，让我上去把我的心摘下来给你吧！"

雄龟听后很高兴，心想："我的朋友用不着我骗它，它自己就答应了我的要求！"

旋即，雄龟驮着老猴儿向原地游去。

接近岸边时，老猴儿一跃，离开了龟背，跳到岸上，迅速爬上了无花果树。

听完故事，国王说："好聪明的老猴子啊！天还早，再讲一个有趣的故事吧！"

"遵命！"

莎赫札德开始给国王讲《狐狸、狼与人》的故事：

相传，很久很久以前，一只狐狸和一只狼合造了一个窝，它们同住在里边，一起度过一段时光。狼常常欺负狐狸。有一天，狐狸劝狼要温和一些，丢掉坏脾气，它对狼说："如果你总是这样狂傲暴烈，弄不好真主会派人来制伏你。你有所不知，人类计谋高超，策略多变，聪明善断，可猎天上的飞鸟，可捕海中的鲸鱼，有移山填海之本领，有征服一切之手段。因此，我劝你坚持平等公道，丢弃蛮横暴虐积习。若能这样，你就能安享太平，生活幸福。"

狼根本不接受狐狸的劝告，粗暴地回答道："你有什么资格谈论这样的大事？简直是胆大妄为，不知天高地厚！"

说罢，狼狠狠地抽了狐狸一个耳光，狐狸当即倒在地下，晕了过去。

过了一个时辰，狐狸慢慢苏醒过来，微笑着，为自己刚才讲过的那些话向狼表示深深的歉意，请求宽恕原谅。狐狸吟唱道：

原本出爱心，不料大错成。有伤君体面，失敬在语中。
诚表忏悔意，但求怜悯情。既来乞宽恕，谅自贵手生。

狼接受了狐狸的道歉，中止了惩罚行动。狼对狐狸说："从今以后，你不要说与你无关的事，否则就要听你不喜欢的话了。"

讲到这里，眼见东方透出黎明的曙光，莎赫札德戛然止声。

第一百四十九夜

夜幕降临，莎赫札德接着讲故事：

幸福的国王陛下，狼接受了狐狸的道歉，中止了惩罚行动。

狼对狐狸说："从今以后，你不要说与你无关的事，否则就要听你不喜欢的话了。"

狐狸回答道："遵命！从今以后，你不喜欢的事，我只字不提。圣贤说得好：无人问你，不要回答；不懂之事，不要装懂；事不关己，高高挂起；莫向坏人进忠言，因为他们以怨报德。"

狼听了狐狸的这番话，微微地笑了。但是，狼仍对狐狸怀恨在心，心想："我一定要设法杀死这只狐狸。"

狐狸忍受着狼对它的折磨，心想："骄傲和诽谤必然带来死亡，造成困窘局面。先贤有训：骄横者必然失败，鲁莽者必定后悔，谨慎者安然无恙；平等待人乃是高贵者的品质之一，礼貌是最高尚的收获。眼下，我最好迁就、奉承这个暴虐之徒，它是必定要灭亡的。"

想到这里，狐狸对狼说："奴仆犯了罪，真主都会原谅、宽恕自己的奴仆。我是一个懦弱的奴仆，竟敢出言劝说主人，犯下了鲁莽大罪。假若我早知道会尝你的耳光之苦，我想就是大象也不敢进言的。不过，我无意诉说这一记耳光的痛苦，因为从中得到了快乐。这一记耳光虽然打得我够难受的，然而其结果却是欢乐和愉快。先贤有训：来自训育者的处罚，其始令人觉苦，其末却比蜜甜。"

狼听罢狐狸的话，说道："我宽恕了你的罪过。从今以后，你要加倍小心谨慎，少跌跤，承认你的奴仆地位。我的威严你已经见识过，谁与我为敌，绝无好下场。"

狐狸忙向狼叩拜，并且说道："真主使你长命百岁，万寿无疆。谁敢与你为敌，定为你所征服。"

狐狸依然害怕狼，百般奉承它。

有一天，狐狸到了葡萄园，发现围墙上有一个缺口，不免心中生疑。狐狸心想："这墙上出现一个缺口，其中必有缘故。古人云：'谁看见大地上有了裂缝而不躲避，还想把脚踏上去，那便是冒险，必遭杀身之祸。'有一个例子，无人不知，无人不晓：相传有一个人做了一个狐狸模型，放置在葡萄园中，并在假狐狸面前放上一盘葡萄，以便让真狐狸看见，上前去吃葡萄，从而落入罗网或陷阱之中送命。依我之见，这围墙上的缺口就是一种阴谋诡计。古人说：'谨慎小心就是一半聪慧。'从小心谨慎出发，我必须对这个缺口加以研究，也许会从中发现导致上当送命的机关。我绝不能因为贪心而自投陷阱，白白送命。"

想到这里，狐狸走近围墙缺口，小心翼翼地看了一看，发现缺口下有一个大坑，那是葡萄园的主人为了捕捉糟蹋葡萄的野兽而挖的。狐狸还发现大坑上有一个薄薄的盖子。

看清楚之后，狐狸离开了那里，说道："赞美真主，我终于发现了那里的秘密。我希望我的敌人——狼跌落在那深深的陷阱里；因为那老狼在，我的生活便不得安宁。老狼被人捉起来，我就可以独享葡萄园，平平安安地生活在这里。"

接着，狐狸摇晃着脑袋，高声笑着，哼着小调，然后得意扬扬地吟唱道：

但期此时刻，劲敌落陷阱。狼常威迫我，心浸苦水中。
但求人灭狼，从此消踪影。园中静悄悄，我独戏青藤。

狐狸唱罢，转身飞快地跑了回去。狐狸对狼说："喂，我的主人，真是天赐良机呀！真主为你提供了方便，可以让你毫不费力地进入葡萄园。这是你的福气呦！祝贺你呀！真主会让你轻易地获得战利品。真乃是：生活的门路宽又广，何须费力空繁忙！"

狼不解地问："何以见得呀？你说这些话，又有何凭据呢？"

"我走到葡萄园里，发现葡萄园的主人死了。于是，我便大摇大摆地走进了葡萄园，只见那里果实累累，挂满枝头，色彩艳丽，真是馋人。"

狼听狐狸这么一说，半点儿也不怀疑，禁不住垂涎三尺，贪吃之心顿生。于是，狼站起来，在贪心的诱使下，快步向葡萄园走去。

狼和狐狸来到葡萄园围墙的缺口处,只见狐狸停了下来,看上去疲惫不堪,一动不动,像是死了。狐狸暗自吟唱道:

想会莱伊拉①,贪心何猖狂?痴情一条汉,以命冒险郎。

狼走近围墙缺口,狐狸对狼说:"喂,我的主人,进园吧!用不着再把墙推倒了,真主已经做了好事。"

狼通过围墙缺口,向葡萄园走去。它刚刚行至坑盖中间,坑盖便塌陷了,狼随即跌入陷阱之中。

眼见此情此景,狐狸欣喜若狂,心头的烦恼与愁闷顿时烟消云散。

狐狸兴高采烈地唱道:

时光怜悯我,惜我受熬煎。
让我得所求,除我忧与烦。
我定宽恕它,往日罪滔天。
可惜狠心狼,难逃死亡关。
果园我独享,决不共愚伴。

狐狸走到坑的旁边,只见狼在坑底落泪,痛苦、后悔不已。狐狸和狼一道哭了起来。

狼抬起头来,望着狐狸,说:"喂,艾卜·侯赛尼②,你哭是因为可怜我的遭遇吗?"

---

① 莱伊拉,阿拉伯著名爱情悲剧故事中的女主人公,痴情美女的典范。
② 艾卜·侯赛尼,狐狸的称号。

狐狸说："不是的！凭将你抛入陷阱的真主起誓，我并不同情、可怜你。我之所以哭，原因在于你竟然逍遥法外那么长时间，为什么在此之前不落入陷阱之中呢？假若在我见到你之前，你已经落入陷阱的话，我早就可以舒舒适适地过平静日子了。不过，你的末日来临了，你已经活到头了。"

狼说："喂，干坏事的家伙！快到我母亲那里去一趟，把我的情况告诉她，但愿她能设法救我。"

狐狸说："因为你太贪心，贪得无厌，使你跌入了陷阱，送了你的命。这一回，你没有活命的机会了。喂，愚蠢的老狼，难道你没有听人说过'不计后果，必食恶果'吗？"

"艾卜·侯赛尼，你本来很敬重我，期望和我交朋友，惧怕我的魔力。我过去有对不起你的地方，请你千万不要记恨在心。敬重真主、宽大为怀者，必得真主报偿。有诗为证……"

接着，狼吟唱道：

> 且请播种德，即使地不当。不论何处播，终究不失望。
> 德种播下去，他日当有偿。种德必收德，纵使待时长。

狐狸说："愚蠢绝顶的野兽，呆傻无比的畜生，你暴虐蛮横，高傲自大，目空一切，难道你都忘记了吗？你不讲交情，没有按照诗人的劝告行事。"

说罢，狐狸吟诵道：

> 君握利剑时，千万莫蛮横。劝君且牢记，仇自暴虐生。
> 你眼沉睡时，怨者神志清；心中诅咒你，真主眼不瞑。

狼听罢狐狸的吟诵,说道:"喂,艾卜·侯赛尼,请不要再责备我过去的罪过,希望你高抬贵手,原谅我的过错。你要知道,行善就是一种积德啊!你可知道诗人有这样的诗句吗?"

狼吟诵道:

  趁有能力时,赶快行善功。须知你自己,并非日日能。

狼低三下四,卑躬屈膝,再三求救于狐狸。狼说:"喂,艾卜·侯赛尼,但愿你设法救我一命。"

"哼!你这个背信弃义、蛮横成性的东西,你坏事干尽,休想再活命。这就是你为恶的必然下场。"

狐狸说罢,笑着吟唱道:

  莫再欺骗我,蒙蔽难长久。
  休想逃活命,纵然苦哀求。
  昔日种灾祸,今朝饮苦酒。

狼仍然哀求,说:"艾卜·侯赛尼,你是最温驯的动物,救救我吧!我今日落入这陷阱,我相信绝不是你干的。"

狼又吟诵道:

  回忆昔岁月,你待我情厚。
  今日遭灾难,只能将你求。
  你是大救星,脱险赖你手。

狐狸说:"愚蠢的家伙!你高傲自大,暴虐成性,如今却变得温良、谦恭。过去我因为怕你,不得不奉承你,但我从未从你那里得到过什么。你干尽了坏事,恶贯满盈,报应终于来临了,岂不是罪有应得,死有余辜吗?"

狐狸吟唱道:

奸狡蛮横徒,罪恶不胜述。
今日落坑穴,当尝临终苦。
但盼自今时,狼种化虚无。

狼依然苦苦哀求:"我的好朋友,请不要用敌视的目光看我,更不要把我当作敌人痛骂。我们应该维持我们的老交情。我求你放下一条绳子,把一端系在树上,让我攀着绳子上去。如果事成,我愿把自己的财产和金钱全部奉送给你。"

狐狸丝毫没有动心,说道:"你就死了心吧!你欺负我,虐待我,站在我的头上大发淫威,我怎么会伸手救你呢?你的大限已经来临,很快就要离开这个光明的世界了!等待你的,只有到地狱受苦受难!"

"艾卜·侯赛尼,你就不要这样固执了。你要知道,帮助一个患难之人,就是救一个临危者的生命;救活一个人,就等于救活众生。做人切不可固执己见,更不要刚愎自用。如今我落入陷阱,生命垂危,你怎可见死不救呢?我求你发点儿善心,立即行动,救我一命。"

"凶狠、粗暴的家伙,你表面善良,内心凶狠,就像隼①对待鹧鸪。"

---

① 隼,一种凶猛的飞禽。

"隼与鹧鸪之间发生过什么事情呢？"狼问狐狸。

狐狸说："一天，我进葡萄园去吃葡萄。我正在葡萄园里时，见一只隼向一只鹧鸪俯冲而去。鹧鸪迅速逃避，飞回巢中，隐藏起来。隼追了过去，对鹧鸪说：'喂，傻瓜蛋，我看你在旷野上怪饿的，怜悯之心油然而生，便给你拾了些谷子，带给你吃，不料你却逃了。你这样躲避我，实在不近情理。你快出来，接纳我给你带来的谷子，好好吃上一顿吧！'鹧鸪听隼这样一说，信以为真，出了巢穴，只见隼张开利爪，一下将鹧鸪紧紧抓住。鹧鸪这才明白了隼的来意，说道：'你从旷野上给我带来的就是这种谷子？你还说让我好好吃一顿，你就这样欺骗我？你吃了我的肉，真主定会让它在你的腹中变成致命毒素，让你一命呜呼！'隼吃下鹧鸪，果然周身羽毛脱落，头抬不起来，登时死去。"

讲到这里，狐狸稍稍停顿，片刻过后，又说："老狼呀，你有所不知：凡为兄弟掘坑的人，自己很快会跌入坑中。是你首先背弃了我呀！"

狼说："不要提这些旧话了，也不要念那些谚语了。我以前做的那些不好的事，也就不要说啦！眼下我处境如此糟，足够我受的了。我跌入了深坑，就连敌人也会同情的，何况朋友呢！请你赶快给我想个办法，让我摆脱困境吧！赶快救救我，哪怕求你受点儿累呢！朋友帮朋友，也许要承担万般辛劳；朋友救朋友，说不定要不惜两肋插刀。古谚说得好：'好心朋友胜过同胞兄弟。'你若能把我救出来，我一定给你收集足够用的工具，然后再教给你一套出奇的本领，保证能让你轻易地打开葡萄园和任何果园的大门，任意采摘果实，安心享用，无忧无虑。"

狐狸听罢，笑着说："像你这样的愚不可及之辈，学者们曾有过精彩的描述。"

"学者们说什么呢?"狼问。

"学者们说:体态臃肿、性情粗暴者,远智慧而近愚昧。狡猾、愚笨的家伙,你说'朋友帮朋友,也许要承担万般辛劳;朋友救朋友,说不定要不惜两肋插刀',这话一点儿不错,但是,你却让我了解到你愚不可及、智力低下。你是个背信弃义之徒,我如何能和你交朋友呢?我本来对你抱有幸灾乐祸的心情,你怎好把我当作你的朋友呢?假若你头脑健全,那么,你会知道这种话胜过利箭。你还说要给我收集足够用的工具,然后再教我一套出奇的本领,让我自由出入果园,任意采摘果子,安心享用,无忧无虑……何其美妙动听!你这个背信弃义的骗子,你连救你自己挣脱死神的办法都想不出来,那些空话又从何谈起呢?你为你自己考虑得很周到,但休想让我接受你的劝告之言。你若有办法,就自己救自己吧!我祈求安拉不要让你逃脱灭顶之灾。喂,蠢货,有办法就自己救自己免于一死吧!你就不要教育别人了!你这样的情况,很像一个患了病的人,另有一个患同样病的人前来为他医病,来者说:'我给你治治病吧!'前者答:'你何不先治自己的病呢?'来者无言以对,凄然离去。老狼啊,你正像那个想为病人治病的病人。你就待在原地,等待灾难降临吧!"

狼听了狐狸这长长的一番话之后,知道狐狸不会帮任何忙,于是哭了起来。狼说:"想当初,我真是太粗心大意了。我万万不该欺负弱者。倘若安拉能把我从这次磨难中救出来,我定彻底忏悔,痛改前非,悔过自新;我定穿粗毛衣,隐居深山,敬畏安拉,口念主名;我将远离其他野兽,大力周济贫苦人和那些为主道而战斗的勇士。"

说着,狼号啕大哭起来。

狐狸听了狼说的这段话,认为狼对自己过去的蛮横暴虐、自高自大已经忏悔，同情之心油然而生；再加上狼再三苦苦哀求，狐狸内心为之松动，不知如何是好。于是，狐狸走上前去，坐在陷阱边上，尾巴耷拉到坑中。就在这时，狼站了起来，伸出前爪，抓住狐狸的尾巴，用力一拽，狐狸落在了陷阱里，和狼落在了一起。狼说："喂，毫无怜悯之心的狐狸，你本来是我的伙伴，在我的奴役之下，怎敢骂起我来了呢？现在你也落到了陷阱里，受你的罪吧！先贤有训：谁骂兄弟是狗奶养大的，那么，他也必然吃过狗奶。有诗为证……"

接着，狼吟诵道：

时代降灾难，波及众人家。何分你我他，灾至俱倒下。
告诉旁观者，赶快苏醒吧！幸灾乐祸者，亦遭同灾杀。

狼吟罢诗，接着说："我要在你看见我被杀之前，先把你杀死。"

狐狸心想："我与这个暴虐之徒落入同一个陷阱，需要借计谋与之进行周旋。俗语云：'女子打首饰，意在装饰日。'古谚说：'平日储泪水，用在灾临时。'假若我不用计谋对付这个凶狠的野兽，无疑会立即丧命。"

想到这里，狐狸暗暗吟诵诗人的叮嘱：

你处时代里，个个似猛狮。何以得生存，完全靠欺世。
开通狡诈渠，生活磨方驶。采果若无力，甘心觅草食。

狐狸沉默片刻，对狼说："喂，威力无穷的猛兽，你急忙把我杀掉，你会后悔的。你若迟缓一下，好好想想我对你讲过的那些话，你就会了解我的用意了。倘若你立即将我杀掉，对你没有任何好处，我们都会死在这里。"

狼对狐狸说："狡猾的骗子，你要我暂缓杀你，难道说你对我和你平安逃命还抱有什么希望？你就把你的用意告诉我吧！"

狐狸说："我的意思是说，你应该好好嘉奖我一番。因为我听到了你发自内心的许诺，而且你承认了先前的过错，诚心忏悔，愿意做好事。我还听到你的许愿：如果安拉能救你摆脱这次磨难，决心日后不再伤害同伴，不再祸害葡萄及其他水果，而且自此以后，谦恭谨慎，剪掉爪子，打掉犬齿，身穿粗毛衣，隐居深山，求道修行，对安拉顶礼膜拜，念念不忘安拉大恩。我听了你的这些话，虽然我本希望你死，但此时此刻我的同情之心油然而生。我听罢你那美好的忏悔词和许愿，便把我的尾巴伸下来，以期让你攀住逃生；可是，你仍然没有摆脱你那强暴的习性，没有寻求逃脱的办法，更没有思考自己的安全利益，而是猛地一拽，将我拉下阱底，使我顿觉灵魂出壳，我和你都只有等死了。眼下，如果你能同意的话，还有一个办法使你得救。你我得救之后，你应该忠实实践你的诺言，照许下的愿还愿，我仍然做你的伙伴和朋友。"

"要我同意什么办法？"狼殷切地问。

狐狸说："办法很简单：你后腿站立，让我站在你的头上，也好接近地面。我爬上地面之后，取来一件能让你攀爬的东西，你再逃命。"

"我不能相信你的话。"狼说，"因为先哲有训：'谁把信任用在仇恨上，那便是大错铸成。''谁相信没有信誉的人，那将受骗上当。''谁考验被考验过的人，定会后悔不已。''谁把种种复杂情况混为一谈，必定福少祸多。'有诗为证啊……"

狼吟道：

若论你之想,皆系乱猜疑。
猜疑倒也是,聪慧智一滴。
行好与诚信,不置人死地。

狼又吟道:

心常有疑处,遇险得脱逃。清醒生活者,灾祸自然少。
若逢敌人至,开口满脸笑。心中怀大军,随时拔剑刀。

狼再吟道:

你所相信者,亦是你劲敌。与人相伴时,时刻宜警惕。
相信岁月长,无疑是奇迹。猜测凶事临,防范心头记。

狼吟罢,狐狸对狼说:"无论在什么情况下,猜测总不是一种美德,而诚信才是一种高尚、完美的品性,其后果必然是逢凶化吉,遇难成祥。我的老狼主人,当前你应该设法摆脱为难境地才是。我们平平安安,总比死亡要好啊!请你赶快抛开猜疑与仇恨吧!假若你相信我,我无非会做出两种选择中的一种:要么给你放下一件东西,让你攀爬出坑,得以逃生;要么,我背弃你,我自己逃生,却让你继续留在阱中。而这后一种的可能性并不存在,因为我担心那样做会使我将来遭受到你所遭过的难,那是背信弃义者的必然下场。古谚说得好:'忠实是美德,背叛乃丑行。'你应该相信我。我对灾难并非不知,切望不要再推迟我们脱险的计划。事情紧急,时间紧迫,不容我们再久谈了。"

狼说:"虽然我对你的忠诚不大相信,但你知道了我的忏悔之后,我认为你还是想救我的。"

狼心想:"假若狐狸真的按照它所说的办,就算它改正了自己的过错,将功折罪了;如果狐狸说一套做一套,口是心非,安拉会惩罚它的。"想到这里,狼说:"狐狸兄弟,你的建议我接受了。假如你背叛了我,那么,你必死无疑。"

说完,狼站直身子,狐狸站在狼的肩膀上,接近了地面,接着蹬住狼的肩膀纵身一跳,跳出了陷阱,整个身子落在地面上,登时被摔昏过去。

狼在陷阱里喊道:"喂,狐狸好友,千万不要忘记了我,快快救我!"

狐狸苏醒过来,一阵哈哈大笑,然后说:"受了骗的老狼,刚才因为我和你开玩笑,想戏弄你一下,才使我落入了你的手中。原因是我听了你忏悔的话,高兴得手舞足蹈,无意之中,把尾巴耷拉进坑中,遭你用力一拉,使我跌入坑底,还是安拉把我救了,使我逃离了你的凶恶之手。你与魔鬼是同党,我将助人置你于死地。你有所不知,我昨夜做了一个梦,梦见我在婚礼上跳舞。我醒来之后,把梦境讲给了一个会圆梦的人。圆梦人对我说:'你将跌入坑中,还能得救。'我落入你的手中,又得以解脱,正是那场梦的验证。受骗的傻瓜,你要知道,我是你的敌人,你怎么不动动脑筋,怎么不好好想一想,在我听过你那番粗暴的话之后,我怎么会救你呢?我又怎会想办法救你呢?先贤们有训:'坏蛋一死,人得宽舒,地得洁净。'我知道,假若我忠实于你,必将忍受比背叛你更大的痛苦;如果不是害怕这一点,我本会设法救你的。"

狼听狐狸这样一说,后悔得直咬自己的手掌……

讲到这里,眼见东方透出黎明的曙光,莎赫札德戛然止声。

第一百五十夜

夜幕降临,莎赫札德接着讲故事:

幸福的国王陛下,狐狸苏醒过来,一阵哈哈大笑,然后说:"圆梦人对我说:'你将跌入坑中,还能得救。'我落入你的手中,又得以解脱,正是那场梦的验证。受骗的傻瓜,你要知道,我是你的敌人,你怎么不动脑筋,怎么不好好想一想,在我听过你那番粗暴的话之后,我怎么会救你呢?我又怎会想办法救你呢?先贤们有训:'坏蛋一死,人得宽舒,地得洁净。'我知道,假若我忠实于你,必将忍受比背叛你更大的痛苦;如果不是害怕这一点,我本会设法救你的。"

狼听狐狸这样一说,后悔得直咬自己的手掌……

狼看到硬的一手已经无济于事,认定必须来软的一手了,于是低声下气地对狐狸说:"你们这些狐狸呀,嘴最甜,最喜欢开玩笑。这是你开的玩笑。可是,并非什么时间都适于开玩笑呀!"

狐狸说:"傻瓜蛋,开玩笑是很有限度的。你不要认为安拉把我从你的手中救出来之后,还会让我落入你的手中。"

"你我之间素有交情,你是一定愿意救我的。你若把我救出,我一定好好奖赏你。"

"先哲有训:'莫与无耻愚夫交友,因为他会给你带来耻辱,不能为你锦上添花。''莫与骗子结谊,因为你有长处他掩盖,你有短处他张扬。'先贤有训:'万事皆有救药,唯有死亡例外。''万事皆可补救,除了本质败坏。''万事皆可排除,唯有天命除外。'这些格言是何等中肯啊!至于你说我可以从你那里得到报偿,我则应该把你比作那条从耍蛇人手里逃跑的毒蛇。"

"那是怎么一回事呢?"狼问。

"那条毒蛇逃出耍蛇人之手以后,一位过路人见之惊恐万状,便问道:'喂,蛇公公,你怎么啦?'毒蛇回答说:'我刚从驯蛇人那里逃出来,他正在追捕我。你如能救救我,把我藏在你身上,日后我一定好好报答你的恩情,为你做种种善事。'过路人贪图好处,为了得到报答,便把毒蛇藏在自己的衣袋里。驯蛇人走过去之后,毒蛇的恐惧完全消失了。过路人问毒蛇:'我救你摆脱了你所恐惧的一切,你给我什么报答呢?'毒蛇说:'正如你所知,我们只会以咬人作为报答。请告诉我,我该咬你的哪个部位呢?'毒蛇说完狠狠地咬了过路人一口,过路人当即倒在路边死去。喂,愚蠢的老狼,你就是那条毒蛇呀!你还没有听说过这首诗吧?听我给你吟诵一遍!"

接着,狐狸吟诵道:

千万莫相信,动怒小青年;劝君莫以为,其怒已消散。
蛇表光且美,百折显柔软。内有剧毒藏,杀生瞬息间。

听罢狐狸的吟诵,狼说:"喂,口舌伶俐、容貌俊美的好兄弟,我的情况,你并不生疏。你知道人们都是怕我的。你知道我能摧毁堡垒,拔掉葡萄树。你就照我的吩咐办吧!你就像奴隶伺候主人那样对待我吧!"

狐狸说:"喂,愚蠢、虚伪的老狼,你的呆笨和寡廉鲜耻使我感到惊异。你怎么还命令我为你效力,在你面前作为奴隶伺候你呢?你等着吧!你将看到你的脑袋被石头砸碎,你的犬齿被打掉。"

说罢,狐狸登上葡萄园的一个高丘,大声呼唤守葡萄园的人。人们闻声迅速赶来。狐狸把狼落陷阱之事对人们一说,人们急忙赶到陷阱旁,果见狼落入了陷阱之中。于是人们一阵忙碌,有的以重石相击,有的用棍棒抽打,有的用矛头猛刺。没过多久,老狼便一命呜呼。

守园人相继离去之后,狐狸回到陷阱旁,眼见老狼已死,高兴地摇着脑袋,乐滋滋地吟唱道:

苍天眼睛亮,送掉老狼命。
求主显灵验,将之远远扔。
艾卜·赛尔哈①,害人心久动。
今你反遭劫,灾难足灭顶。
你落陷阱里,丧命情理中。
不论谁跌入,死亡风暴生。

自此之后,狐狸独居葡萄园,安然自乐,无忧无虑,格外平静。

讲完这个故事,莎赫札德开始讲《老鼠与黄鼬》的故事:

相传,很久很久以前,一只老鼠和一只黄鼬同住在一个贫苦农夫的宅中。农夫的一位朋友患病,医生诊断后,开了个药方,要用剥皮芝麻当药服用,医生还送给他一些芝麻。

农夫拿到芝麻,交给妻子,吩咐她碾去芝麻皮。妻子遵照丈夫

---

① 艾卜·赛尔哈,狼的称号。

的嘱咐把芝麻皮碾掉，将去了皮的芝麻放在一个地方备用。

黄鼬看见芝麻，便走了过去，开始往洞穴里搬运芝麻，仅仅一天工夫，就把一大半芝麻搬进了洞穴。

农妇走来一看，芝麻明显减少了，便坐在那里侦察，想看看究竟谁来过，以期弄清芝麻减少的原因。

不久，黄鼬又来搬芝麻。它见农妇坐在那里，知道她在侦察，心想："这种行为必然下场可悲。我真担心那女人在伏候着我。不计后果者，必定遭殃。我一定要做件好事，凭此显示我的清白无辜，掩饰我的一切丑行。"

于是，黄鼬开始把运到洞穴里的芝麻搬出来，送回原处。

农妇看在眼里，心想："这并不是芝麻减少的原因啊！因为它在从偷芝麻者的洞穴里往外搬，堆放在原处。它把芝麻送回来，给我们做了一件好事。谁做了好事，当然有好的报偿。这不是芝麻遭偷的真正原因。不过，我还要在这里侦察，看看偷芝麻的究竟是谁。"

黄鼬弄清了农妇的心思，转身跑去见老鼠。黄鼬对老鼠说："喂，我的鼠妹妹，不关心邻居，不保持友谊的人，是没有任何用的。"

老鼠说："是的，我的好朋友！我与你为邻，感到非常快乐。你这话又从何说起呢？"

"我们的房东弄来了芝麻，他和他的老婆、孩子都吃了个足饱，剩下的都丢掉了，凡是有生命的朋友都去捡芝麻吃，若你也去捡一些吃，那是比谁都应该的。"

老鼠听后，惊喜不已，手舞足蹈，摇尾纵身，当即窜出洞穴，一心想饱餐一顿芝麻。

老鼠跑出去，果然看见剥了皮的芝麻闪烁着亮光。老鼠根本没有去想事情的后果,毫无顾忌地冲了过去,情不自禁地大口大口吃了起来。就在这时,农妇抽出准备好的一根棍子,手起棍落,刹那之间,老鼠头破血流。

贪食和不计后果,断送了老鼠的性命。

莎赫札德讲完,舍赫亚尔国王说:"这个故事真有意思。你能给我讲一个关于善结友情并且维持友谊,以便战胜灾难、摆脱困境的故事吗?"

"遵命!"

莎赫札德开始讲《乌鸦与老猫》的故事:

相传,一只乌鸦与一只老猫结为兄弟。一天,乌鸦与猫正在树下玩耍谈天,忽见一只猛虎朝大树走来,不知不觉便走近了大树。乌鸦看到情况危险,急忙展翅飞到树上,只有猫留在树下,一时不知如何是好。猫对乌鸦说:"好朋友,我把希望都寄托在你的身上了,你有办法救救我吗?"

乌鸦说:"人到需要时才寻找朋友,面临灾难时才向朋友求救。有诗为证……"

乌鸦吟诵道:

世上真朋友,与你在一起;宁可损自己,也要成全你。
世上真朋友,灾临显诚意;保你得团聚,宁己骨肉离。

就在那棵树的附近,有许多牧羊人,他们带着许多只护羊狗。乌鸦展翅飞去,用双翅使劲地拍击地面,边拍边发出"呱呱"的高声叫喊。片刻之后,乌鸦又飞近牧羊人,用翅膀拍击狗的脸,旋即腾空而起。

群狗见乌鸦飞得不高,当即追赶而去。

牧羊人抬头一看,见乌鸦飞得很低,时而降落地面,时而腾空而起,也追赶了过去。

乌鸦飞得不高不低,总是离狗群有段距离,好让群狗捕不着它。群狗见此光景,一心想把乌鸦捕住。

乌鸦飞得时高时低,群狗穷追不舍,终于追到了那棵大树下。群狗见那里站着一只老虎,于是群起向老虎扑去。

本以为可以把猫当作一顿美餐的猛虎见势不妙,掉头逃离。

猫依靠好朋友乌鸦的谋略,幸免于落入虎口。

讲到这里,莎赫札德对国王说:"国王陛下,容我给你再讲个好友相救的故事。"

"讲下去!"

莎赫札德开始讲《狐狸与乌鸦》的故事:

相传,很久很久以前,有一只狐狸,住在山上的一个洞穴里。它的狐崽每稍稍长大一点儿时,它便因为饥饿且又觅不到食,而将自己的狐崽吃掉。假若不吃自己的狐崽,自己就得活活饿死。

在同一座山上,住着一只乌鸦。狐狸心想:"我想与这只乌鸦建立友情,一则可让它为我消除孤独寂寞之感,二则可以成为我谋生的帮手。因为乌鸦能做到的事情,我却做不到。"

于是,狐狸向乌鸦住的地方走去。当它接近乌鸦,并能听到它说话声音的时候,首先向乌鸦问安好,然后说:"喂,我的邻居,穆斯林对穆斯林邻居应尽两项义务:其一是邻居义务,其二是伊斯兰教义务。你要知道,你是我的邻居,你就应该对我尽义务,特别是我们要长期为邻。正因为我打内心里喜欢你,所以这种情感促使我善待你,推动着我来寻找你的友谊。你对此如何作答呢?"

乌鸦对狐狸说:"你要知道,好话是最诚挚可信的。也许你说的这些话口是心非,言不由衷。我担心你的友谊只表现在口头上,内心却充满敌意。因为你是食肉者,而我却是被食者。因此,我们在交友结谊方面,应该有明显不同。你为什么想达到根本无法达到的目的,追求本不可能有的东西呢?你属于兽类,而我属于禽类,这两类之间交朋友是不合适的。"

狐狸说:"知道高贵者所在的地方,那就按照自己的意愿,从他们当中选择自己的朋友,也许可以达到有利于朋友的目的。我喜欢接近你,决计和你亲近,以期在某些事情上相互合作,使我们的友谊取得成功。我有许多应该好好结交朋友的故事,你若乐意听,我就讲给你听。"

乌鸦说:"我同意你讲故事。那就请你讲吧,以便让我了解你的用意。"

狐狸说:"亲爱的朋友,你好好听着,我给你讲一讲跳蚤和老鼠的故事。这个故事能够证明我刚才跟你说过的那些话完全正确。"

"那究竟是一个怎样的故事呢?"乌鸦问。

狐狸开始讲《跳蚤与老鼠》的故事:

相传,许久许久以前,有一只老鼠,住在一个腰缠万贯的富商家里。

一天夜里,一只跳蚤跳到富商的床上。看见富商那光滑的身体,这只跳蚤正干渴得要命,当即咬破富商的皮肤,吸吮起血来。

富商觉得一阵疼痛,从睡梦中醒来,坐起身高声呼唤家仆。家仆们闻声而至，待富商说明遭遇，仆人们便一个个挽起袖子，开始搜捕那只跳蚤。

跳蚤觉察到数只手捉拿它时，便蹬腿而逃，正好落在老鼠洞旁，迅速钻进了老鼠洞。老鼠看见跳蚤，便问："你与我既非同根，又非同类，是谁让你闯进我的洞穴来的？你在这里肯定要受到粗暴的待遇的。"

跳蚤对老鼠说："我是逃到你这里来的，这保住了我的这条命，避免了一场杀身之祸。我是向你求保护的。我无心占据你的洞穴，更不会给你带来祸殃，迫使你离开自己的家。我希望能有一天报答你的恩情。你必将看到我的话变为现实。我是言必行，行必果。"

老鼠听后，说："既然情况像你说的那样，就请放心吧……"

讲到这里，眼见东方透出黎明的曙光，莎赫札德戛然止声。

☞ 第一百五十一夜 ☞

夜幕降临，莎赫札德接着讲故事：

幸福的国王陛下，老鼠听后，说："既然情况像你说的那样，就请放心吧！你来无妨，你会看到这里的一切都会使你高兴，你绝不会遭到什么意外，除非我遇到什么不测。我会把友情全部献给你，你不要后悔自己错过了喝那个富商鲜血的机会，更不要因为从他那里得不到食粮而惋惜。你就满足你的平常生活吧！因为那对你来说是最安稳的。跳蚤兄弟，我听某诗人有这样一首诗……"

老鼠吟诵道：

知足平生乐，甘于寂寞中。
喜度日与月，随遇而安命。
发面饼一张，清凉水一盅。
粗盐少许放，破衣能挡风。
生活主安排，满意笑盈容。

跳蚤听了老鼠的话，说道："我的鼠姐姐，你的叮嘱我都听清了。我衷心服从你，没有任何力量能够使我违抗你的美好意愿，直到生命的最后一刻。"

老鼠说："诚挚的友谊有美好的愿望做基础也就足够了。"

说罢，老鼠和跳蚤立下了誓盟，结为好友。自此之后，跳蚤夜间宿于富商的床上，从不超越床去干别的；白天和老鼠一起住在老鼠洞中。

一天夜里，商人带着许多金币回到家中。商人回到房间，便开始清点金币。老鼠听到金币的响声，将头伸出洞外，瞪大眼睛望着那些金币，只见富商将金币放在枕头下面，很快就进入了梦乡。

老鼠对跳蚤说："难道你没有看到机会和佳运来了吗？你有办法让我们弄到那些金币吗？"

跳蚤说："不管干什么事，都应该量力而行。如果力量不足，即使计划周密，也会徒劳无益。就像贪图谷粒的麻雀，跌入笼中，白白送命。你既不能取走金币，更运不出房间。我连一枚金币都扛不动，拿了金币又有何用？"

老鼠说："我在这座房子里，挖了七十个出口。我还找了一个万无一失的地方，专门藏宝。你若有办法把商人弄出房间，我就有办法把金币搬走。"

"我负责把商人赶出房间!"

说罢,跳蚤一跃而起,落在富商的身上,上去狠狠咬了他一口。这是富商从未经历过的一口狠咬。咬罢,跳蚤蹦到一个安全地方,躲了起来。那富商突然醒来,想逮住跳蚤,但未见踪影,翻了个身,又睡着了。

这时,跳蚤见商人睡着,又跳了上去,狠狠咬了一口,比第一口更厉害。富商睡不着了,索性离开床铺,到门外的一条长凳上睡觉去了。就在这个时候,老鼠开始搬运金币,一气搬了个精光,一枚未剩。

次日清晨,富商见枕头下的金币不见了,猜疑有人盗走了他的金币。此外,富商还有种种猜测,五花八门,理不出个头绪。

狐狸讲完跳蚤和老鼠的故事,对乌鸦说:"喂,目光远大、天资聪颖、经验丰富的乌鸦,你要知道,我对你说这些话,完全是为了报答你的恩惠,就像跳蚤报答老鼠一样。请你想一想,跳蚤是怎样善报老鼠的吧!"

乌鸦说:"行善者若想行善,就行善事;若不想做善事,可以不做善事。对于以疏远寻求联系的人来说,行善并不是一种义务。你是我的敌人,假若我对你发善心,也许会因此断送我的性命。狐狸呀,你是狡猾、欺诈之辈,你的誓约是靠不住的;誓约不可信之人,是不可饶恕的。听说不久之前,你背弃了你的狼朋友。你背信弃义,用阴谋诡计害死了你的伙伴。狼是你的同类,你与它相处那么长时间,尚且容不下它,干出了那种事情,我又怎能相信你的劝告呢?你对你的同类朋伴尚且如此,对你的异类敌人又会怎么样呢?你对待我,只会像隼对待弱小的鸟儿那样。"

"隼是怎样对待小鸟的呢？"狐狸明知故问。

"相传，有一只隼，年轻时暴烈、任性……"

讲到这里，眼见东方透出黎明的曙光，莎赫札德戛然止声。

第一百五十二夜

夜幕降临，莎赫札德接着讲故事：

幸福的国王陛下，乌鸦说："……狐狸呀，你是狡猾、欺诈之辈，你的誓约是靠不住的；誓约不可信之人，是不可饶恕的。听说不久之前，你背弃了你的狼朋友。你背信弃义，用阴谋诡计害死了你的伙伴。狼是你的同类，你与它相处那么长时间，尚且容不下它，干出了那种事情，我又怎能相信你的劝告呢？你对你的同类朋伴尚且如此，对你的异类敌人又会怎么样呢？你对待我，只会像隼对待弱小的鸟儿那样。"

"隼是怎样对待小鸟的呢？"狐狸明知故问。

乌鸦说："相传，有一只隼，年轻时暴烈、任性，不管是陆地上的野兽，还是大海里的禽鱼，都怕它三分，谁都怕它伤害自己。关于隼暴虐、凶猛的故事很多很多。这只隼经常捕杀别的鸟。随着岁月的推移，这只隼年纪大了，体弱力衰，觅食困难，整日处在饥饿之中。它终于想出了个主意，它来到鸟群中，吃鸟儿们剩下的食物。一只不可一世的凶禽，变成了一只靠计谋觅食的可怜老鸟。喂，狐狸呀，你虽然失去了力量，然而你的欺骗手段并未消逝。毫无疑问,你要求与我交朋友,只不过是你觅食维生的一种计谋罢了。我绝不会将自己的性命送到你的手中,因为安拉给了我的翅膀以巨大力量,还赋予我高度的警惕性和锐利的目光。我知道,谁模仿比自己高强的人,都会感到疲倦,说不定还会丧生。"

狐狸问:"模仿比自己高强的人,怎么还会丧生呢?"

乌鸦说:"我给你讲个《麻雀与苍鹰》的故事吧!"

相传,许久许久以前,有一只麻雀,一次偶然飞到羊圈上空,见羊群进进出出,热闹非常,便落下来仔细观看。

就在这时,一只苍鹰俯冲下来,直入羊群,伸出利爪,抓住一只小羊羔,随即拍翅腾空而起,向远方飞去。麻雀见此情景,羡慕之心油然而生,于是拍着翅膀,兴奋地说:"我也要像苍鹰那样,抓一只羊羔,美餐一顿。"

麻雀决心下定,随后向羊圈飞去,它落在一只毛茸茸的小羊羔背上,抓住它细软的绒毛,使劲地拍翅,然而无论怎样用力,也飞不起来。片刻后,那只羊羔在地上打起滚来,毛被屎尿粘在了一起,麻雀的爪子被牢牢缠住,想逃都逃不成了。

麻雀正在惊慌失措之时,牧羊人走了过来。刚才苍鹰抓走一只羊羔,牧羊人已感十分心疼,而此时又见麻雀企图盗羊,不由得气上加气,火上浇油。但见牧羊人一个箭步冲上去,一把将麻雀抓住,然后将麻雀翅膀上的羽毛全部拔光,接着用线拴住麻雀的两条腿,对自己的孩子说:"喂,儿子,给你一个活玩意儿!"

"什么玩意儿,爸爸?"

"一只老家贼!这只麻雀想模仿比它高强的那只苍鹰,来羊圈偷羊羔,真是自不量力,自投罗网。"

乌鸦讲完《麻雀与苍鹰》的故事,对狐狸说:"喂,狐狸呀,你压根儿就是个善于学坏的家伙。你想模仿比你高强者,到头来自找苦吃,没有好结果。这就是我要说的话。我劝你还是平平安安地回你的洞穴中去吧!"

狐狸眼见乌鸦拒绝和自己交朋友,便失望地掉头往回走去,边走边哭,边走边咬牙,边走边呻吟。

乌鸦听到狐狸的哭声,又看见它那痛苦、忧伤的样子,高声喊道:"喂,你究竟怎么啦?为什么哭、呻吟、咬牙、垂头呢?"

狐狸答道:"因为我发现你比我还狡猾……"

狐狸加快步子,回自己的洞穴去了。

莎赫札德讲到这里,舍赫亚尔国王说:"这些故事真是精彩!你还有类似的神话故事吗?"

"有的。"

莎赫札德开始给国王讲《刺猬与雉鸠》的故事:

相传,许久许久以前,有一只刺猬,将自己的窝造在一棵椰枣树旁。就在这棵椰枣树上,栖息着一对雉鸠,吃椰枣维生,日子宽裕舒适。

刺猬心想:"雉鸠有椰枣吃着,而我却眼巴巴地望着,一颗也吃不上。我一定要想个办法吃上椰枣。"

不久,刺猬在那棵椰枣树下挖了一个洞,作为自己和妻子的窝穴,并在窝穴的旁边建造了一座清真寺,独自在那里修行悟道,苦练静思,崇拜安拉,远离尘世。

雉鸠本是位勤于膜拜安拉的虔诚信徒。它见刺猬淡漠尘世,虔诚无比,不禁由衷感动。雉鸠问刺猬:"喂,刺猬兄弟,你修功悟道,虔诚膜拜有多长时间啦?"

刺猬回答:"三十年了。"

"你吃什么呢?"

"吃椰枣树上落下的椰枣。"

"你穿什么呢?"

"以针刺、荆棘为衣。"

"你为什么选择这个地方居住,而不到别的地方去呢?"

"我之所以选择这个地方居住,目的在于为那些迷途者和无知者指出正路。"

"我本来猜想你不是这样的情况,但我很喜欢你所做的一切。"

"不过,我担心你言行不一呀!我怕你像这样的庄稼人:播种的时节到了,却舍不得种子,说:'我担心播种的时节已经过去,白白把钱花在买种子上。'收获的季节来了,看见人们都在忙着收割成熟的庄稼,这才后悔自己因为舍不得播下种子而坐误农时,结果悲戚交加,大病不起,一命呜呼。"

雉鸠问刺猬:"我如何才能摆脱尘世的纠缠,专心崇拜安拉呢?"

刺猬说:"你要为来世做好充分准备,更要满足于今世的生活。"

"我是鸟,我不能离开椰枣树,因为树上有我的食粮呀!假若我离开椰枣树,恐怕再也找不到安身之处了。"

"你可以把树上的椰枣打下来,等打下够你们夫妻俩全年吃的椰枣,你就搬到树下来,以便获得修功悟道方面的良好指教。你把椰枣打下来之后,搬到巢穴中储藏起来,以备日后食用。椰枣吃光,修炼日久,便可习惯于朴素节俭的生活了。"

"刺猬兄弟,安拉会给你报偿的。因为你对我讲到了来世,并且给我指出了正确的修行之道。"

说罢,雉鸠夫妻开始忙碌起来,摘下椰枣树的椰枣,一颗一颗、一串一串地扔下去,旋即树上一颗枣子也不见了。

刺猬见自己有了吃的食粮,高兴极了,急急忙忙将落在地上的椰枣搬到洞穴之中,做了自己的储备粮。刺猬心想:"雉鸠夫妻日后若需食粮,必来求我,贪图得到我这里的东西,相信我修行刻苦,心地虔诚。如果它俩听我的劝告和训教,并且接近我,我就把它俩抓住吃掉。到那时候,这个地方只剩下我自己,落在树下的枣子足够我吃的了。"

片刻过后,雉鸠夫妻俩打完了椰枣,从树上下来,发现椰枣都没了,于是问道:"心地善良、善于说教的刺猬兄弟,我们连椰枣的踪影都看不见了;你要知道,我们是依靠椰枣为生的呀!椰枣都到哪里去了呢?"

刺猬说:"也许被风刮走了。你要知道,体面的谋食办法是向农夫索求,张口者不能不吃食。"

刺猬继续用那些训词训教雉鸠夫妻,用种种华丽的词语向它俩显示自己的虔诚,直至雉鸠夫妻俩相信了刺猬,向它走去,进了它的洞穴门,完全没有想到刺猬的阴险与狡猾。

雉鸠夫妻刚踏进门,刺猬便将门口一封,顿时张牙舞爪,面目狰狞。

雉鸠看出了刺猬设下的骗局,便说:"你一夜之间,变成了另外一副模样。难道你不晓得被压迫者定有援助者吗?你千万不要耍阴谋诡计,以免落得欺骗某商人的骗子的那种下场。"

刺猬问:"欺骗商人的骗子?那是怎么一回事呢?"

雉鸠开始对刺猬讲《富商与骗子》的故事:

相传，在一座名为信德的城市里，有一个商人，财源茂盛，腰缠万贯。一次，他牵着骆驼，前往某城销售。

行不多久，有两个坏蛋跟上了那个富商。那两个家伙也带着一些钱和一些货，装成商人的模样，跟在那个富商的后面。两个家伙在第一个打尖休息的地方，一番商量之后，决定诈骗那个富商的钱财；与此同时，两个家伙又各心怀鬼胎，想加害对方，以期独占那富商的钱财。两人都在暗打算盘："我俩一同害死了那个富商之后，我再把我的同伴害死，到那时候，富商的所有钱财，不就从从容容、轻轻松松地落到我一个人的手中了吗？"

两个家伙暗自下定害死对方的决心，各自拿来自己的一份饭食，将毒药悄悄地放入饭食中，然后客客气气地将自己的那份饭食让给对方吃。

吃饭之前，那俩家伙还和富商一起聊天，谈笑风生，亲密无间。可是，吃饭之后，富商见二人久久不来，心里好生闷得慌，于是去找，看二人究竟在干什么。富商到那里一看，发现二人躺在饭碗旁边，已经死了。

富商见此惨状，经过一番思考，得知那俩家伙在合谋算计自己，而且相互心怀鬼胎，都想先害死他再害死对方，独自占有他的货物和钱财，结果先送了自己的命。

讲到这里，舍赫亚尔国王对莎赫札德说："莎赫札德，你讲的这个故事，我以前确实没有听过，很有教益。能再给我讲一个这样的故事吗？"

"遵命！"

莎赫札德开始讲《耍猴的小偷》的故事：

相传,许久许久以前,有一个人,他有一只猴子。表面上,这个人是耍猴的,其实是个小偷。他不去本城市场则罢,只要一去,必大有收获,满载而归。

一天,有一个人带着一包衣裳到市场上去卖。到市场上叫卖很长时间,结果没有一个人给个价钱;而且他连包袱都不打开,只有想买的人,他才把包袱打开让人家看。

说来也巧,那个耍猴的小偷看见了这个卖衣裳的人。卖衣人放下包袱,坐下正休息时,耍猴人来到卖衣人面前,耍起猴来。卖衣人把注意力都集中在那只猴子身上,结果自己的包袱被耍猴的小偷偷走了。

耍猴的小偷收拾起玩猴的那套家伙离开,来到一个空旷的地方,打开包袱一看,原来是一包旧衣裳,不禁大失所望。于是,他在旧包袱皮之外加了一个漂亮的新包袱皮,随后带到另一个市场上叫卖。

耍猴人卖旧衣裳有一个条件,那就是不开包袱,因为价钱很便宜,所以人们愿意买。

一个人走来,见包袱皮漂亮,十分喜欢。于是未打开包看里面的东西,便掏钱将包袱买下,然后高高兴兴带回家中给妻子。

妻子看见那包东西,问道:"这是什么呀?"

"一包好东西哟,便宜极了,简直就跟白捡的一样。如果把它卖掉,一定能赚许多钱。"

"你准上当受骗了!这么便宜的东西,一定是偷来的。不仔细看看东西就买,要出漏子的!难道你连这个道理也不懂得?这样会像织匠那样,要闹出人命的。"

丈夫惊问:"织匠?还会闹出人命?那是怎么回事?"

妻子开始讲《织匠》的故事:

相传，某村里有位织匠，终年辛辛苦苦地劳动，方才能够维持生活。

有一天，同村里的一位富翁邻居举行盛大宴会，邀请了许多宾客，织匠也应邀出席。席间，织匠眼见来者个个衣饰华贵，人人仪容非凡，不胜羡慕。织匠又见主人对那些宾客十分敬重，令仆人们给他们端上丰盛菜肴，暗自心想："假若我能换个职业，找一个活儿更轻省、挣钱更多的行业，我一定会积攒许多钱，也能买得起华丽的衣服，我在人们眼中的地位自然也就提高了。"

宴会上，织匠看见人们争相献艺助兴。有个人登上高墙，然后跳下，稳稳地站在地上，他便坐不住了。织匠心想："我一定要像这个人一样，干一件我所不能干的事情！"

随后，织匠爬上一堵高墙，然后纵身跳了下来。结果这位织匠摔得头破血流，当场丧命。

妻子讲完故事，然后对丈夫说："我之所以给你讲这个故事，为的是防止你被贪欲征服，想那些非分之事。"

丈夫听后，说："智者并非因其有知识而事事平安，愚者亦并非因其无知而时时遭难。我看见那经验丰富、熟知蛇性的耍蛇人，常常被蛇咬死；而那些对蛇一无所知的人，却往往能够将蛇战胜。"

一番争论之后，丈夫违背妻子的劝告，照常出去买货。

有一次，他从窃贼手里买了便宜货，结果吃了官司，不幸送了一条命。

讲到这里，莎赫札德开始讲《小鸟与孔雀》的故事：

相传,从前有一只小鸟,每天都去朝拜鸟王。它每天早出晚归,往往第一个参见鸟王,最后一个离开鸟王的宫门。

有一天,群鸟聚集在一座高山上。群鸟相互议论说:"我们的数量已经很多,而且常常意见不一,一定要选个国王管理我们,以便集中我们的意见,消除我们之间的分歧。"

那只小鸟建议它们拥立孔雀为鸟国国王,孔雀就是小鸟崇拜的鸟王。

众鸟一致同意小鸟的建议,拥立孔雀做了它们的国王。

孔雀国王对众鸟一视同仁,并且任命那只小鸟为宰相兼御用文书。小鸟有时不要任何随从,亲自去视察、处理一些事情。

有一次,小鸟宰相一整天没去见孔雀国王,孔雀国王忐忑不安,如坐针毡。这时,小鸟宰相来了。孔雀国王问:"你是我的近臣,怎么一天不来见我呢?"

小鸟宰相答道:"我看见一件事情,使我生疑,令我害怕。"

"你看见了什么事情?"孔雀国王问。

"我看见一个人带着一张网,用木桩将网架在了我的巢口,网下撒了些谷粒,他则远远地坐在一个隐蔽的地方等候。我坐在一个地方,观察了好久,看那猎人究竟还要干什么。正在这时,一对灰鹤飞来,天命使那夫妻俩一道落入网中,只听那对灰鹤夫妻发出凄凉的叫喊。那猎人立刻跑了过去,将灰鹤夫妻牢牢抓住,眼见此情此景,我感到十分伤心。这就是我一天未来见国王的原因所在。国王陛下,为了警惕猎人的罗网,我不能再在我的巢中住下去了。"

孔雀国王说:"你不能离开你的巢窝呀!因为在天命面前,警惕是没有用的。"

小鸟宰相服从了孔雀国王的命令,说道:"我将忍耐下去,决不违背国王陛下的劝告。"

小鸟宰相保持着高度警惕性，为孔雀国王取来饭，孔雀国王吃饱饭后又喝足了水，小鸟宰相方才离去。

有一天，小鸟宰相看见两只麻雀在地上厮杀争斗，心想："我身为国王的宰相，怎能眼见两只麻雀在我面前争斗而不闻不问呢？凭安拉起誓，我一定要从中调解。"想到这里，小鸟宰相当即走了过去进行劝解。

小鸟宰相刚走过去，猎人一网扣去，将它们全都扣在网里，小鸟宰相亦未能幸免。猎人走上前去，抓住小鸟宰相，递给自己的同伴，说："好好抓住，不要让它飞了。这只鸟儿真肥，我还从未见过比它更肥的鸟儿。"

小鸟宰相被猎人的同伴抓在手里，它想："我担心的事情果然发生了。孔雀国王说得很对，在天命面前，警惕是没有用的。即使保持警惕，也无法逃脱天命的安排。诗人说得何其正确啊！"

接着，小鸟宰相吟诵道：

世上没有事，神法造不成。世间当有事，自然见光明。
当有必定有，时到准发生。可怜愚昧汉，常被蒙鼓中。

莎赫札德讲到这里，舍赫亚尔国王说："喂，莎赫札德，再讲一个这样的故事吧！"

莎赫札德说："假若国王陛下能把我留到明天晚上，安拉定将报偿国王。"

讲到这里，眼见东方透出黎明的曙光，莎赫札德戛然止声。

第一百五十三夜

夜幕降临，莎赫札德开始讲《阿里·本·毕卡尔与莎姆丝·奈哈尔》的故事：

幸福的国王陛下，相传，哈里发哈伦·拉希德在位期间，巴格达有个商人，他有一个儿子，名叫艾卜·哈桑·阿里·本·塔希尔。

艾卜·哈桑腰缠万贯，慷慨大方，人见人爱，仪表堂堂。他进出哈里发的宫殿如履平地，不必经过允许，亦无人查问。哈里发的宫仆、宫女都喜欢他。他常与哈里发对坐饮酒，吟诵诗歌，畅谈奇闻趣事，议论古今短长。

不过，艾卜·哈桑是个买卖人，以出入市场为职业。有一位青年常去他的店铺里聊天，这位青年名叫阿里·本·毕卡尔。他本是一位波斯国王的儿子。阿里王子身材适中，容貌俊秀，堂堂仪表，面颊红润，两眉弯弯，双目炯炯有神，说话带笑，语言甜美，素来平静随和，性格爽朗可亲。

有一天，阿里·本·毕卡尔正与艾卜·哈桑坐着聊天，边谈边笑之时，突然看见十位妙龄少女步履翩然，向店铺走来。那十位少女，一个个婀娜多姿，花容月貌，身材苗条，煞是美丽动人。其中有一姑娘骑着一匹披着镶金嵌银鞍鞯的高头大马，只见姑娘身披细薄丝斗篷，缠着一条金腰带，风姿绰约，天生丽质，光彩照人，其美勾魂夺魄，正如诗人所云：

> 肌肤如丝善言辞,热情善良无虚呓。
> 天生明眸会说话,动心销魂酒莫及。
> 姿容俊俏入我梦,娱乐之日在约期。
> 睫毛恰似漆黑夜,前额明亮如晨曦。

行至艾卜·哈桑店铺门前,那位姑娘离鞍下马,上前向店主问安,艾卜·哈桑立即回了礼。

阿里·本·毕卡尔见姑娘美貌,不禁神采飞扬,想起来离去,但姑娘说:"请原地坐着吧!怎好我们来,而先生却走呢?这不合道理嘛!"

阿里·本·毕卡尔说:"小姐,我是个逃离家园、沦落天涯之人,想必不用说你也看得出来。有诗说得好……"

阿里·本·毕卡尔吟诵道:

> 她本是太阳,寓舍在天上。
> 光明又温暖,足以慰心房。
> 你难登上去,她不将你访。

姑娘听后,微微一笑,问哈桑:"这位青年打哪儿来?他叫什么名字?"

艾卜·哈桑说:"他是外乡人,波斯国王的儿子,名叫阿里·本·毕卡尔。外乡人嘛,应该格外敬重人家。"

姑娘说:"我的侍女来了,就让她把这位青年带到我那里去吧!"

"遵命!"艾卜·哈桑一口答应。

姑娘随即转身离去。

阿里·本·毕卡尔不知道艾卜·哈桑和姑娘说了些什么。

一个时辰过后,侍女来到艾卜·哈桑面前,说:"我家小姐请你和你的朋友去她那里。"

艾卜·哈桑带着阿里·本·毕卡尔向哈里发哈伦·拉希德的王宫走去。

侍女将二位青年领入一座宫殿,让他俩坐下。过了片刻,一桌筵席摆到了他俩的面前。艾卜·哈桑和阿里·本·毕卡尔洗过手,端起酒来,纵情开怀畅饮。

之后,侍女领二位青年来到一大殿。走进宫殿一看,但见厅内有四根巨柱,满铺华美地毯,装饰极为考究,就像天堂里的一座宫殿,四壁富丽堂皇,珍宝古玩琳琅满目,令艾卜·哈桑和阿里·本·毕卡尔惊异不已。

二人正观赏奇珍异宝之时,忽见十位女子翩翩走来,个个如花似月,宛如天仙下凡,勾人魂魄,动人心弦;她们排着队,简直就像天堂里的仙女。随着她们来的又有十位女子,她们手里各拿着一把乐器,向艾卜·哈桑和阿里·本·毕卡尔问过安好,即轻弹玉指,歌声飞扬。在崇拜者的心中,每个姑娘都是爱神的化身。紧跟在她们之后,又出现十位女子,个个前胸丰隆,人人体态轻盈,乌黑发亮的眼睛,白里透红的脸蛋儿,弯如柳叶的眉毛,她们是崇拜者的美神,也是观赏者眼中的美景。她们身穿彩绸衣裙,色泽耀眼夺目。她们行至门口,站在一边。

在她们之后,又走出十位女子,相貌比她们更美,个个衣着华丽,在门口的另一边站着。接着,十位女子进门来,簇拥着一位女子,名叫莎姆丝·奈哈尔,她在她们当中就像一轮圆月,看上去如同众星捧月。莎姆丝·奈哈尔长发披肩掩背,身着天蓝色衣裙,外披绣花斗篷,腰系嵌着宝石的腰带。只见她大模大样地走来,坐在椅子上。

阿里·本·毕卡尔一看见那女子,顿时爱在心里,诗兴大发,欣然吟诵道:

> 我发呓语日,便是病之始。我情固不该,我谊历久时。
> 情深爱亦深,我魂融天姿;情厚爱亦厚,我骨细如丝。

阿里·本·毕卡尔吟罢,对艾卜·哈桑说:"兄弟,假若你想为我做好事,本当在来这里之前,就把情况告诉我,也好让我思想上有个准备,以便适应这里的环境呀!"

说完,阿里·本·毕卡尔哭了起来,边呻吟边诉苦。艾卜·哈桑对他说:"兄弟,我一心想给你办一件好事。但是,我很怕因此给你造成什么麻烦,妨碍与小姐见面,影响你与她之间的联系。兄弟,不必见外,你只管放心就是了!我想这位女子一定非常喜欢你,愿意和你对坐谈天。"

阿里·本·毕卡尔问:"这位姑娘叫什么名字?"

"她叫莎姆丝·奈哈尔……她是哈里发哈伦·拉希德的一位爱妃。这个地方就是哈里发王宫。"

"我……现在在哪里?"

"我们现在在拉希德宫里。"

莎姆丝·奈哈尔坐下,仔细打量阿里·本·毕卡尔,但见他容貌英俊,气宇轩昂,举止庄重;阿里·本·毕卡尔也偷眼望了望莎姆丝·奈哈尔,双方不由自主深深沉浸在爱河之中。

莎姆丝·奈哈尔吩咐歌女们各就各位,众歌女各抱着一把四弦琴,玉指轻弹,乐声四起,歌唱开始。

T. 达尔齐尔 绘

其中一位歌女伴着琴声唱道：

> 再修书一封，公开取回函。
> 呼请船公公，听我诉衷言。
> 主公系我心，乃我生命线。
> 赐我一亲吻，且当重礼献。
> 我还你一吻，正中你怀间。
> 倘若还有求，且取心坦然。
> 我着吝啬衣，你披慷慨衫。

阿里·本·毕卡尔听罢，欣喜异常，对歌女说："再唱一首吧！"
那歌女拨动琴弦，唱道：

> 远离意中君，方尝泪漓淋。
> 唤声我耳目，呼求我命根：
> 切请怜悯我，悲泪浸眼人。

歌女唱完，莎姆丝·奈哈尔对另一位歌女说："喂，你来唱一首吧！"
那歌女弹起四弦琴，唱道：

> 我醉因眼神，并非醉于酒。
> 他离我眼去，翩跹梦乡走。
> 美酒不醉人，鬈发使神游。
> 关照不服人，美德有人求。
> 淡色染双鬓，披甲袭我首。

莎姆丝·奈哈尔听后，赞叹不已，遂令另一歌女吟唱。那歌女唱道：

> 天灯光灿烂,青春似露鲜。
> 面颊诚可书,爱情意有限。
> 玲珑得主佑,相见一声唤。

歌声刚落，阿里·本·毕卡尔对靠近他坐着的一位歌女说："喂，姑娘，你来唱一首诗呀！"

那歌女立刻弹起四弦琴，唱道：

> 往来嫌时短,固执撒娇难。
> 几多障碍消,春心在少年。
> 相聚光阴贵,尽享莫等闲。

歌声未消，阿里·本·毕卡尔已是赞叹不已，热泪盈眶。

莎姆丝·奈哈尔见阿里·本·毕卡尔且哭、且吟、且诉，不禁心焦异常，忧虑满怀。她站起身来，走到圆宫厅大门。阿里·本·毕卡尔紧紧跟了过去，二人相互拥抱在一起，同时晕倒在地，不省人事。

宫女们立即走上前去，将二人抬入厅里，往脸上洒玫瑰水。

莎姆丝·奈哈尔和阿里·本·毕卡尔苏醒过来之后，不见艾卜·哈桑，立即问："艾卜·哈桑在哪儿？"

躲在座椅一旁的艾卜·哈桑马上走了过去，向莎姆丝·奈哈尔问安。

莎姆丝·奈哈尔说:"艾卜·哈桑,你办了一件好事,我求安拉允许我给你报偿。"

莎姆丝·奈哈尔走到阿里·本·毕卡尔面前,说:"先生,我打心底里爱你。不过,若有战事发生,这种命运临头,我们也只能忍耐。"

阿里·本·毕卡尔说:"凭安拉起誓,小姐,只有见到你,我才觉得心安,只有你才能浇灭我心中的火;我对你的爱,只有我的灵魂归去时,才会消失。"

话音未落,阿里·本·毕卡尔哭了起来,泪珠直滚腮边,如同雨下。

莎姆丝·奈哈尔见此情景,也哭了起来。

艾卜·哈桑说:"凭安拉起誓,你俩的事情真使我感到奇怪,令我迷惑不解。你俩的事情真是太离奇了。如今你俩相见时泪如雨下,分别时又该如何呢?"

片刻后,艾卜·哈桑又说:"现在不是落泪、悲伤的时候,而是高兴、开心的时候。"

莎姆丝·奈哈尔朝一个宫女使了个眼色,那宫女站起身来离去。片刻后带来数名宫女,个个手捧银盘走来,盘中满盛各种美味,顷刻间一桌美味佳肴摆在宾主的面前。

莎姆丝·奈哈尔和阿里·本·毕卡尔坐下进餐。饭毕,撤去桌子,宾主洗过手,宫女送来沉香香炉和玫瑰水瓶,开始熏香、洒香水。片刻后,一排宫女走来,人人手捧雕花金盘,满盛各种各样的饮料、水果和点心,香气扑鼻,色泽艳丽,赏心悦目,人见人喜。接着,男仆抬来一缸葡萄酒。莎姆丝·奈哈尔留下十名男仆和十名歌女,让其余宫女离去。她吩咐那十名歌女弹奏四弦琴,并命令其中一名吟唱诗歌。片刻后,弦乐高奏,歌女和曲吟唱道:

>　　带笑复问候，期望失又生。面向责斥者，情手表心胸。
>　　我与他之间，泪水隔离情；仿佛眼中泪，含情与我同。

　　歌女唱完，莎姆丝·奈哈尔站起来，斟满一杯酒，一饮而尽，然后又斟满一杯，递给阿里·本·毕卡尔……

　　讲到这里，眼见东方透出黎明的曙光，莎赫札德戛然止声。

第一百五十四夜

　　夜幕降临，莎赫札德接着讲故事：

　　幸福的国王陛下，莎姆丝·奈哈尔留下十名男仆和十名歌女，让其余宫女离去。她吩咐那十名歌女弹奏四弦琴，并命令其中一名吟唱诗歌：

>　　泪水流淌时，酷似杯中酒。谁令杯中物，如同泪淌流？
>　　我凭主起誓，酒家何处有？谁使我淌泪，自饮权作酒？

　　歌女唱完，阿里·本·毕卡尔举杯一饮而尽，然后将空杯递给莎姆丝·奈哈尔。莎姆丝·奈哈尔又将杯子斟满，递给艾卜·哈桑，艾卜·哈桑接过一饮而尽。随后，莎姆丝·奈哈尔抱起四弦琴，说道："你饮酒，必得我来伴唱。"

边说边调好琴弦,边弹边唱:

> 且看腮边泪,钟情唱欢歌。胸中正燃烧,爱情一把火。
> 唯恐别离远,近时泣泪多。有泪若比邻,远远莫须说。

莎姆丝·奈哈尔接着唱道:

> 我们相聚欢,君身金光闪。
> 红日升贵手,星月披满肩。
> 君赠美酒杯,倾自明眸间。
> 君是一轮月,众星围你转。
> 莫非君是神,离别任你便?
> 安拉铸品性,微风随你愿。
> 君非地上人,而是天堂仙。

阿里·本·毕卡尔和艾卜·哈桑听罢莎姆丝·奈哈尔的美妙歌喉与绝伦诗句,高兴得几乎要跳起来,情不自禁,手舞足蹈,难以自已,又说又笑。

正当欢乐之时,一宫女走来,只见她害怕得周身颤抖,宫女说:"夫人,不好啦!"

莎姆丝·奈哈尔问:"怎么啦?"

"哈里发来啦!他与阿菲夫、迈斯鲁尔就在门外。"

大家听宫女这样一说,个个胆战心惊,而莎姆丝·奈哈尔却笑着说:"你们不用害怕!"

莎姆丝·奈哈尔转脸又对宫女说:"回他们话,我们马上就离开这里。"

随后吩咐关上圆宫门，放下窗帘，莎姆丝·奈哈尔转身向御花园走去。

来到花园，莎姆丝·奈哈尔坐在长椅上，让一个宫女压住她的两只脚，叫另一个宫女将花园门打开，以便哈里发和随行人员进来，然后令其余宫女离去。

片刻后，掌刑官迈斯鲁尔带着二十名大汉，进了花园，每人都握着一口宝剑。他们走上前来，向莎姆丝·奈哈尔问安。莎姆丝·奈哈尔问："你们到这里来所为何事呀？"

他们异口同声地回答："信士们的长官向你问好！哈里发因见不到你而感到寂寞，要我们告诉夫人，今天他那里有欢庆活动，希望活动将要结束时，夫人前去助兴。现在夫人到哈里发那里去，还是请哈里发到夫人这里来呢？"迈斯鲁尔说。

莎姆丝·奈哈尔站起来，说："服从信士们的长官的命令！"

随后，莎姆丝·奈哈尔呼唤管家婆和宫女们，告诉她们，她要迎接哈里发。宫女、男仆们即刻动手，开始为迎接哈里发做准备。莎姆丝·奈哈尔对宫仆们说："你们去请哈里发，就说我在此恭候大驾光临。"

片刻过后，一切摆放齐备。

随即，莎姆丝·奈哈尔离开花园，进圆宫大厅去见阿里，将阿里·本·毕卡尔搂在怀里，同他告别。阿里·本·毕卡尔泪流满面，说："小姐，这种告别，也许会摧毁我爱你的心灵。我求安拉给我力量，让我承受住这场爱情的磨难。"

莎姆丝·奈哈尔说："凭安拉起誓，真正受到摧残的是我呀！因为你还可以到街上去寻欢觅乐，访亲问友，以求欢欣；而我呢？我只能在灾难中挣扎，尤其是我已答应在此迎接哈里发。也许我会因为想念你而使自己面临巨大危险。我爱你，我恋你，我为离开你而感到难过。我到了信士们的长官面前,用什么语言、什么心情歌唱?我用什么语调与信士们的长官对话?我又用什么目光看那个没有你身影的地方?没有你坐在那里,我喝的酒又有什么味道?"

艾卜·哈桑说:"你不要为难!你要忍耐!今夜与信士们的长官欢宴,你千万不可大意!万万不能让哈里发察觉出你心不在焉!"

正在此时,宫女禀报说:"夫人,哈里发的仆役来啦!"

莎姆丝·奈哈尔急忙站起,吩咐宫女说:"快把艾卜·哈桑和他的同伴带到花园邻近的阁楼里去,让他俩暂时躲避一下,然后设法把客人送出宫门。"

宫女带着二人进入阁楼,关上门,便离去了。

阿里·本·毕卡尔和艾卜·哈桑躲进阁楼,朝御花园望去,但见哈里发在百名手握宝剑的仆役护卫下进了御花园大门。哈里发身旁有二十名宫女簇拥,个个如花,人人似月,头戴镶金嵌玉花冠,手持炽燃着的巨大蜡烛;哈里发春风得意,大摇大摆,行进在宫女中间。走在前面的是迈斯鲁尔、阿菲夫和沃绥福。

见哈里发的队伍出现在花园门口,莎姆丝·奈哈尔和宫女们一道迎上去,在花园门口向哈里发行吻地礼,伴哈里发在园中的椅子上落座。花园里的所有宫女和仆役都站在哈里发的周围,园内烛光通明,如同白昼,乐器齐奏,歌声飞扬。

哈里发让大家各自就座,莎姆丝·奈哈尔在哈里发身旁的一张椅子上坐下,与哈里发谈天。

所有这些情景,躲在阁楼里的艾卜·哈桑和阿里·本·毕卡尔都看得清清楚楚;哈里发与莎姆丝·奈哈尔之间的谈话,二人也听得明明白白。

哈里发吩咐打开圆宫门,众宫仆拾级而上,点燃蜡烛,顿时宫内灯烛通明,夜色消失,如同白昼。片刻过后,宫女们送来酒器,宫仆们抬来御酒。

艾卜·哈桑说:"这些饮酒用的器具,件件都是珍宝,我从未看见过这样精美、漂亮的酒器,简直可以说不曾听人说过。天哪,这真使我心惊魂动,仿佛是在梦中。"

阿里·本·毕卡尔自从告别莎姆丝·奈哈尔的那刻起,因为神魂不定,思恋缠心,一直躺在地上,不省人事。当他苏醒过来,往阁楼外一看,豪华场面令他大吃一惊,简直不敢相信自己是在人间。

他对艾卜·哈桑说:"好壮观的场面呀!我真担心哈里发发现我们在这里,或知道我们的情况。使我更为担心的还是你。因为我已入了死人的行列,倒没有什么可怕的了。我的死,是因为恋情、钟爱而走火入魔。我多么盼望安拉能够拯救我们摆脱这可怕处境!"

阿里·本·毕卡尔和艾卜·哈桑一直藏在阁楼里观看,直到丰盛宴席摆在哈里发面前。

这时,哈里发望着一个歌女,说:"给我们唱一首动人心弦的情诗吧!"

那歌女边弹琴边唱道:

有位天方女,亲人未出现。
汉志①沉香在,姑娘将我恋。
路遇驼队过,带来思一片。
燃火待远客,不禁泪涟涟。
我情谁人知,误会我心愿。

---

① 汉志,也译作希贾兹。

歌女歌未唱完，莎姆丝·奈哈尔晕了过去，一时不省人事。宫女们立即走上前去，用椅子将她抬走。

躲在阁楼的阿里·本·毕卡尔见此情景，亦昏倒在地。艾卜·哈桑说："啊，可怜的兄弟，天命割裂了你俩之间的爱情啊！"

正在这时，送他俩躲避在阁楼的那个宫女来了，对艾卜·哈桑说："喂，情况不妙！艾卜·哈桑，快带着你的伙伴离开这里吧！如果行动迟缓，事情会暴露。你们俩马上行动，不然的话，我们都会丧命的。"

艾卜·哈桑说："你瞧，我的伙伴站都站不起来了，怎么走得了呢？"

宫女马上取来玫瑰水，洒在阿里·本·毕卡尔的脸上，阿里·本·毕卡尔缓缓苏醒过来。

艾卜·哈桑背起阿里·本·毕卡尔，和宫女一道快步走下楼梯。宫女迅速走去打开王宫临底格里斯河的便门，将二人送出了门，让他们在一张长凳上坐下。宫女拍了两下巴掌，一条小船应声而至。宫女对艄公说："船公公，请把二位送到对岸去！谢谢你啦！"

艾卜·哈桑把阿里·本·毕卡尔背上船，阿里·本·毕卡尔望着圆宫和花园，吟诵了一首告别的诗：

> 现在就告别,我伸一弱掌；
> 另手放置在,心口热地方。
> 此非末了约,亦非最终粮。

此时，宫女也跳上船，对艄公说："快把船划走吧！"

艄公急速划船，宫女也跟着他们乘船而去。

讲到这里,眼见东方透出黎明的曙光,莎赫札德戛然止声。

第一百五十五夜

夜幕降临,莎赫札德接着讲故事:

幸福的国王陛下,艾卜·哈桑背起阿里·本·毕卡尔,和宫女一道快步走下楼梯。宫女迅速走去打开王宫临底格里斯河的便门,将二人送出了门,让他们在一张长凳上坐下。宫女拍了两下巴掌,一条小船应声而至。宫女对艄公说:"船公公,请把二位送到对岸去!谢谢你啦!"

艾卜·哈桑把阿里·本·毕卡尔背上船,阿里·本·毕卡尔望着圆宫和花园,吟诵了一首告别的诗。

此时,宫女也跳上船,对艄公说:"快把船划走吧!"

艄公听命,急速划船,宫女也跟着他们乘船而去。

船到对岸,艾卜·哈桑和阿里·本·毕卡尔下船上岸。宫女告别二人,并对他俩说:"我本不想在这里与你俩告别,但我不能去别的地方。"

说完之后,艄公撑船返回,宫女挥手与二人惜别。

阿里·本·毕卡尔瘫在了艾卜·哈桑的面前,站也站不起来。艾卜·哈桑说:"我们不可在此久留,我担心有贼来袭击我们。"

阿里·本·毕卡尔终于站了起来,勉强向前走了几步。

河的这边住有艾卜·哈桑的几位朋友,二人便向一位可信的朋

T.达尔齐尔 绘

友家走去。

　　来到那位朋友家门前，艾卜·哈桑轻轻敲过门，主人应声而至，开门一见是艾卜·哈桑，立即表示欢迎，将二人带入客厅。

　　主人问艾卜·哈桑从哪里来，他说："我们刚从家里出来不久，本想办一件事情。有位朋友和我有交往，他想借钱外出，我便来找他，还带上我的好友阿里·本·毕卡尔，希望能找到他。不料那位朋友不在家，没有见到他。天色也晚了，我们又不好回家，想了半天，只有来你这里借宿最好，所以就来打搅你了。"

　　主人欢迎二位客人，一番热情招待，大家安歇了。

　　翌日清晨，艾卜·哈桑和阿里·本·毕卡尔告别主人，进了城，艾卜·哈桑领阿里·本·毕卡尔到自己家中，小睡片刻。

艾卜·哈桑先醒来,令仆人将家中整理一番,顿时四壁生辉,光彩照人。艾卜·哈桑心想:"我一定要让这位小伙子心情舒畅,忘掉忧愁。因为我对他的心事一清二楚。"

阿里·本·毕卡尔醒来,先要了点儿水喝,起了床,做过小净,继而补做白天和夜间错过的礼拜,借用谈话安慰自己。

艾卜·哈桑见此情景,走上前去,对阿里·本·毕卡尔说:"公子,你今夜就住在我这里吧,以便消去你心中的忧闷与相思之苦。让我们一道欢度良宵。"

阿里·本·毕卡尔说:"兄弟,照你的话办。无论如何,我是逃不掉临头的灾难的,你就看着办吧!"

艾卜·哈桑站起身来,吩咐仆人,让他们请来歌女和乐师,吃喝完毕,二人一直谈到夜幕降临。

天色渐暗,点燃灯烛,他们又开始把盏对饮,热闹非常。歌女弹起四弦琴,唱道:

> 时光老人家,向我射利剑。令吾耳朵聋,使我别友伴。
> 时光敌视我,我之耐力单。吾曾有预料,时在此之前。

阿里·本·毕卡尔听罢这首诗,立即晕倒在地,直到拂晓时分,仍未苏醒过来。天亮了,正当艾卜·哈桑失望之时,阿里·本·毕卡尔苏醒了过来。

阿里·本·毕卡尔一苏醒过来,就要求回家。艾卜·哈桑没有阻拦他,而是将他送回家。

回到自己家中,阿里·本·毕卡尔方才放下心来。艾卜·哈桑衷心赞美安拉,令这位朋友挣脱了陷得很深而不能自拔的恋情泥坑。

艾卜·哈桑想告别离去……

讲到这里，眼见东方透出黎明的曙光，莎赫札德戛然止声。

第一百五十六夜

夜幕降临，莎赫札德接着讲故事：

幸福的国王陛下，阿里·本·毕卡尔一苏醒过来，就要求回家。艾卜·哈桑没有阻拦他，而是将他送回家。

回到自己家中，阿里·本·毕卡尔方才放下心来。艾卜·哈桑衷心赞美安拉，令这位朋友挣脱了陷得很深而不能自拔的恋情泥坑。

艾卜·哈桑想告别离去，阿里·本·毕卡尔说："好兄弟，要保持联系啊！"

"一定，一定！"

艾卜·哈桑离开那里，来到自己的店铺，开张营业。他一直等待着那位小姐的消息，但没有一个人能告诉他。

那天夜里，艾卜·哈桑在家中度过。第二天清晨，他来到阿里·本·毕卡尔的住处，进门一看，发现阿里·本·毕卡尔躺在床上，周围坐着他的同伴和大夫，大夫给他切脉，开方。艾卜·哈桑走上前去，向阿里·本·毕卡尔致安，问其情况。人们相继离去后，艾卜·哈桑说："你感觉怎样？"

阿里·本·毕卡尔说："我的消息已经传出去，听说我病了，因此朋友们都来看我。因为我没有力量起来，走不动路，只有撒谎说是病了。你看,我一直躺着,来了许多朋友关心我。那位小姐有什么消息吗?你见到她没有?"

艾卜·哈桑说:"自从我们在底格里斯河畔分手那天起,那位小姐一直没到我店里来过。"

艾卜·哈桑又说:"兄弟,你要小心,千万别出什么事,你也要放宽心,不要老是落泪。"

阿里·本·毕卡尔说:"兄弟,我感到身不由己呀!"

阿里·本·毕卡尔一阵长吁短叹后,吟道:

她曾尝过苦,我却未经验;她腕被刺扎,吾皮疼相连。
她忧心忡忡,担心中利剑;铁质锁子甲,给她身上穿。
大夫切我脉,难言所以然;我说苦在心,大夫手方闲。
幻影造访我,后离我家院。切请详述之,莫增亦莫减。
她言丢下她,任命丧渴干。我说算了罢,死不尝仙泉。
水仙花似珠,如雨降人间;浇灌玫瑰花,食果不胃酸。

阿里·本·毕卡尔吟罢诗,说道:"我已经历了一场未曾想到的灾难。此时此刻,对于我来说,没有比死亡更快活的事了。"

艾卜·哈桑说:"好兄弟,忍耐是赢得胜利到来的法宝!你好好休息吧!"

艾卜·哈桑又说:"忍耐一下,但期安拉能使你痊愈。"

艾卜·哈桑告别阿里·本·毕卡尔,回到自家店铺,开张营业。他在店铺里没待多大一会儿,那个宫女来了。相互问候之后,艾卜·哈桑发现那宫女心神不定,面浮忧伤神情,便说:"欢迎你,姑娘!莎姆丝·奈哈尔小姐可好哇?"

宫女说:"小姐的情况,我会告诉你的。阿里·本·毕卡尔怎么样?"

艾卜·哈桑把所有的情况一一如实相告,宫女听后,惊讶不已,连声叹息。宫女说:"我们的夫人,情况更是异常出奇。你们走后,我的心一直扑扑腾腾地跳个不止,真为你们担忧,简直不敢相信你们能逃脱。告别你们后,我回到宫中,见我们的夫人躺在圆厅里,一句话不说,也不理睬任何人。信士们的长官一直坐在夫人身旁,他也不知道夫人究竟怎么了。夜半时分,夫人才苏醒过来。哈里发问:'莎姆丝·奈哈尔,你究竟怎么啦?你今夜有什么不舒服?'夫人听哈里发这样一问,吻了吻哈里发的脚,然后说:'信士们的长官,安拉让我为你赎身。我只觉得一阵心乱,周身如同火烧,突然跌倒在地,以后怎么样,我就什么也不知道了。'哈里发问她:'你白天吃过什么东西?'她回答说:'吃过一种从未吃过的东西,觉得浑身没有力气,之后要了一点儿酒喝。'夫人请哈里发放心,哈里发才回到圆宫座位上。我走到夫人的面前,夫人问到你俩的情况,我便把送出你俩的情况如实相告,还把阿里·本·毕卡尔吟诵的那首诗背给夫人听了一遍,夫人没有再说什么。"

宫女稍稍停顿片刻,接着对艾卜·哈桑说:"信士们的长官坐下,令一歌女唱歌,那歌女唱了这样一首诗:

> 君自离去后,近况皆不晓;
> 但期鸿雁至,报告君安好。
> 君去若哭泣,我泪荡血潮。

莎姆丝·奈哈尔听罢这首诗,随即又昏迷了过去……

讲到这里,眼见东方透出黎明的曙光,莎赫札德戛然止声。

T. 达尔齐尔 绘

第一百五十七夜

夜幕降临，莎赫札德接着讲故事：

幸福的国王陛下，宫女稍稍停顿片刻，接着对艾卜·哈桑说："信士们的长官坐下，令一歌女唱歌，那歌女唱了一首诗。莎姆丝·奈哈尔听罢这首诗，随即又昏迷了过去。我急忙上前，抓住她的手，向她的脸上洒了些玫瑰水，她方才慢慢苏醒过来。我对她说：'夫人，你不要糟践自己了！喜欢你的人，都希望你能够忍耐。'她说：'世上还有比死亡更可怕的吗？我只希望一死了之，因为只有死才能给我带来安宁。'"

"正在这时，一歌女唱道：

人们议论多:忍中蕴欢畅。与他分别后,忍耐从何讲?
我与他之间,誓约业成章。情侣拥抱时,忍绳早断光。

"夫人听罢这首诗，又晕了过去。哈里发见此情景，快步走到夫人面前，同时下令撤去宴席，并令宫女们退下。哈里发在莎姆丝·奈哈尔身旁一直待到东方亮起。之后，唤来御医为夫人治病。其实哈里发根本不知道莎姆丝·奈哈尔不是因病而屡次昏迷，而是因为相思、爱恋之情。我一直守在夫人身边，认定夫人的情况好转时，我又安排了几个贴身侍女轮流守护夫人，一连几天不能离开宫中，所以迟迟来不了。今天，夫人吩咐我来见你们二位，了解阿里·本·毕卡尔的情况。夫人吩咐我弄清阿里·本·毕卡尔的情况后，立即回去向她报告。"

艾卜·哈桑听罢宫女这番长长的谈话，觉得特别新鲜。他对宫女说："凭安拉起誓，阿里·本·毕卡尔的情况，我都告诉你。你回到宫中之后，向莎姆丝·奈哈尔问好，告诉她要忍耐，要她好好保密，并且还要对她说，我很体谅她的情况。不过，这是一件难事，需要仔细考虑，周到安排。"

宫女谢过艾卜·哈桑，然后告别离开店铺，回到莎姆丝·奈哈尔那里去了。

艾卜·哈桑一直在店里待到日落时分，方才锁上店门，来到阿里·本·毕卡尔的住处。

艾卜·哈桑叩过门，阿里·本·毕卡尔的仆人开了门，把客人带入客厅。主人见是好友艾卜·哈桑，不禁喜出望外，忙说："喂，艾卜·哈桑，我好想你哟！一日不见，如隔三秋呀！我的后半生，就系在你的身上了。"

艾卜·哈桑说："别这么说呀！假若有可能，我愿以自己的生命为你赎身。今天上午，莎姆丝·奈哈尔的贴身侍女到我店里来了一趟。她告诉我，她之所以未能脱身，原因是哈里发在莎姆丝·奈哈尔那里坐了许久。她把小姐的情况都告诉了我。"

接着，艾卜·哈桑把自己从宫女那里听到的所有情况，一五一十、原原本本地向阿里·本·毕卡尔讲了一遍。

阿里·本·毕卡尔听罢，悲伤不已，泪流满面。他望着艾卜·哈桑，说道："兄弟，我后半生的希望全系在你的身上了。看在安拉的面儿上，你帮兄弟一把，为我解一解忧愁吧！你今夜就陪陪我，睡在我这里，给我出点儿主意吧！有你在，我才不觉得太寂寞。"

艾卜·哈桑一口答应陪阿里·本·毕卡尔过夜。二人当夜灯下长谈。阿里·本·毕卡尔谈起自己如何思恋莎姆丝·奈哈尔，不禁泪流滚滚，不能自已。他边哭边吟诵道：

> 她用眼中剑，护我盔上花。
> 她用身上矛，保我忍耐甲。
> 她急多叹息，掌印留胸下。
> 珊瑚当作笔，龙涎香为札。
> 水晶玻璃面，书出五行花。
> 手持利剑者，听我说句话：
> 她若有声响，莫将眼皮眨。
> 长矛荷有者，出矛讲制法；
> 她若进攻你，挥矛直刺杀。

阿里·本·毕卡尔吟罢诗，一声大喊，昏厥了过去。

艾卜·哈桑看到这种情况，以为阿里·本·毕卡尔的灵魂已经离开躯壳。阿里·本·毕卡尔一直昏迷到天大亮，方才苏醒，开始和艾卜·哈桑交谈。

艾卜·哈桑在阿里·本·毕卡尔那里坐到太阳升得老高，才告别他，回自己的店铺，开张营业。

艾卜·哈桑刚刚坐在店里，那个宫女就来了。相互问好之后，宫女告诉艾卜·哈桑，说小姐的情况挺好的。宫女问："阿里·本·毕卡尔好吗？"

艾卜·哈桑说："唉，别提啦！说来话长啊！阿里·本·毕卡尔思念小姐，日吃不下饭，夜睡不着觉，心中烦躁不安，真叫朋友们放心不下呀！"

宫女说："我们的夫人向你问好，也向阿里·本·毕卡尔问安。

夫人给他写了封信。其实，夫人的情况比阿里·本·毕卡尔的情况更糟。夫人的信就在我的手里，夫人还告诉我，要我亲手把信交给阿里·本·毕卡尔，并且嘱咐我按照阿里·本·毕卡尔的意思行事。还要带着回信见她。艾卜·哈桑，你能带我去见见阿里·本·毕卡尔，把信送给他，并让他写封回信吗？"

艾卜·哈桑说："当然能喽！"

艾卜·哈桑随即关好店门，带着宫女向阿里·本·毕卡尔的住处走去……

讲到这里，眼见东方透出黎明的曙光，莎赫札德戛然止声。

第一百五十八夜

夜幕降临，莎赫札德接着讲故事：

幸福的国王陛下，宫女说："我们的夫人向你问好，也向阿里·本·毕卡尔问安。夫人给他写了封信。其实，夫人的情况比阿里·本·毕卡尔的情况更糟。夫人的信就在我的手里，夫人还告诉我，要我亲手把信交给阿里·本·毕卡尔，并且嘱咐我按照阿里·本·毕卡尔的意思行事。还要带着回信见她。艾卜·哈桑，你能带我去见见阿里·本·毕卡尔，把信送给他，并让他写封回信吗？"

艾卜·哈桑说："当然能喽！"

艾卜·哈桑随即关好店门，带着宫女向阿里·本·毕卡尔的住处走去。

来到阿里·本·毕卡尔的家门口，艾卜·哈桑让宫女在门外暂等，自己走了进去。

见艾卜·哈桑来了，阿里·本·毕卡尔欣喜不已。艾卜·哈桑说："我到你这里来，因为有个人派侍女给你带来了一封信，信中说明迟迟不来见你的原因。侍女就在门外等候，能让她进来吗？"

"让她进来吧！"阿里·本·毕卡尔说。

艾卜·哈桑示意来者是莎姆丝·奈哈尔的侍女，阿里·本·毕卡尔非常高兴。

宫女进了房间，问过安好。阿里·本·毕卡尔问莎姆丝·奈哈尔的情况，宫女说她很好，随后掏出那封信，递给阿里·本·毕卡尔。

阿里·本·毕卡尔接过信，吻了吻，看过后递给艾卜·哈桑。艾卜·哈桑发现信上写道：

> 我派差使去，报告我平安。不必常惦记，莫要多挂念。
> 留下青春美，爱你入心田。眼神伴更星，夜下不成眠。
> 我纵忍耐心，搏击灾难间。天命实难违，等闲莫扯谈。
> 且请放宽心，你离我不远。不曾有一日，你离我眼帘。
> 且看你自己，体瘦如柴干。看好周围事，但请示高见。

阿里·本·毕卡尔：

我给你写了一封信，用的不是手指；我对你说话，用的不是舌头。用一句话说明我的情况：我有眼，日夜不眠；我有心，不离思念；仿佛我压根儿不懂得什么叫健康和欢乐。我未曾看过动人景色，我没有享受过安乐生活。好像我生来多情，生来多忧，生来善感。我这里灾病沉重，我身上恋

情浓重,我心中思念深重。正如诗人所云:

心郁闷兮思欢悦,目不眠兮体力竭。

忍耐失兮泣相连,志不清兮心遭劫。

你要知道,诉苦难以扑灭我的灾难之火,不过,诉苦却能表达深情的思恋和离别之苦,但期我能借真情友爱消愁解闷。诗人说得好:

如果爱情中,没有愁与乐,通信之甜美,又从何处说?

忠诚的莎姆丝·奈哈尔

艾卜·哈桑看完信,说:"写得好哇!读了这封信,使我深深

T.达尔齐尔 绘

感到：其言辞令我们心情激动，其含义令我们周身兴奋。"

艾卜·哈桑把信交给宫女。宫女接过信，阿里·本·毕卡尔对她说："向小姐转达我的问候。请告诉她，我很想念她、慕爱她；还要对她说，我对她的思念深入骨肉之中，我迫切需要有那么一个人，能把我救出这死亡的海洋和无限惆怅的泥沼。"

说完，阿里·本·毕卡尔哭了起来，宫女也随着他哭了起来。宫女与阿里·本·毕卡尔告别。艾卜·哈桑陪宫女离开了那里，然后送别宫女，自己回店铺中去了。

艾卜·哈桑送走宫女，回到店铺，不禁心中郁闷，神魂不定，一时不知如何是好。那一天一夜，他都沉浸在深思之中。

第二天一早，艾卜·哈桑便到阿里·本·毕卡尔那里去了。

讲到这里，眼见东方透出黎明的曙光，莎赫札德戛然止声。

第一百五十九夜

夜幕降临，莎赫札德接着讲故事：

幸福的国王陛下，第二天一早，艾卜·哈桑便到阿里·本·毕卡尔那里去了。

艾卜·哈桑来到阿里·本·毕卡尔的家中，屋里有人，等人们离去之后，方才问阿里·本·毕卡尔的情况如何，阿里·本·毕卡尔开始倾诉自己心底的情思。他吟诵道：

前有几多人,倾诉相思情。语使生者奇,意令死者惊。
今我心中恋,谁晓其内容?为我闻未闻,更未见雷同。

阿里·本·毕卡尔又吟诵道:

我情复我爱,盖斯①未曾经。莫看盖斯迷,终落痴情疯。
我之情爱深,未循盖斯行。痴情讲艺术,有别禽兽情。

艾卜·哈桑听罢,说道:"喂,阿里·本·毕卡尔兄弟,你如此痴情,我不仅没有见过,简直压根儿没听说过。钟情程度怎么会如此之深呢?怎么会因此一蹶不振呢?假若你爱上一个志同道合的人,那还幸运;可是,倘若爱上一个虚假之人,那是要倒霉的。你的事情终会暴露。"

艾卜·哈桑离开了阿里·本·毕卡尔,去见一个朋友。他对朋友说:"阿里·本·毕卡尔相信我的话,很感谢我的劝告。我还有位朋友,他对我和阿里·本·毕卡尔之间的关系了如指掌,知道我俩是好朋友;有些事情,只有他一个人知道。他曾来到我这里询问阿里·本·毕卡尔的情况,然后又问到那位女子。我告诉他,我曾把阿里·本·毕卡尔领到宫中去见她。阿里·本·毕卡尔和那位女子之间已是如胶似漆。这就是他俩之间的最近情况。我有一个想法,不妨讲给你听。"

"什么想法?"朋友问。

艾卜·哈桑说:"你知道,我的交际很广,认识许多男男女女。

---

① 盖斯·本·穆劳瓦(? —688年),阿拉伯诗人。因爱上同族姑娘莱伊拉,而姑娘的家人又不同意他们成亲,盖斯痴情若疯,赋诗歌唱自己的纯真爱情,以"莱伊拉的痴情人"著称于世。盖斯与莱伊拉之间的爱情也成了千古绝唱。

我真担心阿里·本·毕卡尔与那位女子之间的事情一旦泄露出去，会使我家破人亡，人财两空。我已经想好，马上赶赴巴士拉城，在那里暂住一段时间，看看他俩的情况如何，也好不让任何人知道我的情况。阿里·本·毕卡尔和那位女子已经落入情网，情书不断，有一个宫女负责传信。那个小宫女目前还是能保密的。但是，我担心有那么一天，小宫女心中烦躁，不愿再为那一对情人奔忙，会把秘密吐露出来。一旦泄露秘密，我就会掉脑袋，最轻也要受到惩处，再也没有脸面见人了。"

朋友说："你告诉了我一个重要消息，只要有点儿经验，都会感到害怕。但求安拉为你消除灾难，把你从惧怕中解救出来。你的想法很好。"

艾卜·哈桑回到家中，开始准备行囊。三天之后，一切东西备齐，便起程奔巴士拉城去了。

艾卜·哈桑走后三天，一位朋友来看他，自然是见不到的。他向邻居打听，邻居们说艾卜·哈桑在三天前到巴士拉去了，因为那里有生意做，另外还有人欠他不少钱，还说艾卜·哈桑不多日子就会回来。

那位朋友一时不知该到哪里去，说道："我真不能离开我的好友艾卜·哈桑！"

之后，这位朋友问到阿里·本·毕卡尔的住处，便径直去了阿里·本·毕卡尔那里。行至阿里·本·毕卡尔门口，仆人报告后，获许进宅。进门一看，阿里·本·毕卡尔躺在床上。相互问候之后，客人对自己久久未来造访表示歉意。客人说："兄弟，我与艾卜·哈桑交情很深，我有什么事都跟他说，我们来往密切。我在家里与一些朋友一起待了三天，再来看他时，发现他的店门紧闭。我向邻居打听，他们说他到巴士拉城去了。在他的朋友中，我不认识比你更亲近的了。看在安拉的面儿上,请把艾卜·哈桑的情况给我讲一讲吧!"

阿里·本·毕卡尔一听,面色顿改,惊惶不安。他说:"哦,是这样啊!可是,在此之前,我没听说他要远行啊!我有些累了。"

阿里·本·毕卡尔眼含泪花,吟诵道:

追忆昔日乐,朋友聚一堂。
今日灾难重,亲友各一方。
我泣泪如注,欢悦一扫光。

吟罢,阿里·本·毕卡尔低下头去,沉思片刻后,抬起头来,对仆人说:"到艾卜·哈桑家去看一看,问问他在家,还是外出了;假若他们说他外出了,就问问到哪里去了。"

仆人转身离去,片刻后回来报告说:"我问他的同伴,他们告诉我说艾卜·哈桑先生到巴士拉城去了。在那里,我见一位姑娘站在他家门前。姑娘认识我,而我却不认识她。那姑娘问我:'你是阿里·本·毕卡尔的家仆吗?'我回答说:'是的。'姑娘说:'我带着一封信,是他最亲爱的人写给他的。'姑娘跟着我来了,现在在门外等候,让她进来吗?"

阿里·本·毕卡尔急忙说:"快让她进来!"

仆人把姑娘领进房门,阿里·本·毕卡尔的那位客人发现姑娘生得花貌月容,惊叹不已。姑娘问过安好,二人密谈了一会儿。谈话期间,阿里·本·毕卡尔一再发誓,不向任何人透露所谈内容。之后,姑娘便离去了。

讲到这里,眼见东方透出黎明的曙光,莎赫札德戛然止声。

第一百六十夜

夜幕降临，莎赫札德接着讲故事：

幸福的国王陛下，姑娘进了阿里·本·毕卡尔的家，向他问过安好，二人密谈了一会儿。谈话期间，阿里·本·毕卡尔一再发誓，不向任何人透露所谈内容。之后，姑娘便离去了。

阿里·本·毕卡尔的那位朋友名叫高海尔。姑娘走后，高海尔觉得有句话应该对阿里·本·毕卡尔讲，于是开口说："喂，阿里·本·毕卡尔，毫无疑问，哈里发宫内有要事请你去，或许你与王宫有什么关系。"

"谁告诉你的？"阿里·本·毕卡尔惊问。

"我是从那位姑娘那里看出来的。因为她是莎姆丝·奈哈尔的侍女。不久前，她到我那里去过，带着一张条子，上面写着要一条宝石项链，我马上给她送去了一条名贵宝石项链。"

阿里·本·毕卡尔一听，不禁惊慌失措，恐怕有什么不测之灾降临。过了一会儿，心情方才平静下来，说道："兄弟，我问你，你是在哪里认识那位姑娘的呢？"

高海尔说："不要这样追问了！"

"你不告诉我，我就问个没完。"

"我把实情告诉你，你可不要胡乱猜疑，也不要因为听过我的话而不安。我不对你保密，把实际情况全告诉你；但有一条，你也要把你的事情和病因全告诉我。"

阿里·本·毕卡尔将自己的情况如实告诉了高海尔，然后说："兄弟，凭安拉起誓。我之所以不愿让你之外的人知道我的事，原因在于怕人们议论纷纷。"

高海尔说："因为我非常喜欢你、敬重你，同情你心遭离分之苦，我才来拜访你的。我希望在好友艾卜·哈桑外出期间，我取代他而成为你的好友，给你带来安慰。你只管放心就是了。"

阿里·本·毕卡尔连声感谢高海尔，接着吟诵道：

好友出远门,我嘱宜忍耐；眼泪却骗我,哭声传天外。
束手无所措,泪泉难塞埋。良朋远离我,面颊成泪海。

阿里·本·毕卡尔沉默片刻，对高海尔说："你知道那位姑娘对我说了些什么吗？"

"不知道。"高海尔说。

"她称是我建议艾卜·哈桑到巴士拉去的，以便中断通信与联系，说这是我安排的计谋。我向她发誓，根本没有那么回事，姑娘不相信。姑娘就是带着这种误解回去见她的女主人的。因为她原先总是听候艾卜·哈桑的安排。"

高海尔说："兄弟，我从那位姑娘那里知道了这个情况。不过，但期我能帮助你达到自己的目的。"

"她像旷野上的飞禽走兽那样见人就躲，你怎么和她打交道呢？"

"我一定竭尽全力帮助你，设法与她秘密取得联系。"

说完，高海尔告别了阿里·本·毕卡尔，转身离去。阿里·本·毕卡尔忙说："喂，兄弟，你可要为我好好保密呀！"

话音未落，阿里·本·毕卡尔已泪流满面，目送高海尔离去。

讲到这里,眼见东方透出黎明的曙光,莎赫札德戛然止声。

第一百六十一夜

夜幕降临,莎赫札德接着讲故事:

幸福的国王陛下,高海尔对阿里·本·毕卡尔说:"兄弟,我从那位姑娘那里知道了这个情况。不过,但期我能帮助你达到自己的目的。"

"她像旷野上的飞禽走兽那样见人就躲,你怎么和她打交道呢?"

"我一定竭尽全力帮助你,设法与她秘密取得联系。"

说完,高海尔告别了阿里·本·毕卡尔,转身离去。阿里·本·毕卡尔忙说:"喂,兄弟,你可要为我好好保密呀!"

话音未落,阿里·本·毕卡尔已泪流满面,目送高海尔离去。

高海尔挥手告别阿里·本·毕卡尔,走出大门,心中却不知道如何为朋友救急。他边走边想,无意中发现地上扔着一封信,拾起来拆开一看,只见上面写着:

> 差使捎书至,知君慕我容。在我想象里,多半系幻梦。
> 心无兴奋言,反倒忧心忡。深知差使迷,不解其实情。

先生:

我不知道,我你之间的通信联系为什么中断了。假若

T.达尔齐尔 绘

你有意疏远我,我必将接受这一现实;假如你想抛弃这种友情,我却要将之保存在我的心中。我与你之间的关系,将如诗人所云:

你狂妄兮我忍耐,你拖延兮我承受。

你高贵兮我甘贱,你离去兮我跟走。

你说话兮我细听,你发令兮我遵守。

忠诚的莎姆丝·奈哈尔

高海尔看完信之中的诗和文,抬头望去,却见一位女子迎面走来,只见她左顾右盼,若有所失,似乎在寻找什么。

女子见高海尔手中拿着信,便说:"这封信是我丢的,还给我吧！"

高海尔没有答话，低下头去。女子跟着高海尔，一直随他进了家门，女子说："先生，请把这封信还给我吧！这封信是我丢的。"

高海尔望着女子，说："姑娘，你不要害怕，不要难过。不过，你得把事情给我讲明白，我会给你保密的。关于那位夫人的事情，不要对我有丝毫隐瞒。但期安拉默助我为实现夫人的愿望尽心尽力，为她提供方便，使难事在我的手中变得容易。"

女子听了高海尔这番话，说道："先生，我对你说了，千万可别告诉别人，要好好保密呀！你有这样的好意，一定能够化为现实。先生知道，我的心是向着你的。我把真实情况告诉你，你把信还给我吧！"

随后，女子把全部情况一五一十地对高海尔讲了一遍。女子说："我说的千真万确，安拉为我做证。"

高海尔说："你说的是实话，因为我知道事情的底细。"

高海尔把阿里·本·毕卡尔的情况从头到尾对女子讲了一遍。女子听后，十分高兴。二人商定由女子将那封信交给阿里·本·毕卡尔，然后回来见高海尔，再把情况告诉他。

女子接过信，将信照原样封好，说："我们的莎姆丝·奈哈尔王妃把信交给我时，这信封得好好的。我把信送去，若有回信，我先送给你看。"

说完，女子辞别高海尔，向阿里·本·毕卡尔的住处走去。

进门一看，见阿里·本·毕卡尔正焦急等待着。侍女呈上书信，阿里·本·毕卡尔拆封看过，写了一封回信。侍女接过回信，告别主人，按照原来的约定，直奔高海尔家中。

高海尔将信拆开，见上面写着：

书信写就欲何求？可气差使将信丢！
但期择使重信度，宜诚不选骗子手。

我谨在此申明：我心中没有丝毫冷漠、疏远感产生，既未抛弃忠诚，亦未破坏、背弃约言，更没有丢开友情。离别你之后，留在我心中的只有苦闷与寂寞。信中所提之事，我压根不曾做过。我只爱你之所爱。我一直遵循保密原则，只想与我所爱的人相会。即使在我染疾之时，我的心中亦燃烧着爱情的火焰。

容我如此解释我的情况，仅此而已。

高海尔看过信，明白了信中的内容，禁不住泪水夺眶而出，大哭了起来。

侍女对高海尔说："先生，你暂且不要外出，我马上就会回来。因为他在为这件事责备我，这倒是情有可原的。我一定想办法让你同我们的夫人见面。夫人现在正等着我带回信去见她。"

说完，侍女转身出门，见莎姆丝·奈哈尔去了。

高海尔一夜心绪不宁。次日清晨，高海尔做过晨礼后，等候着侍女的到来。没过多少时候，那侍女高高兴兴地进了高海尔的家门。高海尔问："姑娘，情况怎样？"

侍女说："离开你这里，我就去见我们的夫人了。我把阿里·本·毕卡尔的信交给夫人，她读过信，神色迷离，一时不知该怎么办，似乎感到为难。我对她说：'夫人，您不必担心事情会出现什么麻烦。虽然艾卜·哈桑已经出远门了，但我找到了一位可以取代他的人，比艾卜·哈桑更有能力、更善于保密的人。一句话，比艾卜·哈桑还理想。'我把你与艾卜·哈桑之间的深厚交情对夫人讲了讲,还讲到我如何与你和阿里·本·毕卡尔取得了联系,并且说到那封信是如何从我手中丢失,你是怎样拾到了那封信。之后,我向她说了我你之间如何商妥日后的事情。"

高海尔听罢,感到十分高兴。侍女又说:"我们的夫人想和你谈谈,以便了解你与阿里·本·毕卡尔商量的情况,你现在能去见她吗?"

高海尔听侍女这样一说,认为应去见莎姆丝·奈哈尔一面,但又觉得这是一件危险事,说不定会招来意外麻烦。想到这里,他说:"好妹妹,我很想见莎姆丝·奈哈尔一面。可是,我不像艾卜·哈桑,我只是一个平民之子,而艾卜·哈桑则是巨商,知名度高,经常出入王宫,因为宫中的贵人需要他的货。艾卜·哈桑和我谈话,我尚且在他面前周身颤抖,更何况是王妃呢?假若你的女主人想和我谈话,最好不在王宫,而应该换另外一个地方,远离信士们的长官。"

高海尔拒绝与侍女同往。侍女再三保证他的人身安全,说道:"先生不必担惊、害怕,我保你平安出入哈里发宫。"

二人谈着谈着,只见高海尔的手脚颤抖起来。侍女见此光景,说:"先生,既然你感到去王宫不方便,那么,我就带着她到你这里来。你不要离开这里,我马上带夫人来见你。"

侍女离去不久,转回来对高海尔说:"不要让任何人在场为好。"

"我这里只有一个上了年纪的黑女仆,没有其他人。"高海尔说。

侍女站起身来,将高海尔与其老女仆之间的那道门关好,又把仆人们打发出去,这才离去。

过了一会儿,侍女带着一位女子来了。高海尔见了,立即站起迎接,递去靠枕,让她坐下。稍息片刻,那女子取下面纱;顷刻之间,高海尔觉得仿佛家中升起一轮红日。

女子问侍女:"这就是你说的那位兄弟吧?"

"正是。"侍女答道。

那女子望着高海尔,说:"你好哇!"

高海尔说:"谢谢,我很好!欢迎你,安拉为你祝福。"

"我应你的要求,来到贵府,把我们的秘密讲给你听。"

那女子接着询问高海尔的家庭状况和妻子儿女的情况,高海尔一一回答,他说:"这座房子不是我住的地方,而是专门用来会客的。这里的情况,我都对女仆讲过了。"

女子问高海尔是怎样知道她的情况的,高海尔从头到尾讲了一遍。女子对艾卜·哈桑出远门深感不安。她说:"喂,好兄弟,正如你所知,人们的灵魂中有种种欲望,任何事情的完成,都离不开说话;任何目标的实现,都必须付出努力。人总是先劳后逸,先苦后甜;同样,只有有志之人,才能取得成功。"

讲到这里,眼见东方透出黎明的曙光,莎赫札德戛然止声。

✥ 第一百六十二夜 ✥

夜幕降临,莎赫札德接着讲故事:

幸福的国王陛下,女子问高海尔是怎样知道她的情况的,高海尔从头到尾讲了一遍。女子对艾卜·哈桑出远门深感不安。她说:

T. 达尔齐尔 绘

"喂，好兄弟，正如你所知，人们的灵魂中有种种欲望，任何事情的完成，都离不开说话；任何目标的实现，都必须付出努力。人总是先劳后逸，先苦后甜；同样，只有有志之人，才能取得成功。"

女子又说："兄弟，你是个豪爽、刚毅之人，我把自己的秘密全部讲给你听，那么，我的一切也都掌握在你的手中了。你已知道，这是我的贴身女仆，她保守着我的全部秘密；正因为这样，她在我的心中地位不同一般。我已经全权委托她办我的事情。因此，对我和你来说，没有比她更可信的人了，你只管把全部情况讲给她听。你只管放心就是，我们会给你提供安全保障。我们那里的任何地方都对你开放。我的这个贴身女仆将把阿里·本·毕卡尔的消息带给我，负责我与阿里之间的联系。这件事，还请你多帮忙。"

这位女子便是莎姆丝·奈哈尔。

莎姆丝·奈哈尔说罢，站起身告别离去，高海尔一直把她送出大门口。

高海尔回到房间，他还在沉思。莎姆丝·奈哈尔的美丽容颜、柔声细语、高贵气质、动人姿态，都深深地印在了他的脑海之中，他感到无比快乐。

过了一会儿，高海尔的心情终于平静下来。女仆端来饭菜，他吃了几口，便换上衣服走出宅门，径直往阿里·本·毕卡尔的宅院走去。

进了门，他发现阿里·本·毕卡尔仍躺在床上。

阿里·本·毕卡尔看见高海尔来了，忙坐了起来，说："好兄弟，你迟迟不来，真使我忧心如焚哪！我终于把你等来了。"

阿里·本·毕卡尔把仆人打发走，关上房门，对高海尔说："凭安拉起誓，自从你走到现在，我眼都没合一会儿。昨天，那侍女给我送来莎姆丝·奈哈尔的一封信……"

阿里·本·毕卡尔把侍女送信时的谈话详详细细对高海尔说了一遍。之后，他说："说真的，现在我不知道如何是好了。我等得都不耐烦了！我只有一位知心人，那就是艾卜·哈桑。因为只有他认识那位侍女，没有艾卜·哈桑，谁能担当这个角色呢？"

高海尔一听，朗声笑了起来。阿里·本·毕卡尔惊问："你笑什么？我把你当作抵抗灾难的支柱，你又为什么笑我呢？"

说着，阿里·本·毕卡尔竟哭了起来，边哭边吟诵道：

伊见我流泪，反而笑盈容；
倘伊遭同难，必哭失笑声。
只有遭难者，方知灾难重。
只有同命人，情感才相同。
我情与我爱，我思与我梦，
均寄心上人，如影不离身。
此时与此刻，相见亦难等。
与我同甘者，方可为良朋。
我只与挚友，共把高山登。

高海尔听罢，完全明白话中和诗中的意思，看见阿里·本·毕卡尔哭了，他也随着哭了起来。过了一会儿，高海尔把自己告别他之后同侍女见面的情况，向阿里·本·毕卡尔讲了一遍。

阿里·本·毕卡尔静听高海尔谈话。高海尔每说一句话，阿里·本·毕卡尔的脸色就变一下，直至从蜡黄色变成粉红色；与此同时，身体也时而强壮，时而衰弱。当高海尔谈话将尽时，阿里·本·毕卡尔哭了起来。他对高海尔说："好兄弟，看来我的大限就要来临了。我求你关心关心我的事情，直到安拉对我的一切做出安排。我绝不会违背你的话和意愿,会感激不尽的。"

高海尔说:"只有与心上人欢聚,才能浇灭你心中的思念情火。但是,不能在这个危险的地方,而要在我那座专门会见朋友的宅院。我曾在那里与莎姆丝·奈哈尔见过一面,莎姆丝·奈哈尔自己选定把那里作为与你相见的地方,以便相互诉说衷情。我给你们安排一下见面的事情,你看如何?"

阿里·本·毕卡尔感到有了希望,回答说:"就照你的意思办吧!"

第二天发生的事情,高海尔这样叙述:

"那天夜里,我是在阿里·本·毕卡尔那里度过的,我和他一直聊到大天亮。"

讲到这里,眼见东方透出黎明的曙光,莎赫札德戛然止声。

第一百六十三夜

夜幕降临,莎赫札德接着讲故事:

幸福的国王陛下,高海尔开始讲述第二天发生的事情:

那天夜里,我就在阿里·本·毕卡尔那里住下了。

第二天清晨,我做过礼拜,回到自己的家中。时隔不久,侍女来了,我把与阿里·本·毕卡尔商量好的事情向侍女讲了一遍。

侍女说:"哈里发离开了我们住的那座宫殿,如今圆宫厅内空无一人,安排阿里·本·毕卡尔在那里见我们的女主人,那是再合适不过的了。"

我对她说:"那里倒也不错啊!可是,那里怎么比得上我的宅院安全、隐蔽呢?你要知道,我那座宅院是专门用来会客的,静得很哪!"

侍女说:"如果你认为那里更好,就照你说的办吧!我马上回去告诉我们的女主人,把你的安排告诉她。"

侍女转身离去,把我的安排告诉了莎姆丝·奈哈尔。没过多时,侍女就回来了。她对我说:"我们的夫人同意你的安排。"

说着,侍女从口袋里掏出一袋钱,里面装着第纳尔。她把钱袋递给我,并说:"这是一千金币,是夫人赏给你的,请拿着。需要什么东西,就请用它去购买吧!"

我发誓一文不收,侍女只得原封带回。侍女回到莎姆丝·奈哈尔那里,对她说:"那位先生分文不收,我又带回来了。"

侍女走后,我立即向会客的宅院走去。立即叫人更换那里的家具和陈设,置办了必要的东西,运去了金银酒器和瓷器,备好了吃的和喝的。

侍女来后一看,见一切已经齐备,惊异不已。她对我说:"去请阿里·本·毕卡尔先生吧!"

我说:"阿里·本·毕卡尔先生嘛,非你去请他才会来的。"

侍女走去不多时,把阿里·本·毕卡尔请来了。我热情欢迎他。让他坐在与他的身份相称的座位上,用瓷盘和水晶盘盛着各种水果,送到他的面前。我和他谈了约一个时辰后,侍女方才离去。

昏礼过后,莎姆丝·奈哈尔在两个宫女的陪伴下来了。

莎姆丝·奈哈尔和阿里·本·毕卡尔一见面,就双双晕倒在地。一个时辰过后,二人渐渐苏醒过来,相互走近,才坐下促膝谈心。

二人对我的安排表示谢意。我对他俩说:"二位先吃点儿点心吧!"

"谢谢!"二人异口同声。

我呼唤仆人送上点心。二人吃过,洗了洗手,我就把二位请到另一个地方,端上美酒,请二人对饮。

二人开怀畅饮,直喝得头重脚轻,相互依偎。莎姆丝·奈哈尔说:"先生,你的安排如此周到,实在叫我们感激不尽。请先生拿出四弦琴,让我们尽情欢乐一场吧!"

我立即回答:"遵命!"

我站起身来,走去取来四弦琴,调好琴弦,递到莎姆丝·奈哈尔手里。只见她抱起四弦琴,玉指轻弹,厅内顿时琴声飞扬。她边弹边唱道:

> 夜阑无困意,失眠似友朋。情将我熔化,疾病为我生。
> 泪浸面颊湿,却将脸鼻烘。但期早得知,别后何日逢?

接着,莎姆丝·奈哈尔唱了多首诗,声音柔美,字正腔圆,加上手势与眼神配合巧妙,令人听后心荡神驰,如痴如醉。

我们坐稳,随后开始畅饮。莎姆丝·奈哈尔又抱起四弦琴,接着唱道:

> 好友许诺言,一日必实践。
> 辛苦奔波后,欢聚今夜晚。
> 夜景美如画,责怨忘一边。

情人伸右臂,搂我在怀间。
我遂展左臂,将之抱胸前。
彼此紧拥抱,美酒润心田。
此时夫何如,良辰比蜜甜。

高海尔告别阿里·本·毕卡尔和莎姆丝·奈哈尔,回到家中,一夜安睡。

次日清晨,高海尔做过晨礼,喝过咖啡,坐着思考该去那座宅院看望阿里·本·毕卡尔和莎姆丝·奈哈尔。正在此时,邻居迈尔欧卜来了。问过安好,迈尔欧卜神情不安地说:"高海尔兄弟,你的另一处宅院……"

"怎么样?"高海尔急问。

"昨夜,宅里乱了好一阵子……"

"出什么事啦?请你告诉我。"高海尔说。

"昨天,我们的西邻居闹贼了,钱被贼偷走了,还杀了一个人。盗贼们昨天见你往另一个宅院搬东西,夜间闯了进来,拿走了你的东西,还杀死了你的客人……"

迈尔欧卜又说:"我带着邻居赶到那里时,发现那里已被洗劫一空,什么东西都没有剩。当时,我真不知该如何是好。"

高海尔说:"那些东西丢了,那倒没什么,虽然那些金银酒器都是从朋友那里借来的。我最担心的还是阿里·本·毕卡尔和莎姆丝·奈哈尔,如果他俩的事情传出去,恐怕我就没命啦!"

高海尔沉思片刻,又说:"兄弟,我的好邻居,你要为我遮丑呀!给我出个主意,我该怎么办呢?"

迈尔欧卜说:"依我之见,你就暗中候着他们。因为闯入你家的那些盗贼还杀死了王宫和警察局的一些人。现在,官府已派人查封了路口,四处缉拿他们。也许你费不了多大力气,就能如愿以偿。"

高海尔听迈尔欧卜这样一说,立即转回家宅……

讲到这里,眼见东方透出黎明的曙光,莎赫札德戛然止声。

第一百六十四夜

夜幕降临,莎赫札德接着讲故事:

幸福的国王陛下,高海尔听迈尔欧卜说他的另一处宅院昨夜被盗贼把东西抢走了,还杀死了人,沉思片刻,说:"兄弟,我的好邻居,你要为我遮丑呀!给我出个主意,我该怎么办呢?"

迈尔欧卜说:"依我之见,你就暗中候着他们。因为闯入你家的那些盗贼还杀死了王宫和警察局的一些人。现在,官府已派人查封了路口,四处缉拿他们。也许你费不了多大力气,就能如愿以偿。"

高海尔听迈尔欧卜这样一说,立即转回家宅,心想:"艾卜·哈桑担心的事情果然发生了!他去巴士拉,我倒了霉……"

高海尔家宅被抢之事传开,人们纷纷来看他,有的为他感到难过,也有的幸灾乐祸。高海尔难过地向人们诉说心中之苦,整日不吃不喝。

正当高海尔懊悔不已之时,家仆禀报说:"老爷,门外有人找。"

"什么人?"

"我不认识。"

高海尔走去一看,发现那是个陌生男子。问安之后,那男子说:"我有话跟你讲。"

高海尔将陌生客人让入客厅,说:"有话请讲。"

"请你跟我到你的另一宅院去一趟!"

"你认识我的另一处宅院?"

"你的情况,我全了解。我有办法帮你解除忧愁。"

高海尔感到喜出望外。

后来发生了什么事情,高海尔这样讲述自己的经历:

我想:"我跟他去!"之后,我跟着走去,一直走到我的待客宅院。

那个人看见宅门,说:"这里没有门卫,不能久停。你跟我到另一个地方去吧!"

我跟着那个人走了一个地方又一个地方,不知不觉夜幕降临。我什么也没问他。他带着我不停地走,一直走到一片旷野上。那个人说:"快,跟上我!"

他小跑起来,我随他跑去。我们来到一条河畔,登上一只小船。艄公把船划到对岸,我们下船上岸。我仍然跟在那个人的身后往前走。

走了好大一会儿,来到一个地方。他拉着我的手,走进一条小胡同。我从未到过这条胡同,根本不晓得它处在什么地方。行不多久,在一家大门前停了下来。他推开门,领我进去,随手便锁上了门。

那个人带着我来到一条长廊,忽见那里站着十条大汉,几乎是

T.达尔齐尔 绘

一模一样,像是同胞兄弟。到了那里,带我去的那个人向他们问好,然后让我坐下。我坐下来,已感到疲惫不堪。他们拿来玫瑰水,洒在我的脸上。我慢慢有了精神,他们又送来了饭和水,我和他们一道吃了起来。我心想:"假如食物中有毒,他们是不会和我一道吃的。"

我们吃罢饭,洗过手,各自回到自己的座位上。他们问我:"你认识我们吗?"

我回答说:"不认识。凭安拉起誓,我现在也不知道自己在什么地方,连谁带我来这里的都不晓得。"

"我们问你一些情况,你要说实话,不要撒半点儿谎!"

我对他们说:"你们有所不知,我的情况很特殊,我的事情很出奇！你们知道我的情况吗？"

"昨天夜里抢你的宅院、劫你的朋友和歌女的就是我们。"

"我希望你们看在安拉的面儿上，请告诉我，我的朋友在哪里，那位唱歌的歌女现在何处吧！"

他们用手指着一个方向，说："就在此处！不过，凭安拉起誓，他俩究竟是什么人，我们现在也不知道，没问过他俩的身份。我们见二人庄重严肃、气度不凡，正因为如此，所以没有杀他俩。你就把他俩的情况说说吧！你只管放心，我们保你人身安全，你也不必为他俩担忧。"

我听他们这样一说，心中害怕得要命。我对他们说："即使人们把豪侠气概全部丢掉，你们是会讲义气的；纵然我有秘密不向他人吐露，也会告诉你们。"

我反复强调这一点。后来，我发现他们对我很热情，觉得还是对他们讲出实情更好，于是便把我经历的事如实告诉了他们。

他们听后，问道："这个小伙子就是阿里·本·毕卡尔？那女子名叫莎姆丝·奈哈尔吗？"

"是的。"我回答说。

他们立即向阿里·本·毕卡尔和莎姆丝·奈哈尔道了歉，然后对我说："我们从你宅中拿出的钱财，用掉了一些，剩下的都在这里。"

他们把大部分东西还给了我，坚持把那些东西送回原地去。但是，他们分成两派，一半人对我很客气，另一半人则对我很冷淡。

时隔不久，我们离开了那个宅院，这就是我的经历。

我走去看阿里·本·毕卡尔和莎姆丝·奈哈尔，只见二人害怕得要命，周身战栗。

我走到阿里·本·毕卡尔和莎姆丝·奈哈尔的面前，向他俩问过安好，然后说："那侍女和两个宫女现在在哪里？"

"不知道。"他俩回答。

我们一起到了河边，他们将我们扶上小船；那正是我昨天来时乘坐的那条小船，艄公划船把我们送到对岸。

我们刚下船，还没有坐稳，只见一队骑兵从四面八方把我们包围起来。护送我们的那些人，急忙跳上船，令艄公立即开船，转眼之间已到河心，而我和阿里·本·毕卡尔、莎姆丝·奈哈尔则站在岸边，不知如何是好。

骑兵队长问我们："你们从哪里来？"

我们不知怎样回答。我对他们说："你们刚才看到的那些和我们在一起的人，我们根本不认识他们，只是在这里才看见他们的。我们都是卖唱的。他们想拉我们去为他们唱堂会。我们想了个主意，才摆脱了他们的纠缠；我们好说歹说，他们才放了我们。他们看到你们来了，便拔腿跑掉了。"

骑兵队长望望莎姆丝·奈哈尔，又看看阿里·本·毕卡尔，然后说："你说的这些话，我不能相信呀！你如果是个诚实的人，那就实话实说吧！告诉我们，你们都是些什么人？你们从哪儿来？你的住处在哪条街巷？"

听他这么一问，我们一时不知如何回答。

莎姆丝·奈哈尔走到骑兵队长跟前，和他密谈片刻，只见那位官长离鞍下马，然后将莎姆丝·奈哈尔扶上马背，他牵着马在前面走。接着，让阿里·本·毕卡尔和我也各骑上一匹马。

他们把我们带到河边，只听那位官长说了几句外国话，一帮人应声赶来。接着，官长将我和阿里·本·毕卡尔安排在一条船上，把他的同伴们安排在另一条船上，自己和莎姆丝·奈哈尔上了一条船；艄公摇动桨橹，船儿似箭出弦一般，很快便行至哈里发宫下。

此时此刻，我俩害怕极了，不禁周身打战，魂不附体。

我们乘船继续往前走，终于又回到了我们原来上船的那个地方。我们下了船，登上岸，在几个骑兵的护送下，回到了家中。我们告别骑兵，进了家门，一下子瘫倒在床上，一点儿动弹不得，也分不清白天与黑夜了。

我们一觉睡到第二天大天亮。那天下午，阿里·本·毕卡尔昏迷过去，一动不动，男仆女婢都为他痛哭流泪。

过了一会儿，阿里·本·毕卡尔的一些亲属来了，他们对我说："请你把我们孩子的情况谈一谈吧！他怎么会变成这个样子呢？"

我对他们说："你们慢慢听我讲来……"

讲到这里，眼见东方透出黎明的曙光，莎赫札德戛然止声。

第一百六十五夜

夜幕降临，莎赫札德接着讲故事：

幸福的国王陛下，高海尔继续讲自己的经历：

我们回到家中，一觉睡到第二天大天亮。那天下午，阿里·本·毕卡尔昏迷过去，一动不动，男仆女婢都为他痛哭流泪。

过了一会儿，阿里·本·毕卡尔的一些亲属来了，他们对我说："请你把我们孩子的情况谈一谈吧！他怎么会变成这个样子呢?"

我对他们说:"你们慢慢听我讲来,不要着急!等阿里·本·毕卡尔苏醒过来,还是让他亲自把情况讲给你们听吧!"

我再三跟他们讲要忍耐,劝告他们不要闹出什么事来。正在这个时候,躺在床上的阿里·本·毕卡尔动了动,亲属们高兴极了。人们相继离去,他的亲属不让我外出。之后,他们拿来玫瑰水,朝阿里·本·毕卡尔的脸上洒了少许,他慢慢苏醒过来。

阿里·本·毕卡尔睁开眼,深深吸了两口气。

亲属们问究竟出了什么事,阿里·本·毕卡尔一一相告。他说得很慢,不能快速回答。

过了一会儿,阿里·本·毕卡尔示意亲属放我回家看看,我这才同他告别,出了门,简直不敢相信自己终于摆脱了这场灾难。我在两个人的护送下回到家中。

回到家中,亲人们一看见我,个个批打自己的面颊,人人惊恐哭号。我用手示意他们不要作声,他们方才平静下来。

护送我的那两个人离去后,我一下子就瘫在床上。一觉醒来,已是次日大天亮。我睁开眼,见家人守在我的身旁。他们问我:"你究竟遭到了什么磨难?"

我说:"给我拿水来!"

他们给我端来水,我喝了个够。之后,对他们说:"过去的事情,就让它过去吧!"

片刻后,他们相继离去。我向我的伙伴们表示歉意,我问他们家中丢的东西是否已有部分送还,他们告诉我说:"送回来了一些,但送的人没有进家,把东西丢在门口就走了,我们连他们的人影都没见着。"

我在家中休息了两天,连一步都迈不动。后来,我强打精神,到浴池洗了个澡。我的心一直在牵挂着阿里·本·毕卡尔和莎姆丝·奈哈尔。

几天来，我一直没有听到他俩的消息，也不能去看阿里·本·毕卡尔。我在家中也感到恐慌不安。后来，我向安拉做了忏悔，感谢安拉保佑我平安回到家中。

过了几天，我决计出门到那个地方去看看。刚要出门，忽见一位女子站在我的面前。

我凝神细看，终于认出那是莎姆丝·奈哈尔的贴身侍女。

当我认出她时，便加快了步伐，而她则紧跟在我的身后。我心中恐惧不安，每看她一眼，心中的惧意便增加一分。她对我说："先生，请站住！我有话对你说。"

我头也不回，一直走到一座清真寺门前，只见那里空无一人。侍女追了上来，对我说："到清真寺里去吧！我有话要对你说。你不用害怕，只管放心就是了。"

我进了清真寺，侍女也跟着进来。

我叩拜两次后，站起来，走到侍女面前，边叹息边问："有什么话要对我说？"

她问了我的情况，我将发生的事情全部告诉了她。随后，我问她："你有什么消息吗？"她把莎姆丝·奈哈尔的情况告诉了我："那天你走后，我见大汉们破门而入，心中惊惶万分，怕他们是哈里发派来的人，担心他们是来抓我们和我们女主人的；如果真是那样，我的命就没有了。我和两个宫女迅速登上房顶，从高墙跳下去，藏在老百姓家里，然后费了好大周折，方才回到王宫。当时，我们非常狼狈，但还是把事情隐瞒下来了。那一夜，我不敢合眼，忐忑不安，如坐针毡，好不容易才挨到了夜幕降临时分。"

侍女接着说："天色暗下来之后，我打开临河的后宫门，喊来艄公，乘上那天我们送艾卜·哈桑和阿里·本·毕卡尔坐的那条小船。我对艄公说：'我们的女主人到现在还没回来，我乘船到河上去找一找她，但期能听到她的什么消息。'艄公划起小船，向河心荡去。夜半时分，忽见一条小船向王宫后门划来，划船的是个男子，上面还坐着一个男的，二人之间坐着一个女子。船到岸边时，那女子下了船。我仔细一看，发现那不是别人，正是我们的女主人莎姆丝·奈哈尔。我又惊又喜，只觉一块石头落了地，忧虑情绪云消雾散，希望又回到了心中。"

讲到这里，眼见东方透出黎明的曙光，莎赫札德戛然止声。

第一百六十六夜

夜幕降临，莎赫札德接着讲故事：

幸福的国王陛下，那侍女说："天色暗下来之后，我打开临河的后宫门，喊来艄公，乘上那天我们送艾卜·哈桑和阿里·本·毕卡尔坐的那条小船。我对艄公说：'我们的女主人到现在还没回来，我乘船到河上去找一找她，但期能听到她的什么消息。'艄公划起小船，向河心荡去。夜半时分，忽见一条小船向王宫后门划来，划船的是个男子，上面还坐着一个男的，二人之间坐着一个女子。船到岸边时，那女子下了船。我仔细一看，发现那不是别人，正是我们的女主人莎姆丝·奈哈尔。我又惊又喜，只觉一块石头落了地，忧虑情绪云消雾散，希望又回到了心中。我急急忙忙上了岸，走到

T. 达尔齐尔 绘

夫人跟前,她急忙吩咐我给艄公一千第纳尔,我立即照办。"

侍女稍稍停顿,接着又说:"我和两个宫女送夫人返回宫中,伺候她上了床。那一夜,夫人心烦意乱,没有睡好。第二天早晨,我没有让男仆和宫女进房间去看夫人。那一整天,我都没有让他们进夫人的房间。

"第二天,夫人方才醒来。我发现她面色苍白,简直就像刚从坟墓里爬出来似的。我给她的脸上洒了些玫瑰水,她这才有了精神,坐了起来,更过衣,洗了洗手。我给她端来饭菜,她只吃了一点点。其实,她一点儿胃口都没有。我一番好言安慰,对她说:'夫人,你受惊了。你要多多保重自己的身体。唉,真是太危险了……'"

侍女问:"夫人,你是怎样逃生的?"

莎姆丝·奈哈尔开始讲述遭劫经过:

我的好女仆,凭安拉起誓,我的磨难太深重了,简直不如死了更轻松些。当时,我相信必死无疑了。盗贼们把我们带出高海尔的宅院时,他们问我:"你是什么人?你在这里做什么?"

我回答:"我是歌女。"

他们相信了我的话。他们又问阿里·本·毕卡尔:"你是什么人?来这里干什么?"

阿里·本·毕卡尔说:"我是平民百姓。"

他们把我们带往他们的住处。因为害怕,所以我们走得很快。到了他们的住处,他们便开始仔细审视我的衣着和首饰,认为我说的不是实话。

他们说:"这样贵重的宝石项链,一个歌女哪里有钱去买?喂,姑娘,对我们说实话吧!你究竟是什么人?"

我没有回答他们。我心想："现在他们把我杀掉，不过是想把我的首饰弄到手罢了。"我下决心不回答他们，一声不吭。

之后，他们把目光转向阿里·本·毕卡尔，问道："你究竟是做什么的？看样子，你根本不像平民百姓。"

阿里·本·毕卡尔没有出声。我们都闭口不谈自己，只是哭啼落泪。安拉终于征服了那些盗贼的心，他们有些同情我们了。他们问："你们所在的那座宅院是谁的？"

"宅院是高海尔先生的。"我回答道。

其中一个盗贼说："我和高海尔很熟悉，我知道他住在另一座宅院里。我马上把他叫到这里来。"

他们商定把我单独关在一个地方，把阿里·本·毕卡尔关在另一个地方。他们对我们说："你们俩好好休息一下，不要怕你们的消息传出去。你们在这里很安全。"

之后，他们的头目去找高海尔，把他带来了。就这样，我们的事情完全被他们知道了。我们看到了高海尔。后来，他们当中的一个人给我们弄来了一条船，把我们送到了船上，将我们送到河对岸后，他们就离去了。

片刻之后，巡夜的骑兵队来了。他们问："你们是什么人？"

我上前和骑兵队长对话。我对他说："我是哈里发的爱妃莎姆丝·奈哈尔。我喝醉了酒，到一些大臣们的夫人那里去玩，不期遇上了盗贼，将我们带走，然后送到了这个地方。他们看见你们，便慌忙逃跑了。我要给你奖赏。"

骑兵队长听我这样一说，认出了我，急忙离鞍下马，把我扶上马背，然后又将阿里·本·毕卡尔和高海尔扶上马。现在我还在为他俩担心，尤其挂念阿里·本·毕卡尔的朋友高海尔。你赶快去看看他，代我问候他，向他打听一下阿里·本·毕卡尔的情况。

高海尔继续叙述路遇侍女的情景：

侍女说："我知道了夫人的经历，劝她好好保重身体。我对夫人说：'望你多多保重。'夫人听我这样一说，生气了，对我大发雷霆。之后，我离开夫人来找你，但没有找到。我怕去看阿里·本·毕卡尔，就站在那里等你，以便向你询问阿里·本·毕卡尔的情况。你从我这里拿点儿钱去吧！也许你借了朋友的东西，东西被偷走了，必须赔偿人家。"

我说："好吧！"

我跟她走到我的店铺门前，她对我说："你先在这里等一会儿，我去去就来。"

讲到这里，眼见东方透出黎明的曙光，莎赫札德戛然止声。

第一百六十七夜

夜幕降临，莎赫札德接着讲故事：

幸福的国王陛下，高海尔接着讲路遇侍女的情景：

侍女对我说："你在这里等一会儿，我去去就来。"

过了不大一会儿，侍女带着钱回来了。她把钱袋递给我，说："以后我到哪里找你呢？"

我回答说:"我现在回家去。我设法同你联系就是了。现在去阿里·本·毕卡尔那里不方便。"

侍女告别我离去。

我带着钱回到家中,数了数钱,那袋子里装着整整五千第纳尔。我把这些钱分成几份,留给家人一些,送给借给我东西的朋友一些,作为补偿。

我带着家仆看了那被盗的宅院,随后叫了两个木匠、两个瓦匠,重新装修房子,恢复原样,让女仆住在那里。

没过多长时间,我把发生的一切忘了个一干二净。

我去看望阿里·本·毕卡尔,刚进门,就有几个仆人迎上来,其中一个仆人对我说:"我们日夜都在找你呀!我们的主人已许下诺言,谁能把你找来,谁就成为自由人。我们都在找你,但不知道你在什么地方。我的主人的身体渐渐好转,只是时醒时睡,时睡时醒。主人每次醒来,总是念叨你的名字,叮嘱我们一定把你找来。"

仆人把我带到阿里·本·毕卡尔的面前,我发现他说话很吃力。阿里·本·毕卡尔一看见我,便哭了起来。

"欢迎你呀,我的好友!"阿里·本·毕卡尔费力地说。

我扶他坐起来,把他紧紧抱在怀里。

阿里·本·毕卡尔对我说:"兄弟,我一直躺着。赞美安拉,让我看到了你。"

我扶他下了床,走了几步,给他换上衣服,给了他些水喝。我发现他的健康情况的确好转了许多。

接着,我把见到莎姆丝·奈哈尔贴身侍女的情况对他讲了一遍。我说:"阿里·本·毕卡尔兄弟,你要振作起来,不要灰心!"

他的脸上终于绽现出笑容。

"一切都会好起来的!你放心就是了。"我安慰他。

T. 达尔齐尔 绘

阿里·本·毕卡尔吩咐仆人端上饭菜,又让仆人全部退下,我俩坐下来一道进餐。他说:"兄弟,我们遭遇的苦难,你都亲眼看见了。"

阿里·本·毕卡尔对我表示歉意。他问我的近况,我把一切情况都告诉了他。他听后觉得很新鲜,对仆人说:"把那些东西拿来吧!"

仆人送来高级地毯和金银首饰,阿里·本·毕卡尔指着那些东西,对我说:"这些是送给你的,请笑纳!"

我表示感谢。这些东西的价值远远超过我家被盗的东西的总值。

我们吃罢饭,洗过手,我便派人送走阿里·本·毕卡尔送的那些礼品。当夜,我与阿里·本·毕卡尔谈了好久,陪伴他度过了一夜轻松时光。

次日清晨,阿里·本·毕卡尔对我说:"正如兄弟所知,每件事情都应该有个结局,而爱情,其结果不是死亡,就是联姻;看来,如今我距死神更近一些!我真希望不发生那些事。若非安拉同情我,我可要出大丑、现大眼了。我真不知道如何摆脱目前的困境。兄弟,眼下我正好比那笼中之鸟,有翅难飞,愁闷不堪,不知所措。不过,千里搭帐篷,没有不散的筵席。万事总有结局,也许时日未到吧!"

话音未落,阿里·本·毕卡尔泪流满面。他吟诵道:

前人几何多,倾诉离别情;人间闻觉奇,天国听后惊。
今我心中事,谁解其内容?我从未听说,更未见雷同。

阿里·本·毕卡尔吟完诗,我对他说:"一切都会转好的。兄弟,你只管宽心就是了。我这就回家去,也许会带来什么好消息!"

"好吧!不过,你要快去快回,以便把消息及时告诉我。"

我告别阿里·本·毕卡尔,回到家中。我刚刚坐稳,莎姆丝·奈哈尔的贴身侍女便哭着来了。

我忙问她:"你哭什么呢?"

侍女说:"先生有所不知,我们担惊害怕的事情果真降临了。我昨天离开你那里,回到宫中,见我们的夫人正在大发雷霆,喝令宫仆鞭打那天夜里和我们在一起的那两个宫女中的一个。那宫女怕挨打,逃跑了,结果被拦在宫门口,看门人想将她交给我们的女主人,经过一番求情,方才宽恕了她。看门人问她那天的情况,她把夜里发生的事情全都讲了出来,这个消息传到哈里发那里,哈里发下令把莎姆丝·奈哈尔打入冷宫,专门派了二十个男仆看守。直到现在,我还没有看见我的女主人,而且不知道她到底为什么被打入冷宫。我猜想,准是因为那天夜里在你宅院幽会的那件事传到了哈里发的耳里,除此以外,再也找不到别的什么原因。先生,我担心自己受害,不知道该怎么办。看来,秘密是保不住了……"

讲到这里,眼见东方透出黎明的曙光,莎赫札德戛然止声。

❖━ 第一百六十八夜 ━❖

夜幕降临,莎赫札德接着讲故事:

幸福的国王陛下,高海尔继续讲:

侍女对我说:"先生有所不知,我们担惊害怕的事情果真降临了。我昨天离开你那里,回到宫中,见我们的夫人正在大发雷霆,喝令宫仆鞭打那天夜里和我们在一起的那两个宫女中的一个。那宫女怕挨打,逃跑了,结果被拦在宫门口,看门人想将她交给我们的女主人,经过一番求情,方才宽恕了她。看门人问她那天的情况,她把夜里发生的事情全都讲了出来,这个消息传到哈里发那里,哈里发下令把莎姆丝·奈哈尔打入冷宫,专门派了二十个男仆看守。直到现在,我还没有看见我的女主人,而且不知道她到底为什么被打入冷宫。我猜想,准是因为那天夜里在你宅院幽会的那件事传到了哈里发的耳里;除此以外,再也找不到别的什么原因。先生,我担心自己受害，不知道该怎么办。看来，秘密是保不住了。先生，你赶快去找阿里·本·毕卡尔一趟，把此事告诉他吧！好让他有个准备。如果真保不住秘密，我们应赶紧想一个逃脱之法。"

我听侍女这样一说，不禁惆怅万分，一时不知如何是好，眼前一片漆黑。

侍女想走，我对她说："你说怎么办呢？"

侍女说："依我之见，假若阿里·本·毕卡尔真是你的好朋友，你也真想让他摆脱灾难的话，那么，你就赶快去他那里，把这个消息告诉他。我呢，设法进一步探听消息。"

说罢，侍女告别我，起身离去了。

侍女走后，我立即动身去见阿里·本·毕卡尔。

我走进阿里·本·毕卡尔家的厅堂，见他正在那里喃喃自语，时而说"成功在望"，时而说"没有可能"。

他看见我这么快就回来见他，忙问："这么快就有了消息？"

我回答说："你就不要多挂心了！出了一件事，说不定会给你找麻烦呢！"

阿里·本·毕卡尔一听，顿时惊恐不安起来，忙问："高海尔兄弟，出了什么事？快告诉我呀！"

我对阿里·本·毕卡尔说："你有所不知，事情……那天晚上的事情，被哈里发知道了……"

我把泄密之事，从头到尾向他讲了一遍。我对他说："如果你继续在这里待下去，无疑会等出人命来的！"

阿里·本·毕卡尔听后，大吃一惊，面色也变了，灵魂险些飞出躯壳。他胆战心惊地问我："兄弟，你说该怎么办呢？"

"依我之见，带上足够的钱和可信的仆人，立即转移到另一个地方去。天黑之前，务必离开这里！"

阿里·本·毕卡尔说："好，好！听你的安排！"

阿里·本·毕卡尔站起来，在房间里踱来踱去，一时不知如何是好。他犹豫一阵之后，终于拿定了主意，随即收拾好行装，向家人说明自己的意图，然后带着三峰满载钱粮的骆驼，和我一道悄悄离开了家，踏上了逃离的征程。

我们从白天一直走到天色大晚。夜深时，我们感到疲惫，拴好骆驼，卸下重载，就地入睡安歇。

我们刚刚进入梦乡，忽然被一阵喧嚷声惊醒，睁眼一看，原来我们被一帮劫匪包围了。劫匪抢去了我们的东西，因为我们带的仆人奋力保卫我们，他们把仆人全都杀了。

我们的东西被劫匪抢劫一空，变得一无所有，劫后余生，十分狼狈。劫匪策马逃去，我和阿里·本·毕卡尔光着膀子往前走，一直走到东方大亮，来到一个小镇边上，走进一座小清真寺，躲藏在一个角落里，挨到天黑。

那一整天，我俩没吃一点儿东西，没喝一口水，在清真寺里熬了一夜。

第二天清晨，我们刚刚坐起来，只见一位男子进清真寺，首先向我们问了安好，然后跪拜了两次。礼拜结束，他走到我们面前，望着我们问道："二位兄弟，你俩该是外乡人吧？"

"是的。"我俩齐声回答，"在路上，我们遇到了劫匪，把我们的东西都给抢走了。我们来到这里，人地两生，找不到落脚之地。"

那个人真诚而热情地说："既然这样，你俩就先到我家去吧！"

我对阿里·本·毕卡尔说："我们就跟他去吧！这样可以一举两得：其一，我们可以免除后患，以免认识我俩的人进了清真寺，弄明我们的行踪；其二，我们正愁没有落脚之地，现在总算有个去处了。"

阿里·本·毕卡尔看了看我，无可奈何地说："就照你说的办吧！"

那个人拉住我的手，对我俩说："喂，穷苦兄弟，跟我走吧！"

"谢谢你！"

那个人把身上的衣服脱下来几件，给我俩穿上，好言安慰了我俩一番。

我俩跟着他走去。行至他家门前，敲过门后，一个小童仆开了门，我们随着主人进了门。

进入主人家中，主人让仆人送来一包衣服，让我俩穿戴好，扎好头巾，坐了下来。紧接着，主人吩咐仆人端来饭菜，我俩终于吃了一顿饱饭，在那里一直待到夜幕降临。

阿里·本·毕卡尔叹了口气，然后对我说："兄弟，看来，我必死无疑了！我想留个遗嘱：我死之后，请你立即设法通知我母亲，让她到这里来，为我料理后事，并且嘱咐她要节哀。"

话音未落，阿里·本·毕卡尔昏迷过去，不省人事了。

过了一会儿，阿里·本·毕卡尔苏醒过来，听见远处有歌女在唱歌，只见他侧耳细听，时睡时醒，时欢时悲。他听到那歌女唱道：

> 海誓复山盟，你我情意真。离别匆匆至，怨天乎尤人？
> 一夜灾难重，你我两离分。我愿能得知，相聚何日临？
> 相聚后分别，此情何难忍？但期此分别，不伤情人魂。
> 死亡虽痛苦，旋即消逝尽。情人相别离，思念久缠心。
> 倘若有办法，找到司别神；必令其饱尝，分别苦与辛。

听罢歌女的歌唱，阿里·本·毕卡尔一声大叫，灵魂旋即离开了肉体。

我见阿里·本·毕卡尔已经死去,便把他的遗体托付给主人,并且对主人说:"我立即去巴格达,好向这位波斯王子的母亲和亲戚报丧,以便他们来为他送葬。"

主人一惊,问:"他是波斯王子?"

"是的。"我说,"我立即通知他的母亲来料理他的丧事。"

说罢,我借得主人的一匹好马,飞身跨鞍,扬鞭策马向巴格达城疾驰而去。

我回到家中,换好衣服,便向阿里·本·毕卡尔的家走去。

一进门,仆人们便围拢过来,问阿里·本·毕卡尔的近况如何。我没有答话,只是说要见阿里·本·毕卡尔的母亲。

仆人们把我带到老太太面前,我向老人问安之后,说:"安拉已经安排定的事情,那是不可能避免的。俗话说:'生死由命,富贵在天。'这话千真万确。我们都属于安拉,我们都要回到安拉那里去。"

阿里·本·毕卡尔的母亲听我这样一说,便猜到儿子已经死了,禁不住大声哭了起来。她说:"看在安拉的面儿上,快告诉我,我的儿子,他、他……他死了吗?"

我因为难过,一时答不上话来。老太太见此情景,失声痛哭,不久昏厥在地。

过了一会儿,老太太苏醒过来,问我:"我儿子究竟怎么啦?"

"他归真啦!"

接着,我把事情的经过给她讲述了一遍。

老太太问我:"他有什么事情托付给你吗?"

"有的。"我说。随即我把阿里·本·毕卡尔的遗嘱对他母亲讲了一遍。

我又说:"快去给他送葬吧!"

老太太一听,再一次昏倒在地,不省人事。

过了一会儿,老太太慢慢苏醒过来,答应立即亲自前往,为儿子送葬。

之后,我才离开那里,向自己的家门走去。我低头走着,边走边回忆着阿里·本·毕卡尔的音容笑貌。正在这时,我忽觉一个女人抓住了我的手……

讲到这里,眼见东方透出黎明的曙光,莎赫札德戛然止声。

第一百六十九夜

夜幕降临,莎赫札德接着讲故事:

幸福的国王陛下,高海尔继续讲自己的经历:

老太太问我:"他有什么事情托付给你吗?"

"有的。"我说。随即我把阿里·本·毕卡尔的遗嘱对他母亲讲了一遍。

我又说:"快去给他送葬吧!"

老太太一听,再一次昏倒在地,不省人事。

过了一会儿,老太太慢慢苏醒过来,答应立即亲自前往,为儿子送葬。

之后,我才离开那里,向自己的家门走去。我低头走着,边走边回忆着阿里·本·毕卡尔的音容笑貌。正在这时,我忽觉一个女人抓住了我的手。我抬头一看,原来是莎姆丝·奈哈尔的那个贴身侍女,她满脸颓丧神色。我俩一见面,情不自禁地都哭了起来。进了我的家门,我问侍女:"你知道阿里·本·毕卡尔的情况吗?"

"凭安拉起誓,我一点儿也不知道哇!"

我把阿里·本·毕卡尔归真之事告诉了她,她的泪水顿时弥漫了面颊。

我问她:"莎姆丝·奈哈尔的情况如何?"

侍女这样讲述那位哈里发爱妃的最后一天的情况:

你也知道,因为哈里发哈伦·拉希德是很爱这位妃子的,所以

T.达尔齐尔 绘

哈里发不相信任何人的话。不管什么事情，哈里发总是往好的一面去想。哈里发对莎姆丝·奈哈尔说："你是我的爱妃，尽管很多人说了你的许多坏话，我都能忍受。"

之后，哈里发为莎姆丝·奈哈尔布置了一个金宫殿，房间舒适无比，给她最好的照顾。

有一天，哈里发喝酒，成群的后妃都在他的面前，各就各位，等级森严。哈里发让莎姆丝·奈哈尔坐在自己的身边。而莎姆丝·奈哈尔显得神魂不安，六神无主，如坐针毡。就在这时，哈里发令一歌女唱歌。

那歌女抱起四弦琴，边弹边唱道：

> 爱神呼唤我，日后再相见。泪水漫面颊，情思书腮边。
> 仿佛眼中泪，道出心底言。说破应隐事，隐去该论谈。
> 秘密无从保，爱情难遮掩。因为爱你深，方有此表现。
> 失却情人后，宁可魂飞天；但期我身后，他们尽开颜。

莎姆丝·奈哈尔听了歌女的诗歌，再也坐不下去，随即倒在地上，昏迷了过去。

见此情景，哈里发立即放下酒杯，伸手去拉莎姆丝·奈哈尔，同时呼唤着她的名字。

宫女、宫娥、太监、侍从乱作一团。

哈里发翻转了莎姆丝·奈哈尔的身子，发觉她已断气，感到十分难过。这时，哈里发下令将厅中的所有器皿全部打碎，把碎片集中到一个房间去。

那天夜里，哈里发一直守在莎姆丝·奈哈尔的遗体旁。

次日天亮，哈里发下令为莎姆丝·奈哈尔沐浴、熏香、装殓，然后举行盛大、隆重的葬礼。

哈里发为爱妃暴死而感到忧伤，但并没有问及她的情况及经历。

侍女讲完，对我说："看在安拉的面儿上，你知道阿里·本·毕卡尔出殡的时间之后，请告诉我一声。我一定要为他送别。"

我对她说："你到哪里都能找到我，而我又到何处去找你呢？"

她告诉我："莎姆丝·奈哈尔死后，哈里发把侍女们全都打发走了，我就是其中的一个。我马上就会把我的住址告诉你。我这就去为我们的女主人莎姆丝·奈哈尔扫墓，然后回到那里。我等着去参加阿里·本·毕卡尔的葬礼。"

……

阿里·本·毕卡尔的葬礼举行那天，巴格达万人空巷，人们都来为阿里·本·毕卡尔送行。

我看见那位侍女也行进在送葬队伍之中，心里难过极了。

在巴格达城，我从未见过那样隆重的葬礼，拥挤的人流一直簇拥着把阿里·本·毕卡尔的棺椁送到墓地。

自那天起，为莎姆丝·奈哈尔和阿里·本·毕卡尔扫墓的人络绎不绝。

讲到这里，莎赫札德对国王说："幸福的国王陛下，这就是阿里·本·毕卡尔与莎姆丝·奈哈尔的故事。不过，这与舍赫曼国王的故事相比，就算不上什么新鲜、精彩、奇异了……"

讲到这里，眼见东方透出黎明的曙光，莎赫札德戛然止声。

第一百七十夜

夜幕降临,莎赫札德开始讲《盖麦尔王子与布杜尔公主》的故事:

幸福的国王陛下,相传很久很久以前,有一位国王,名叫舍赫曼,手握重兵,奴婢成群,威名远扬。但舍赫曼国王年事已高,却无后嗣,整日无精打采,忧虑重重,坐卧不宁。

一天,他把自己的心事吐露给宰相:"相爷阁下,本王膝下无子,我真担心百年之后,王权旁落,如何是好啊?"

宰相对舍赫曼国王说:"国王陛下,也许安拉会创造奇迹,您就把自己的一切托付给安拉吧!您做完小净,只要诚意跪拜两次,然后与王后行房,您定能如愿以偿。"

舍赫曼国王诚心叩拜安拉,果然王后当夜有喜。

光阴荏苒,十月怀胎,一朝分娩,王后生下一男婴,貌如圆月,取名盖麦尔・泽曼。

舍赫曼国王老来得子,喜出望外,遂下令张灯结彩,装点城郭,吹笛打鼓,热闹七天,喜讯传遍全国。

盖麦尔王子在乳娘、保姆的细心照顾下健康成长,不知不觉已年满十八周岁。王子生得容貌俊秀、身材匀称、英姿勃勃、人见人爱。舍赫曼国王爱子如命,日夜不离他的身旁。

因为舍赫曼国王爱子心切,唯恐出现什么意外,便对宰相说:"相爷阁下,我担心王子盖麦尔遇到什么不测之祸呀!相爷,我很

A. B. 霍顿 绘

希望儿子在我健在之时成家立业。"

宰相说:"国王陛下,婚配乃终身大事。在陛下健在之时为王子成婚,那是再好也不过了。"

舍赫曼国王吩咐仆人道:"把盖麦尔王子给我叫来!"

盖麦尔王子来到父王面前,羞涩地低着头看着地面。国王说:"孩子,我想趁我健在之时为你完婚,好让我健在之时为你感到高兴。"

盖麦尔王子说:"父王陛下,儿无意这么早成婚,而且我不喜欢女人。我在诗文中读过,女人狡诈、阴险,乃万恶之源。"

说罢,盖麦尔吟诵道:

若要向我问女人,了如指掌我敢当。
男子名低或钱少,女性友情无缘享。

他又吟诵另一位诗人的诗句:

女人心肠硬,温柔从何说?青年欲求之,千载若山隔。

吟罢诗,盖麦尔王子说:"父王,结婚之事,我决不同意,哪怕处我一死。"

听儿子这样一说,舍赫曼国王脸色顿时阴沉下来,因儿子不听话而惆怅万分。

讲到这里,眼见东方透出黎明的曙光,莎赫札德戛然止声。

第一百七十一夜

夜幕降临,莎赫札德接着讲故事:

幸福的国王陛下,舍赫曼国王想让儿子在他健在之时完婚,盖麦尔王子对他说:"父王,结婚之事,我决不同意,哪怕处我一死。"

听儿子这样一说,舍赫曼国王脸色顿时阴沉下来,因儿子不听话而惆怅万分。虽然如此,但因老国王疼爱儿子,打那以后,再没提婚姻的事情,而且没有因此生儿子的气,反而更加溺爱、顺从。随着日月的推移,盖麦尔王子也更加强壮、健美。

舍赫曼国王耐心等待儿子回心转意,一年时间好不容易过去了。这时的盖麦尔王子已是一个成熟的美男子了:他口齿伶俐,雄辩健谈,声音甜润,足令圆月自感羞涩;他容颜俊美,堪言闭月羞花,世间万物在他面前黯然失色;他性情温和,恰似惠风吹拂,使人倍感亲切可爱,人见人亲之,人见人爱之;他体态健美,似杨柳飘逸,或像翠竹挺拔;他举止潇洒,英姿飒爽,简直就是恋人心目中的白马王子,思慕者向往的乐园。正如诗人所云:

> 赞颂归安拉,造就一英男。百美集一身,挺立人世间。
> 为民皆称臣,抚膺久赞叹。朱唇含珠玉,言语溶蜜甜。
> 独自领风骚,万物尽等闲。英容书眉宇,世上无二男。

时光又闪过一年,舍赫曼国王把儿子叫到面前,说:"孩子,你还是不听我的话吗？"

盖麦尔王子当即跪在父王面前，羞涩地说："父王陛下，安拉令我听您的话，不可违抗您的意志，我怎好不服从主令呢？"

"孩子，我想给你完婚，以期在我有生之年为你感到高兴，在我死之前，让你顺利登上王位。"

盖麦尔王子听父王这么一说，低头沉思片刻，然后抬起头来，说："我决不结婚，哪怕处我一死。我知道安拉要我服从您的意志。看在安拉的面儿上，今后不要再和我谈结婚之事。儿子我立志终身不娶，因为我读了古今贤人的书，知道他们因女人遭受的磨难。女人阴险狡猾，诡计多端。有诗为证啊！"

盖麦尔王子吟诵道：

谁落荡妇网，难以得脱逃；纵使建造起，千座防弹堡。
要塞亦失灵，不抵娼妓巧。荡女性叛逆，远近俱不饶。
指染色作呕，辫长螫人螯。搽脸生苦酒，留给人烦恼。

盖麦尔王子又吟诵道：

纵然女人装贞洁，鹰爪之下腐尸同。
今宵悄语君床上，明日腿腕他怀中。
夜宿晨离似客栈，你去不知谁填空。

舍赫曼国王听儿子口气不改，明白诗意所指，只因过分溺爱儿子，没有回答什么。那场谈话之后，舍赫曼国王叫来宰相，单独交谈。舍赫曼国王说："相爷阁下……"

讲到这里,眼见东方透出黎明的曙光,莎赫札德戛然止声。

第一百七十二夜

夜幕降临,莎赫札德接着讲故事:

幸福的国王陛下,舍赫曼国王再次让儿子盖麦尔成婚时,盖麦尔王子还是坚决不同意,并说立志终身不娶。

舍赫曼国王听儿子口气不改,明白诗意所指,只因过分溺爱儿子,没有回答什么。

那场谈话之后,舍赫曼国王叫来宰相,单独交谈。舍赫曼国王说:"相爷阁下,我儿子的事情,我该怎么办呢?我希望他先结婚,然后登上王位,就此曾与你商量过,你同意这么办,你还示意我给儿子提出结婚建议,我也已跟他谈过,可他就是不谈婚事,我的愿望难以实现,怎么办呢?相爷再给我出个主意吧!"

宰相说:"国王陛下,我建议您再忍耐一年。一年之后,陛下若再与他谈婚事,就不要单独和他交谈了,而要把文武大臣全召来,当着百官的面,和他谈他的婚事。那时候,有那么多王公将相、文武大臣、侍从官员、国家要人等都在场,王子就不好意思违抗陛下的意志了。"

舍赫曼国王觉得这个主意甚好,心中不胜高兴,认定宰相此意见正确可行,当即赐赠宰相锦袍一身。

舍赫曼国王耐心等了一年,眼见盖麦尔王子满二十岁,一天比一天健壮,一天比一天成熟,一天比一天俊美。他的神采胜过亚伦,双目若两把利剑;他面颊红里透白,白里透红,似旭日初升,如月华映照;他头发浓密乌亮,似伸手不见五指之夜;他腰细而臀部突出,其美足令世间万物自惭形秽,正如诗人所云:

> 面圆唇含笑,有羽身似箭。
> 肋柔目锐利,肤发似雪炭。
> 弯眉遮睡意,行止藏其间。
> 灾自鬓角生,欲杀赖移迁。
> 粉腮蕴羞涩,珠玉笑浮艳。
> 笑语成雅趣,口香溢满天。
> 豪爽语诚挚,品高众无嫌。
> 世人享其恩,香飘万里远。
> 日叹不如他,新月似甲尖。

舍赫曼国王听了宰相的话,又苦苦等了一年,终于等来了这样一天……

这天,上朝的日子到了。王公将相、文武百官、国家要人及各部大臣济济一堂,舍赫曼国王差人喊来盖麦尔王子。

盖麦尔王子来到父王及群臣当中,向父王行过吻地礼三次,然后背着手站在父王面前。

舍赫曼国王说:"孩子,当着百官的面把你叫来,父王有要事和你商量,但期不要违抗我的旨意。父王想让你与某国国王的女儿成亲,企盼在我有生之年,分享你们的快乐。"

盖麦尔王子听后,低头沉思片刻,抬起头来,望着父王,禁不住少年的狂傲与年轻的愚昧同时发作,他口气坚定地说:"父王陛下,我永不结婚,即使处我一死。父王虽上了年纪,然而见识却短。有关婚姻之事，在此之前，您问过我两次，我都未曾答应。"

说罢，只见盖麦尔王子收回倒背的双手，盛怒之下，挽起了袖子，在父王面前竟摆出了一副好斗的架势。

眼见儿子在众官面前如此失礼，舍赫曼国王羞辱难言，出于国王的尊严，他厉声呵斥儿子几句后，命令宫役们将盖麦尔王子绳捆索绑起来。

宫役们闻声而动，七手八脚将盖麦尔王子捆绑起来，推到舍赫曼国王面前。盖麦尔王子恐惧不安，低下头去，汗流满面，羞愧不堪。

舍赫曼国王怒骂道："你这个缺少教养的小孽障，怎敢当着文武百官的面这样答话？怎么一点儿礼貌都不懂？你要知道，你的这种表现即使发生在一个平民身上，也是很丑恶的。"

说完，舍赫曼国王下令给盖麦尔王子松绑，将他关押在一座城堡中。宫役们立即行动，把城堡的一个厅堂打扫得干干净净，摆上一张床，铺好褥子，放好枕头，点上灯和蜡烛，因为那座城堡里白天都是漆黑的。一切布置完备，他们将盖麦尔王子带入厅中，留一奴仆把守厅门。

盖麦尔王子躺在床上，忧心如焚，痛苦不堪，悔恨交加，自责不该那样顶撞父王，然而后悔莫及。盖麦尔王子自言自语："安拉诅咒结婚、姑娘和叛逆的女人！当初听了父王的话，结了婚，那不比现在坐监牢好吗？"

那天，舍赫曼国王在宝座上一直坐到红日西沉。之后，舍赫曼国王叫来宰相单独交谈。舍赫曼国王说："相爷呀相爷，我与儿子之间这场悲剧，都是你一手造成的，因为我听了你的话，才在文武百官面前与儿子谈婚姻之事的，完全是按照你的建议行事的。"

宰相说："陛下，不妨先让王子在监牢里待上十五天。十五天之后，再把他叫到您的面前，那时谈婚姻大事，他就不敢违抗陛下的旨意了。"

讲到这里，眼见东方透出黎明的曙光，莎赫札德戛然止声。

第一百七十三夜

夜幕降临，莎赫札德接着讲故事：

幸福的国王陛下，舍赫曼国王第三次当着百官的面对盖麦尔王子提及成亲之事，盖麦尔王子还是不从，在父王面前竟摆出了一副好斗的架势。

舍赫曼国王命令把王子关押在一座城堡中。

那天，舍赫曼国王在宝座上一直坐到红日西沉。之后，舍赫曼国王叫来宰相单独交谈。舍赫曼国王说："相爷呀相爷，我与儿子之间这场悲剧，都是你一手造成的，因为我听了你的话，才在文武百官面前与儿子谈婚姻之事的，完全是按照你的建议行事的。"

宰相说："陛下，不妨先让王子在监牢里待上十五天。十五天之后，再把他叫到您的面前，那时谈婚姻大事，他就不敢违抗陛下的旨意了。"

舍赫曼国王接受了宰相的意见。那天夜里，因儿子不在身边，舍赫曼国王辗转反侧，如卧火炭，心情烦躁，不能入眠，因为他爱子至深，故为独生子担惊受怕。在往日里，每天夜里只有让儿子枕在自己的胳膊上方能入眠；而那天夜里，无论如何也睡不着觉，眼里噙着泪花，吟诵道：

> 可叹夜绵长,逸者入梦乡。悠悠别离心,依依显恐慌。
> 夜长忧虑多,有话我欲讲:呼声晨姑娘,何时站东方?

舍赫曼国王望着夜空,又吟诵道:

> 抬头望星宿,星眼不留意。北极星寂静,从不离原地。
> 北斗列长队,吊唁泪淋漓。至此我确信,晨姑业死矣!

让我们回过头来,看看被囚禁在城堡中的盖麦尔·泽曼王子的情况。

夜幕降临时分,仆人端来灯,为盖麦尔王子点着蜡烛,固定在烛台上,然后送来饭菜。

盖麦尔王子吃不下去,一直自责,后悔自己对父王太没有礼貌。他自言自语说:"难道你不知道人是舌头的抵押品吗?人的舌头可以成事,也可以败事,甚至将自己置于死地,难道你连这一点也不清楚吗?"

盖麦尔王子自责不已,直至泪水潸然落下,心似在火中烧烤。他痛恨自己出言不逊,语伤父王,不禁痛心疾首,懊悔至极。他吟诵道:

> 青年丧命失于言,人死绝非因脚绊。
> 失言必死不得救,失足却可保命全。

盖麦尔王子吃完饭,洗过手,又做了小净,做完昏礼和宵礼①,

---

① 宵礼,伊斯兰教规定的每日五次礼拜的第五次礼拜,在夜间进行,亦称"早夜祷"。

之后在床上坐了下来。

盖麦尔王子正襟危坐,高声朗读《古兰经》的《黄牛》《仪姆蓝的家属》《雅辛》《至仁主》《国权》等章,末了祈祷,求安拉保佑。

之后,他躺在床上,下面铺着双面缎褥,内装鸵鸟绒。他想睡觉了,脱下外衣,只留下薄绸内衣,头戴蓝色睡帽,盖上锦缎被,便进入了梦乡。此时此刻,他的床头点着一支蜡烛,床尾点着一盏明灯,烛光与明灯交映,他的容貌显得格外俊秀,就像十四日夜空中那轮金黄色的圆月。

盖麦尔王子一觉睡到二更天。他不知道幽冥世界隐藏着什么,更不晓得会有什么意想不到的事在等待着他。

关押盖麦尔王子的那座古城堡已被废置多年。盖麦尔王子宿身的大厅中,有一口古罗马时代留下的枯井,井里住着一位仙女,乃魔王后裔,名叫梅姆娜,乃著名魔王迪姆亚特的女儿。

讲到这里,眼见东方透出黎明的曙光,莎赫札德戛然止声。

第一百七十四夜

夜幕降临,莎赫札德接着讲故事:

幸福的国王陛下,关押盖麦尔王子的那座古城堡已被废置多年。盖麦尔王子宿身的大厅中,有一口古罗马时代留下的枯井,井里住着一位仙女,名叫梅姆娜,乃著名魔王迪姆亚特的女儿。

二更时分,仙女梅姆娜离开枯井,准备飞上天空,探听消息。

她刚一出井口,便发现大厅里气象一新,非同往常,烛光通明,一改漫长年代的凄凉冷清景象,似有了生机。仙女梅姆娜心想:"真是出奇、新鲜啊!我压根儿没有见过这样的情景呀……"

仙女梅姆娜步履轻盈地向大厅走去,一幅人间妙景出现在面前:厅内放着一张床,床头一烛高照,床尾一盏明灯,床上睡着一个人。

眼见此情此景,仙女梅姆娜惊奇不已,心想其中必有原因。片刻后,她走向亮光处,发现那亮光来自大厅中,于是向大厅走去。她见一个仆人睡在厅门口。走进大厅,见那里支着一张床,一个人睡在上面,床头点着一支蜡烛,床尾点着一盏明灯。见此光景,仙女梅姆娜大为惊讶。她一步步向床走去,收起翅膀,站在床前,撩开蒙住熟睡人的锦被,仔细打量,发现睡者原来是个美男子,但见他脸上光芒四射,胜过灯烛,耀眼夺目;又见他面色红润,双眉弯弯,睫毛黑长,周身散发着麝香般的芬芳。正如诗人所云:

　　轻柔一吻中,但见面颊红;一对黑明眸,诱我心弦动。
　　唤声心神儿,世有此美公?信口云有者,请来示乃翁。

仙女梅姆娜见小伙子如此标致,连声赞颂安拉。她说:"赞美您呀,安拉,最灵巧的造物主!"

仙女梅姆娜也是一名虔诚信士。她仔细打量盖麦尔王子许久,口中不住地赞颂造物主,打心底里赞叹他的美貌。她心想:"凭安拉起誓,我绝不能伤害他,也不许任何人伤害他。但愿我为他排除一切灾难。这张俊俏的面孔值得观赏、赞美。可是,他的家人怎么把他丢在这样一个破落不堪的地方呢?如有妖魔出现,会要他的命的。"

仙女梅姆娜弯下腰去,亲吻盖麦尔王子的面颊和前额。之后,又用锦缎被子把盖麦尔王子盖起来。片刻后，仙女梅姆娜离开城堡，展翅飞上了云天。

仙女梅姆娜飞过七重天时，忽闻翅膀拍击的声音，便朝声音传来的方向飞去。

仙女梅姆娜飞去一看，但见飞魔横空，于是猛扑过去，一把抓住了飞魔。

那飞魔名叫戴何士。自感被抓，他回头一看，认出那是仙女梅姆娜，不禁害怕至极，周身颤抖，急忙哀求。

飞魔戴何士说："看在大慈大悲的安拉面上，我凭刻在苏莱曼戒指上的咒符起誓，还求仙姑怜悯，不要伤害我！"

仙女梅姆娜听后，怜悯之心顿生，说："你已经发过誓，但我不能相信你，除非你把你的来向去方告诉我，我才能保护你。"

"我的女施主，我定如实相告。我从遥远的中国境内的海岛飞来。今天夜里，我就将我看到的一种奇观告诉仙姑；你若得知我的话正确无误，那就请放我走，还请你亲笔为我签署一张通行证，证明我已被你释放，以免高天、大地和海中的任何妖精伤害我。"

仙女梅姆娜对飞魔戴何士说："喂，戴何士，你看见了什么，你告诉我！要说实话，不许撒谎！凭刻在苏莱曼戒指上的咒符起誓，假若你想借谎言逃出我的手心，那是妄想！如果你的话不真实，我必将拔掉你的羽毛，扒下你的皮，砸碎你的骨头！"

飞魔戴何士说："女施主，我决不撒谎。倘若我的话不确切，任凭施主发落！我今夜从中国境内的海岛上飞来。那是埃尤尔国王管辖的地方，埃尤尔国王管辖着若干岛屿，海域辽阔，物产丰富。埃尤尔国王有七座宫殿，精美绝伦。埃尤尔国王有一位女儿，堪称绝代佳丽；我笨嘴拙舌，简直不知道怎样向你描述公主的容颜，也描绘不出来。不过，我可以概略地给你说上几句。那公主的发髻酷

似漆黑之夜,而面颊则像艳阳普照下的白昼。正如诗人所云:

> 三束额发散眼前,一夜变为四夜天。
> 面容若对空中月,顿见两轮圆月悬。

"公主鼻梁尖而高,如亮剑利刃;她两腮似紫荆香醇,面颊如白头翁花瓣;她小嘴儿里含着白玉;她的涎水香过玉液琼浆,足以熄灭烈火的折磨;口齿伶俐,对答如流;她酥胸高耸,人见人爱。感赞伟大的造物主,创造出了这样的人间奇迹。公主双臂匀称,正如诗人所云:

> 双腕若无手镯拦,溪水由袖淌掌边。

"公主生着两个大乳房,洁白如象牙,如同两轮满月,又似两颗大石榴;她的腹部内收,恰似埃及科普特人的束腰;她有沙丘般的丰隆臀部,人站起时双臀横卧,人躺下时双臀站立。正如诗人所云:

> 她有丰臀挂细腰,于我于她横占道。
> 每逢思之我站立,她站隆臀却卧倒。

"公主臀下的两条大腿就像玉柱那样美丽,其美不可言传。公主两脚轻盈柔嫩,令我感到奇怪的是那双脚怎么能支撑得住丰臀和大腿。公主之美,实在一言难尽……"

讲到这里,眼见东方透出黎明的曙光,莎赫札德戛然止声。

第一百七十五夜

夜幕降临，莎赫札德接着讲故事：

飞魔戴何士吟完诗，对仙女梅姆娜说："公主臀下的两条大腿就像玉柱那样美丽，其美不可言传。公主两脚轻盈柔嫩，令我感到奇怪的是那双脚怎么能支撑得住丰臀和大腿。公主之美，实在一言难尽。公主的父亲是位强悍的国王，奇勇过人，日夜征战四海，不畏艰难，因为他既是个暴烈的君王，又是勇武的征服者。他手握重兵，管辖着许多岛屿、城市，海域辽阔，拥有七座金銮宝殿。

"埃尤尔国王十分喜欢我刚才给你讲过的那位女儿。因为爱女儿，他从诸王那里搜刮到大量钱财，为他的女儿建造了七座宫殿。七座宫殿各具特色，互不相同：第一座是水晶宫殿，第二座是大理石宫殿，第三座是铁铸宫殿，第四座是玛瑙宫殿，第五座是银宫殿，第六座是金宫殿，第七座是宝石宫殿。七座宫殿陈设华丽，摆放的全是金银器皿，帝王御用物品应有尽有。埃尤尔国王嘱咐他的女儿在每座宫殿中住一年，然后搬入另一座宫殿。

"公主名叫布杜尔。布杜尔公主美貌扬天下，所以许多君王派使者找埃尤尔国王向他的女儿求婚，致使埃尤尔国王不得不开始考虑女儿的婚事。

"有一天，埃尤尔国王对女儿谈起婚姻之事，布杜尔公主说：'父王，女儿没有结婚意愿。我是公主，理应统治他人，焉容男子统治我呢！'每当布杜尔公主拒绝一桩婚事，求婚者的欲望就增强一分，致使中国岛屿周边国家的君王纷纷派人前来求婚,络绎不绝,同时送来大批珍贵礼物;还有的修书求婚,语词恳切,欲望强烈。

"埃尤尔国王多次与女儿商议她的婚事,布杜尔公主一次又一次拒绝,怒气冲冲的。布杜尔公主对父亲说:'父王,您若再向我提婚姻之事,我将拿来宝剑,倒置地上,胸口对着剑锋,一死了此生。'

"埃尤尔国王听女儿这样一说,自然很生气,脸色顿时阴沉下来,忧心如焚,唯恐女儿自寻短见,一时不知该如何回复那些求婚者。一天,他对布杜尔公主说:'孩子,假若你坚决拒绝婚事,以后你就不要再出入宫门了。'随即,埃尤尔国王把布杜尔公主关在一个房间里,并派十位宫女看守着,严禁她到其余几个宫殿去,以表示对女儿行为的恼恨;与此同时,埃尤尔国王修书给各国国王,告诉他们说,布杜尔公主已经精神错乱,被关禁闭一年时间了。"

飞魔戴何士稍作停歇,继续对仙女梅姆娜说:"我的女施主梅姆娜,我每天都去那里看公主一趟,欣赏她的美丽容貌,在她沉睡的时候亲吻她的眉心。因我十分喜欢她,所以我不会伤害她。公主的美貌实乃世间罕见,人见人爱,甚至人人都会对她产生嫉妒之心。女施主,不妨跟我一道去领略一下公主的窈窕身段、靓丽美貌。证实我的话是真还是假之后,你对我要抓要罚,全由你做主,我无条件地听从你的摆布。"

飞魔戴何士一口气说了这么长长一番话,然后低下头去,收缩翅膀,渐渐下降。

仙女梅姆娜听后,一阵冷笑,往飞魔戴何士脸上啐了一口唾沫,说道:"你说的这个女孩子,不过是个尿瓶子罢了,那算什么漂亮!不过,凭安拉起誓,你讲的倒称得上一件新奇之事。喂,你这个该死的,你还是听我给你讲一件怪事吧!我今夜看见了一位美男子,假若你去亲眼看一看,即使那美男子在熟睡之中,其美貌也

A.B.霍顿 绘

能令你神魂颠倒、心荡神驰、叹为观止的!"

"那美男子究竟是什么人?"飞魔戴何士问。

仙女梅姆娜说:"戴何士,你有所不知,那小伙子的故事与你谈到的那位公主,颇为相似。小伙子是位王子,其父王多次催他结婚,均被他拒绝。由于他违抗父亲的旨意,其父王大为恼火,一气之下,将他关在了我住的那座旧城堡中。今夜我外出时,看见他睡在那里。"

"我的女施主,请你带我去见识一下那位美男子吧!看看他是否比我见过的那位公主漂亮!据我所知,当今世上,再没有比布杜尔公主更漂亮的人了。"

仙女梅姆娜说:"你说得不对!我敢断言,当今世上,没有比我见的那位王子更标致的人了……"

仙女梅姆娜又对飞魔戴何士说:"该死的妖魔,你在说谎呀!我敢断言,在当今的世上,没有比我看见的那个小伙子更漂亮的了。你敢把你喜欢的公主和我喜欢的男子相比,难道你疯啦?"

飞魔戴何士回答说:"女施主,看在安拉的面儿上,你应该跟我一起去看一看我的那位公主,然后我们回来,一道去看看那位美男子。"

仙女梅姆娜说:"看来,非亲眼看一看不行了!因为你是个醉鬼。不过,在我跟你看和你跟我去看之前,我们要先打个赌。假若你的那位公主比我的那位美男子漂亮,就算你赢;不然的话,赢者就是我了。这样行吗?"

飞魔戴何士说:"我完全同意这个条件。走吧,跟我到中国海岛上去吧!"

仙女梅姆娜说:"我的那位美男子就在下面的城堡里,比你那位公主近得多,我们一起下落,去看完我的那位小伙子之后,再飞往中国海岛看公主吧!"

"就听你的安排！"

仙女梅姆娜与飞魔戴何士渐次下降，片刻后落在古城堡上。仙女梅姆娜将飞魔戴何士带入大厅，站在床旁。仙女梅姆娜撩开蒙在盖麦尔王子脸上的锦被，但见盖麦尔王子面部光芒四射，闪闪放光，如旭日东升，光华万丈。仙女梅姆娜回头望着飞魔戴何士，说："该死的飞魔，你睁开眼睛好好瞧瞧吧！世上哪能再找到这样漂亮的男子？你别发疯了！我们姑娘家，都被他的美貌吸引住了。"

飞魔戴何士一番仔细打量，点了点头，说："女施主，凭安拉起誓，你是可以原谅的，这男子的确漂亮。不过，尚有一事要讲，那就是男女的情况不大相同啊！凭安拉起誓，说句实话，你的这位美男子的相貌，其美、其秀，颇与我见到的那位公主相仿，他和她简直就像一个模子刻出来的孪生兄妹。"

仙女梅姆娜听飞魔戴何士这样一说，不大满意，脸上的光华顿时消失，面色突然黯淡下来，她伸展翅膀，重重地拍打了飞魔戴何士一下，力量之重，几乎送飞魔戴何士一死。

仙女梅姆娜说："凭安拉起誓，该死的飞魔，你说的这叫什么话！你现在就带我去把你喜欢的那位公主带到这个地方来吧！我们把两个熟睡的男女放在一起，仔细端详，比一比，看究竟谁更漂亮。假若你不马上按照我的吩咐行事，我就用火烧你的身，让你尝尝我的厉害，然后把你撕成碎片，抛撒在旷野上，让驻足者与行人引以为戒。你要立即行动，不得有误！"

飞魔戴何士说："我一定照办！我知道我那位公主是最漂亮、最动人的。"

说完，飞魔戴何士振翅腾飞，仙女梅姆娜同时起飞，旋即向中国岛屿飞去。

仅过一个时辰，飞魔戴何士与仙女梅姆娜便带着熟睡中的布杜尔公主飞回了古城堡。只见布杜尔公主身着金丝绣花薄绸睡衣，衣服刺绣工艺精美绝伦，袖口绣着这样的诗句：

> 世上有三子,拒之来造访;
> 一怕暗监视,二惧嫉妒狂。
> 前额放光华,首饰响叮当。
> 斗篷质地精,巧蕴龙涎香。
> 额发赖油掩,去饰莫须忙。

飞魔戴何士与仙女梅姆娜携熟睡中的布杜尔公主降落在城堡上，然后将布杜尔公主放在美男子盖麦尔王子的身边，同时揭开二人的面巾……

讲到这里，眼见东方透出黎明的曙光，莎赫札德戛然止声。

第一百七十六夜

夜幕降临，莎赫札德接着讲故事：

幸福的国王陛下，飞魔戴何士与仙女梅姆娜携熟睡中的布杜尔公主降落在城堡上，然后将布杜尔公主放在美男子盖麦尔王子的身边，同时揭开二人的面巾。仙女梅姆娜与飞魔戴何士定睛细看，惊异地发现他俩相貌一模一样，真像孪生兄妹，或似同胞兄弟，令人看过由衷喜欢。正如诗人所云：

唤心莫恋一美男,献媚屈从不可沾。
厚此薄彼乃大忌,一视同仁等量观。

飞魔戴何士说:"我的这位公主更漂亮!"

"不!我的这位王子更漂亮!"仙女梅姆娜说,"戴何士,你这个该死的,莫非你是个瞎子?难道你没有看到王子容颜俊秀、体态匀称?你听我表表这位美男子吧!倘若你真喜欢你带来的这位公主,那么,你就照我这样赋诗赞美一番。"

说完,梅姆娜一连数次亲吻盖麦尔王子,然后咏诗赞王子:

我罪何之有,惹你动怒颜?你是杨柳枝,安慰从何谈?
明眸瞳仁黑,神光尽焕然。纯真情与爱,俱由此中绽。
锐目穿六腑,难煞矛与剑。我负情思重,难承轻衣衫。
你知我恋你,你晓我忧烦。我爱寄你身,终忍难千万。
如若心相印,我不度夜间。我身与我骨,与你腰等顶。
你是天上月,全美似玉盘;天上人间美,赞你叹无言。
责斥爱情者,有话对你言;我道请直讲:你为谁伤感?
唤声冷酷心,可知将他怜?但期怜情真,焕发心诚善。
呼声美王子,英姿有人看。我却遭侵袭,侍卫袖手观。
谎云优素福,美集一身间。你美真绝伦,优氏①只等闲。
精灵遇见我,畏我惊丧胆。当我见你时,我心却抖颤。
我担千般苦,为你避风险。终日思念你,曾历七重难。
乌发盖云鬓,前额银光闪。黑白分明眸,苗条伴身段。

---

① 优氏,即美男子优素福。

听罢仙女梅姆娜吟诵的诗句,飞魔戴何士高兴至极,敬佩之至,说道:"你用这首美丽的诗歌赞颂了你心中的王子,显然你一直在为他担心。我亦有诗赞颂我这位美丽的公主。"

飞魔戴何士走上前去,俯身亲吻布杜尔公主的眉宇,望望仙女梅姆娜,又望望布杜尔公主,开始吟诵道:

> 我去访宾客,身临大山峡。我却在谷地,丧命遭斩杀。
> 我醉情酒中,歌舞伴泪下。若寻幸福人,听我把话答:
> 公主布杜尔,报春一枝花。我徒不知晓,三美从何夸?
> 先说眸似剑,后表鬓角华?先述苗条身,心绪乱如麻。
> 路途若遇人,每每打听她;无论现场人,还是在天涯。
> 我在你心中,请你看看他。容我对她说:我心在何峡?

飞魔戴何士吟完诗,仙女梅姆娜说:"喂,戴何士,咏得好!吟得妙!可是,这两个人,哪个更漂亮呢?"

"我的公主布杜尔比你那个王子漂亮。"

飞魔戴何士与仙女梅姆娜开始争论,愈争愈烈。一说公主美,一说王子美。仙女梅姆娜大声呵斥飞魔戴何士,试图以武力相加。飞魔戴何士见此情景,还是屈服了。他柔声细气地对仙女梅姆娜说:"既然谁也不服谁,我出个主意吧:你的话和我的话都不算数,我们找位第三者来,让他来为我们进行公正裁决,我们服从第三者的裁决就是了。"

仙女梅姆娜自感胜券稳操,一口答应:"就照你说的办!"

说罢,仙女梅姆娜用脚跺地,只见一位精灵立即从地下钻了出来,那精灵是个独眼龙,遍身疥疮,两眼就像脸上的两条裂痕,头生七只角,四道额发垂地,两手像树杈,指甲似狮爪,驴腿骡身。精灵钻出地面,看见仙女梅姆娜,先行吻地礼,继而两臂交叉在胸前。

精灵名叫盖什格士。他对仙女说:"公主殿下,有何吩咐?"

"喂,盖什格士,我想请你在我与这个可恶的飞魔之间做裁判。"仙女梅姆娜说。

紧接着,仙女梅姆娜把事情的原委从头到尾讲了一遍。

精灵盖什格士听罢,仔细打量盖麦尔王子和布杜尔公主的面容,只见王子与公主躺在床上,相互拥抱,各自搂着对方的脖颈,亲密无间。精灵盖什发现两个人的容貌,彼此一模一样,不禁心中惊异万分。精灵盖什一番细心观察之后,望着仙女梅姆娜与飞魔戴何士,吟诵道:

> 访你爱之人,抛开嫉妒言。嫉妒于爱情,无济于事缘。
> 安拉未创造,美胜此画面:容颜俏成双,彼此共枕眠;
> 相互紧拥抱,互相枕臂腕。若爱其中一,正好做伴侣。
> 情心相印时,冷铁熔瞬间。责怨情爱者,腐心可改变?
> 诚意求安拉,好果我们盼:死前成眷属,哪怕乐一天。

精灵盖什格士吟完诗,对仙女梅姆娜和飞魔戴何士说:"尊敬的二位,凭安拉起誓,说实话,这俊男靓女,真是一模一样,分不出丑俊,辨不出高低,看不出男女。我另有一个主意,不知当讲不当讲?"

"讲吧!"仙女梅姆娜与飞魔戴何士异口同声。

"我们叫醒其中一个, 不让另一个知道;若醒着的那个向另一个调情,我们就判其不如另一个漂亮。二位意下如何?"

"你的这个办法很好!"仙女梅姆娜说。

"我也赞成这个办法!"飞魔戴何士没有异议。

话音刚落,飞魔戴何士变成一只跳蚤,朝盖麦尔王子的脖子上狠狠咬了一口……

讲到这里,眼见东方透出黎明的曙光,莎赫札德戛然止声。

第一百七十七夜

夜幕降临,莎赫札德接着讲故事:

幸福的国王陛下,盖什格士吟完诗,对仙女梅姆娜和飞魔戴何士说:"尊敬的二位,凭安拉起誓,说实话,这俊男靓女,真是一模一样,分不出丑俊,辨不出高低,看不出男女。我另有一个主意,不知当讲不当讲?"

"讲吧!"仙女梅姆娜与飞魔戴何士异口同声。

"我们叫醒其中一个,不让另一个知道;若醒着的那个向另一个调情,我们就判其不如另一个漂亮。二位意下如何?"

"你的这个办法很好!"仙女梅姆娜说。

"我也赞成这个办法!"飞魔戴何士没有异议。

话音刚落,飞魔戴何士变成一只跳蚤,朝盖麦尔王子的脖子上狠狠咬了一口。

盖麦尔王子伸手挠了挠脖子上的奇痒之处,然后翻了个身,睁开眼一看,发现身旁躺着一个人,只觉香气扑鼻,身体柔软似奶油,不禁觉得非常奇怪。他马上坐了起来,仔细打量睡在身边的那个人,发现那是一个姑娘,但见她花容月貌,体态窈窕,面颊粉红，双乳丰隆，正如诗人所云：

> 面露如明月，风拂似柳梢。
> 散发龙涎香，声若羚羊叫。
> 痛苦缠我心，别时情方牢。

盖麦尔王子见睡在自己身边的女子貌美如花，身着金丝衣衫，连衬裤都没有穿，头蒙缀着宝石的金丝头巾，脖子上挂着名贵宝石项链。这使他惊异不已，不禁欲火中烧。王子心想："真是天赐良机，不可多得呀！"

盖麦尔王子轻轻拉开布杜尔公主的衣领，但见露出嫩白肌肤，再看那两个高高乳峰，爱欲更加旺盛。他想把公主唤醒，但推、摇、呼唤都无济于事，公主依旧熟睡，原来飞魔戴何士已施过魔法。

盖麦尔王子呼唤道："喂，亲爱的，你醒一醒呀！你瞧瞧我是谁呀？我是盖麦尔·泽曼，我是王子。"

布杜尔公主熟睡如初，连头都没有动一动。

盖麦尔王子思考片刻，心想："如果我猜想得不错，这位姑娘就是父亲想让我与之成亲的那一位。如此俊秀，何不早对我说呢？不知不觉三年的时间过去了，险些误了大事！等天一亮，我马上就去见父王，对他说：'让我同她结婚吧！'用不上半天工夫，我就可以与她共枕鸳鸯，饱尝她的美丽容颜了……"

想到这里，盖麦尔王子俯身亲吻布杜尔公主。

眼见此景，仙女梅姆娜周身打战，羞得转过脸去；与此同时，飞魔戴何士兴高采烈，手舞足蹈。

当盖麦尔王子想亲吻布杜尔公主的嘴时，他却感到害羞了，于是转过脸去，他想："我要忍耐呀！以免父王生气。父王把我关在这个地方,又给我送来这样一个美丽的姑娘,让她睡在我的身旁,意在考验我,并且嘱咐过她:不论我怎样叫她,她都不能醒;还说盖麦尔对她有什么表现,都要告诉他。说不定我父王藏在一个他能看见我,我看不见他的地方监视着我呢,看我面对着这位美女有何行动,以便明天早晨拉我去训斥一顿,说:'你见了姑娘又拥抱又亲吻,怎么对我说你没有结婚的欲望呢?'我一定要控制自己的行为,以免我的行为暴露在父王面前。我不能触摸这位姑娘,而且从现在起,我不再看她。不过,我要拿她一件什么东西作为纪念品,当作我与她之间的一种信物。"

想到这里,盖麦尔王子伸手从布杜尔公主的小拇指上取下一枚宝石戒指,戒指上镶嵌着贵重宝石,价值昂贵。戒指上刻着这样的诗句:

莫疑我已忘约言,怎样抵挡我不管。
但求慷慨施予我,亲嘴吻颊乃吾愿。
立誓终不离开你,即使爱逾雷池边。

盖麦尔王子从布杜尔公主的小拇指上摘下那枚戒指,戴在自己的小拇指上,随后翻过身去,旋即进入了梦乡。

见此光景,仙女梅姆娜非常高兴。她对精灵盖什格士说:"喂,我的那位盖麦尔王子的表现,你看清楚了吗?他对公主十分敬重!这便是贞洁,处男之美德啊!王子见公主的动人姿色而没有拥抱她,不曾触摸姑娘一下,而是转过身,老老实实睡觉去了,好样的!"

飞魔戴何士与精灵盖什格士异口同声:

"我们看见了,小伙子品德完美无缺。"

仙女梅姆娜立即变成一只跳蚤，钻入布杜尔公主的衣下，由小腿爬到大腿，钻至距肚脐四基拉特①处，朝嫩白的大腿根处狠狠咬了一口……

布杜尔公主因为觉得痒得难忍，睁眼一看，坐了起来，见身边睡着一个小伙子，面颊如白头翁花瓣，头发乌黑，秀目足以令美女羞涩，嘴似苏莱曼的戒指，涎水香气四溢。正如诗人所云：

> 二女我已忘，顿胜桃金娘。情前无墙隔，我已成羚羊。
> 责女迁去者，我理明朝阳。你期我成俘，永远背高墙？

布杜尔公主看见盖麦尔王子，顿时沉浸在恋情的海洋之中。

讲到这里，眼见东方透出黎明的曙光，莎赫札德戛然止声。

第一百七十八夜

夜幕降临，莎赫札德接着讲故事：

幸福的国王陛下，布杜尔公主看见盖麦尔王子，顿时沉浸在恋情的海洋之中，打内心里深深爱上了盖麦尔王子。布杜尔公主心想："唉，出丑啦！出丑啦！一个素不相识的小伙子，怎么睡在我的身旁，竟和我同眠在一张床上？真是不成体统！"

---

① 基拉特，长度单位，一基拉特等于二点八厘米。

布杜尔公主仔细打量小伙子，见其美似圆月，容貌英俊，且气质非凡，公主惊叹道："凭安拉起誓，这位青年真是漂亮，就像天上的圆月。"

布杜尔公主心想："这么标致的小伙子，真使我神魂向往，心肝为之绽裂。凭安拉起誓，假若我早知道这位美男子就是我父王说的向我求婚的那一位，我会毫不犹豫地嫁给他，以分享他的美丽容颜。"公主俯下面颊，呼唤道："先生，亲爱的，你醒一醒呀！请你睁开眼睛，欣赏一下我的美丽容颜吧！"

说着，布杜尔公主伸手去推盖麦尔王子。仙女梅姆娜将自己的翅膀伸过去，压在王子的头上，只见王子一动不动，依旧熟睡着。公主双手摇动王子，并且说："凭我的生命起誓，亲爱的，你醒一醒呀！这里有水仙花、郁金香供你欣赏，还可以瞧瞧我的肚子、肚脐，虽咬牙斗嘴，直到天明，也无妨碍呀！先生，靠在枕头上吧！不要再睡啦！"

盖麦尔王子一声未答，仍在熟睡中。布杜尔公主说："先生，你怎么啦？莫非你沉醉在自己的美丽容貌、柔和性情之中？你是个美男子，我也是个靓女呀！你怎好大模大样，无动于衷，不理睬我呢？难道已经有人叮嘱过你，不许你与我交友结谊？莫非你父亲也不让你今夜和我谈话？"

说着说着，布杜尔公主仿佛看见盖麦尔王子已经睁开了双眼，正在望着她，她对他更爱了，安拉将爱意深深置于她的心中。公主望着王子，而留在她心中的却是万般惆怅与惋惜之情。

布杜尔公主大声喊起来："先生，亲爱的，你说话呀！请你告诉我，你叫什么名字？我的心被你占去了……"

布杜尔公主再三呼唤，盖麦尔王子依然在梦中，一声不吭，只言不答。

布杜尔公主失望了，叹息道："天下竟有如此傲气之人！我是公主，何不跟我说句话呢？"

布杜尔公主摇晃盖麦尔王子，王子酣睡不动。公主俯身亲吻王子的手，无意中发现自己的宝石戒指戴在王子的手指上，仿佛忽然有什么重大收获，喜不自禁，推推王子，情不自禁地大叫一声，然后撒娇地说："哟，哟，凭安拉起誓，你就是我的意中人！你爱我，你就是我心中的白马王子！虽然你来时我在睡梦之中，好像你反对我在你面前撒娇。我不知道你是怎样对待我的，也不知道你在什么时候摘去我的戒指，让它戴在你的手上，我不会再从你的手指上取下它来的。"

布杜尔公主拉开盖麦尔王子的领口，俯身亲吻王子的脖子，然后开始寻找一件什么东西，但什么也没有找到。她见王子没穿衫裤，于是将手伸到衬衫边下触摸他的腿，顺着柔滑的皮肤，往上伸去，终于摸到王子的灵根，公主的心跳陡然加速。因为女子的性欲要比男子的性欲更加强烈。公主害羞了，脸色不觉绯红。她从王子的手指上摘下一枚戒指，戴在自己的手指上，以弥补王子摘去的那枚戒指的空缺。公主抑制不住激动，亲吻盖麦尔的双唇、双手……然后将王子紧紧搂住，一只手摸着王子的脖子，一只手伸到王子的腋下，进入了梦乡。

见此情景，仙女梅姆娜高兴异常。她对飞魔戴何士说："喂，该死的飞魔，你看见你那位公主怎样迷恋我的王子了吧？毫无疑问，我的王子比你的那位公主好。不过，倒没有什么越轨的行为，我宽恕你了。"旋即，仙女梅姆娜为飞魔戴何士写了释放书。

梅姆娜望着精灵盖什格士，说："你和戴何士一道把公主送回中国海上岛屿去吧！因为黑夜快要过去了，我的任务还没有完成。"

飞魔戴何士和精灵盖什格士走到布杜尔公主跟前，抱起公主，腾空而起，展翅飞上天空，迅速将公主送回埃尤尔国王的宫殿，将公主放在床上，睡姿仍似原样，好像什么事也没发生。

梅姆娜望了望睡梦中的盖麦尔王子，见天将亮，便离去了。

东方透出鱼肚白，盖麦尔王子从梦中醒来，左顾右盼，不见身边那位姑娘，心中纳闷，心想："那姑娘哪里去了？这是怎么回事？父王本想让我与身旁那位美丽姑娘结为夫妻，却不声不响将她带走，莫非意在增强我的婚配欲望？"

想到这里，盖麦尔王子大声呼唤睡在门外的仆人："喂，该死的奴才，快来啊！"

仆人突然从梦中醒来，迅速送去脸盆和水壶。

盖麦尔王子站起来，到厕所解过便，回来做小净，继之做晨礼，然后坐下来，一番赞颂安拉。

盖麦尔王子见仆人站在面前，便说："喂，萨瓦卜，你这个该死的！谁趁我熟睡时来过这里，把我身边的那个姑娘带走了？"

仆人萨瓦卜惊诧不已，说道："王子殿下，什么姑娘？"

"昨天夜里睡在我身旁的那个姑娘……"盖麦尔王子说。

仆人萨瓦卜不知王子所指，说道："王子殿下，你身旁没有什么姑娘，也没有别的什么人。我一直守在门口，门也关着，哪会有什么姑娘？凭安拉起誓，既没有男人进来，更无女子进来。"

"该死的奴才，你在说谎呀！明明有个姑娘昨夜睡在我的身边，你怎敢说没有任何人出入？莫非曾有人来策划过，让你也欺骗我？不让你告诉我那位姑娘到哪里去了？"

仆人萨瓦卜感到为难，说道："王子殿下，凭安拉起誓，我既没有见过姑娘，也没有见过小伙子。我说的是真话呀，绝不敢撒谎！"

盖麦尔王子听后大怒道："该死的奴才，他们教你撒谎啊！你老实说，谁把那位漂亮的姑娘抢去了？你过来！"

仆人萨瓦卜走上前去，盖麦尔王子一把抓住他的领子，将之揉在地上，继之拳打脚踢，直到把他打昏过去，然后将他捆在井绳上，顺入井里，放进水中；那时正是严寒的冬天，仆人时而泡在水里，时而被提出水外，冻得周身战栗，高声求救。

讲到这里，眼见东方透出黎明的曙光，莎赫札德戛然止声。

第一百七十九夜

夜幕降临，莎赫札德接着讲故事：

幸福的国王陛下，盖麦尔王子对仆人萨瓦卡说："该死的奴才，你老实说，谁把那位漂亮的姑娘抢去了？你过来！"

仆人萨瓦卜走上前去，盖麦尔王子一把抓住他的领子，将之揉在地上，继之拳打脚踢，直到把他打昏过去，然后将仆人捆在井绳上，顺入井里，放进水中；那时正是严寒的冬天，仆人时而泡在水里，时而被提出水外，冻得周身战栗。

过了一会儿，仆人萨瓦卜苏醒过来，便开口对盖麦尔王子说："王子殿下，快把我提上去吧！上去之后，我会把姑娘的事情告诉你的。"

盖麦尔王子在仆人萨瓦卜的再三央求下，才把他提出井口，发现仆人已经因寒冷、浸水、被毒打和折磨，不省人事了。仆人浑身湿漉漉的，周身抖作一团，好像风暴中的芦苇，上下牙不住地相互磕打，衣服已经全湿了。

过了一会儿，仆人萨瓦卜苏醒过来，发现自己已在地面上，便开口对盖麦尔王子说："王子殿下，让我先去把衣服上的水拧一拧，放在太阳下晒一晒，换换衣服，马上就回来，把姑娘的故事讲给你听。"

盖麦尔王子说："该死的奴才，若不是看见你快要死了，我是不会把你提上来的。你快去换衣服，快去快回，然后把姑娘的情况告诉我。"

仆人萨瓦卜转身离去，简直不敢相信自己已经死里逃生。他一路小跑，直奔王宫，去见舍赫曼国王，发现宰相正在与舍赫曼国王谈论王子盖麦尔的事情。舍赫曼国王说："宰相阁下，我因替儿子担忧，昨夜未曾合眼。我真怕他在古城堡里会出现什么意外。看来，即使把他囚禁在那里，也未必会起什么作用。"

宰相说："陛下不用多虑！王子有安拉保佑，不会遇到什么不测，就让他在那里待上一个月的时间，他就会回心转意了。"

舍赫曼国王与宰相正在交谈时，仆人萨瓦卜浑身湿漉漉地闯了进来，禀报说："国王陛下，王子疯啦，他把我弄成了这个样子。他对我说：'昨天夜里有个姑娘睡在我这里，后来悄悄地走了。快把姑娘的情况告诉我！'王子非逼我交出姑娘不可。其实，关于姑娘的事，我什么也不知道。您瞧，王子把我顺到井里，差点儿把我冻死。"

舍赫曼国王听仆人萨瓦卜这样一说，大声叹道："啊，可怜啊！我的儿子！"

接着，舍赫曼国王对宰相大发雷霆。舍赫曼国王说："相爷呀，你出的主意呀！你快去看看王子，究竟是怎么回事！"

宰相出于对舍赫曼国王的惧怕，急忙告别舍赫曼国王，转身与仆人萨瓦卜一道离去，一路跌跌撞撞，来到古城堡。

A.B.霍顿 绘

当时,太阳已经升起,宰相走进大厅,见盖麦尔王子正坐在床上朗读《古兰经》。

宰相上前向盖麦尔王子问安,在王子的身旁坐了下来。宰相说:"王子殿下,这奴才给我们送了一个信儿,令我们神魂不安,国王陛下因此大发雷霆。"

盖麦尔王子说:"相爷阁下,这奴才对你们说了些什么,致使你们神魂不安呢?其实,有个情况,使我感到莫名其妙。"

"仆人向我们报告了一个不好的情况,欺骗我们,简直没办法对你说,也不应该跟你当面说。你身体健康,思路敏捷,口齿伶俐,怎么会出现那种情况呢?"

"相爷阁下,什么情况?这奴才说了些什么?"

"他,他,他说你疯啦!说你对他说昨夜这里有个姑娘,你是这样说的吗?"

盖麦尔王子听后,勃然大怒,对宰相说:"看来这奴才是受了你们的教唆,正是你们不让他把实际情况告诉我,不让他说出昨夜在这里睡觉的那个姑娘的去向……"

盖麦尔王子稍停片刻,然后说:"相爷,你比那个奴才明白,快告诉我,昨天晚上在我身边睡觉的那个姑娘如今在哪里?你们把她派到我这里来,睡在我的怀里。我和她一直睡到大天亮。当我醒来时,却不见她的身影了。她现在究竟在何处呀?"

宰相说:"王子殿下,凭安拉起誓,昨夜我们没派任何人到这里来,真的没派来。你自己在这里睡觉,大门紧闭,奴仆睡在门外,既没有姑娘来,也没有别人来。王子殿下,你清醒清醒吧,不要自寻烦恼了。"

盖麦尔王子听后非常生气,说道:"相爷,说真的,那姑娘是我的心上人,我爱上她了。她是一位窈窕淑女,漂亮粉红的脸蛋儿,天生丽质,体态婀娜,漂亮极了。昨夜,她一直睡在我的怀里。"

宰相惊愕不已,问道:"王子殿下,你是在醒着的时候看到的,还是在梦中见到的?"

"喂,你这糟老头子!你以为我用耳朵看见的?不,我是在清醒的时候,亲眼看见的。我还用手推晃过她,和她一起熬了半夜,饱赏过她的美丽容貌。就是因为你们嘱咐不让她跟我说话,所以她只是睡在我的身边,根本不理睬我。天快亮时,我醒来一看,她不在了。"

"王子殿下,也许这一切都是你在梦中看到的,全是梦魇,是水中月、镜中花,或是受了魔鬼的诱惑。"

盖麦尔王子说:"糟老头子,怎敢嘲弄、奚落本王子!奴仆已承认说有位姑娘来过,说是晒干衣服再告诉我,你怎敢说是梦魇!"

说着,盖麦尔王子怒不可遏,站起来,一把揪住宰相的胡子,用力一拽,把宰相拉倒在地,继之拳打脚踢,致使宰相感到老命快要休矣。宰相心想:"这个奴仆撒了个谎,便挣脱了这个疯子的折磨,我何不也以谎言脱身?现在轮到老夫受罪,真倒霉!我怎样才能脱身呢?若逃不掉,老命就要断送在他的手里,岂不晚矣?看来,王子是真疯了。"想到这里,宰相望着盖麦尔王子说:"殿下,请勿责怪!国王叮嘱我,关于那位姑娘的事,要严加保密。如今,老夫年迈,经不起打了,容我慢慢给你讲那位姑娘的故事。"

王子听老宰相这样一说,方才罢手。王子说:"你为何在挨打之后,才肯讲实话?糟老头子,说吧!"

"你问的是那位容颜俊秀、身材苗条、天生丽质的姑娘吗?"

"正是!相爷阁下,告诉我吧:谁把姑娘送到我这里来的?现在她又到哪里去了?告诉我,好让我去找她呀!假如我的父王有意用那位漂亮姑娘考验我,那么,我很乐意与那姑娘结为夫妻。这都是我父王的安排。如今,我爱上了那个姑娘。只因为我曾拒绝过结婚的事,我父王就不让她来见我。相爷阁下,我希望马上就与姑娘入洞房,请你告诉我父王吧!相爷阁下,请你求求我的父王,就让我和那个姑娘结婚;除了那个姑娘,我谁都不娶。你快去告诉我父王,让他尽快让我成亲。你要快去快回!"

"好吧,我这就去!"

宰相简直不敢相信自己已经摆脱了盖麦尔王子的折磨,转身走出古城堡,急匆匆一路小跑着去见舍赫曼国王。

讲到这里,眼见东方透出黎明的曙光,莎赫札德戛然止声。

第一百八十夜

夜幕降临，莎赫札德接着讲故事：

幸福的国王陛下，盖麦尔王子对宰相说："……相爷阁下，请你求求我的父王，就让我和那个姑娘结婚；除了那个姑娘，我谁都不娶。你快去告诉我父王，让他尽快让我成亲。你要快去快回！"

"好吧，我这就去！"

宰相简直不敢相信自己已经摆脱了盖麦尔王子的折磨，转身走出古城堡，急匆匆一路小跑着去见舍赫曼国王。

宰相跑回宫中，见到舍赫曼国王，舍赫曼国王问："相爷，你怎么啦？为何如此狼狈不堪、惊慌失措？"

宰相说："国王陛下，我带来的都是好消息！"

"什么好消息？"

"盖麦尔王子真的疯啦！"

舍赫曼国王一听，脸色顿时变了，问道："相爷阁下，跟我说说，他怎么疯啦？"

"遵命！"

宰相把在古城堡与盖麦尔王子谈话的内容向舍赫曼国王述说了一遍。

舍赫曼国王说："相爷，你给我报告了个好消息，说是我的儿子疯了。现在我也向你报告一个喜讯：你是个最坏的宰相，我要割下你的首级，取消你的俸禄。我的儿子之所以发疯，就是因为你的坏主意。凭安拉起誓,万一我的儿子有个三长两短,我就把你钉死在圆屋顶上,让你尝尝灾难的滋味。"

说罢,舍赫曼国王站起来,带着宰相向囚禁盖麦尔王子的古城堡走去。

盖麦尔王子见父王进来,立即跳下床,上前亲吻父王的双手,然后躲到父王身后,双手下垂,低着头看地。过了一会儿,盖麦尔抬起头来,泪水夺眶而出,直淌腮边。王子吟诵道:

我曾有过错,触犯您尊严。
如今我悔过,乞求您宽容。
大人不记恨,肚里能行船。

国王紧紧抱住盖麦尔王子,吻了又吻,让他坐在自己身边。

国王用愤怒的目光望着宰相,说道:"狗宰相,你怎敢说我儿子这样那样,使我心神不安呢?"

国王问儿子:"孩子,今天是礼拜几?"

盖麦尔王子回答道:"今天是礼拜六,明天是礼拜日,后天是礼拜一,然后是礼拜二、礼拜三、礼拜四、礼拜五。"

"孩子,赞美安拉,你平安无事!现在是阿拉伯历什么月?"

"现在是十一月,下月是十二月,接着是一月、二月、三月、四月、五月、六月、七月、八月、九月和十月。"

盖麦尔王子思路清晰,对答如流。国王听后,十分高兴,随后朝宰相的脸上啐了口唾沫,并责斥道:"你这个老东西,好大的胆子,竟敢说我儿子疯了!你睁开眼看看,我的儿子不是很好吗?真正疯的是你!"

宰相摇了摇头,还想说什么,但他心里想:"还是等一等看看情况如何吧!"

国王问盖麦尔王子:"孩子,你对奴仆和宰相说了些什么?你说有个漂亮姑娘昨夜睡在你身边,那究竟是怎么回事?"

听父王这样一说,盖麦尔王子笑了。王子说:"父王,我没有力量承受这样的玩笑了,你们不要再给我罪受了。你们的这些作为,已使我不耐烦了。父王,我已经乐意结婚,但有一条,必须和昨夜睡在我这里的那个姑娘结婚。据我判断,那是父王指派来的,让我爱上她,而在天亮之前,又把她打发走了。"

舍赫曼国王听儿子说到姑娘,忙说:"愿求安拉保佑,我的孩子,保佑你免染疯症。什么姑娘是我派来的,又在天亮之前把她打发走了?凭安拉起誓,孩子,我对此事一无所知。看在安拉的面儿上,你就告诉我,究竟是怎么回事呢?你究竟是梦中,还是想象中的美事呢?夜里,你因为心被婚姻之事缠绕,受魔鬼的唆使,才使你成了这个样子。安拉诅咒婚姻之事,安拉诅咒给你这种暗示的坏东西。毫无疑问,你对婚事伤透了脑筋,所以在梦中看到了一个姑娘与你拥抱,而你却以为是在醒着的时候看到了姑娘。孩子,这就是梦魇啊!"

盖麦尔王子说:"你别这样说了!如果你对那位姑娘的事及其现在在哪里一无所知,那么,你就凭着全知全能的伟大安拉起个誓吧!"

舍赫曼国王说:"我凭伟大的安拉起誓,我对那件事一无所知,也许那真是梦魇,完全是梦境之中的见闻。"

盖麦尔王子问父王:"父王,我给你举个例子,来说明这是在我醒着时发生的事情吧!我来问父王,假若一个人梦见自己进行了一次猛烈的厮杀,那么,在他醒来时,会发现手中握着沾染鲜血的宝剑吗?"

讲到这里，眼见东方透出黎明的曙光，莎赫札德戛然止声。

第一百八十一夜

夜幕降临，莎赫札德接着讲故事：

幸福的国王陛下，盖麦尔王子对他的父王说："你别这样说了！如果你对那位姑娘的事及其现在在哪里一无所知，那么，你就凭着全知全能的伟大安拉起个誓吧！"

舍赫曼国王说："我凭伟大的安拉起誓，我对那件事一无所知，也许那真是梦魇，完全是梦境之中的见闻。"

盖麦尔王子问父王："父王，我给你举个例子，来说明这是在我醒着时发生的事情吧！我来问父王，假若一个人梦见自己进行了一次猛烈的厮杀，那么，在他醒来时，会发现手中握着沾染鲜血的宝剑吗？"

舍赫曼国王说："孩子，凭安拉起誓，这当然是不会的。"

"容我把昨夜发生的事情全都告诉父王吧！昨夜夜半时分，我从梦中醒来时，见一位漂亮姑娘睡在我的身边，其身材像我一样高，容颜简直和我一模一样。我拥抱她，用手抚摩她，摘下她的戒指，戴在我的手指上。后来，她从我的手指上取下一枚戒指，戴在了她的手指上。因我怕被父王发现，猜想是父王派她来的，怀疑你藏在某个地方监视着我的行动，以为是父王在拿她考验我，所以我没敢亲吻姑娘的嘴。不知不觉天亮了。早晨醒来时，我发现姑娘不见了,连一点儿消息都打听不到,所以我与仆人和宰相发生了那些事。姑娘的戒指就戴在我的手上,这件事怎么会是假的呢?父王陛下,假若没有这枚戒指,我也会认为这是一场梦。你看,姑娘的戒指就在我的小拇指上。你看看,这枚戒指值多少钱?"

说着,盖麦尔王子指着自己小拇指上的宝石戒指说:"父亲,你看看。"

盖麦尔王子把戒指递给舍赫曼国王,国王仔细看过,然后望着儿子,说:"孩子,这戒指是一个重要信号啊!你昨夜遇见那位姑娘是一件重大事情。父亲确实不晓得那姑娘从何而来。所有这些,都是宰相一手造成的。孩子,你忍耐一下吧!但期安拉为你消灾解难,给你带来宽慰。正如诗人所云:

> 但期灾难神,勒马收拢缰。带来好消息,转脸面时光。
> 希望得实现,需求得以偿。苦尽甜来日,神舒心花放。

"孩子,现在我已明白,你没有疯。可是,你的问题,只有安拉才能解决。"

盖麦尔王子说:"父王,看在安拉的面儿上,你就设法给我找来那个姑娘吧!我求你赶快把她找到,将她带来;不然的话,我这条命会丢掉的!"

盖麦尔王子望着父王,满腔惆怅地吟诵道:

> 许诺联谊事,倘若是欺骗,当在梦境中,竭力平思念。
> 少年眼力真,幻象从何谈?梦幻不曾有,禁遏理当然。

盖麦尔王子吟到这里,谦恭、忧伤地望着父王,眼里噙着泪

花,接着又吟诵道:

> 警惕她的眼,她眼夜不眠。
> 中其目弹者,难以免灾患。
> 她言轻且柔,且莫受欺骗;
> 世上烈性酒,麻醉神志瘫。
> 玫瑰触其面,她定会阻拦。
> 她泣泪潜然,涌自锐利眼。
> 倘在微睡中,风掠其地面;
> 我之秘密在,从她眼中显。
> 项链诉剑鸣,手镯无声唤。
> 眼若可见心,脚镯吻耳环。
> 有人责斥我,恋她情难圆;
> 有眼成何益?眼光若不远!
> 责斥不公平,当把眼神赞。

盖麦尔王子吟罢诗,宰相对舍赫曼国王说:"国王陛下,您久守儿子,远离文武百官和军队,恐怕于朝政不利。对于一个智者来说,一旦知道自己身患多种病症,那么,他就应该首先医治最主要的病。依我之见,不妨让王子离开此地,迁到濒临大海的那座宫殿中,让他独自待在那里。每周的星期四和星期一两天,陛下上朝,接见文武百官、国家要员、各军将领和百姓,听取他们陈述情况,为他们解决疑难,发号施令,进行裁决,处理朝政大事;余下时间,便可陪伴王子,直至安拉为您和王子解除忧患。国王陛下,一切灾难都会成为过去,陛下不必担忧。有道是智者应该时刻保持警惕,有诗为证……"

A.B.霍顿 绘

宰相吟诵道:

你猜日祥和,不畏天降难。
夜与你讲和,你被它欺骗。
岂知朗润夜,亦有污浊瞒。
呼请世人们,听我一言劝:
时光助你时,警惕莫弃远。

舍赫曼国王听后,觉得此话甚为有理,有利无害,因为怕荒废朝政,便听从了宰相的劝告。国王站起身,立即下令把王子迁往濒临大海的那座宫殿,人们通过海上那座二十腕尺的长桥,便可到达那里。

宫殿窗子下临大海,地面用彩色大理石铺成;天花板色彩斑斓夺目,上有用金线勾勒的画图。经过一番收拾,特别为盖麦尔王子铺上金丝地毯,墙壁全部罩上丝绸帷幔,窗子上悬挂着缀着宝石的窗帘。

盖麦尔王子住进那座宫殿,并没有什么宽舒的感觉。只因思恋姑娘,日不思食,夜不成眠,身体一天比一天瘦,面庞一日较一日黄。

按照宰相所说,每星期一和星期四,舍赫曼国王上朝接受文武大臣、国家要员、各军将领以及平民百姓的朝拜,听取他们的报告,向他们发号施令,处理政务,然后退朝,朝臣们各自回返。百官退朝后,国王便径直去看儿子。他坐在盖麦尔王子的床边,父子面面相对,总是愁而无言。

在不上朝的日子里,舍赫曼国王与盖麦尔王子总是日夜相伴,一直持续了很长时间。

让我们再回过头来看看布杜尔公主的情况。

布杜尔是埃尤尔国王的女儿。埃尤尔国王的疆土辽阔,拥有七座豪华的金銮宝殿。

飞魔戴何士将布杜尔公主送回闺房,公主仅在床上睡了三个时辰,天就亮了。

布杜尔公主醒后坐起来,一番左顾右盼,发现睡在她怀中的那个漂亮的小伙子不见了,不禁顿感心神不安,一声大喊,惊醒了宫娥、彩女和管家婆,她们纷纷进屋来看。

管家婆走上前去,问道:"公主,你怎么啦?"

布杜尔公主怒气冲冲地喊道:"老太婆,夜里睡在我身边的那个漂亮的小伙子到哪里去啦?快告诉我,他到哪儿去啦?"

管家婆听公主这么一说,脸色顿时阴沉了下来,心中恐惧不安,忙回答道:"公主,你怎么说这样的丑话呢?"

"你这个该死的老太婆,这是什么丑话!昨夜睡在我身边的那个小伙子,容貌俊秀,黑黑的眼睛,弯弯的眉毛,他现在怎么不见了呢?"

"公主呀,凭安拉起誓,我没看见什么漂亮的小伙子,也没看见别人。公主,看在安拉的面儿上,你千万不要开这样的玩笑了!假若此话传到国王陛下的耳里,我们的命就保不住了,谁能救我们呢?"

讲到这里,眼见东方透出黎明的曙光,莎赫札德戛然止声。

第一百八十二夜

夜幕降临,莎赫札德接着讲故事:

幸福的国王陛下,布杜尔公主醒后坐起来,一番左顾右盼,发现睡在她怀中的那个漂亮的小伙子不见了,她怒气冲冲地对管家婆喊道:"老太婆,夜里睡在我身边的那个漂亮的小伙子到哪里去啦?快告诉我,他到哪儿去啦?"

管家婆听公主这么一说,脸色顿时阴沉了下来,心中恐惧不安,忙回答道:"公主,你怎么说这样的丑话呢?"

"你这个该死的老太婆,这是什么丑话!昨夜睡在我身边的那个小伙子,容貌俊秀,黑黑的眼睛,弯弯的眉毛,他现在怎么不见了呢?"

"公主呀,凭安拉起誓,我没看见什么漂亮的小伙子,也没看见别人。公主,看在安拉的面儿上,你千万不要开这样的玩笑了!假若此话传到国王陛下的耳里,我们的命就保不住了,谁能救我们呢?"

布杜尔公主说:"昨夜睡在我身边的那小伙子是世上最漂亮的人。"

"公主,你清醒一点儿吧!昨夜没有任何人到这里来过呀……"

布杜尔公主一看自己的戒指,发现盖麦尔的那枚戒指就戴在自己的手上,而自己的那枚宝石戒指不见了。她对管家婆说:"你这个该死的老太婆!你在欺骗我呀!你敢立誓说昨夜无人来过,你在借安拉之名发伪誓呀!"

管家婆说:"公主,凭安拉起誓,我既没有欺骗你,也没有发伪誓,我说的全是实话!"

布杜尔公主听罢,勃然大怒,抽出宝剑,手起剑落,管家婆即身首分家。

见此情景,宫仆、宫娥、彩女大惊失色,急匆匆跑到埃尤尔国王那里禀报情况。

埃尤尔国王听后,立即来到女儿面前,说:"孩子,你怎么啦?"

布杜尔公主说:"父亲,昨夜有个美男子睡在我的身边,他现在到哪儿去啦?"

公主说罢,仿佛失去神志似的,东张西望,左顾右盼,继之一下把自己的衣服撕裂了。

埃尤尔国王见此情景，忙吩咐将公主抓住，给她戴上镣铐，将她捆在窗棂上。

埃尤尔国王爱女如命，视如掌上明珠，眼见女儿神志失常，心中十分难过，随即请来占卜师和文书，对他们说："你们谁能使我女儿的病痊愈，我就把女儿许配给他，并且分给他一半王权；谁若治不好她的病，我就叫你们的脑袋搬家，将首级悬挂在宫门外！"

为公主诊治的医生络绎不绝，但没人能医治好公主的病。直至王宫门口悬挂着四十颗人头，公主的病也不见好转。当埃尤尔国王再请医生时，谁也不敢再进宫为公主看病了。

面对公主的病症，所有的医生都束手无策，公主的病难倒了所有有学问的人。

布杜尔公主患的是相思病，医生怎么能治好这种病呢？

布杜尔公主的相思病日甚一日，她神志恍惚，泪眼迷离，边哭边吟诵：

> 唤声心上人，我情寄你身；
> 夜深呼唤你，你心连我神。
> 地狱火诚灼，世间谁不信？
> 你我肋下火，相形见绌真。
> 悠悠情思重，折磨倍难忍。

她又吟诵道：

> 致意亲爱者，意指意中人。
> 问候非别意，仍求谊加深。

A.B.霍顿 绘

> 恋你又难舍，相距不觉近。

吟完诗，布杜尔公主哭了起来，直哭得眼皮肿胀，双目无神。

这种情况一直持续了三年光景。

布杜尔公主的乳母有个儿子，名叫麦尔泽旺。麦尔泽旺出了远门，离开布杜尔的时间已经很长了。麦尔泽旺非常喜欢布杜尔公主，他与公主之间的情感胜似亲兄妹。

有一天，麦尔泽旺回到家中，见到母亲，便问布杜尔公主的情况。母亲说："你妹妹患了疯病，已有三年时间，如今戴着镣铐，被关在一座宫殿里，医生们束手无策，谁也治不了她的病。"

麦尔泽旺听罢，说道："我一定要去看看她，了解一下情况。我能治她的病。"

母亲听后，说："你一定要去看看她，不过，你要忍耐一下，到明天，我给你想个办法，让你进宫殿去看看她。"

乳母来到布杜尔公主住的地方，见过守门的仆役，送过礼，说："我有个女儿，从小和公主一起长大，如今已订了婚。听说公主欠安，放心不下，想来看看公主，见一面就走，不让任何人知道。"

仆役回答道："要到晚上来才行。等国王看过公主离去之后，你再带着你的女儿来吧！"

乳母同意仆役的安排，之后回到了家中。

第二天，夜幕垂降时分，母亲让麦尔泽旺男扮女装，然后拉着儿子的手来到王宫。国王埃尤尔离开布杜尔公主那里之后，母亲带着儿子来到守门仆役面前。

守门仆役见那位乳母到来，立即站起来迎接，说道："国王刚走，你们进去吧！不要坐得时间太长！"

母子俩来到公主面前，乳母先为儿子揭去女儿装，然后把他领到布杜尔公主跟前,掏出揣在怀里的书信,继而点燃蜡烛。

布杜尔公主仔细一打量,认出了麦尔泽旺,便说:"哥哥呀,你到哪里去啦?好久不见你,也没听到你的消息。"

麦尔泽旺说:"是啊,好久没见面了。不过,安拉保佑,我已经平安返回。我正要再出门时,听到你身体欠安的消息,不禁忧心忡忡,立即来看你,以便知道你的病情,好为你治病。你的病怎么样啦?"

"哥哥,你真认为我患的是疯病?"

说完,布杜尔公主望着麦尔泽旺,吟诵道:

人们对我言,你疯因恋情。我道人生趣,非疯不能领。
我确疯情在,可知为谁疯?还我意中人,疯退因便明。

麦尔泽旺一听,便知布杜尔公主有了心上人。他对公主说:"把你的心思全告诉我吧!但期安拉默助你摆脱困境。"

布杜尔公主说:"哥哥,听我慢慢讲来。一天夜里,约在四更时分,当我醒来之时,见身边睡着一位小伙子。那小伙子容貌俊俏,世所罕见,其美难以用语言表述。他像是杨柳枝条,又像是一竿翠竹。当时,我猜想那是父王的安排,他试图用这位小伙子来考验我,因为父王多次对我提及异国王侯向我求婚之事,都被我一一拒绝了。正因为有这样的猜测,我没有把他叫醒,也没有拥抱小伙子,害怕被人发现去报告父王。第二天早晨我醒来后,发现我的戒指不见了,而小伙子的戒指戴在我的手上。情况就是这样。哥哥,不瞒你说,我的心一直惦念着那个小伙子。因为思恋之情太甚,我泪水不断,睡不着觉,只能靠吟诗度日,真是度日如年啊……"

话音未落,布杜尔公主已是泪流满面,凄然吟诵道:

> 爱后乐何哉,沃原驰瞪羚。情谊结成益,憔悴方消融。
> 我情复我思,尽寄他心灵。明眸蓄利剑,堪穿吾心通。
> 生前哭晤面,倘使天赐命?我为他守密,泪水噙眼中。
> 闻者当告之,此情与此景。近时却觉远,远思近情生。

布杜尔公主吟罢,对麦尔泽旺说:"哥哥,我的处境如此,你有什么好主意吗?"

麦尔泽旺听后,低下头去,一时不知如何是好。过了一会儿,他抬起头来,对布杜尔公主说:"原来如此!你的一切都是可以理解的。这位小伙子真使我感到费脑筋了。不过,我将云游四方,寻找仙丹,愿安拉默助我找到那位美男子。你暂时忍耐一下,不要担心,不要急躁。"

说完,麦尔泽旺告别布杜尔公主,并嘱咐她要坚定、忍耐。临别,布杜尔公主吟诵道:

> 你的身与影,不离我心中。相距虽遥远,漫步访轻松。
> 意愿使得你,贴近我心灵。若与眼神比,闪电拜下风。
> 切莫远离去,你在我目明。一旦你离远,明眸亦失聪。

麦尔泽旺回到家中,一夜安睡无话。

第二天清晨,麦尔泽旺整理好行装,便起程上路了。

麦尔泽旺走过一城又一城,途经一岛又一岛。走了整整一个月,来到一座名叫泰尔卜的城市。

麦尔泽旺每走到一座城市,必为布杜尔公主寻找灵丹妙药。他每到一座城市,总听到人们议论纷纷:"埃尤尔国王的女儿布杜尔公主疯了。"进到泰尔卜城,他却听人们说,舍赫曼国王的儿子盖麦尔王子病了,而且说王子中了魔,也疯了。

麦尔泽旺听到这个消息,便向人们打听盖麦尔王子所在的国家和城市。

人们对他说:"盖麦尔王子住在永亨岛,离我们这里很远:走海路,要用一个月时间;走陆路,要六个月才能到达。"

麦尔泽旺登上商船,向永亨岛进发了。经过一个月的航行,一座城市出现在视野里。船要靠岸时,不期狂风骤起,帆倾桅摧,船翻货沉,人人奋力自顾,个个拼死挣扎。一股狂浪将麦尔泽旺推到盖麦尔王子所在的宫殿下。

讲到这里,眼见东方透出黎明的曙光,莎赫札德戛然止声。

第一百八十三夜

夜幕降临,莎赫札德接着讲故事:

幸福的国王陛下,麦尔泽旺向人们打听盖麦尔王子所在的国家和城市。人们对他说:"盖麦尔王子住在永亨岛,离我们这里很远:走海路,要用一个月时间;走陆路,要六个月才能到达。"

麦尔泽旺登上商船,向永亨岛进发了。经过一个月的航行,一座城市出现在视野里。船要靠岸时,不期狂风骤起,帆倾桅摧,船翻货沉,人人奋力自顾,个个拼死挣扎。一股狂浪将麦尔泽旺推到盖麦尔王子所在的宫殿下。

真是无巧不成书。那天,王公大臣们都在那里伺候盖麦尔王子。舍赫曼国王坐在那里,盖麦尔王子的头靠在父亲的怀里,一个仆人站在旁边,随时等候召唤。

两天来,盖麦尔王子食水未进,精神呆滞,不言不语。

宰相靠近临海的窗户站着,他抬眼朝窗外望去,见水面上漂着一个人,正在挣扎,显然已近死亡,怜悯之心顿生。于是,他走到国王跟前,伸过头去,对国王说:"陛下,我发现水上有人,看上去似乎快被淹死了,容我下去一趟,打开宫门,将那个人救上来,但期安拉以此为王子打开解救之门!"

舍赫曼国王说:"我儿子的这些不幸,全是你一手造成的。你去救那个人吧,但愿你把那个快被淹死的人救出来,他看我儿子处于这种状态,也许会幸灾乐祸的。凭安拉起誓,这个落水的人上来之后,看了我的儿子,知道了我儿子的情况,如果他出去把我们的秘密透露给别人,我定先把你这个宰相杀掉,然后再处理你救上来的那个人。我的宰相阁下,我儿子的这种遭遇,归根结底,都是你造成的。你看着办吧!"

宰相走去,打开临海的宫门,走了二十步,来到海边,看到濒临死亡、奄奄一息的麦尔泽旺。宰相涉到水中,伸手抓住他的头发,将他慢慢拉上了岸。此时此刻,麦尔泽旺精疲力竭,不省人事,肚子里满是海水,两个眼球外凸。宰相经过一番急救,控出麦尔泽旺肚子里的海水,麦尔泽旺终于活了过来。之后,他们给他换上衣服,拿来仆人的缠头巾,给麦尔泽旺缠上头。

麦尔泽旺完全苏醒过来之后,宰相对他说:"小伙子,你要知道,是我把你从死神手中拉回来的,你千万不要断送我和你的性命啊!"

麦尔泽旺一惊,问:"怎么会呢!"

"因为你马上就会见到王公大臣,他们都因为国王的儿子盖麦尔而沉默不语,不敢说话。"

麦尔泽旺一听到盖麦尔的名字,觉得实在耳熟,因为他在故乡就听人们谈论过。他立刻问:"老人家,盖麦尔是谁?"

宰相说:"盖麦尔是舍赫曼国王的儿子。如今,他身体虚弱,终日卧床,心神不安,日夜不辨。看来,可怜的王子将不久于人世了,很快就会与死人为伍了。王子白日似在火里,夜里备受折磨。我们都已对他的生存感到失望,相信他必死无疑。小伙子,你千万不要仔细打量他,也不要东张西望;如若不然,你我性命均难保。"

麦尔泽旺说:"老人家,看在安拉的面儿上,请把这位王子的情况给我讲讲吧!他究竟为什么这样呢?"

宰相说:"孩子,听我慢慢对你讲。三年前,他的父王一心一意让他结婚,但他拒绝了父王的好意。后来,他被父王关在一座古

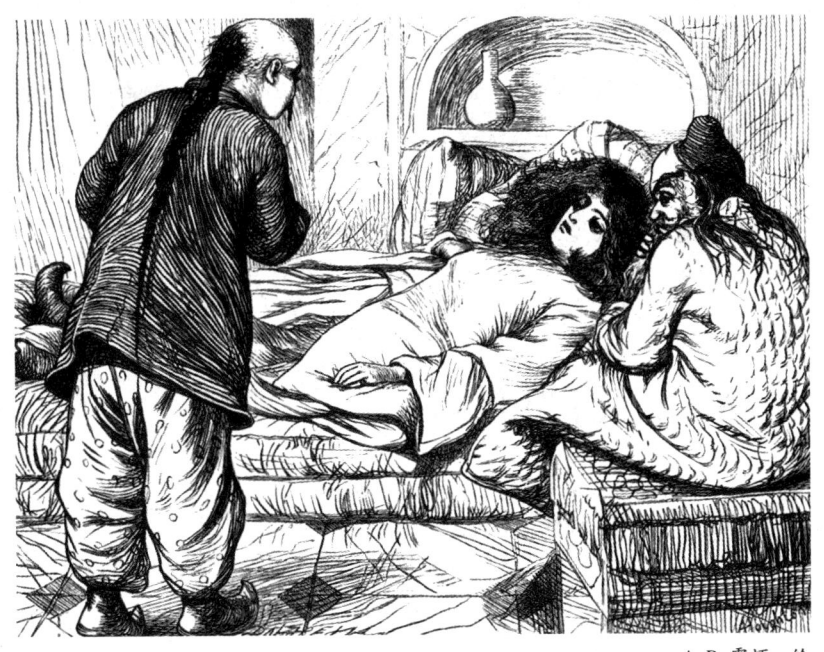

A.B.霍顿 绘

城堡里。有一天,王子突然说,他在夜里睡觉时,有一漂亮姑娘睡在他的身边,且说那姑娘天生丽质,婀娜多姿,不是天仙,胜似天仙,非她不娶。更为奇怪的是,他还说他戴的戒指就是那位姑娘的,并且还把自己的戒指给了姑娘。究竟事情真相如何,我们都不清楚。看在安拉的面儿上,孩子,你赶快去宫中,但期你有办法救救王子。不过,你千万不要仔细打量王子,只管忙自己的事就是了;不然,还不知会出什么事呢,因为国王已对我满怀怒气。"

麦尔泽旺一听,心中暗喜:"凭安拉起誓,这不正是我要找的那一个人吗?"

麦尔泽旺跟着宰相进了宫殿。宰相在盖麦尔王子的床头旁坐了下来。麦尔泽旺不由自主地站在盖麦尔王子面前,目不转睛地望着王子。

眼见此景,宰相心惊胆战,吓得魂不附体,不住地给麦尔泽旺使眼色,示意他赶快离去。而麦尔泽旺却装出不明白的样子,仔细打量着盖麦尔王子,并且认定他就是自己要找的那个人……

讲到这里,眼见东方透出黎明的曙光,莎赫札德戛然止声。

⇢·第一百八十四夜·⇠

夜幕降临,莎赫札德接着讲故事:

幸福的国王陛下,麦尔泽旺听宰相述说完盖王子的情况,心中暗喜:"凭安拉起誓,这不正是我要找的那一个人吗?"

麦尔泽旺跟着宰相进了宫殿。宰相在盖麦尔王子的床头旁坐了下来。麦尔泽旺不由自主地站在盖麦尔王子面前，目不转睛地望着王子。

眼见此景，宰相心惊胆战，吓得魂不附体，不住地给麦尔泽旺使眼色，示意他赶快离去。但麦尔泽旺却装出不明白的样子，仔细打量盖麦尔王子，并且认定他就是自己要找的那个人。

麦尔泽旺一番仔细打量之后，确信盖麦尔王子就是自己要找的那个小伙子，心中不胜高兴，说道："赞美伟大的安拉，多么神奇的造化之功！竟然使他与她的身材、肤色、面颊一模一样，真是天生一对，地就一双啊！"

盖麦尔王子睁开眼睛，留心细听。麦尔泽旺见王子在听他说话，情不自禁地吟诵道：

　　我瞧你欢乐，乐中带惆怅。
　　你唱美德时，赞里含凄凉，
　　究竟伤于箭，还是落情网？
　　此情与此景，断是情箭伤。
　　何不饮美酒，你我共举觞？
　　四弦琴高奏，把盏同欢畅。
　　斗篷遮玉体，我妒外套妄；
　　美酒触朱唇，我嫉杯盏狂。
　　切莫以为我，一命送剑光。
　　只因眼中箭，我心被射伤。
　　我们相见时，彼此诉衷肠。
　　她有炽情怀，情炽不用讲。
　　脸色既如此，究为何事慌？

见你熟睡时，我睡你身旁。
向你伸腕臂，朝你展手掌。
若我先她哭，我疾早消亡。
她先我而泣，声动我心房。
我有话要说：功归先行将。
莫要责备我，爱她若情狂。
爱情于她身，痛苦难遗忘。
我哭人不识，空述她面庞；
阿拉伯内外，无人比她强：
皆比鲁格曼①，貌美优氏让；
歌赛达伍德②，麦③赞贞洁尚。
我悲似叶氏④，与优⑤共怅惘。
灾若阿尤布⑥，历苦像阿丹。
你们莫杀她，她已死情殇。
且问她何时，入我甜梦乡？

　　远方来客麦尔泽旺的诗句为盖麦尔王子送去清凉的风和温煦的问候。

---

① 鲁格曼，《古兰经》中记载的古代贤哲。据《古兰经》载，安拉赐他以智慧，他曾诫子勿信安拉以外的神灵，应经常礼拜，命人行善，止人作恶。
② 达伍德，《古兰经》中的故事人物，安拉的使者之一，苏莱曼之父。
③ 麦，即麦尔彦，《古兰经》中的贞洁处女。
④ 叶氏，即叶尔孤白，《古兰经》中记载的古代先知之一，美男子优素福之父，安拉的使者之一。
⑤ 优，即优努斯，《古兰经》中记载的古代先知之一，安拉的使者之一。
⑥ 阿尤布，《古兰经》中记载的古代先知之一，又译"艾优卜""安优伯"，是具有忍耐精神和百折不挠的毅力的典型。魔鬼对阿尤布虔心拜安拉极为仇视，认为与其环境优越有关，遂伺机对其施加迫害，以动摇其信仰。魔鬼先使其倾家荡产、儿女夭亡，继而使其周身长满毒疮，长年不愈，备受折磨。但其对安拉的信仰毫不动摇。

盖麦尔王子示意父王让这位远方来客坐在自己的身边，说道："父王，让这位客人坐得离我近一些！"

舍赫曼国王听到儿子说话，心中高兴不已，对来客的厌恶感不知怎的突然消失了，代之而来的是极度的兴奋。因为他两天没有听见儿子开口说话了。国王当即站起来，让麦尔泽旺坐在儿子身边。

舍赫曼国王问麦尔泽旺："小伙子，你打何处而来？"

麦尔泽旺回答道："我从埃尤尔国王的岛国而来。我们的埃尤尔国王远在中国海岛，手下精兵强将无数，统治着若干岛屿，拥有七座金銮宝殿。"

舍赫曼国王说："但期你能救救我的儿子盖麦尔。"

麦尔泽旺站起来，对盖麦尔王子耳语道："王子殿下，你只管放心就是！你思恋的那位姑娘的情况也是如此。至于她的现状，你现在就不用问了。不同的是，你把情况全埋在心中，故身体每况愈下；而她则把事情的全部真相都已说出，她疯了，如今戴着镣铐，被囚禁在宫中，情况极糟。但期我能解除你俩的心病。"

听远方来客这样一说，盖麦尔王子顿时精神抖擞，完全苏醒过来，随后让父王扶自己坐起来。

国王见儿子有了精神，喜不胜收，马上扶儿子坐起来，并令大臣们退下。

盖麦尔王子靠着枕头，半躺半卧。

舍赫曼国王吩咐仆役们用番红花装饰宫殿，随后又下令装点城郭。国王对麦尔泽旺说："孩子，凭安拉起誓，你给我们带来了吉祥如意。"

紧接着，舍赫曼国王盛宴招待远方来客，盖麦尔王子与麦尔泽旺一道进餐。当天夜里，麦尔泽旺和盖麦尔王子住在一起；国王因儿子病愈而非常高兴，也陪儿子和客人住在了那里。

讲到这里，眼见东方透出黎明的曙光，莎赫札德戛然止声。

❖━ 第一百八十五夜 ❖━

夜幕降临，莎赫札德接着讲故事：

幸福的国王陛下，舍赫曼国王盛宴招待远方来客，盖麦尔王子与麦尔泽旺一道进餐。当天夜里，麦尔泽旺和盖麦尔王子住在一起；国王因儿子病愈而非常高兴，也陪儿子和客人住在了那里。

第二天早晨，麦尔泽旺开始给盖麦尔王子讲故事的始末。麦尔泽旺说："王子，你有所不知，我认识你见过的那个姑娘，她叫布杜尔，是埃尤尔国王的女儿。"

麦尔泽旺把布杜尔公主的情况从头到尾给盖麦尔王子讲了一遍，并告诉王子，公主非常爱他。

他对盖麦尔王子说："王子殿下，你与你父王之间发生的事情，与公主和她父亲之间发生的事情，真是一模一样。毫无疑问，你就是布杜尔公主的心上人，而她也正是你的意中人。请你放心，我一定能把你送到她那里去，让你与她见面，使你俩就像诗人说的那样欢乐开心。"

麦尔泽旺吟诵道：

情人拒绝追求者,态度坚决超俗凡；
我使二者得欢聚,如同钉子不似剪。

麦尔泽旺不断鼓励盖麦尔王子，要他鼓起勇气，直到盖麦尔王子开始吃喝，不久摆脱了原来的状况，精神果然一天比一天好。

麦尔泽旺和盖麦尔王子交谈、对饮，安慰他，给他吟诵诗歌。盖麦尔王子在麦尔泽旺的精心照料下，终于康复，能够下床，进澡堂沐浴了。

舍赫曼国王下令装点城郭，以示庆祝，向群臣赐赠锦袍，并广济博施，大赦天下。

麦尔泽旺对盖麦尔王子说："王子有所不知，我从布杜尔公主那里来，正是为了这件事情。我是为了让布杜尔公主挣脱病患才到贵国来的。眼下，我除了带你去见布杜尔公主，别无良策。你的父王离不开你，虽然如此，我明天仍要向国王陛下提出请求，求他允许你到野外去打猎。你带上鞍袋，装满银钱，骑上一匹好马；我也像你一样，骑上一匹马，带上一个鞍袋。你要对你父王说：'我想去野外打猎散心，宿上两夜。父王不必为我担心！'"

盖麦尔王子听后，十分高兴，随即去见父王，请父王允许他外出打猎，照麦尔泽旺的话说了一遍。

舍赫曼国王听后，欣然同意儿子外出，并叮嘱说："在野外只能宿上一夜，明天一早就回来。你知道，只有你在我的身边，我才放心。我看你还没有完全痊愈。"

舍赫曼国王对儿子吟诵道：

荣华富贵尽享日，王权江山在掌时。
倘若双目不见子，世事轻似蚊蝇翅。

舍赫曼国王随即亲自为二人收拾行装，为二人鞴了六匹好马，还有两峰骆驼,一峰驮钱财,一峰驮水和干粮。

盖麦尔王子拒绝带仆人外出,然后同父王告别。

舍赫曼国王把儿子搂在怀里,再三叮嘱道:"看在安拉的面儿上,儿啊,你在外宿一夜就回来,千万不要拖延!"

国王吟诵道:

> 你在我欢乐,等你痛苦多。
> 愿为你赎身,若我有罪过。
> 对你犯下罪,就是大过错。
> 我在你眼里,莫非是愁火?
> 倘若果如此,地狱受折磨。

盖麦尔王子说:"父王,请放心吧!"

盖麦尔王子和麦尔泽旺告别舍赫曼国王,纵身上马,带着驮钱财、水和干粮的骆驼,向野外进发了。

讲到这里,眼见东方透出黎明的曙光,莎赫札德戛然止声。

第一百八十六夜

夜幕降临,莎赫札德接着讲故事:

幸福的国王陛下,舍赫曼国王应允盖麦尔王子外出打猎,把儿子搂在怀里,再三叮嘱道:"看在安拉的面儿上,儿啊,你在外宿一夜就回来,千万不要拖延!"

盖麦尔王子和麦尔泽旺告别舍赫曼国王,纵身上马,带着驮钱财、水和干粮的骆驼,向野外进发了。

盖麦尔王子和麦尔泽旺骑上马,直奔山野而去。第一天,二人一直从早一直行到晚,方才打尖休息,喂过牲口,休息一个时辰后,便急忙赶路了。

二人日夜兼程,急行三天三夜,于第四天来到一片开阔地,见那里有片森林,便走进林中。麦尔泽旺牵过一峰骆驼和一匹马宰掉,将肉割成碎块,剔去骨头,又拿来盖麦尔王子的衣衫和斗篷,撕成碎片,染上马血,抛扔在路口。之后,二人吃饱喝足,又继续上路了。

行进中,盖麦尔王子问:"麦尔泽旺兄弟,你为什么那样忙碌一番呢?"

麦尔泽旺说:"王子殿下,你的父王见你一夜之后未回都城,而且第二夜仍未回去,他一定会派人或亲自骑马来找你。等他们到达这个地方,看见你的破衣烂衫,而且血迹斑斑,定会猜想你遇上了强盗,或者被猛兽所害,然后绝望而回返。有此妙计,我们就能如愿以偿。"

盖麦尔王子说:"你这个妙计高明无比!"

二人继续跋涉几天几夜,盖麦尔王子一直泪水不干,眼见前面出现一座城郭之时,王子方才吟诵道:

> 好友你所恋,一时未疏远。
> 如今何事有,你欲将之厌?
> 我若背弃你,一切难如愿;
> 我应遭弃离,倘我有谎言。
> 我本没有罪,不该尝疏远。

纵有过错在,忏悔消先前。

你去诚奇迹,奇迹时有现。

盖麦尔王子吟完诗,但见埃尤尔国王的都城已出现在眼前,方才绽出笑容,十分高兴,连声感谢麦尔泽旺的善举。

二人进入城中,在一家客栈下榻,休息了三天,之后,麦尔泽旺带着盖麦尔王子进澡堂沐浴,给王子换上了商人服装,还给他准备了一只金沙匣子,还弄了一些家当和一只金星盘,并对他说:"王子殿下,这就是埃尤尔国王的京城。你带上这些东西,到了王宫前,就高声喊:'我是星象占卜师。有要看相的,请来卜上一卦!'国王听到你的喊声,便会派人喊你进王宫,为他的女儿看病。那位公主见到你,疯病便会立即消失。公主的病消了,国王定会十分高兴,必将把女儿许配给你,并把王权给你一半,因为这是国王许过的愿。"

按照麦尔泽旺的安排,盖麦尔王子穿好衣服,带上沙匣、星盘和家当,走出客栈,从容行至王宫前,高声喊道:"我是占卜师,能占会算,能知吉凶,善断祸福,圆梦医病,百发百中!我是星象占卜师,有看病的请来!"

京城的人好久没有听到占卜师的喊声了,因而觉得十分新鲜,纷纷围拢过来,仔细打量这位占卜师,但见其相貌英俊,身材健美,无不感到惊异。

人们对他说:"先生啊,你千万不要为了娶公主而拿自己的生命冒险呀!你没看见宫门外挂的那些人头吗?他们都是因为治不好公主的病而丧命的。"

盖麦尔王子根本不理会人们的话,仍然提高嗓门,喊道:"我是占卜师,能占会卜,知凶吉,断祸福!要看相的人,请来呀!"

围观的人有的说:"你这个年轻人,真是骄傲自大!你还是珍惜一下自己的青春吧!"

盖麦尔王子根本不理会人们的话,仍然提高嗓门,喊道:"我是占卜师,能占会算,知吉凶,断祸福!有看相的,请来呀!如若不准,分文不取!"

埃尤尔国王听到占卜师的喊声和人们的喧嚷,便对宰相说:"相爷阁下,你去把那位星占师请来!"

宰相走去,片刻后带着盖麦尔王子进了王宫。

盖麦尔王子来到埃尤尔国王面前,行过吻地礼,即吟诗道:

> 八项功名事,均握贵掌中:
> 信赖与敬畏,尊荣与宽宏;
> 文明与精神,胜利与光荣。

埃尤尔国王让星占师坐在自己的身边,然后对他说:"孩子,看在安拉的面儿上,你不要自称是星占师,也不要答应我提出的条件,因为我已立下规矩,凡为我女儿治病,且不能让她痊愈者,我必割其首级,悬挂于宫门之外;而能让我的女儿痊愈者,我则把女儿许配给他。孩子,你年轻而且貌美,但是,若治不好我女儿的病,我也会把你送上断头台的。"

盖麦尔王子果断地说:"我接受这个条件!"

埃尤尔国王唤来法官,立下字据,便将盖麦尔王子交给仆人,并且嘱咐说:"把这位先生带到公主那里去吧!"

仆人领着盖麦尔王子进入走廊,他大步流星地走在了前面,仆人说:"先生,你是急于找死呀!凭安拉起誓,我还没有看见一位星占师像你这样急于自取灭亡啊!你不知道等待你的是什么结果吗?"

盖麦尔王子没有吱声,背朝着仆人,吟诵道……

讲到这里，眼见东方透出黎明的曙光，莎赫札德戛然止声。

❖━ 第一百八十七夜 ━❖

夜幕降临，莎赫札德接着讲故事：

幸福的国王陛下，仆人领着盖麦尔王子进入走廊，他大步流星地走在了前面，仆人说："先生，你是急于找死呀！凭安拉起誓，我还没有看见一位星占师像你这样急于自取灭亡啊！你不知道等待你的是什么结果吗？"

盖麦尔王子没有吱声，背朝着仆人，吟诵道：

　　我知你之美，不晓如何说。
　　美似不落日，岂知日均落。
　　你完美无缺，辞家叹舌拙。

仆人让盖麦尔王子站在门帘外。盖麦尔王子说："我可站在这里为公主诊治，也可以到帘内为公主祛病。你来挑选吧！"

仆人听后大惊，说："若先生不进门就能为公主医治，岂不就能证明你的医术更加高明吗？"

盖麦尔王子坐在帘外，取出笔墨，写了一封短信。信中写道：

　　苦于疏远者，其药便是实践诺言。对生命失望、自认死亡来临者,必定面临灾难;其痛苦之心,无救无援;其因忧愁而熬夜之目,常常无精打采;其白天在火中燎烤,其夜晚备受折磨;其体躯消瘦,没有传情者送来意中人的消息。

接着,盖麦尔王子写下这样一首诗:

> 提笔书此语,吾心恋你深。
> 眼睑伤溢血,皆因泪淋淋。
> 相思衣中体,骨瘦见嶙峋。
> 恋情苦难述,再苦已难忍。
> 慷慨怜悯我,深情碎裂心。

盖麦尔王子在诗下方写下这样一些文字:

> 情人会,心病退。情人远,主做医。
> 背情者,事愿违。情忠实,两相随。

盖麦尔王子在签名处写道:

此信由舍赫曼国王的儿子盖麦尔·泽曼写给当代佳丽、埃尤尔国王的女儿布杜尔公主。我是痴心汉,我已成了爱情的俘虏。我因恋你而食不甘味,夜不成寐,精神恍惚;因醉于恋情,故体瘦多病,不时长吁短叹,终日泪水不干,长夜眼睛不合,持久心火不熄,思念烈焰熊熊。

恋你的盖麦尔

盖麦尔王子在此信的一角上写道:

　　借得安拉情库金,寄赠存我心魂人。

盖麦尔王子还写道:

　　送我一席话,求得我心稳。只因思恋你,不觉遇艰辛。
　　主怜臣民远,保密为他们。时光待我宽,友责我不论。
　　我见布杜尔,床头临我身。公主灿若日,光映月华润。

盖麦尔王子写完信,又在地址下写道:

　　请问此封信,笔下写什么?
　　诗文言我情,又道心苦涩。
　　手下书写时,泪水滚滚落。
　　思念留纸上,有病要诉说。
　　泪水滴滴下,泪后血涌波。

他还写道:

　　交际那一日,曾把戒指换;你的送给你,我的盼归还。

盖麦尔·泽曼王子写完信,将布杜尔公主的那枚戒指夹在信中,然后把信交给仆人,令其送给公主。

讲到这里,眼见东方透出黎明的曙光,莎赫札德戛然止声。

第一百八十八夜

夜幕降临,莎赫札德接着讲故事:

幸福的国王陛下,盖麦尔·泽曼王子写完信,将布杜尔公主的那枚戒指夹在信中,然后把信交给仆人,令其送给公主。

仆人将信递到布杜尔公主手中,公主打开信,首先看到自己的那枚戒指,然后细读信和诗,得知那是意中人写的,他名叫盖麦尔·泽曼,而且就在幕帘外面,她惊喜难抑,心花怒放,简直要跳起来。她吟诵道:

深悔别离久,泪水漫双眼;我已许下愿,去时若复返。
不让分离语,再触我舌边。忽然欣幸至,兴极泪涟涟。
可叹眼神奇,落泪成自然;伤心泪珠滚,兴来涌如泉。

布杜尔公主吟完诗,登时站了起来,脚蹬住墙,奋力一挣,只听"啪"的一声,手上和脖子上的锁链应声断开,她迈步走出幕帘,一下子扑到盖麦尔·泽曼王子的怀里,就像母鸽子喂雏鸽那样亲吻王子的嘴,紧紧地拥抱着王子,相亲相吻……

布杜尔公主无限热情地说:"我这究竟是在梦中,还是醒着呢?莫非安拉真的让我们久别又重逢了?"

布杜尔公主连声赞颂安拉,感谢安拉在她失望之后使她与心上人重新聚首。

仆人见布杜尔公主精神振奋，急忙跑到埃尤尔国王跟前，行过吻地礼，禀报道："国王陛下，这位星占师果然了不起，仅仅站在门外，一个方子，便治愈了公主的疯症。"

埃尤尔国王又惊又喜，但半信半疑："你说的可是真话？"

"国王陛下，请您亲眼一看就是了。公主把铁链都挣断了，还和星占师亲吻、拥抱起来。"

埃尤尔国王听罢，赶忙站起身去看女儿。

布杜尔公主见父王走来，忙把头蒙起来，吟诵道：

除你我不爱,说你只提你;除你我不见,见你只说你。

父王见女儿已经痊愈，喜出望外，连连亲吻女儿的前额。

埃尤尔国王又走到盖麦尔·泽曼王子跟前，问道："你从哪个国家来的？"

盖麦尔·泽曼王子如实相告，并告诉埃尤尔国王说，他的父亲就是舍赫曼国王。接着，他把与布杜尔公主在古城堡相遇的情形详细报告了国王，尤其把交换戒指的情况说得生动传神。

埃尤尔国王听后，惊喜不已，说道："无巧不成书，无巧不成书啊！天作之合，天成良缘！喜哉，妙哉！你俩的故事一定写入书中，以便让天下后人一代一代地传诵、阅读。"

说完，埃尤尔国王立即叫来法官和证人，为布杜尔公主和盖麦尔·泽曼王子写就婚书，并下令装点城郭，张灯结彩，置办酒席，大宴宾客。文武百官、王公大臣、将军兵士和平民百姓，人人身着节日盛装，个个面带由衷笑意，热烈祝贺公主与王子喜结良缘。他们热情赞颂安拉将盖麦尔·泽曼王子这样漂亮的小伙子匹配给布杜尔公主。他们不住地赞美王子与公主一样容貌俊秀、体态苗条、才

A.B.霍顿 绘

貌双全，真是天生一对，地就一双。

当天夜里，新郎新娘共享洞房花烛之欢，双双如愿以偿，亲吻拥抱，直到东方吐亮。

第二天，埃尤尔国王大摆宴席，宴请岛内岛外宾客。如此庆祝活动一直持续了整整一个月的时间。

蜜月过去，盖麦尔·泽曼王子思念父亲，梦见父王对他说："孩子，你怎好这样行事呢？"

他梦中听到父王对他吟诵道：

> 圆月躲避我，令我心生畏。要我把目光，去将群星会。
> 呼声我心肝，但期他回归。宝贝且忍耐，灼心莫衰颓。

次日早晨醒来，盖麦尔·泽曼王子因梦见父王责备自己而感到难过。他马上将自己的梦讲给了布杜尔公主听。

布杜尔公主听盖麦尔·泽曼王子说过自己的梦，夫妻二人即一道去见埃尤尔国王，请求回国探望父王，埃尤尔国王欣然允诺。

布杜尔公主对父王说："父王，女儿不忍与王子分别。"

埃尤尔国王说："既然如此，你就跟着王子一块儿去吧！"

埃尤尔国王允许女儿和王子在那里居住一年，一年之后，都要回来看望他一次。

布杜尔公主和盖麦尔·泽曼王子相继吻过埃尤尔国王的手，国王便立即开始为女儿和驸马起程上路做准备。国王吩咐宫仆挑选良马、骆驼，还为布杜尔公主准备了一顶驼轿，拿出旅途上所需要的一切东西，牵来驮东西的骡子和单峰驼。

起程的日子到了。那天，埃尤尔国王送别盖麦尔·泽曼王子，赐赠给他缀着宝石的金丝绣礼袍一身，然后把钱箱递到王子的手中，并把布杜尔公主完全托付给他,最后亲自把女儿、女婿送至城外。

埃尤尔国王告别盖麦尔·泽曼王子,然后钻进驼轿,与女儿布杜尔拥抱,边哭边吟诵道:

> 欲分别者且请你慢,拥抱不能将你欺骗。
> 时间本性就是背叛,分离总是相伴终点。

埃尤尔国王从驼轿里出来,走到盖麦尔·泽曼王子面前,再次与他告别,然后转身策马回宫而去。

盖麦尔·泽曼王子和布杜尔公主及随行人员踏上了返回故国的征途。

一行人马走过了第一天、第二天、第三天、第四天……一连跋涉了一个月的时间,来到一处宽广草原。那里水草肥美,风光秀丽,盖麦尔·泽曼王子决定停止前进,就地打尖,令随从们搭起帐篷,开始休息、进餐。

布杜尔公主在帐篷里躺下休息,盖麦尔·泽曼王子走进帐篷,发现公主穿着一件透明的杏黄色绸衫,肢体各部位显现得一清二楚。公主头上戴着一顶镶嵌着宝石的金丝小帽。一阵轻风吹过,杏黄绸衣角搭在那两个高高的乳峰上,公主那洁白如雪的小肚子露了出来。只见那深深的肚脐足以容下一欧基亚[①]的油脂。盖麦尔·泽曼王子见之,更加爱恋布杜尔公主。王子吟诵道:

> 有人对我讲,热气如同火。心与肠之中,烈焰正烁灼。
> 我想看他们,欲把清水喝?容我一思量,细对他们说。

---

① 欧基亚,重量单位,一欧基亚等于三十七点四克。

盖麦尔·泽曼王子伸手去解布杜尔公主的腰带，不禁欲火中烧。突然间，盖麦尔·泽曼王子看见妻子的腰带上系着一块红宝石，色呈血红，鲜艳夺目，煞是惹人喜欢。当他仔细看时，又见红宝石上刻着两行字，但他认不出来，自然不解其中意思。

眼见那块宝石，盖麦尔·泽曼王子觉得奇怪，心想："这块红宝石一定是一件非常重要的东西；如若不然，公主是不会把它系在腰带上的，更不会把它藏在最隐秘的地方，以防丢失。公主究竟留它何用，这其中又有什么奥妙呢？"

盖麦尔·泽曼王子轻手轻脚走上前去，取下那块红宝石，走出帐篷，想借阳光仔细观看……

讲到这里，眼见东方透出黎明的曙光，莎赫札德戛然止声。

第一百八十九夜

夜幕降临，莎赫札德接着讲故事：

幸福的国王陛下，盖麦尔·泽曼王子伸手去解布杜尔的腰带，不禁欲火中烧。突然间，盖麦尔·泽曼王子看见妻子的腰带上系着一块红宝石，色呈血红，鲜艳夺目，煞是惹人喜欢。当他仔细看时，又见红宝石上刻着两行字，但他认不出来，自然不解其中意思。

眼见那块宝石，盖麦尔·泽曼王子觉得奇怪，心想："这块红宝石一定是一件非常重要的东西；如若不然，公主是不会把它系在腰带上的，更不会把它藏在最隐秘的地方，以防丢失。公主究竟留它何用，这其中又有什么奥妙呢？"

盖麦尔·泽曼王子轻手轻脚走上前去，取下那块红宝石，走出帐篷，想借阳光仔细观看一下。

盖麦尔·泽曼王子拿着宝石正在阳光下仔细看时，突然一只大鸟俯冲下来，从盖麦尔·泽曼王子手中衔走了那块红宝石，飞到一旁落在地上。

盖麦尔·泽曼王子担心宝石会被大鸟带走，随即拔腿追赶，而大鸟则立即起飞，但仅擦着地面飞行，几乎和盖麦尔·泽曼王子追赶的速度相同。

大鸟在前面飞，盖麦尔·泽曼王子在后面追，追了一谷又一谷，越过一丘又一丘，直追到夜色来临。

夜幕降临，大鸟落在一棵树上歇息。盖麦尔·泽曼王子站在树下，惊愕不已，又渴又饿，疲惫不堪，自以为命将休矣。他想回返，却已辨不清来时的方向。夜色袭来，盖麦尔·泽曼王子叹道："无能为力，只有依靠伟大的安拉了！"

之后，盖麦尔·泽曼王子实觉周身无力，便躺在树下睡着了。

一觉醒来，天已大亮。盖麦尔·泽曼王子见大鸟拍翅飞去，立即抬脚追赶。

盖麦尔·泽曼王子发现那大鸟飞得很慢，和自己步行的速度相当，但就是追不上，抓不住。盖麦尔·泽曼王子望着慢飞的大鸟，微笑着说："天哪，怪呀！这只鸟昨天飞的速度和我跑的速度相当；今天，仿佛它知道我已疲倦，跑不动了，于是改变了飞的速度，和我走的速度一样。我跑得快，大鸟也飞得快；今天，我跑得慢，大鸟也飞得慢！这真奇怪呀！我一定要追上大鸟，要么引我生存下去，要么领我上死路；它飞到哪里，我就跟它到哪里，不管怎样，我一定要夺回那块红宝石,不管追到什么地方! 它总得生活在有人烟的地方吧?"

盖麦尔·泽曼王子在地上走,大鸟在天上飞。大鸟每晚在一棵树上过夜,盖麦尔·泽曼王子则在同一棵树下睡觉。就这样一连追了十天。在追赶大鸟的十天中,盖麦尔·泽曼王子日日食野果充饥,天天饮溪水解渴。

十天后,追到一座城下,大鸟向城中飞去,旋即消失在盖麦尔·泽曼王子的视野之中,不知去向。盖麦尔·泽曼王子好生奇怪,他说:"感赞安拉,让我平安到达了这座城市。"

盖麦尔·泽曼王子庆幸自己已来到一座城下,他坐在河沿,洗了洗脸和手脚,休息了一个时辰。回想起自己昔日的安逸生活,而见此时此刻远离新婚妻子和故土,饥饿疲惫不堪,又孤身一人,不禁惆怅万分,泪水簌簌落下。他边落泪边吟诵道:

> 隐起接收物,它即自显露。
> 困神离眼去,失眠趁机入。
> 心灰意懒时,我方高声呼:
> 司命之神哪,莫把我惜护!
> 如今我之心,艰险缝中宿。

盖麦尔·泽曼王子又吟道:

> 爱情友谊神,若待我公平;
> 睡意焉消失,别离我眼中?
> 呼声先生们,怜悯人临终。
> 面对屈辱者,报之以同情。
> 面对穷苦者,富之理所应。

A.B.霍顿 绘

盖麦尔王子再吟道：

> 责备者强求，我没从他们。
> 捂住耳一双，装聋作哑人。
> 人言恋酒公，我来答他们：
> 已经从中择，择后弃寰尘。
> 天命既如此，眼在却失神。

盖麦尔·泽曼王子吟完诗，休息片刻，抬脚迈步进了城门。

盖麦尔·泽曼王子进了城门，不知该往哪里去，于是穿城走了一趟，由陆门进城，一直走到面临大海的门出城，一个人也没有遇见。

那是座坐落在海边的城市。盖麦尔·泽曼王子出了海门，继续朝前走，来到海滨园林，穿过一片林木，行至一座果园门前停了下来。这时，一个园丁走出园门，对盖麦尔·泽曼王子表示欢迎。园丁说："你好哇，小伙子！赞美安拉，让你平平安安穿过这座城市，来到这里。快进园中来吧，以免被本城人看见你。"

盖麦尔·泽曼王子听园丁这么一说，不禁大吃一惊，忙抬脚进了园门，问园丁："这座城里的人怎么样？"

园丁说："你有所不知，该城里的居民都是拜火教徒。小伙子，看在安拉的面儿上，请你告诉我，你从哪里来呀？怎么到这里来了呢？因何进入我们这个国家呀？"

盖麦尔·泽曼王子把自己的经历从头到尾讲了一遍。

园丁听后，觉得好生奇怪，说道："孩子，你有所不知，伊斯兰国家距我们这里很远。我们之间的距离，若走水路，需要四个月时间；若行陆路，要走整整一年。不过，我们这里常有载满货物的商船开往伊斯兰国家，由这里先驶往檀香岛，然后去永亨岛，永亨岛的国王叫舍赫曼。"

盖麦尔·泽曼王子听园丁这样一说，沉思良久，认为留在园丁身边，给园丁当助手，从事看园劳动，那是再好不过的了。想到这里，盖麦尔·泽曼王子对园丁说："老人家，您能留下我做您的助手，在园中帮您干活儿吗？"

"欢迎，当然欢迎！"

从此，老园丁教盖麦尔·泽曼王子在园中浇水、整枝、除草，并给他一件齐膝短袍，让他穿上干活儿。就这样，盖麦尔·泽曼王子一天忙到晚，不时因想到妻子布杜尔公主而落泪，他日夜吟诗，表达对妻子布杜尔公主的思恋之情。其中有这样的诗句：

> 你们有诺言，可曾已履行？你们说过话，可已化行动？
> 为情我熬夜，你们睡五更；熬夜与安睡，彼此大不同。
> 我们立过誓，爱情埋心中。谣言谤你们，言语不由衷。
> 无论喜与怒，好友终良朋。我心受折磨，愿人多同情。
> 并非所有眼，都像我眼睛。并非每颗心，都似我重情。
> 爱神虐待人，此话得要领。淡忘钟情者，纵使肠火熊。
> 情敌当判官，有冤无处讼。倘非缺少爱，钟情心焉生？

在帐篷中熟睡的布杜尔公主醒来，发现自己的腰带被解开，系在腰带上的那块红宝石不见了，也不见丈夫盖麦尔·泽曼在身边。她非常纳闷，心想："天哪，怪呀！我那亲爱的到哪里去了？好像是他拿走了红宝石，而他并不知其中秘密呀！他究竟到哪里去了呢？定是遇上了什么不测；如若不然，他是不会离开我片刻的。那块该诅咒的红宝石！"布杜尔公主沉思片刻之后，心想："倘若我去

A.B.霍顿 绘

告诉侍从,说我的丈夫失踪了,他们定会生邪念,打我的主意。因此,我必须想个办法……"

想到这里,布杜尔公主换上盖麦尔·泽曼王子的衣服,缠上盖麦尔·泽曼王子平常最喜欢缠的那条头巾,再用围巾遮住口与鼻子,让一女仆坐在驼轿里,然后走出帐篷,大声呼喊仆人。

仆人们闻声,立即牵过马来,布杜尔公主纵身上马,然后吩咐仆人打点行装,收拾帐篷,立即起程上路。

布杜尔公主女扮男装,再加上她的身材、相貌与盖麦尔·泽曼王子没有两样,因此没有人不相信她就是盖麦尔·泽曼本人。

经过几天的跋涉,布杜尔公主一行来到一座海滨城市,便在城外搭起帐篷,开始歇脚。布杜尔公主问行人:"这座城市叫什么名字?"

行人告诉她:"这座城市名叫阿卜努斯城,国王名叫艾尔马努斯。国王有个独生女,名叫哈娅蒂·努福斯。"

讲到这里,眼见东方透出黎明的曙光,莎赫札德戛然止声。

第一百九十夜

夜幕降临,莎赫札德接着讲故事:

幸福的国王陛下,布杜尔公主女扮男装,再加上她的身材、相貌与盖麦尔·泽曼王子没有两样,因此没有人不相信她就是盖麦尔·泽曼本人。

经过几天的跋涉，布杜尔公主一行来到一座海滨城市，便在城外搭起帐篷，开始歇脚。布杜尔公主问行人："这座城市叫什么名字？"

行人告诉她："这座城市名叫阿卜努斯城，国王名叫艾尔马努斯。国王有个独生女，名叫哈娅蒂·努福斯。"

布杜尔公主在阿卜努斯城郊外落脚休息的消息传入宫中，艾尔马努斯国王立即派差使前来打探来客的情况。差使来到他们的帐篷前，问他们由何而来，他们对差使说："这是舍赫曼国王的公子，返回永亨岛，路经此地。"

差使回返，向艾尔马努斯国王禀报情况。国王听罢，立即率文武百官前往拜见。

艾尔马努斯国王来到帐篷前，布杜尔公主离鞍下马，国王也离开马背，相互致礼问候。之后，国王把布杜尔公主一行接入城中，带入宫中，摆上丰盛筵席，一番热情款待，然后送客人到迎宾馆下榻。

布杜尔公主在迎宾馆住了三天。布杜尔公主沐浴过后，露出白皙面容，英俊无双，人见人爱。

第四天，艾尔马努斯国王来见布杜尔公主，见她衣着华美，举止潇洒，谈吐大方，不由得满心喜欢。国王说："孩子，休息得好吧！你要知道，本王已是年迈之人，膝下无子，只有一个女儿，身材、容貌与你相仿。我年事已高，治理国家已感心有余而力不足啊。孩子，我有一事与你相商，我希望你留在我的国家，我将女儿许配给你，也将王权交给你，不知你意下如何？"

布杜尔公主低下头去，羞得前额直冒汗。布杜尔公主心想："我一女儿身，这种事如何使得呀？倘若我违抗国王的命令，说不定他会派兵把我杀死，白白丧命于此地；假若我答应了国王的要求，事情总有一天要暴露，到时岂不丢脸？如今，我已失去了亲爱的丈夫,也不知道他的下落,一时不知到何处去找,要想得到暂时解脱,我只能答应国王的要求,以便等待安拉的裁决。"

想到这里,布杜尔公主抬起头来,对艾尔马努斯国王说:"就照陛下的想法安排吧!"

国王听布杜尔公主一口答应,喜上眉梢,当即吩咐传令官向阿卜努斯城居民报告喜讯,发动居民装点城郭,张灯结彩。

之后,国王召集朝内文武百官、王公大臣、将军侍卫、宫廷仆役、法官要人,并请来证人,当众宣布自己退位,王位由布杜尔接替。旋即,老国王亲手为新国王布杜尔穿上朝服,众朝臣拜见新国王,没有人不相信面前这位新国王是一位男子;因见新国王貌美出众,体态窈窕,有的人竟当场尿了裤子。

百官们见新国王精神抖擞,举止得体,无不感到高兴,但谁都不曾想到眼前这位年轻国王其实是一位公主。

布杜尔公主登上国王宝座,喜讯不胫而走,不翼而飞,迅速传遍四面八方。

老国王艾尔马努斯开始为女儿哈娅蒂公主准备嫁妆。

几天之后,嫁妆备齐,老国王开始大宴宾客,并为女儿举行隆重盛大的婚礼。新郎新娘入洞房,布杜尔公主与哈娅蒂公主就像天上的两轮圆月,或像同时初升的两个太阳。

男女傧相点燃蜡烛,铺好床铺,放下帷幔,关上房门,然后相继离去。洞房里,灯火辉煌,而新郎布杜尔与新娘哈娅蒂却相对无言。

布杜尔公主想起自己的丈夫盖麦尔·泽曼,不禁忧虑缠心,痛苦难耐,泪水潸然落下,吟诵道:

远行人儿哟,忐忑我惊心。你的躯壳中,可有一息存?
眼诉失眠苦,泪常洗瞳仁。但我却久盼,失眠伴眼神。

自你离去后，此留钟情人；且请淡忘之，远方可遇亲？
倘使非我眼，整日泪淋淋；地面虽广阔，亦遭烈火吞。
我向安拉诉，失却友伴们：他们不解我，眷恋思慕深。
我仅一罪有，只因恋他们。恋中人之命，有幸有苦辛。

布杜尔公主吟罢诗，坐在新娘哈娅蒂的身旁，与她亲吻，然后站起来，出去做小净。小净过后开始做宵礼，直到哈娅蒂公主睡熟，布杜尔公主方才上床安歇。布杜尔公主与哈娅蒂公主背对背，一直睡到东方吐亮。

次日清晨，老国王艾尔马努斯携太后来看女儿，问起新婚之夜的情况，哈娅蒂公主把新郎的表现及其所吟诵的诗歌，如实告诉了父母。

布杜尔公主去临朝，坐在宝座上，接受文武百官、国家要员、将军王公们朝拜。百官们恭恭敬敬向新国王行吻地大礼，为新国王祈祷祝福。

布杜尔公主微笑着，向他们一一赐赠锦袍、礼物，因此，王公大臣、文武百官更加爱戴、敬重这位新国王，祝福新国王万寿无疆。他们都相信布杜尔公主是位漂亮的男子汉。

随后，布杜尔公主发号施令，公正裁决，大赦天下，减免赋税，明确赏罚，日理万机，直忙到红日西沉。

一日政务处理完毕，夜色降临，布杜尔公主回到寝宫。见哈娅蒂公主独坐在新房中，布杜尔公主便走到她的身边，轻轻地拍了拍哈娅蒂公主的背，说了几句安慰的话，又吻了吻新娘的眉心，然后吟诵道：

我的心中秘，已由泪道明。我体渐消瘦，原来为爱情。

爱在心中藏,心苦思播送。背后议论者,均知我情形。
远去人儿啊,我心倍空洞。您今居住在,五脏六腑中。
我眼泪不干,泪血相交融。愿以我之心,为您赎魂灵。
朝思暮复想,眷念恋情重。爱情心中蕴,伤却及眼睛;
困意远离去,整日泪蒙蒙。猜测我对他,心有敌意生;
可惜我的耳,他言俱不听。可怜人意善,猜我失要领。
唯有盖麦尔,才寄我初衷。空前一男儿,美德一身容。
万物宽亦厚,令人忘二官:扎氏之慷慨,穆公①之宽容。
赋诗赞您美,只叹难尽兴;若非嫌诗长,不教韵脚空。

布杜尔公主吟罢诗,站起身来,擦了擦眼泪,出去做小净,然后做宵礼,一直到哈娅蒂公主进入梦乡,自己方才上床躺在哈娅蒂公主的身边入睡。

次日清晨,布杜尔公主早早醒来,洗漱完毕,做过晨礼,便去进殿上朝。她坐在宝座上,发号施令,处理国家大事,日理万机,十分忙碌。

老国王艾尔马努斯来到女儿房中,问及昨夜情况,哈娅蒂公主一一详告,并把布杜尔公主吟诵的诗歌向父亲背诵了一遍。哈娅蒂公主对父亲说:"父王,我从未见过像我夫君这样理智、腼腆的男子。不过,我见他总是落泪吟诗,间或长吁短叹。"

老国王说:"女儿啊,你忍耐一下吧!今夜将是第三夜,假若他仍不与你同枕共眠交欢,我自会有安排的,说不定我会废黜他的王位,把他驱逐出我们的国境。"

---

① 穆阿维叶(600—680),伍麦叶王朝创立者。六三九年,任大马士革总督。六五七年,同哈里发对抗,发生绥芬之战。受阿拉伯贵族拥戴,自任哈里发,建立王朝。对基督徒持宽容政策,建世袭专制王朝。

父女俩就此达成了共识，决计照此意见办理。

讲到这里，眼见东方透出黎明的曙光，莎赫札德戛然止声。

❖─ 第一百九十一夜 ─❖

夜幕降临，莎赫札德接着讲故事：

幸福的国王陛下，老国王艾尔马努斯来到女儿房中，问及昨夜情况，哈娅蒂公主一一详告，并把布杜尔公主吟诵的诗歌向父亲背诵了一遍。

哈娅蒂公主对父亲说："父王，我从未见过像我夫君这样理智、腼腆的男子。不过，我见他总是落泪吟诗，间或长吁短叹。"

老国王说："女儿啊，你忍耐一下吧！今夜将是第三夜，假若他仍不与你同枕共眠交欢，我自会有安排的，说不定我会废黜他的王位，把他驱逐出我们的国境。"

父女俩就此达成了共识，决计照此意见办理。

布杜尔公主在繁忙的政务中度过了一天。夕阳西下时分，布杜尔公主离开宝座，回到寝宫，只见那里烛光通明，哈娅蒂公主坐在那里，等候着丈夫。这时，布杜尔公主想起自己的丈夫盖麦尔·泽曼，想起自己和丈夫度过的那一段不长的甜蜜日子，禁不住哭了起来，连声叹息不止。

布杜尔公主吟诵道：

主知我的事，无足天涯行。如若日灿烂，光照同天空。
我解他示意，因之思倍增。自打爱他日，忍字我心憎。
忍耐于爱情，水火不相容。谁知护眼者，害眼尤深重。
摘下蒙面巾，露出大眼睛；精神正抖擞，黑白倍分明。
我病与我愈，尽握他手中。欲祛相思病，解铃赖系铃。
饰带缠腰细，臀嫉拒站挺。前额光闪闪，夜尽日东升。

布杜尔公主吟罢诗，想要去做宵礼，哈娅蒂公主拉住布杜尔公主的衣角，说："夫君，莫非你想羞辱我的父王吗？我的父王对你那样好，把王位都交给了你，让你做了驸马，你怎好对我如此冷淡，让我夜夜空守洞房呢？"

布杜尔公主听哈娅蒂公主这样一说，便坐了下来，问哈娅蒂公主："亲爱的公主，你说什么？"

哈娅蒂公主说："我从未见过像你这样自高自大的男子。莫非世上的男子都像你这样清高自负、扬扬自得、傲视一切吗？对不起，夫君，我之所以敢这样说，因为我太爱你了。我是背着父王，悄悄对你说这种话的。父王有言：假若你今天还是不与我同床亲热，他明天就要废黜你，把你赶下王位，将你驱逐出境，说不定他会一怒之下将你杀死。先生，我因同情、怜悯你，才这样劝你的。你看该怎么办，就怎么办吧！"

布杜尔公主听后，低下头去沉思，一时不知如何是好。片刻过去，布杜尔公主心想："假若我违抗老国王的旨意，命必休矣；如果服从老国王的旨意，必然会暴露我的女儿身，岂不犯了欺君之罪吗？不过，无论如何，我还是阿卜努斯国王，整个国家尚在我的管辖之下。我和我的夫君盖麦尔·泽曼只能在这个地方会面，因为他回国途中必然经过这里。我只能把自己的一切委托给安拉，安拉是最有能力安排此事的。"

想到这里,布杜尔公主对哈娅蒂公主说:"亲爱的公主,我丢下你空守洞房,实在是无可奈何、迫不得已之举啊!"

接着,布杜尔公主将自己的情况向哈娅蒂公主详细讲了一遍,并让她看了自己的女儿身。布杜尔公主说:"看在安拉的面儿上,我求你为我保密,千万不要把真实情况说出去。等我的夫君盖麦尔·泽曼到来之后,再听候命运的安排。"

哈娅蒂公主听后,惊异不已。哈娅蒂公主衷心祝愿布杜尔公主尽快顺利与自己的丈夫见面。哈娅蒂公主说:"好姐姐,你不必害怕,不必惊惶!只管放心就是了,你只管等待安拉的安排。"

说罢,哈娅蒂公主吟诵道:

秘密在我这里,如在上锁房里;
钥匙已经丢失,房门密封无疑。
只有诚信之人,方能保住秘密。
秘密得以保守,要存精英那里。

哈娅蒂公主吟完诗,对布杜尔公主说:"俗话说:'自由者的心胸是秘密之墓。'我不会吐露你的秘密的。"

说完,两位公主相互拥抱,然后耳贴耳地睡觉了。之后,哈娅蒂公主悄悄抓来一只母鸡宰掉,把鸡血滴在自己的短裤上,接着一声大叫。

宫中人和宫娥听公主一声大叫,纷纷为之感到高兴,妇女们情不自禁地发出欢呼声。王后来看女儿,陪伴着哈娅蒂公主过夜。

次日清晨,布杜尔公主洗浴完毕,做过晨礼,照例去上朝处理政务,发号施令,公正裁决,批阅呈文。

老国王听到妇女们的欢呼声，便问发生了什么事，人们纷纷向老国王报喜。老国王得知女儿已变成少妇，心中高兴，遂盼咐大摆筵席，以示庆祝。

这种庆祝活动一直持续了一个月。

让我们回过头来，看看舍赫曼国王的情况。

盖麦尔·泽曼王子外出打猎，行前父王千叮咛万嘱咐，要他在野外仅过一夜就回都城。一夜过去了，第二天夜幕降临时，舍赫曼国王仍不见儿子归来，心中焦躁不安，忐忑不安，如坐针毡，一夜未曾合眼，好容易熬到了天明。

第三天，舍赫曼国王等了半天，仍不见儿子归来，不免坐立不安，一种亲人离散的预感涌上心头，怜子之心更切，禁不住泪水潸然下淌。舍赫曼国王凄然吟诵道：

> 至今我反对,有嗜好之人。因为我曾尝,其甘与苦辛。
> 我曾尝苦酒,把盏徐徐饮；一是为奴隶,也为自由人。
> 时光有诺言,让我家分离；如今果践约,骨肉随扬尘。

舍赫曼国王吟罢诗，擦了擦眼泪，随即命令部队整装待发，准备到去野外寻找盖麦尔·泽曼王子。

舍赫曼国王惦记儿子盖麦尔·泽曼，心急似火烧，满怀愁绪率大队人马起程上路了。舍赫曼国王把人马分成六个分队，各奔一个方向，到四面八方去寻找盖麦尔·泽曼王子。舍赫曼国王对他们说："明天中午，我们在前方十字路口会合。"

六队人马，各奔一方，从天明找到天黑，又从黑夜找到天亮，直到次日大半天过去，他们会合在一个十字路口，不知道该往哪里前进。这时，他们在路旁林边发现散落着的血衣碎片和零碎皮肉，立即请国王来看。

舍赫曼国王走来看到血衣碎片，顿时肝胆俱裂，一声大喊："啊，我可怜的儿啊……"

舍赫曼国王捶胸顿足，批打自己的面颊，拽自己的胡子，撕自己的衣服，认为盖麦尔·泽曼王子必死无疑，号啕大哭不止。随行人员也哭了起来，都认为盖麦尔·泽曼王子已经丧命，纷纷往自己的头上撒土，喊声惊天动地，哭得死去活来。

舍赫曼国王忧心如焚，长吁短叹，悲痛欲绝地吟诵道：

莫责痛苦者,惆怅伤人惨。儿曾因憾事,泪流成涌泉。
天下钟情人,何曾泪水干？因失一圆月,情波愈轩然。
已饮永生酒,难得返故园。吾儿离家门,伴友奔荒原;
未曾告亲朋,亦未别友伴。吾儿留给我,寂寞与疏远。
吾儿离我去,只因主喜欢;召他见主去,相邻居天苑。

舍赫曼国王吟完诗，率大队人马回返都城。

讲到这里，眼见东方透出黎明的曙光，莎赫札德戛然止声。

第一百九十二夜

夜幕降临，莎赫札德接着讲故事：

幸福的国王陛下，舍赫曼国王看到血衣碎片，顿时肝胆俱裂，一声大喊："啊，我可怜的儿啊……"

舍赫曼国王捶胸顿足，批打自己的面颊，拽自己的胡子，撕自己的衣服，认为盖麦尔·泽曼王子必死无疑，号啕大哭不止。随行人员也哭了起来，都认为盖麦尔·泽曼王子已经丧命，纷纷往自己的头上撒土，喊声惊天动地，哭得死去活来。

舍赫曼国王忧心如焚，长吁短叹，悲痛欲绝地吟诵了一首诗。

舍赫曼国王认定盖麦尔·泽曼已死，或丧命在猛兽利齿之下，或被匪徒所害，登时昏迷了过去。

过了好大一会儿，舍赫曼国王方才清醒过来，眼见红日西斜，只得命令大队人马打道回宫。

回到京城，舍赫曼国王下令，命令全国百姓为王子穿孝、志哀，举行隆重追悼仪式，并在王宫里为盖麦尔·泽曼王子建造了一座宫殿，取名"哀宫"。每逢星期一、星期四，舍赫曼国王在朝临政；其余的日子，便来哀宫悼念儿子。舍赫曼国王在哀宫曾吟诵这样的诗句：

　　希望之日子，你我相近时。死亡之日子，你我永别时。
　　夜下惊恐日，死亡威胁时。你在我身边，胜过安稳时。

舍赫曼国王还吟道：

　　甘为远去人，赎身献魂灵。心底苦与难，不在言语中。
　　形势既如此，且请暂抑情。他日容我去，一喜化三兴。

埃尤尔国王的女儿布杜尔公主做了阿卜努斯国王，颇得民众爱戴,人们都为这位新国王感到自豪,伸出大拇指说:"这就是艾尔马努斯国王的贤婿!"

每天夜里,布杜尔公主都和哈娅蒂公主睡在一张床上,常把对丈夫盖麦尔·泽曼王子的思念讲给哈娅蒂公主听,并且向她描述自己丈夫的美貌,毫不掩饰地对公主表示她对自己丈夫的思念,渴望很快见到他,哪怕是在梦中。

盖麦尔·泽曼王子在果园里住了一段时间,因思念妻子,日夜垂泪,伤心不已,只是在高兴时,才偶尔吟诵几首诗。

有一天,老园丁对盖麦尔·泽曼王子说:"孩子,今年年底,有船开往伊斯兰国家。"

盖麦尔·泽曼王子一直像这样和园丁生活在一起。一天,盖麦尔·泽曼王子见人们聚集在一起,显得十分奇怪。正在这时,老园丁走来,对盖麦尔·泽曼王子说:"孩子,今天不要干活,不要给树浇水了!因为今天是节日,人们相互走访。你休息休息,轻松轻松吧!我去给你打听一下船期,不久我就可以送你到伊斯兰国家去了。"

老园丁走出花园,盖麦尔·泽曼王子独自留在园中,心绪不宁,泪水潸然落下,直哭得昏迷过去,不省人事。

过了一会儿,盖麦尔·泽曼王子苏醒过来,边漫步在园中小径中,边思考着自己远离故国和亲人的经历与处境,不知不觉想得走了神,没有注意到脚下,结果被绊倒在地,前额被树桩撞破,鲜血直流,与眼泪混在一起。他站起来,擦了擦血和泪,用布包扎了一下,继续在园中漫步,依旧心烦意乱,不知如何是好。

盖麦尔·泽曼王子走着走着,无意中朝树上望去,见两只鸟儿正在互相啄斗,一只鸟战胜了另一只鸟,竟将另一只鸟的头啄了下来，然后衔起飞走了，而那具无头鸟尸却跌落在地，掉在了盖麦尔·泽曼王子的面前。正在这时，两只大鸟俯冲下来，一只鸟落在那只死鸟的前头，另一只鸟站在死鸟的尾部，伸长脖子，哭了起来。

盖麦尔·泽曼王子看见两只大鸟在为自己的同伴之死而哭泣落泪，不由得想起失散的妻子，也和鸟儿一道哭了起来。

片刻后，盖麦尔·泽曼王子见两只大鸟挖了一个坑，将死去的鸟埋好，展翅飞走了。

两只大鸟飞去不大一会儿，便带着那只啄下鸟头的凶鸟飞了回来，落在死鸟墓前，让凶鸟跪下，将之杀死，割开其腹，挖出内脏，将其血洒在死鸟的坟上，接着啄碎其皮肉，然后展翅飞走了。

这整个过程，盖麦尔·泽曼王子看得一清二楚，觉得十分奇怪。

盖麦尔·泽曼王子朝那凶鸟丧命的地方望去，发现有一件闪闪放光的东西，走近一看，见是只鸟嗉子。盖麦尔·泽曼王子拾起鸟嗉子，撕开一看，里面有块红宝石，正是造成他与妻子分离的那块红宝石，不禁高兴至极，旋即晕倒在地。

片刻之后，盖麦尔·泽曼王子从昏迷中苏醒过来，心想："这是个吉兆！这是个吉兆啊！这预示着我即将见到我心爱的妻子。"

盖麦尔·泽曼王子仔细观看一番，确认正是妻子腰带上的那块红宝石，然后将之系在自己的胳膊上，喜不胜收。

盖麦尔·泽曼王子站起来，走回住处，等待着老园丁回来。他一直等到夜幕垂空，也未见老人家回来，自己便躺在老人家的床上睡下，进入了梦乡。

不知不觉东方大亮。盖麦尔·泽曼王子起床后就开始干活，他扛着镢头，拎着一只篮子，来到一棵稻子豆树下。正为树松土时，突然镢头碰着一个铜环，他开始刨土，刨着刨着，发现铜环连着一

A.B.霍顿 绘

个盖子。盖麦尔·泽曼王子打开盖子,发现下面有一道门。盖麦尔·泽曼王子推开门,见有阶梯通下去,于是顺着阶梯而下,走过一道不长的走廊,便看见一个大厅出现在眼前……

讲到这里,眼见东方透出黎明的曙光,莎赫札德戛然止声。

第一百九十三夜

夜幕降临,莎赫札德接着讲故事:

幸福的国王陛下,东方大亮,盖麦尔·泽曼王子起床后就开始干活,他扛着镢头,拎着一只篮子,来到一棵稻子豆树下。正为树松土时,突然镢头碰着一个铜环,他开始刨土,刨着刨着,发现铜环连着一个盖子。盖麦尔·泽曼王子打开盖子,发现下面有一道门。盖麦尔·泽曼王子推开门,见有阶梯通下去,于是顺着阶梯而下,走过一道不长的走廊,便看见一个大厅出现在眼前。他定睛一看,原来那是赛莫德①、阿德时代的一个古老大厅。大厅里堆满了金银。眼见金银满库,盖麦尔·泽曼王子心想:"苦难已经过去,幸福终于降临了!"

盖麦尔·泽曼王子离开大厅,回到地面,把盖子盖好,便浇树去了。一直浇树浇到夕阳西下,方见老园丁回来。

---

① 赛莫德,阿拉伯一古老部落,相传居住在也门和阿曼之间艾哈戛夫地区。赛莫德人在阿德人消亡后,在此地重建家园。

老园丁依依不舍地告诉盖麦尔·泽曼王子："孩子，你的好消息来了！你可以返回祖国了！商人们正在备船理货，三天后就有一条船开往阿卜努斯，那是第一座穆斯林城。到了那里，再走陆路，六个月时间便可到达永亨岛，那就是舍赫曼国王统辖的天地。"

盖麦尔·泽曼王子听后，喜不自禁，忙上前吻了吻老园丁的手，并且说："阿伯，你向我报喜，我也向你报个喜，你的好运气来了！"

接着，盖麦尔·泽曼王子把发现地下金银库的事向老园丁讲了一遍，老园丁高兴极了。老园丁说："孩子，我在这果园里劳作了八十年，什么也没见过；而你到这里不到一年时间，便发现了这座宝库，真是天赐洪福啊！这是你的福气，它将把贫困赶走，帮你返回故乡，与家人欢聚。"

盖麦尔·泽曼王子说："阿伯，那些金银，你我平分，一人一半。"

说罢，盖麦尔·泽曼王子领着老园丁走去，到那个地下古厅里去看金库。厅里共有二十瓮金砖，盖麦尔·泽曼王子分得十瓮，其余的十瓮归老园丁所有。

老园丁说："孩子，这座园子里盛产雀橄榄，别的国家没有这种果子，商人们常把它运到别的国家贩卖。我给你出个主意，你可把金砖装在皮袋子里，上面盖上雀橄榄，然后封上口，搬上船就可以安全运到家乡去了。"

盖麦尔·泽曼王子觉得这个主意很好，立即动手，将金砖装入五十个皮袋子，上面盖上雀橄榄，并把那块红宝石也放入一个皮袋子里。

装好袋子，盖麦尔·泽曼王子便和老园丁一起坐着闲谈起来。

盖麦尔·泽曼王子相信不久就能和亲人团聚，心想："到达阿卜努斯之后,我再从那里回国。到了那里,我将打听一下我的妻子布杜尔是否已经回到自己的国家去了,或者是否到我父亲那里去了,或者是否在路上发生了意外……"

一切准备好,盖麦尔·泽曼王子静等船期。夜晚来临时,盖麦尔·泽曼王子把鸟儿啄斗的故事讲给老园丁听,老园丁觉得非常奇怪。二人入睡时,正是夜阑更深时分。

次日天亮,老园丁忽觉体弱无力,疾病袭来;两天过后,病情加重;第三天,老园丁生命垂危。盖麦尔·泽曼王子为老园丁感到十分难过。

这时,船长和水手们来找老园丁,盖麦尔·泽曼王子告诉他们说老园丁病了。他们问:"要乘我们的船去阿卜努斯的那位青年在哪里?"

盖麦尔·泽曼王子对他们说:"站在你们面前的我就是。"

盖麦尔·泽曼王子立即托他们把五十袋东西搬上船。他们对盖麦尔·泽曼王子说:"请你快来上船,眼下风向正好,马上就要开船。"

盖麦尔·泽曼王子把途中吃的干粮送往船上,回来同老园丁告别,发现老人已进入生命的弥留阶段。盖麦尔·泽曼王子坐在床边守着,直到老园丁一命归天。

盖麦尔·泽曼王子为老园丁料理好丧事,急速去赶船,却见船已起航,乘风破浪,若离弦之箭,不多时便消失在海面上。盖麦尔·泽曼王子大惊失色,一时不知如何是好。

盖麦尔·泽曼王子无可奈何地回到果园,难过极了,直朝自己的脸上撒土。怎么办呢?他还是想出了主意。

他从园主那里租来果园,雇了一个人帮他浇灌果木。他又去地下大厅,将其余的十瓮金砖分别装入五十个皮袋子里,上面盖上雀

A.B.霍顿 绘

橄榄。

盖麦尔·泽曼王子外出打听船期,得知每年只有一班船,心中更加烦闷不安。他为已经发生的误船之事感到忧伤难过,尤为失去布杜尔公主那块红宝石而惴惴不安。因此,盖麦尔·泽曼王子日夜垂泪,吟诗哭诉。

那条船乘风破浪,顺利抵达阿卜努斯。

纯属凑巧,当那条船靠岸时,阿卜努斯国王布杜尔公主正坐在临海的窗前。

看见船开到码头,布杜尔公主的心跳加快。旋即,她带着群臣和侍卫,骑马向海岸码头走去。

布杜尔公主来到码头,见人们忙于卸货。她把船长叫来,问船上运来的是什么货物,船长回答说:"国王陛下,我这条船运来的货物种类很多,有药材、药粉、眼药、药膏、油脂、钱币、贵重布帛,还有骆驼和骡子不便运的贵重货物,如各种香水、香料、檀香、酸角、雀橄榄等此地稀少的东西。其中的雀橄榄,是我们那里的特产,驰名天下,颇受各国欢迎。"

布杜尔公主说:"你们运来多少雀橄榄?"

"五十袋子……不过,货主没赶上船,因而没能和我们一起来。如果国王想要,只管拿去就是了。"

"把雀橄榄全部卸下来,让我看一看。"

船长即令水手们一起动手,转眼之间,五十袋雀橄榄全部卸到了岸上。

布杜尔公主走上前去,打开袋子一看,说道:"这五十袋雀橄榄,我全部买下,该付多少钱,我付多少钱。"

船长说:"这在我们国家是不值什么钱的。不过,货主误了船期,没能同时到达此地,而他是个穷苦人。"

"我该付多少钱呢?"

"陛下,我就代货主收一千迪尔汗吧!"

"我出一千迪尔汗把它买下来。"

布杜尔公主付了钱,遂令宫役将五十袋雀橄榄运往王宫。

夜色降临,布杜尔公主令宫役将一袋雀橄榄抬入寝宫。房间里只有布杜尔公主和哈娅蒂公主时,布杜尔公主将袋子里的东西倒在一个大盘子上,结果发现只有不多的雀橄榄,其余全是闪闪放光的金砖。布杜尔公主惊奇地对哈娅蒂公主说:"这袋子里装的是金子呀!"

接着,布杜尔公主令宫役将其余袋子全部打开,发现里面装的雀橄榄全部加起来,不过一袋子,其余全是金砖,而且还在金砖堆里奇迹般地发现了一块红宝石。布杜尔公主拿起那块红宝石仔细一看,认出那正是原来系在自己腰带上的,后被盖麦尔·泽曼王子拿走的那块红宝石。一经证实,布杜尔公主高兴地大喊了一声,登时昏倒在地,不省人事……

讲到这里,眼见东方透出黎明的曙光,莎赫札德戛然止声。

第一百九十四夜

夜幕降临,莎赫札德接着讲故事:

幸福的国王陛下,夜色降临,布杜尔公主令宫役将一袋雀橄榄抬入寝宫。房间里只有布杜尔公主和哈娅蒂公主时,布杜尔公主将袋子里的东西倒在一个大盘子上,结果发现只有不多的雀橄榄,其余全是闪闪放光的金砖。

布杜尔公主惊奇不已,对哈娅蒂公主说:"这袋子里装的是金子呀!"

接着,布杜尔公主令宫役将其余袋子全部打开,发现里面装的雀橄榄全部加起来,不过一袋子,其余全是金砖,而且还在金砖堆里奇迹般地发现了一块红宝石。布杜尔公主拿起那块红宝石仔细一看,认出那正是原来系在自己腰带上的,后被盖麦尔·泽曼王子拿走的那块红宝石。一经证实,布杜尔公主高兴地大喊了一声,登时昏倒在地,不省人事。

过了一会儿,布杜尔公主苏醒过来,心想:"正是这块红宝石造成了我与夫君的别离。不过,如今发现了它,倒是好的兆头。"她告诉哈娅蒂公主,这块红宝石是她和丈夫团聚的预兆。

第二天天亮,布杜尔公主照例临朝问政,随即差人去将船长召到宫中来。

船长来到布杜尔国王面前,恭恭敬敬行过吻地礼,布杜尔问:"你们把雀橄榄的货主丢在了什么地方?"

船长回答道:"国王陛下,我们是在一座拜火教徒居住的海滨小城与货主分手的,货主是一个果园的园丁。"

"假若你不把货主找来,我就要扣留你们的商船,你们将会遭到意想不到的损失。"

布杜尔国王立即下令封闭商人们的货栈,并且对他们说:"雀橄榄的主人欠我许多钱,是我的债务人。你们若不把他带来,我将把你们统统杀掉,没收你们的全部货物。"

商人们听后,纷纷去找船长,答应出资租用他的船,好马上回去,去找雀橄榄的主人。商人们对船长说:"船长阁下,赶快设法救救我们,让我们挣脱那个倒霉家伙的连累吧!"

船长当即回到船上,命令水手们扬帆起航,返回那座海滨小城。

他们平安回到海滨小城,正是夜阑更深时分。船长登岸后,径直向果园走去。盖麦尔·泽曼王子正在思念布杜尔公主,哭泣不止,总觉夜长。

船长来到果园,轻叩园门,盖麦尔·泽曼王子立即将门打开。水手们什么话都没有说,上前将盖麦尔·泽曼王子托起,一路小跑,把他带到了船上,船长即令水手们扬帆开船。

船航行数天数夜,盖麦尔·泽曼王子坐在船上,十分纳闷,不知道他们为什么抓自己上船。盖麦尔·泽曼王子问他们:"你们为什么要把我抓上船来?"

水手们说:"你这个倒霉的家伙,何不问问你自己?你欠了阿卜努斯老国王艾尔马努斯的驸马、阿卜努斯国王的债,你还偷了人家的钱!"

盖麦尔·泽曼王子惊问:"凭安拉起誓,我从未到过那个国家,也根本不知道有那么一个国家呀!"

船在阿卜努斯靠岸后,他们把盖麦尔·泽曼王子送到布杜尔国王面前,她一眼便认出了自己的丈夫盖麦尔·泽曼。她说:"让宫仆们先带他去澡堂沐浴更衣。"

接着,布杜尔国王下令释放所有商人,并向船长赐赠一袭价值一千第纳尔金币的锦袍。

布杜尔国王去见哈娅蒂公主,将丈夫到来的喜讯告诉了公主,并叮嘱说:"求公主一定要为我严加保密。我一定要做一件足以值得载入史册的大事,以供天下后世帝王、百姓传诵。"

盖麦尔·泽曼王子沐浴完毕,布杜尔国王吩咐宫仆为他穿上帝王朝服。盖麦尔·泽曼王子走出澡堂,风度翩翩,若风拂杨柳;金光灿烂,似天上星斗;容貌俊秀,足令皓月害羞。

盖麦尔·泽曼王子进入宫中,来到布杜尔国王面前。布杜尔国王看着盖麦尔·泽曼王子,竭力抑制着内心的激动之情,按部就班地实施自己的计划。布杜尔公主安排好照顾盖麦尔·泽曼王子起居的宫仆,还赐予他骆驼、骡马、钱财,继之一级一级晋升他的官职,一直让他当上了国库大司库,把钱财全部交给他掌管。

布杜尔国王设法让盖麦尔·泽曼王子一步一步接近自己,让群臣们知道他的地位,群臣们都十分爱戴盖麦尔·泽曼王子。

布杜尔国王每天都为盖麦尔·泽曼王子增加俸禄,而盖麦尔·泽曼王子则不知道自己为什么如此受宠。

因为手中钱多，盖麦尔·泽曼王子慷慨待人，乐于施舍，肯于为老国王艾尔马努斯效力，使老国王、王公大臣、富绅显贵、平民百姓都非常喜欢他，纷纷以他的生命起誓。盖麦尔·泽曼王子见国王如此厚待自己，颇有受宠若惊之感，心想："凭安拉起誓，如此厚爱，其中必有缘故。这位国王如此厚待我，说不定别有用心。因此，我要设法辞别国王，返回我的祖国。"

　　想到这里，盖麦尔·泽曼王子来到布杜尔国王面前，说道："国王陛下，您待我恩深似海，情重如山，令我毕生难忘。我请求陛下圆满这种厚待，让我起程返回故乡，并请陛下收回给予我的全部恩惠。"

　　布杜尔国王微微一笑，然后说道："阁下备受恩宠，尽享荣华富贵，为何还想起程离去，甘愿自投险境呢？"

　　盖麦尔·泽曼王子说："国王陛下，如此厚待于我，若无缘无故，真可谓古今奇观了。尤其是陛下不看我本人年纪轻轻，屡次为我晋级升官、增加俸禄，我虽感喜出望外，但委实出乎我之意料。"

　　布杜尔国王说："原因很简单，就是你容颜俊秀、风度潇洒，致使我非常喜欢你，让我甘愿敬重、厚待你。尽管你年纪轻轻，却聪明能干，我有心提升你担任我的宰相。你要知道，我像你这样年纪，人们已经拥戴我做了国王。当今少年担当大任，已经不是什么稀奇古怪之事。一切福气来自安拉，有诗为证……"

　　布杜尔国王吟诵道：

　　　　时代似属鲁特①人，尤喜提拔少年郎。

---

① 鲁特，先知易卜拉欣之侄，也是一位先知。

A.B.霍顿 绘

盖麦尔·泽曼王子听布杜尔国王这样一说,羞得脸像火一样红。盖麦尔·泽曼王子说:"我不需要此等厚待,因为这会把我引上犯罪之路。我甘愿过穷苦人的生活,钱财虽少,却仗义豪爽。"

布杜尔国王说:"我是不会被你那出于清高和卖弄的虔诚所欺骗的。有这样的诗句,你可曾读过?"

布杜尔国王吟诵道:

　　曾言相会时,他却这样说:你的话真长,苦语何其多?
　　令其观尘世,他却唱高歌:命运由天定,人力奈之何?

盖麦尔·泽曼王子听罢布杜尔国王说的话和吟诵的诗,完全明白诗的意境。他说:"国王陛下,我既没有这样行事的习惯,也无力承受这样的重担。我小小年纪,怎堪担当宰相那等大任呢?那样,我定会闹出大差错,步入邪路的。"

布杜尔国王听盖麦尔·泽曼王子这样一说,又是微微一笑,说:"这可就怪了!正确之中怎会出现错误呢?你既然年纪尚小,怎么会怕出错犯罪呢?你尚未成年,小孩出错是不受责备、可以原谅的。你不要因年纪轻而编造这样或那样的借口。其实,'称职'一词对你是合适的。从今天起,你不要再拒绝我的好意了。一切都由我安排。我应该比你更害怕出差错、犯错误、走邪路。有这样的诗句为证……"

布杜尔国王吟诵道:

　　举矛刺五脏,小儿对我说:你要勇敢些,大人可见过?
　　我答无此事,他却对我说:此事是现实,玩笑伴生活!

盖麦尔·泽曼王子一听,脸色顿时黯淡下来。他说道:"国王陛下,您的宫中美女成群,在当代王宫中无可比拟,您还缺少我这么一个人吗?您就从她们当中挑选自己所喜爱的女人吧!"

布杜尔国王说:"这话倒也不错。不过,喜欢你的人,只靠她们是无法解除心中苦闷的。假若本能消失,任何劝告也便不值得听取、服从。请不要争辩了,听我朗诵一些诗歌吧!"

"有诗人写道:

　　君见市场上,水果堆成行?有喜无花果,有爱脐橙香。

"另有诗人写道:

　　脚镯无声女,饰带却有声。这个求富贵,那个诉苦穷。
　　你不识她美,她将你忘空。我已立信念,无意改初衷。

"诗人还写道:

　　呼请美男子,为我织信仰。我生已选定,所有良主张。
　　君有不知处,为你弃女郎;致使人纷纭,我已成和尚。

"诗人写道:

　　我忘泽娜白,亦忘努娃莉。面颊玫瑰色,悲相业阴翳。
　　我已变羚羊,情发无樊篱。情人在幽室,不在家宅底。
　　莫愁世德迁,莫怪泽女移。须知我纯真,显现若晨曦。

"诗人写道:

　　莫将须眉比巾帼,谣言惑众君莫听。
　　男女吻脸寻常见,羚羊吻地成群生。

"诗人写道:

　　有意选择你,愿为你赎魂。因你不行经,亦无产卵身。
　　倘若恋美色,世事变浮云;宽土变窄狭,难容新生人。

"诗人写道:

　　娇女动怒颜,对我有所求;她所求之事,世间不曾有。
　　夫妻为云雨,本不惹我愁。我成娘子日,切莫结怨仇。
　　原本你那鸟,银样镴枪头;顷刻软作泥,不用掌搓揪。

"诗人写道:

　　她脱昏厥态,开口把话说:
　　唤声小傻瓜,愚蠢至极者;
　　吻脸不满意,再吻欲如何?

"还有诗人写道:

　　须眉以手求饶,巾帼用脚乞恕。
　　多好一件事情,主让他落低处。

盖麦尔·泽曼王子听罢布杜尔国王吟诵的九位诗人的诗，知道自己无法摆脱面前这位国王，于是说："国王陛下，如果非这样不可的话，那么，就请今后不要格外厚待我，因为那样不利于纠正腐败之风。从今以后，请陛下永远不要向我问起那件事情，但期安拉能救我摆脱寂寞处境。"

布杜尔国王说："不要过多忧虑，我能做到这一点，以求安拉宽恕我们的巨大罪过。天地广阔，足以使我们挣脱我们做过的错事。大慈大悲的安拉一定能够把我们从迷途的黑暗中引上一条光明大道。有诗说得好……"

布杜尔国王吟诵道：

　　人们猜我们，欲为一件事；其实他们心，有意欲为此。
　　他们有猜想，我们来证实；免除他们罪，我们忏悔之。

布杜尔国王吟罢诗，旋即向盖麦尔·泽曼王子立下约言和保证，坚决留下他，并保证今后不再发生同样的事情，即使是爱情将二人送入死路或受到什么损失。此外，盖麦尔·泽曼王子保证与布杜尔国王单独相见，以便扑灭布杜尔国王心中的焦急之火。盖麦尔·泽曼王子说："无能为力，只有依靠大慈大悲的安拉了！"

盖麦尔·泽曼王子来到布杜尔国王的寝宫。盖麦尔·泽曼王子羞涩地脱下自己的裤子，因为极度害怕，眼泪都淌了出来。

布杜尔国王微笑着让盖麦尔·泽曼王子和她躺在一张床上。

布杜尔国王说："今夜之后，你就再也遇不到难事了！"

布杜尔国王侧过头去，与盖麦尔·泽曼王子接吻、拥抱，两个人的腿相互交叉在一起。

布杜尔国王说:"把你的手伸到我的两条大腿间,摸摸我那灵根,兴许它会一改打蔫状态,随即挺立而起。"

盖麦尔·泽曼王子一听,哭了起来,说道:"我不善于做那种事啊!"

布杜尔国王说:"你只管照我的吩咐行事就是了!"

盖麦尔·泽曼王子的心怦怦直跳,伸手一摸,发觉国王的大腿那样柔软,光滑如丝,因此越摸越感到愉快开心,便继续朝那个方向摸去,一直摸到那个跳动不止的圆鼓处。盖麦尔·泽曼王子心想:"也许这位国王是个两性人,既非男的,也不是女的。"

想到这里,盖麦尔·泽曼王子说:"国王陛下,我发现你并没有男子的那种阳具,那你为什么还要这样行事呢?"

布杜尔国王听他那样一说,不禁哈哈大笑,笑得前仰后合。她说:"亲爱的,你好健忘啊!难道你忘记了我们曾经共度洞房花烛之夜?"

盖麦尔·泽曼王子听后一惊。

布杜尔国王一番自我介绍,盖麦尔·泽曼方才恍然大悟,原来这位国王就是埃尤尔国王的女儿、自己久所期盼的妻子布杜尔。盖麦尔·泽曼王子把她紧紧搂在怀里,亲了又亲,吻了又吻,之后,二人同眠鸳鸯枕,齐声吟诵道:

> 她唤他入情,思与情伴梦。
> 久别重逢意,冷酷心消融。
> 责难者有忌,怕见他身影。
> 宫阙诉情思,托起脚慢行。
> 眼神佩作剑,夜当甲衣灵。
> 但闻芳香溢,君来报喜庆。

>我像一只鸟,张翅出樊笼。
>颊为君铺路,皓矾①祛眼病。
>拥抱情义真,苦命结扣松。
>我歌尽狂欢,他舞来响应。
>喜形于颜面,白发翁返童。
>星点绛唇美,圆月分外明。
>起誓凭"上午"②,我未忘"忠诚"③。

接着,布杜尔公主把别后自己所经历的事情,从头到尾向盖麦尔·泽曼王子说了一遍。盖麦尔·泽曼王子也把自己的情况细细讲给布杜尔公主听。

盖麦尔·泽曼王子紧紧搂住布杜尔公主,亲了又亲,吻了又吻,抚摸着,两颗心、两个身体顿时融合在一起,心跳得一样快,身体一样发热,一切思念都合在了一起,二人的胸脯紧紧贴在了一起。

盖麦尔·泽曼王子问:"你今夜为什么想出这个办法来戏弄我呢?"

布杜尔公主说:"郎君啊,请不要责怪我。我想开个玩笑,岂不是可以换得更多的欢乐和快慰吗?你说是不是?"

夫妻久别重逢,亲热无比,同席共枕,只嫌夜短,语言难以表述那种快乐。

次日天亮,布杜尔国王来到老国王艾尔马努斯面前,把自己的情况如实告诉了他,说自己就是盖麦尔·泽曼王子的妻子,并将夫

---

① 皓矾,即硫酸锌,阿拉伯人用之做眼药。
② 见《古兰经》第九十三章。
③ 见《古兰经》第一百一十二章。

妻离散的原因告诉了老国王。布杜尔公主还告诉老国王说哈娅蒂公主仍然是处女。

老国王听完布杜尔公主的讲述,觉得实在出奇,即令文书将此记录下来,存入皇家档案库。

老国王将盖麦尔·泽曼王子叫到跟前,问道:"亲爱的王子殿下,你愿意做我的女婿,纳我的女儿哈娅蒂为妻吗?"

盖麦尔·泽曼王子说:"这是一件大事,要和布杜尔公主商量一下。因为布杜尔公主待我恩深似海,真是太好了。"

盖麦尔·泽曼王子把老国王的意思向布杜尔公主一说,布杜尔公主随口回答道:"这个意见很好!你就同哈娅蒂公主结为夫妻吧!我为公主当侍女。公主待我恩重如山,令我感激不尽,尤其我们都在她的宫中,她的父王待我们太好了。"

盖麦尔·泽曼王子发现布杜尔公主对哈娅蒂公主毫无嫉妒之心,夫妻俩就此事取得了一致意见。

讲到这里,眼见东方透出黎明的曙光,莎赫札德戛然止声。

第一百九十五夜

夜幕降临,莎赫札德接着讲故事:

幸福的国王陛下,布杜尔公主支持盖麦尔·泽曼王子与哈娅蒂公主结为鸳鸯,自己甘为公主当侍女。

盖麦尔·泽曼王子发现布杜尔公主对哈娅蒂公主毫无嫉妒之

心，夫妻俩就此事取得了一致意见。盖麦尔王子把布杜尔公主的意见告诉了老国王艾尔马努斯，说她愿意让自己娶哈娅蒂公主为妻，她愿意做公主的侍女。

老国王艾尔马努斯听盖麦尔·泽曼王子这样一说，不禁万分高兴。老国王随即上朝，端坐宝座，召集文臣武将、国家要员、将军侍卫，将盖麦尔·泽曼王子与布杜尔公主的故事，从头到尾讲了一遍，并当场宣布，他打算把哈娅蒂公主许配给盖麦尔·泽曼王子，让盖麦尔·泽曼王子取代布杜尔公主，立即登上国王宝座。

文官武将听后，异口同声地说："布杜尔原是我们的国王，我们本以为她是国王陛下的贤婿；而现在情况已明，布杜尔是盖麦尔·泽曼王子的妻子。既然如此，我们拥戴布杜尔的丈夫盖麦尔·泽曼做我们的国王。我们一定服从盖麦尔·泽曼国王的命令。"

老国王艾尔马努斯听百官这样一说，欣喜异常，即令宫仆请来法官、证人和国家要人，为盖麦尔·泽曼王子和哈娅蒂公主拟就婚书，接着举行盛大婚宴，并向文武百官赐赠礼袍，广济贫苦大众，大赦天下。举国上下，一片欢腾，热烈庆祝盖麦尔·泽曼荣登王位，人们争相向新国王祈祷，祝福新国王幸福安乐、万寿无疆。

盖麦尔·泽曼就任阿卜努斯国王之后，立即下令减免赋税，大赦天下，国人沉浸在一片欢乐幸福的气氛之中。

盖麦尔·泽曼与自己的两位妻子过着幸福安乐的生活，往日的忧虑和苦闷一扫而光，把父王舍赫曼及其尊荣、王权也忘了个一干二净。

岁月不居，时节如流，不知不觉一年时间过去了。哈娅蒂公主和布杜尔公主各生下一个男婴，容貌俊秀如同天上的圆月。较大的男孩儿名叫艾姆吉德，为布杜尔公主所生；较小的男孩儿名叫艾斯阿德，为哈娅蒂公主所生。艾斯阿德比他的哥哥艾姆吉德长得更漂亮。

两个王子在十分优越的环境下成长。乳母们对二人照顾周到，体贴入微；国王还请来名师教两位王子学书法，习政治，练武艺。两位王子年岁稍大，便成了有知识、懂礼貌、发育健全、英俊健壮的小伙子，不分男女，人见人爱。

两位王子长到十七岁，彼此形影不离，一道吃喝，一起玩耍，人们见之，无不羡慕、嫉妒。

两位王子长大成人后，父王一旦外出，兄弟俩便轮流代理朝政，每人一天，日理万机，忙而不乱，有条有理，颇得百官拥护、称赞。

说来也怪，似乎万事早有安排，布杜尔公主竟然爱上了哈娅蒂公主所生的艾斯阿德，而哈娅蒂公主则暗暗爱上了布杜尔公主所生的艾姆吉德。每当哈娅蒂公主见到艾姆吉德，便将之搂在怀里，又亲又吻，艾姆吉德的母亲布杜尔公主看到这种情况，以为那是母子之爱，从未朝别的方面去想。布杜尔公主见到艾斯阿德，也将之搂在怀里，亲了又亲，吻了又吻，而哈娅蒂公主看到这种情景，也以为那是母子之爱，亦未曾多想。

其实，布杜尔公主深爱艾斯阿德，哈娅蒂公主深爱艾姆吉德。

这两个女人就这样暗暗爱上了对方的儿子。每当艾斯阿德去见布杜尔公主，布杜尔公主一定要把他紧紧搂在怀里，简直舍不得让他离去。每当艾姆吉德去见哈娅蒂公主，哈娅蒂公主也一定要把他搂住，舍不得让他离去。

时间既久，这两个女人谁也没有达到自己的目的，故食不甘味，夜不成寐。

不久之后，一次盖麦尔·泽曼国王外出打猎，遂令艾姆吉德和艾斯阿德代行王权，临朝执政，仍照原来的习惯，每人执政一天。

第一天执政的是布杜尔公主所生的儿子艾姆吉德。艾姆吉德坐在宝座上，发号施令，宣布任免事项，公布奖罚条例，日理万机，有条有理。

就在艾姆吉德临朝理政那天，艾斯阿德的母亲哈娅蒂王后给艾姆吉德写了一封情书。信里流露出恋他爱他之意，并且毫不掩饰说她想与他联系。哈娅蒂的信中写道：

此信出自一个痛苦、可怜的女人之手。因为爱你，她的青春消逝；因为爱你，她备受折磨。假如你允许我表述自己对你的思念、渴望和我的呻吟、哭泣以及我的苦闷、焦躁、不安、忧伤的话，那么，这封信要写得很长很长，简直可言寸管难表，无法计算。

我感到天地狭窄。我的全部希望寄托在了你的身上。我食不甘味，心似火烧，已濒临死亡，正忍受着离弃、分别之苦。

短短书信，实在容不下我的思念之情。

信的下方又加上这样几行诗：

若述钟情深，焦躁忐忑多；恐怕穷天下，纸张和笔墨。

哈娅蒂王后写好信，叠起来，放在一块用麝香和香水熏泡过的昂贵的绸布里，又把绸包放入她的一个价值昂贵的护发袋里，外面用手帕包起来，交给宫仆，吩咐立即送到艾姆吉德王子那里去。

讲到这里，眼见东方透出黎明的曙光，莎赫札德戛然止声。

第一百九十六夜

夜幕降临,莎赫札德接着讲故事:

幸福的国王陛下,哈娅蒂王后写好信,叠起来,放在一块用麝香和香水熏泡过的昂贵的绸布里,又把绸包放入她的一个价值昂贵的护发袋里,外面用手帕包起来,交给宫仆,吩咐立即送到艾姆吉德王子那里去。

宫仆接过手帕包,根本不知道里面包的是什么,更不晓得安拉会做什么安排,便急匆匆向艾姆吉德王子那里跑去。

宫仆来到艾姆吉德王子面前,先行吻地礼,然后把那手帕包着的东西递到王子手中。艾姆吉德王子接过手帕,打开一看,原来里面包的是一封信。艾姆吉德王子看过信,立即觉察出哈娅蒂王后有背叛他的父王盖麦尔·泽曼之心,怒不可遏,当即责斥这女人的卑劣行径。艾姆吉德王子说:"安拉诅咒那些没有头脑的、缺少信仰的无耻女人!"

说着,艾姆吉德王子抽出宝剑,对宫仆:"你这个该死的奴才!你送来的是一封背叛国王的信。你这个形容丑陋、缺德无才的黑奴才,我留你何用!"

艾姆吉德王子愤怒至极,手起剑落,宫仆顿时身首分家,首级滚落在地上。

旋即,艾姆吉德王子把那封信叠了叠,装进口袋,去见母亲布杜尔,将刚才发生的事情如实告诉了母亲。王子大骂哈娅蒂王后,并且说:"女人啊女人,一个比一个坏!凭伟大的安拉起誓,假若不是因为我怕失礼和有伤父王及弟弟艾斯阿德的体面,我非立即闯入她的寝宫,就像杀死那个奴才一样,让那个女人首级搬家不可!"

说完,艾姆吉德王子愤然地离开母亲布杜尔的房间。

哈娅蒂王后得知送信的宫仆被杀,破口大骂艾姆吉德,连连诅咒,决计设阴谋暗算艾姆吉德,欲将之置于死地。

那天夜里,艾姆吉德因盛怒而不思茶饭,感到四肢无力,身体疲乏,一夜未曾合眼。

第二天,轮到艾姆吉德的同父异母弟弟、哈娅蒂王后所生的王子艾斯阿德临朝理政了。

艾斯阿德的母亲哈娅蒂,因艾姆吉德王子杀死了送信的宫仆而难过。

艾斯阿德上朝后,发号施令,宣布任免事宜,接受百官朝拜,赐赠金钱礼袍。他在宝座上一直坐到晡时时分。与此同时,艾姆吉德的母亲布杜尔派人唤来一个诡计多端的老宫娥,向她吐露了自己的心思,随后拿来笔墨和纸,给艾斯阿德王子写了封信,表达自己对王子的深深爱慕之情。

布杜尔王后在信中写道:

此信由怀春女子发给艾斯阿德王子:
　　她无限思恋人美德高的王子艾斯阿德,敬佩其花容月貌,乞求与之接近相好,甘愿为他效力折腰。我投书寄情人,爱情深入人心,爱意熔我身,裂我皮和骨。你有所不知,我的耐心已经用尽,我已不知道如何是好。思念、眷恋令我坐立不安,耐力、困倦已与我疏远,常伴随我的总是痛苦与失眠。
　　情思与爱恋将我折磨,消瘦与疾病常与我为伴。假若你因钟情而死,我甘愿为你而赎身,我情愿将一切为你奉献。但愿安拉保佑你免遭一切灾难。

在信的下面,布杜尔王后还写了这么两首诗:

一

唤声王公子,如月中天悬。
时光做公主,点我将你恋。
才貌集一身,世上一美男。
甘听你摆布,期赐我一眼。
恋你死亦香,远你终生憾。

二

王子听我讲,情火正燎身。
怜我钟情女,思念火燃心。
眷恋伴失眠,何日喜相亲?
时而心起火,时而大海浸。
莫要责备我,觅情泪淋淋。
呼情舌喉干,回音未曾闻。
责斥适而止,免你体受损。

布杜尔王后写完信,将信涂上麝香,夹上自己的一束头发,叠好之后,装入护发袋。她的护发袋是用伊拉克产的丝绸做的,缨穗上缀着一块镶嵌着珍珠、宝石的祖母绿。封好袋口,她把信交给那个奸猾的老宫娥,吩咐她立即将信送到艾斯阿德王子手里。

老宫娥怀揣着信,快步走到宫殿,只见艾斯阿德王子一个人坐在那里,便立即呈上信,然后站在一旁,等候王子的回信。

艾斯阿德王子拆开信看过,放回护发袋里,然后将护发袋装入自己的口袋中,不禁勃然大怒,言辞激烈地大骂叛逆无耻的女人。因气愤难抑,艾斯阿德拔剑出鞘,手起剑落,只见老宫娥的首级顿时滚落在地,鲜血染红了大殿地面。

片刻后,艾斯阿德王子回到母亲哈娅蒂那里,见母亲躺在床上,有气无力,其原因在于艾姆吉德王子怒杀了她的信使。艾斯阿德以为母亲病了,痛骂了布杜尔王后一顿,随后便离开那里,找艾姆吉德去了。

艾斯阿德去见哥哥艾姆吉德,将他母亲布杜尔写信之事告诉了哥哥,并且说杀死了送信的老宫娥。艾斯阿德气愤地说:"凭安拉起誓,哥哥,若不是看在你的面儿上,我定会闯入你母亲的寝宫,把那个女人杀掉,让她的首级搬家!"

艾姆吉德说:"凭安拉起誓,弟弟,我昨天临朝理政时,所遇到的情况与你今天一模一样。你的母亲给我捎来同样内容的一封情书……"

随之,艾姆吉德把昨天哈娅蒂王后投情书的事情述说了一遍。艾姆吉德说:"弟弟,凭安拉起誓,容我直言,若不是看在你的面儿上,我会立即冲到你母亲的面前,像对待那个黑奴仆一样,让她的头颅落地。"

当夜,兄弟俩同榻休息,百般诅咒叛逆不忠的女人。

两个王子商定严加保密,以防事情传到父王的耳里,父王一气之下将两位王后杀掉。

兄弟俩在忧愁、苦闷中度过了那一夜。

第二天清晨,盖麦尔·泽曼国王打猎回来,随即临朝理政,过了不大一会儿,盖麦尔·泽曼国王即宣布退朝,回到寝宫。

盖麦尔·泽曼国王见布杜尔和哈娅蒂两位王后仍躺在床上,显得有气无力，似乎身体欠佳，染上了疾病；其实，两位王后已为两个王子布好陷阱，欲置他俩于死地。因为她俩的丑恶行为已败露，恐怕因之丧命。

盖麦尔·泽曼国王见此情景，问道："二位王后可安好？"

只见布杜尔和哈娅蒂两位王后坐起来，走到盖麦尔·泽曼国王面前，吻了吻国王的手，开始向国王告状。两人异口同声地对国王说："陛下，你那两个娇生惯养的儿子背弃了你，竟想强占你的妻子，出大丑啦！"

盖麦尔·泽曼国王听两位王后这样一说，脸上顿时黯然失色，阴沉下来，大发雷霆，怒不可遏；因为盛怒，不免有些失去理智。盖麦尔·泽曼国王面对二位王后说："你们俩把事情说清楚些！"

布杜尔王后说："国王陛下，你有所不知，你的儿子艾斯阿德，一直给我写情书，调戏我，还诱奸我。我曾劝阻他，他就是听不进去。你外出打猎去了，他便趁机来找我，喝得醉醺醺的，手持宝剑，要强奸我。我因害怕拒绝他，他会像杀一个仆人那样把我杀掉，因此他还是达到了目的。国王陛下，你要给我做主啊！如若不然，我只有一死了之，出了这样的丑事，我还有什么脸活在世上！"

讲到这里，眼见东方透出黎明的曙光，莎赫札德戛然止声。

第一百九十七夜

夜幕降临，莎赫札德接着讲故事：

幸福的国王陛下,布杜尔王后对盖麦尔·泽曼国王说艾斯阿德调戏她,还想诱奸她,最后说:"国王陛下,你要给我做主啊!如若不然,我只有一死了之,出了这样的丑事,我还有什么脸活在世上!"

接着,哈娅蒂王后也说了同样的一番话。她说:"国王陛下,你的儿子艾姆吉德也这样对待我,我还有什么脸面活在世上?"

说着,哈娅蒂王后号啕大哭起来。她说:"若陛下不给我做主,我就把此事告诉我的父王。"

说罢,两位王后在盖麦尔·泽曼国王面前大哭不止。

盖麦尔·泽曼国王见两位王后哭成了泪人,又听过她俩说的那番话,遂信以为真,怒不可遏,立即站了起来,想去处置那两个王子。

盖麦尔·泽曼国王一出门,遇到了岳父艾尔马努斯。老国王知道盖麦尔·泽曼打猎回来了,特地前来看他。老国王见盖麦尔·泽曼满脸怒容,手持宝剑,鼻子里淌着血,便问:"出什么事啦?"

盖麦尔·泽曼国王将两个王子的事跟老国王讲了一遍。他说:"我现在就去找那两个孽子,把他俩杀掉,也让他俩丢丢丑!"

老岳父艾尔马努斯听后,也十分生气。他对盖麦尔·泽曼国王说:"孩子,你这样想是很好的。安拉不会宽恕这两个坏儿子!儿子辱父,不可原谅!不过,俗话说:'人无远虑,必有近忧。'不管怎样,你是他俩的生身之父,怎好亲手杀子?你何不派一奴仆把他俩带往荒郊野外去杀掉?眼不见,心自然静嘛!"

盖麦尔·泽曼国王听老岳父艾尔马努斯这样一劝,认为他的意见可取,甚有道理,于是便把宝剑插入鞘里,随即回到宫中,端坐在宝座上,唤来老司库。

盖麦尔·泽曼国王的那位老司库已经上了年纪,经事多,见识很广。

盖麦尔·泽曼国王对老司库说:"老人家,你是我最信得过的人。现在我托你办一件事,务必保密,不得外传。你去把我的两个儿子艾姆吉德和艾斯阿德绑起来,分别装入两口大木箱,用骡子运往荒郊野外,将他俩杀掉,就地掩埋,只带回两瓶子血就行了!你要快去快回!"

老司库一听,心中大吃一惊,但只得说:"遵命!"

老司库转身离去,直奔艾姆吉德和艾斯阿德的住处。但是,他没走多远,便遇见两位王子迎面走来,只见二人装束考究,衣冠楚楚,正想去拜见父王,祝贺父亲打猎平安归来。

老司库立即走上前去,将两位王子抓住,对他俩说:"孩子,你俩有所不知,老奴奉你们的父王之命抓你们俩,你俩可从命吗?"

两位王子异口同声地答道:"从命,从命!"

按照盖麦尔·泽曼国王的叮嘱,老司库将两位王子带走,一番绳捆索绑之后,装入两口大箱子里,然后放在骡背上,运往城外。

接近中午时分,老司库把二位王子带到了一片荒凉的旷野上,随即离鞍下马,卸下箱子,打开箱盖,放出了艾姆吉德和艾斯阿德。

老司库望着两位王子的英俊面容,不禁老泪纵横。不一会儿,老人艰难地抽出宝剑,对两位王子说:"凭安拉起誓,二位小王子,看见你们俩,老奴实在下不了手啊!不过,我是情有可原的,因为我是受命的奴隶呀!你们的父王命令我杀掉你们俩。"

二位王子说:"老人家,你只管执行国王陛下的命令!我们能够忍受得住伟大安拉降给我们的命运。就请挥剑斩杀我们吧!"

说罢,兄弟俩相互拥抱,互相告别。

艾斯阿德对老司库说:"老伯伯,看在安拉的面儿上,你先不要杀我哥哥,免得让我看到哥哥被杀而难过。请你先杀我吧!这样,我会觉得舒服些。"

A.B.霍顿 绘

艾姆吉德对老司库说："老伯伯，我不忍心看弟弟死在我之前，请你先杀我吧！"

艾姆吉德苦苦哀求老司库先杀自己，又说："弟弟比我年龄小，千万不要让他为我而尝焦虑之苦。"

兄弟俩争着让老司库先杀自己，争着争着，禁不住失声痛哭起来，老司库也跟着伤心落泪。

兄弟俩再次拥抱道别，相互说："这一切，都是你我母亲这两个不忠贞的女人造成的！这就是她俩背叛行为的报应。毫无办法，只有依靠伟大的安拉了。我们属于安拉，我们都要回到安拉那里去！"

艾斯阿德抱住哥哥，长吁短叹，吟诵道：

听我诉苦者，有难必求您。
世间一切事，不出您掌心。
我无良策时，只有叩您门；
无论何时叩，必定有回音。
万德藏储库，足安天下魂。

艾姆吉德听完弟弟哭泣的吟诵，紧紧把他抱在怀里，吟诵道：

大慈大悲者，才赋样样有。我每临灾难，您必携我手。

吟完，艾姆吉德对老司库说："看在大慈大悲的安拉的面儿上，我求您先杀了我吧！我死在弟弟艾斯阿德之前，也好熄灭心中之火。"

艾斯阿德哭着说："让我先死吧！"

艾姆吉德说："我看这么办吧：你我搂在一起，让宝剑一下砍掉我们俩的脑袋。"

兄弟俩面对面搂抱在一起,老司库边哭边用绳子将二位王子绑在一起,然后抽出宝剑,说:"凭安拉起誓,二位小主公,老奴真下不了手来杀你们呀!你俩有什么事要我办,或有什么遗嘱要我执行,或有什么信让我转送吗?"

艾姆吉德说:"我们没有什么事情要办了。至于遗嘱,我倒有一说,那便是请你把我放在上面,让我的弟弟艾斯阿德在下面,这样剑刃就首先斩下我的首级。你杀掉我们之后,回去见到国王时,国王会问你:'你听他俩死前说了些什么?'你就对国王说:'你的两个儿子向你问好。他们对你说,你没弄清他俩罪过的情况,就把他俩杀掉了。你不知道他俩究竟是无辜,还是罪有应得。'"

说完,艾姆吉德吟诵道:

天生女人是妖魔,求主助我避其难。
人间教内万千灾,皆出女人一宗源。

说完,艾姆吉德对老司库说:"老人家,我们希望你把这首诗背给我们的父王听……"

讲到这里,眼见东方透出黎明的曙光,莎赫札德戛然止声。

第一百九十八夜

夜幕降临,莎赫札德接着讲故事:

幸福的国王陛下，艾姆吉德吟完诗，对老司库说："老人家，我们希望你把这首诗背给我们的父王听。我求你再宽限我们一些时间，让我给弟弟吟诵一首诗。"

话音未落，艾姆吉德已泣不成声。他吟诵道：

先人俱去矣，帝王亦难逃。可叹黄泉路，不分老与少。

老司库听罢艾姆吉德的话，老泪纵横，浸湿了胡须。
艾斯阿德眼泪汪汪地吟诵道：

时代令眼愁，泪洒形影抹。欲问何为夜？诚如安拉说：
挫折相接连，他手背叛多。夜腹藏阴谋，暗算人失所。

泪水浸湿了艾斯阿德的面颊，他接着吟诵道：

夜与昼合谋，谋略满欺骗。废墟蜃景灰，惊惧夜黑暗。
我罪归时代，距其品性远。剑若杀英雄，其罪大如天。

艾斯阿德一阵长吁短叹，再吟道：

贪婪今世者，听我进一言：
恋今死之网，贪心苦之渊。
今偶得笑意，明朝泪不干。
侵袭接踵至，沦俘脱险难。
蔑视今世虚，明日得舒宽。

我背向叛逆,意欲报仇冤。
纵然时隔久,须知灾难免。
为求虚无物,不屑空度年。
割断今世恋,正道在眼前。

艾斯阿德吟完诗,与哥哥紧紧抱在一起,像是一个人似的。老司库拔出宝剑,举剑正要落下之时,忽见自己那匹背着昂贵鞍鞯、价值千金的心爱骏马一声惊嘶,向树林狂奔而去。老司库眼见心爱的坐骑惊奔,立即放下手中的宝剑,追赶坐骑去了。

老司库追到林中,见骏马扬蹄,尘土腾起,时而打喷嚏,时而嘶鸣。老司库凝神望去,但见一头雄狮正朝骏马扑来。只见那头雄狮面目狰狞,双目闪着凶光,令人望而生畏,肝胆俱裂。

顷刻之间,老司库又见雄狮扑向自己,他既没带宝剑,又无处躲藏,只得向安拉求救,心想:"毫无办法,只有依靠伟大的安拉了!我之所以遇到如此不测之祸,罪责都在艾姆吉德和艾斯阿德身上。这次出行打一开始就是倒霉的。"

艾姆吉德和艾斯阿德兄弟又热又渴,唇干舌燥,大声呼救,结果叫天天不应,叫地地无声。他俩说:"我们死了多好,也用不着忍受这干渴之苦了。可是,我们不知道那匹骏马惊逃到哪里去了;那老司库只顾追马,却把我们丢在这里,手脚全被捆着。假若他把我们杀死,我们也就能够摆脱这种折磨了。"

艾斯阿德说:"哥哥,我们忍耐一下吧!安拉会来解救我们的。那匹骏马惊逃,就是对我们的怜悯。现在我们只是口干渴得厉害。"

说完,艾斯阿德左右晃动了一下,绳索自然松开了。他急忙为哥哥解开绳索,抄起老司库那口宝剑,对艾姆吉德说:"凭安拉起誓,哥哥,我去看看老司库究竟出了什么事情。你在这里等着我,决不要离开这里!"

艾姆吉德说:"我俩一块儿去!要么平安都平安,要么遇险同遇险。"

兄弟俩跟踪踪迹,来到树林。弟兄俩都说:"马和老司库出不了这个树林。"

艾斯阿德对哥哥说:"哥哥,你站在这里别动,我进树林里看看。"

艾姆吉德说:"你独自进林子不行,我俩一起去!要平安都平安,要遇险都遇险。"

弟兄俩一起走进树林,见一头雄狮正扑向老司库。在雄狮面前,老司库简直就像一只小麻雀。但是,老司库不慌不忙,正双掌向天,向安拉祈祷。

艾姆吉德看见雄狮,立即挥剑向狮子刺去,一下刺在狮子的双眼之间,狮子一声惨叫,当即倒在地上,一命呜呼。

老司库见雄狮死去,惊异不已。回头望去,但见两位王子站在那里。老司库忙跪在两位王子脚下,说:"二位小主公,我不能杀你们俩呀!任何人都不能杀你们俩!我愿以我的生命为你俩赎身。"

老司库站起来,紧紧抱住两位王子,问他俩的绳索是怎样解开的,又为什么赶到树林中来。二位王子说他俩口渴得厉害,一个人的绳索自动解开了,然后帮助另一个人将绳索解开。之后,他俩寻着老司库的脚印进了树林。

老司库听二位王子这样一说,连声感谢他俩的善举,和他俩一道走出了树林。

三人走出树林,两位王子对老司库说:"老人家,请执行我们父王的命令吧!"

老司库说:"我要为二位王子带来任何伤害,安拉不容。孩子,你俩脱下自己的衣服。换上我的衣服,远走高飞吧!安拉的天下宽广无垠,天涯处处可容人。我拿着你俩的衣服,再灌上两瓶狮子血,回到国王面前,就说我已把你俩杀掉了。不过,孩子,我实在舍不得和你俩分手……"

话音未落,老司库已是泪水模糊,两位王子也已泣不成声。

片刻后,艾姆吉德和艾斯阿德脱下自己的衣服,老司库把自己的衣服给他俩穿上,又灌了两瓶狮子血,将二人的衣服包成一包,放在鞍前,告别两位王子,骑上马返回京城。

老司库快马回到王宫,见到盖麦尔·泽曼国王,即行吻地礼。老司库因见狮子受惊,脸上惊惧神色未退。盖麦尔·泽曼国王见之,以为是因为杀了两位王子所致,因此感到欣慰。盖麦尔·泽曼国王问:"任务完成了吗?"

"是的。"老司库回答。

接着,将两包衣服和两瓶狮子血递给盖麦尔·泽曼国王。盖麦尔·泽曼国王说:"他俩有什么话嘱咐你吗?他们当时的表现如何?"

"二位王子临死时从容镇静。他俩对我说:'父王是情有可原的。请你向我们的父王问好。请告诉我们的父王,杀我们好似合乎情理的。不过请你把这首诗背给父王吧。'"

"一首什么诗?"

老司库背诵道:

> 天生女人是妖魔,求主助我避其难。
> 人间教内万千灾,皆出女人一宗源。

盖麦尔·泽曼国王听完老司库的这番话,低下头去,沉思良久。他确信两个儿子的话证明他俩死得冤枉。

盖麦尔·泽曼国王开始思考女人的狡猾和阴谋,然后打开包袱，看到儿子的衣服……

讲到这里，眼见东方透出黎明的曙光，莎赫札德戛然止声。

第一百九十九夜

夜幕降临，莎赫札德接着讲故事：

幸福的国王陛下，盖麦尔·泽曼国王听完老司库的这番话，低下头去，沉思良久。他确信两个儿子的话证明他俩死得冤枉。

盖麦尔·泽曼国王思考着女人的狡猾和阴谋，然后打开包袱，看到儿子的衣服，禁不住伤心不已，泪水潸然落下。盖麦尔·泽曼国王在艾斯阿德王子的衣服里发现布杜尔王后的亲笔信以及她的护发袋。盖麦尔·泽曼国王打开信一读，知道艾斯阿德果然死得冤枉。他又翻了艾姆吉德王子的口袋，见哈娅蒂王后的手书在那里，还有她的护发袋。他打开哈娅蒂王后的信一看，知道艾姆吉德王子也含冤丧命，后悔不已，情不自禁地一拍巴掌，说道："毫无办法，只能依靠伟大的安拉了！我枉杀了我的儿子啊！我错了……"

盖麦尔·泽曼国王边哀叹，边批打自己的面颊，痛苦不已，有口难言。

随后，盖麦尔·泽曼国王下令在宫中为两个儿子各造一座坟墓，取名"哀宫"，分别在两座坟墓上刻上两个儿子的名字。

盖麦尔·泽曼国王扑在艾姆吉德的墓上，边哭边诉，吟诵道：

A. B. 霍顿　绘

明月阴翳黄土后，繁星垂泪为悲伤。
日后期盼何人出，众目赞许握权杖？
茫然举目四下顾，见子只将来世望。
潸潸泪流眼难合，失眠久伴夜绵长。

盖麦尔·泽曼国王吟完，又扑在艾斯阿德的墓上，边哭边诉，泪湿衣襟，吟诵道：

本欲与你共赴难，不期安拉改吾愿。
天与眼间一片黑，抹去目中万顷暗。
我哭泪水滴无尽，人道心神自有援。

但求他日重见你,递选愚昧聪慧间。

盖麦尔·泽曼国王吟完诗,亲友们相继离去,哀宫中只剩下国王一个人,远离妻子、朋伴,为失去两个儿子而痛哭流泪。

艾姆吉德和艾斯阿德两位王子一直跋涉在广阔无垠的旷野上,肚子饿了,采野果充饥,口干渴时,喝积存的雨水。弟兄俩一直走了一个月,方才来到一座不知边际的黑石山下,只见两条路出现在面前:一条通向山里,一条通向山顶。兄弟俩选定了通往山顶的那条路,开始登山。

兄弟俩攀登了五天,已感疲惫不堪,也没有登到山顶,因为二人不仅不习惯走山路,就是平路也没有走过多少。他们感到无力爬到山顶,只得原路返回,改走通往山里的那条路。

在通往山里的那条路上,弟兄俩一直走到天黑。因为行路太多,艾斯阿德感到疲累不堪,便对哥哥说:"哥哥,我已经走不动了,自感虚弱无力至极。"

艾姆吉德说:"弟弟,加油哇!但期安拉解救我们!"

兄弟俩趁夜色走了一个时辰,艾斯阿德累得筋疲力尽,便对艾姆吉德说:"我实在疲劳,一点儿都走不动了。"

话音未落,就跌倒在地上,哭了起来。

艾姆吉德立刻背起弟弟,继续向前走去。艾姆吉德背着艾斯阿德,走一时辰歇一会儿,一直走到东方透出黎明的曙光。这时,兄弟俩发现自己已在山上,只见那里有一眼山泉,泉水清清,潺潺流淌,泉旁边有一棵石榴树。兄弟俩简直不敢相信自己所看到的这一切。二人坐在山泉旁,喝过泉水,又吃了石榴,便在那里睡下,一觉睡到红日东升。

二人坐起来,用泉水洗了个澡,吃了些石榴,又睡了起来,一觉睡到日头偏西。醒后想继续前进,但艾斯阿德走不动路了,只见他的两只脚都肿了起来。他俩在那里休息了三天,方才觉得轻松了些。

弟兄俩又在山中走了几天,觉得饥渴难忍时,忽见一座城郭出现在视野里,心中高兴极了。

他俩抖擞精神,走近那座城市时,双双连声赞颂伟大的安拉。

艾姆吉德对弟弟说:"你坐在这里,我进城看看,问问这是什么地方,以便弄清我们在安拉的广阔天地里已经到达了什么地方。幸亏我们走了这条路,不然,即使我们走上一年时间,恐怕也来不到这座城市。感赞安拉,保佑我们平安无事。"

艾斯阿德说:"哥哥,凭安拉起誓,还是让我进城去吧!我愿为你赎身。你离开我,自己到山下去,会使我为你担心的。因为我不能远离你。"

艾姆吉德说:"那么,你就去吧!你要快去快回,不要耽搁!"

艾斯阿德带上钱,叮嘱哥哥等着他,便下山去了。

艾斯阿德行至山脚下,向城中走去。他在胡同里穿行时,遇到一位老者,胡须长垂,手拄拐杖,衣着讲究,头缠大红方巾。

艾斯阿德走上前去,见老者衣着、仪表非凡,便向老者问安好,然后说:"老人家,到市场怎么走?"

老者听后一笑,说:"孩子,看样子你是外乡人。"

"是的,大叔,我是外乡人。"艾斯阿德回答道。

老者微笑着对艾斯阿德说:"孩子,你的到来,给我们的家园带来了慰藉,而使你的家乡暂时寂寞了些。你要去市场买什么东西呀?"

艾斯阿德答道:"大叔,我哥哥现在在山上。我和哥哥是从遥远的家乡来到这里的,我们走了整整三个月,才见到一座城市。我来这里想买点儿吃的东西,带给哥哥吃。"

老者说:"我向你报个喜讯吧!我已准备好了宴会,请来大批宾客,备下了最好的美味佳肴,色香味美,人人爱吃。你愿意跟我到我家去吗?到了我那里,你想要什么,就拿什么,分文不取。我还要把本城的情况对你讲一讲。孩子,赞美安拉,我正巧遇见你,别人没有遇见你。"

艾斯阿德说:"好吧!就照你说的办!不过,要快点儿,因为哥哥还在山上等着我,我放心不下。"

老者领着艾斯阿德走进一条狭窄的胡同。老者微笑着对艾斯阿德说:"赞美安拉,使你免受本城居民的折磨。"

艾斯阿德跟着老者走进一个大院,又进了一座大厅,但见那里坐着四十位老人,他们围成一个圆圈,圈中点着一堆火,老人们正坐在那里向火顶礼膜拜。

眼见此景,艾斯阿德周身颤抖,不知道这究竟是怎么回事。

那位老者对膜拜的老人们说:"拜火教徒们,今天是多么吉祥的日子!"

之后,老者又高声呼唤:"喂,埃杜班!"

话音未落,一名黑奴走来。那黑奴面色阴沉,鼻子扁平,身材弯曲,形容可惧。老者向黑奴使了个眼色,黑奴立即动手,将艾斯阿德捆绑起来。老者对黑奴说:"把他押到地宫里去,关在那里。把他交给一个奴仆,令其不分日夜拷打、折磨他!"

黑奴把艾斯阿德带到地宫,交给一个女仆。那女仆负责折磨艾斯阿德,一早一晚,只给他一张发面饼和一罐盐水。

那些向火顶礼膜拜的老人议论说:"拜火节到来时,我们把这个小伙子拉到山上去,将他宰掉,以敬火神。"

那个女仆走入地下室,将艾斯阿德毒打一顿,直打得他鲜血流

J. 坦尼尔 绘

淌,昏迷过去,不省人事。打完之后,她把一张发面饼和一罐盐水放在艾斯阿德的头旁边,便离去了。

夜半时分,艾斯阿德从昏迷中苏醒过来,发现自己的手脚被捆,遍体伤痕,疼痛难忍,禁不住大哭起来。他想到昔日的荣华富贵、王权威风和安静生活,禁不住泪水簌簌落下,凄然吟诵道:

> 站在画堂细打听,莫以我似昔日情。
> 灾难分我骨与肉,嫉妒者心难平静。
> 鞭打如雨裂肤皮,仇恨似火漫心胸。
> 乞主令我重团聚,击退万恶敌狂攻。

艾斯阿德吟罢诗,手向头前一伸,触到发面饼和水罐,于是吃了一点儿饼,喝了几口水。因为臭虫、虱子多,艾斯阿德一夜没有合眼。

次日天亮,那女仆进来,扒下艾斯阿德的衣服,因衣服被血浸透,都粘在了皮肤上,用力一扒,连衣带皮都撕了下来。艾斯阿德一时疼痛难忍,高声大喊,连声哀叹,说道:"安拉啊,如果这样能使你满意,那就让它继续下去吧!安拉啊,只有你知道谁在折磨、迫害我,我只得求你为我讨回公道!"

说罢,艾斯阿德长吁短叹,吟诵道:

> 呼声司命神,我从你裁判。
> 倘若中你意,我忍无怨言。
> 我从主安排,纵身投火炭。
> 请与暴虐竞,代之以行善。
> 切莫宽酷君,唯你系我盼。

艾斯阿德又吟诵道：

> 终止努力吧，完事托苍天。
> 主自有安排，结果终如愿。
> 兴许宽成窄，或者窄变宽。
> 安拉随其志，与你不相干。
> 淡忘过去事，好景在眼前。

艾斯阿德吟罢诗，那女仆挥鞭便抽，直打得他死去活来，然后丢下一张发面饼和一罐盐水扬长而去。

艾斯阿德从昏迷中醒来，发现周身伤口淌血，手脚被捆，旁边一个人都没有。他想起在山上焦急等待的哥哥，想到昔日的尊严与富贵，想到自己远离亲人，心如火焚，忐忑不安，禁不住泪流如注……

讲到这里，眼见东方透出黎明的曙光，莎赫札德戛然止声。

第二百夜

夜幕降临，莎赫札德接着讲故事：

幸福的国王陛下，艾斯阿德吟罢诗，那女仆挥鞭便抽，直打得他死去活来，然后丢下一张发面饼和一罐盐水扬长而去。

艾斯阿德从昏迷中醒来，发现周身伤口淌血，手脚被捆，旁边一个人都没有。他想起在山上焦急等待的哥哥，想到昔日的尊严与富贵，想到自己远离亲人，心如火焚，忐忑不安，禁不住泪流如注。他边哭边吟诵道：

时光且请慢,听我问一言：曾经夺去我,多少友和伴?
我遭离散苦,你心顽石坚。你待我亲友,幸灾显笑颜。
见我离乡孤,敌心亦酥软。别亲眼生疾,周身裹灾难。
囹圄窄无友,咬指泄仇怨。泪若乌云涌,思念火盛燃。
忧愁复伤感,长吁复短叹。心落恼怒中,难忍是眷恋。
未遇同情者,访我囚室间。世上有好友,可曾将我怜?
惜我病缠身,疼我夜失眠。我与惆怅斗,日夜难合眼。
夜长折磨重,膜拜愁火前。臭虫与跳蚤,把我血吸干。
虱子围我身,孤苦心难安。手脚伴镣铐,离墓咫尺远。
泪水当酒饮,桎梏做琴弹；沉思是车马,忧愁将路垫。

艾斯阿德吟罢诗，边哭边诉边回忆，最令他挂心的，还是他的哥哥艾姆吉德。

艾姆吉德在山上一直焦急地等待着弟弟回来。日挂中天，仍不见弟弟归来，心中忐忑不安，如坐针毡，不觉别离之苦涌上心头，泪水夺眶而出，簌簌淌下，禁不住高声喊叫道："天哪，我怕来怕去，担心害怕的事情还是临头了！"

艾姆吉德流着眼泪，走下山去，进了城，一直走到市场。他向人们打听该城的名字，又问起居民的情况，人们对他说："这座城叫作麦朱斯，城里的居民多是拜火教徒。"

艾姆吉德问:"这里距阿卜努斯城有多少路?"

人们告诉他:"走陆路,要一年多时间;走海路,只需六个月。阿卜努斯国王名叫艾尔马努斯,如今招了驸马,并让驸马做了国王;新国王名叫盖麦尔·泽曼。盖麦尔·泽曼国王为政清廉,从善如流。"

艾姆吉德听人们提及父王的名字,思念之情顿生,泪水夺眶而出,呻吟哭诉起来,不知道该往哪里去。

艾姆吉德从市场上买了一些吃的东西,找了一个僻静的地方坐下来,拿出东西正要吃时,想起了弟弟艾斯阿德,只吃了几口,便再也咽不下去,哭了起来。

艾姆吉德站起身来,逢人便打听弟弟艾斯阿德的消息。他看到一个裁缝店,走了进去。那裁缝是位穆斯林。他坐下来,向裁缝师傅讲了自己和弟弟的情况,那位穆斯林裁缝师傅对他说:"假若你弟弟落在了拜火教徒手里,你再想见他,那就困难了。但期安拉让你们兄弟俩顺利重逢。"

穆斯林裁缝又问他:"兄弟,你想留在我的店中干活儿吗?"

"我愿意。"艾姆吉德高兴地答道。

穆斯林裁缝也感到高兴。

艾姆吉德在穆斯林裁缝那里住了下来。那位穆斯林裁缝安慰他,要他忍耐,并且教他学裁缝手艺。艾姆吉德心灵手巧,很快成了一位出色的裁缝。

有一天,艾姆吉德到河边洗衣服,然后去澡堂沐浴更衣。他换上了一身干净的衣服,走出澡堂,到城中游逛,路上遇见一位女子,只是她容颜俊秀,体态匀称,窈窕妩媚。那女子看见艾姆吉德,即摘去面纱,向他挤眉弄眼,暗送秋波。

那女子吟诵道:

> 我见你到来,低下我的眼。
> 英俊少年郎,好似太阳眼。
> 你俊世无比,貌美胜昨天。
> 美若分十份,优氏占一半。
> 余美皆归你,人拜你脚前。

艾姆吉德听女子这样赞美他,不禁心花怒放,体会到对方的怀春之意,自然心驰神往,于是对着女子吟诵道:

> 玫瑰颊前刺,出奇自己摘。战起莫伸手,援军眼中埋。
> 告诉暴虐者,公正反倒怪。纱令面模糊,绽露美方帅。
> 日禁你出现,纵使愁遮面。发烧体消瘦,何怨守护来?
> 我死能抗敌,且请祛愁怀。倘若他们战,不出一眼外。

女子听罢艾姆吉德吟诵的诗歌,一阵长吁短叹,对着艾姆吉德吟诵道:

> 你踏体面路,交往吾诚真。
> 青春闪光者,夜宿其双鬓。
> 情火烧我肝,莫疑鬼与神;
> 火当属于那,崇拜偶像人。
> 若定要买我,必不取分文。

艾姆吉德听罢女子吟诵的诗歌,说道:"你到我这儿来,还是我去你那里呢?"

女子羞涩地低下头，沉思片刻后，回答道："世上只有凰求凤，哪里可见凤求凰？"

艾姆吉德一听便明白女子话中的含义……

讲到这里，眼见东方透出黎明的曙光，莎赫札德戛然止声。

第二百零一夜

夜幕降临，莎赫札德接着讲故事：

幸福的国王陛下，艾姆吉德听罢女子吟诵的诗歌，说道："你到我这儿来，还是我去你那里呢？"

女子羞涩地低下头，沉思片刻后，回答道："世上只有凰求凤，哪里可见凤求凰？"

艾姆吉德一听便明白女子话中的含义，知道她很想跟他去他要去的地方。艾姆吉德羞于把她带到那位穆斯林裁缝的店铺里，必须另择一个地方才行，于是，艾姆吉德前面走，女子在后面紧跟。

艾姆吉德带着女子走过一条胡同，来到另一条胡同；走过一个地方，来到另一个地方。直到女子感到走累了，她才问："先生，你的家在什么地方呢？"

艾姆吉德说："就在前边，没多远了。"

艾姆吉德带着女子拐进一条房舍整齐的胡同，一直走到尽头，发现那是条死胡同，不能通行，便说道："无能为力，只有依靠伟大的安拉了。"

艾姆吉德回头望去，只见那里有座大门，门外放着两条石凳，大门紧锁着。艾姆吉德回转到那座大门前，坐在石凳上，女子坐在另一条石凳上。女子问："先生，你坐在这里等谁呢？"

艾姆吉德低下头去，沉思良久之后，抬起头来，对女子说："等我的仆人，因为钥匙在仆人手里。我已吩咐过，让仆人准备些吃的和喝的东西，外加上等纯葡萄酒，等我从澡堂回来用。"

艾姆吉德这样说，而他心中却想："也许这位女子等的时间久了，她就会离去的，让我自己留在这个地方。"

过了好大一会儿，仍不见人来，女子说："先生，我们在胡同里坐了这么久，你的仆人怎么还不回来……"

说着，女子站了起来，拾起一块石头，朝大门走去。艾姆吉德说："你别着急呀！等我的仆人回来再开门吧！"

女子不听艾姆吉德的话，而是举起石头，将门闩砸成了两截，门打开了。艾姆吉德问："你是怎么想的，竟然这样行事？"

女子说："先生，这有什么关系？难道这不是你的家？"

"是我的家呀！可是没有必要把门闩砸断。"

女子抬脚进门，而艾姆吉德却不知如何是好，一时进退两难，恐怕主人出来，不知道主人会说什么。

女子问艾姆吉德："你为什么还不进门？我的心肝儿，我的耳目！"

"我这就进门！不过，仆人迟迟不来，我不知道他是否按照我的吩咐备齐了东西！"

艾姆吉德说完，满怀忧愁地和女子一起进了门，心中恐慌不安，生怕主人责怪。

进了门，抬眼望去，但见一座华丽大厅出现在面前。厅内四根明柱，两两相对。丝绸绣花窗帘、壁幔直垂接地。厅中央有一座八角形喷水池,池周围摆放着若干镶嵌着珍珠宝石的银盘,盘中放着各种新鲜水果,盘周围放着金杯玉盏。厅里还放着许多把椅子和枝形烛台,每张椅子上都摆放着贵重布料,地上还摆放着多口箱子,箱子上放着鼓鼓的钱袋。大厅的地面全用大理石铺成,光彩夺目,光滑无比。眼见如此豪华摆设,显然是大富大贵之家。

看到这一切,艾姆吉德一时不知如何是好。他心想:"完啦,我的命保不住了!我们属于安拉,我们都要回到安拉那里去。"

那女子眼见此景,不禁兴高采烈得无以复加,她说:"先生,凭安拉起誓,你的仆人真能干!你看哪,大厅打扫得干干净净,准备好了丰盛的饭菜,还准备了多种水果,应有尽有。我来得正是时候。"

艾姆吉德因为害怕主人出现,心情紧张,根本没有听见女子说了些什么。女子见艾姆吉德头都不回,问道:"先生,你还站在那里做什么?"

女子高声一喊,猛地亲吻了艾姆吉德一下,然后说:"先生,你如果已请了别人,我甘愿俯首听命,为你和你的客人效力。"

艾姆吉德苦笑一下,走上前去,满怀忧虑地坐了下来。他心想:"该倒霉了!假如主人突然进来,看见我与一个漂亮女子坐在一起玩耍、戏逗,一定和我有算不清的账!万一主人来了,我对他说些什么呢?毫无疑问,主人定会杀掉我的!"

女子站起身,卷起袖子,走到桌前,铺上餐巾,吃了起来。她边吃边喊道:"先生,来吃呀!"

艾姆吉德走上前去,吃了起来。因为他吃一口就回头朝门口看一看厅门,恐怕主人突然出现,因此连饭菜什么味道都没吃出来。

女子吃饱饭,离开桌子,走到水果盘那里吃起水果来。之后,她又打开一瓶酒,斟满杯子,递给艾姆吉德。

艾姆吉德端着酒杯,心想:"天哪,假若主人突然进来,看见我这般模样,会……"他手端着酒杯,转脸朝走廊望去,突然发现主人出现在那里……

房舍的主人是国王的一位近臣,名叫白哈迪尔,乃本城赫赫有名的一位大人物。这座公馆是他专门宴请宾客用的。每当闲暇时候,他便约些知心朋友,来此取乐开心,热闹一番。那天,他把一切准备好,便起身请他的一位好友去了。

白哈迪尔是个慷慨大方之人,乐善好施,尤喜接近平民。

白哈迪尔走进大厅时,抬头一看,意外发现大门开着,不解其中原因,于是继续往前走了几步,见厅门也开着,仔细朝厅内望去,但见一男一女站在水果盘前,正举杯畅饮,不由得心中一惊。

艾姆吉德端着酒杯,朝走廊望去,便与主人的目光相遇了。艾姆吉德一看见主人站在那里,禁不住周身战栗,面色顿时变得蜡黄。

白哈迪尔见艾姆吉德面色变了,忙把手指横在唇上,示意他不要吱声,然后打了个手势,示意他出去一下。

艾姆吉德心领神会,放下手中的酒杯,转身就走。女子问:"先生,你去哪儿?"

艾姆吉德摆了摆头,示意他想去喝点儿水。

艾姆吉德来到走廊,看见白哈迪尔,知道他就是公馆的主人,于是快步走上前去,吻主人的双手,说:"主人,看在安拉的面儿上,请容我先谈谈自己的情况,然后再责备我吧!"

主人点头表示同意。艾姆吉德把自己离开家园和王国的原因、经历及身世从头到尾讲了一遍。他还说,他并不是出自自愿闯进公馆来的,而是那女子用石头砸断了门闩,破门而入,带着他进来的。所有这些事情,都是那位女子造成的。

白哈迪尔听完艾姆吉德的表述,知道眼前的这位小伙子是一位王子,因而打内心里深深同情、可怜他的遭遇。白哈迪尔说:"喂,艾姆吉德王子,你要听我的话,照我的安排办事。这样,我将保证你的生命安全;如若不然,你会遇到不幸的。"

艾姆吉德说:"敬请吩咐,我定从命,决不违抗。因为我是被你的豪爽解放出来的奴隶。"

白哈迪尔说:"你进大厅去,还是坐在原来的那个地方,你只管放心就是。我名叫白哈迪尔。我马上走进大厅,走到你的跟前,你就指名道姓地骂我,责问我:'为什么现在才来?'不管我说什么,你都不要宽恕,而是抄起棍子狠狠打我;假若你对我表现出半分怜悯、同情,我会要你命的。你进大厅后,不管你向我提出什么要求,我都会立即满足你的要求。你今夜就宿在这里,明天再走,以表示我对你远离家乡人的款待和敬重。因为我喜欢异乡人,把款待异乡人看成是自己的义务。"

艾姆吉德吻了吻主人的手,转身走进大厅。此时此刻,他的脸色也变过来了,红里透白替代了蜡黄色。

艾姆吉德走到女子身旁,说:"小姐,你的到来为这里增添了欢乐。这真是吉日良辰啊!"

女子说:"你对我这么好,乃世所罕见。"

"小姐,凭安拉起誓,我本以为我的仆人白哈迪尔拿走了我那颗价值一万第纳尔的串珠,刚才我去找了找,发现串珠仍在原地放着。我真不知道仆人为什么到现在还不回来。等他回来,我非重重惩罚他一顿不可!"

听艾姆吉德这样一说,女子才完全放下心来。

二人边喝边乐,一直玩到天近黄昏。这时,白哈迪尔进了大厅,只见他束着腰,一身奴仆打扮,双腿上戴着羁绊。他走上前去，向艾姆吉德行过吻地礼，然后垂手低头站在那里，仿佛在承认自己犯了罪过。

艾姆吉德用愤怒的眼光盯着奴隶打扮的白哈迪尔，厉声喝道："下贱的奴才，你为什么回来得这么晚？"

白哈迪尔说："主人，我一直在忙着洗衣服，不知道您在这里。我们本约的是吃晚饭，而不是白天进餐。"

艾姆吉德大声呵斥道："下贱的奴才，你在说谎啊！凭安拉起誓，我非打你一顿不可！"

艾姆吉德站起来，抄起棍子，轻轻朝白哈迪尔身上抽打。女子眼见这种情景，忙上前夺过艾姆吉德手中的棍子，狠狠抽打白哈迪尔，直打得他哭泣求救，紧紧咬着牙。

艾姆吉德大声喊女子："小姐，不能这样打！"

女子说："让我解解恨吧！"

艾姆吉德上前抢过女子手中的棍子，然后将女子推开。

白哈迪尔站起来，擦去眼泪，开始伺候二位；之后，他开始擦拭、收拾大厅，点起灯盏和蜡烛。白哈迪尔每出入大厅一次，便遭那女子一顿骂。艾姆吉德听后很生气，对女子说："看在伟大安拉的面儿上，你高抬贵手，放我的奴仆一马吧！他不习惯于听这样的话。"

艾姆吉德和女子边吃边喝，白哈迪尔一旁伺候，直到夜半。

白哈迪尔因为挨打，加之不停地伺候那两个人，早已疲惫不堪，便在大厅中睡着了，顷刻发出雷鸣般的鼾声。

那女子喝醉了，对艾姆吉德说："你去……把那口宝剑拿来，把你的仆人杀掉；你若不动手，我……我就把你杀掉！"

艾姆吉德问："你为什么要杀我的仆人？"

"命该如此，非杀他不可！你若不杀，我就起来杀他。"

艾姆吉德说:"看在安拉的面儿上,你不要这样干!"

"非这样干不可!"

说着,女子取来宝剑,拔剑出鞘,真的举起了宝剑……艾姆吉德想:"主人为我做了好事,甘愿扮成仆人伺候我们,怎好杀他呢?绝不能杀掉他!"想到这里,艾姆吉德厉声地对女子说:"假若非杀这个仆人不可,我比你更有权利动手!"

艾姆吉德夺过女子手中的宝剑,手起剑落,那女子的首级被削了下来,滚落在房主白哈迪尔的身上,白哈迪尔惊醒过来。

白哈迪尔坐起来,睁开眼睛,见艾姆吉德站在那里,手握一把鲜血淋漓的宝剑,又见那女子已倒在血泊之中,于是惊问道:"这女子怎么啦?"

艾姆吉德把女子刚才说的那番话对白哈迪尔说了一遍,然后说:"主人,我再三劝她,她仍然坚持非杀你不可。她只能得到这样的报应。"

白哈迪尔站起来,亲吻艾姆吉德的头,对他说:"先生,你若宽恕了她,那该多好!不过,现在没有别的办法了,必须在天亮之前把尸首运出去。"

白哈迪尔束好腰带,然后拿来一件斗篷,裹起尸首,扛在肩上,对艾姆吉德说:"你是异乡人,人生地不熟,两眼一抹黑,谁也不认识。你只管坐在这里,等我回来就是了。若太阳初升时,我能回来,我将给你做许多好事,帮助你去找你的弟弟;若太阳已经升起,我仍未回来,说明我遇到了不测,到那时,这宅子连同宅中的布匹、钱财就全归你了。"

说罢,白哈迪尔扛起尸包,转身出了厅门。

白哈迪尔穿过市场,走向海边,想把尸包抛入海中。

白哈迪尔走到海边,回头一望,发现本城执政官和巡警们已将

J. 坦尼尔 绘

他包围起来。执政官走上前去,认出他是国王的近臣,感到非常奇怪。他们打开尸包一看,发现里面包着尸体,立即将白哈迪尔抓了起来,让他戴上镣铐过夜。

次日天亮,巡警们将白哈迪尔及尸包送到国王面前,将事情的经过禀报一番。国王见此光景,勃然大怒,说:"你这个该死的东西!你常做这种事吧?你谋财害命,杀了人,抢了钱财,还想把尸首抛入大海里!在此之前,你干过几次?"

白哈迪尔低下头去,没有作声。

讲到这里,眼见东方透出黎明的曙光,莎赫札德戛然止声。

第二百零二夜

夜幕降临,莎赫札德接着讲故事:

幸福的国王陛下,白哈迪尔扛着尸包,走到海边,回头一望,发现本城执政官和巡警们已将他包围起来。执政官走上前去,认出他是国王的近臣,感到非常奇怪。他们打开尸包一看,发现里面包着尸体,立即将白哈迪尔抓了起来,让他戴上镣铐过夜。

次日天亮,巡警们将白哈迪尔及尸包送到国王面前,将事情的经过禀报一番。国王见此光景,勃然大怒,说道:"你这个该死的东西!你常做这种事吧?你谋财害命,杀了人,抢了钱财,还想把尸首抛入大海里!在此之前,你干过几次?"

白哈迪尔低下头去,没有作声。

国王厉声问道:"这女子是谁杀的?"

白哈迪尔说:"国王陛下,这个女子是我杀的。毫无办法,只有依靠伟大的安拉了。"

国王大怒,下令将白哈迪尔绞死,刽子手立即押着白哈迪尔游街,传令官大声喊:"国王的近臣白哈迪尔谋财害命,就要上绞刑架了……"

他们押着白哈迪尔游街串巷,一路呼喊不止。

太阳升起了,艾姆吉德不见白哈迪尔回来,无可奈何地说:"毫无办法,只有依靠伟大的安拉了。"

艾姆吉德心中纳闷:"为什么到现在还不回来?究竟发生了什么事呢?"

艾姆吉德正在沉思之时,忽听传令官喊道:"国王的近臣白哈迪尔谋财害命,要上绞刑架了……"

艾姆吉德一听,禁不住哭了起来,忙说:"我们属于安拉,我们都要回到安拉那里去。凭安拉起誓,白哈迪尔为我而送命,这怎么能行呢?"

艾姆吉德走出大厅,锁好厅门,出了大门,穿过街巷,来到白哈迪尔身边,站在执政官面前。他对执政官说:"执政官阁下,请不要杀白哈迪尔,因为他是无辜的。凭安拉起誓,杀死那个女人的是我,不是白哈迪尔。"

听小伙子这样一说,执政官立即将艾姆吉德和白哈迪尔一起带到国王面前,报告说真正的凶手自首来了。

国王问艾姆吉德:"那女子是你杀的?"

"是的,国王陛下!"艾姆吉德回答。

"你来说一说,为什么要杀她呀?要如实讲来!"

"国王陛下,说来话长,这里有一段奇异的故事,如果记录下来,足以让天下人作为借鉴。"

随后,艾姆吉德把自己的身世及经历从头到尾向国王讲述了一遍。

国王听后,觉得十分新奇,遂对艾姆吉德说:"我知道你是情有可原啊!小伙子,你愿意留下做我们的宰相吗?"

"恭敬不如从命!我听从国王陛下的安排。"艾姆吉德说。

国王立即向艾姆吉德、白哈迪尔赐赠锦袍,并送给艾姆吉德一座好公馆,为他安排了奴仆、侍从,规定俸禄,提供了所需要的一切东西,然后派人去寻找他的弟弟艾斯阿德。

艾姆吉德坐上宰相交椅,处事公正,任免得当,日理万机。之后,他派传令官走街串巷去寻找他的弟弟艾斯阿德。传令官四处打听了好长时间,没有得到关于艾斯阿德的任何消息,更没有找到任何踪迹。

让我们回过头来看看艾斯阿德的情况。

艾斯阿德被拜火教徒白赫拉姆日夜折磨,整整持续了一年光景,直到拜火教节临近。

拜火教徒白赫拉姆备好一条船,打算远行。他把艾斯阿德装入一口木箱,用锁锁好,抬到船上。

就在白赫拉姆抬那口木箱上船时,艾斯阿德王子的哥哥艾姆吉德正好站在宫中向海边眺望。

艾姆吉德见人们忙于向船上搬东西,禁不住心怦怦直跳,立即令手下人牵上一匹马,纵身上马,领着几个人,向海边飞奔而去。

来到海边,看见拜火教徒们的那条船,便命令随从上船搜查。随从们上船搜查了一遍,结果什么也没发现,之后下船如实向艾姆吉德报告。

艾姆吉德掉转马头，回到相府，心中闷闷不乐。之后，他来到宫中，见墙上写着这样几行诗：

亲人远离我眼前，却不离我心田间。
应怜久念落疾病，不得一尝夜寐甜。

艾姆吉德读着这几行诗，油然想起弟弟艾斯阿德，不禁泪湿衣襟。

拜火教徒白赫拉姆上了船，命令水手扬帆起航。他们航行了数天数夜，每两天放艾斯阿德出来一次，给他吃点儿东西，喝点儿水。

他们终于航行到了一座大山附近，不期遇上了暴风，船被吹得离开航线，漂流到一座海滨城市。

那座城有一座临海的城堡，窗子面对大海。那座城的执政官是位女子，名叫麦尔加娜，人称麦尔加娜女王。

船长对白赫拉姆说："先生，我们的船迷失了航向，只有进这座城，以便休息一下了。之后怎么办，全听安拉安排。"

白赫拉姆说："好吧！就照船长阁下的意见办吧！"

船长说："假若女王来问我们为何在此靠岸，我们如何回答是好呢？"

白赫拉姆说："不要紧的！我这里有个穆斯林，给他穿上奴隶衣服，将他带上岸去。假若女王看见他，会认为他是个奴隶，到那时，我就对女王说：'我是奴隶贩子，从事买卖奴隶生意。我原来有好多好多奴隶，都卖掉了，现在卖得只剩下这么一个男奴了。'"

船长说："这话倒能说得过去。"

他们的船一靠岸，放下帆，抛下锚，麦尔加娜女王带着人马来了。女王站在船前，呼喊船长。船长上岸，行至女王面前，行了吻地礼。女王问："你的船上有什么货？船上还有什么人？"

船长回答道："女王陛下，船上有个商人，是贩奴隶的。"

"把他带来！"

白赫拉姆带着艾斯阿德，跟着船长，走到女王面前。女王问："你是干什么的？"

"我是奴隶贩子。"白赫拉姆答道。

女王望着奴隶打扮的艾斯阿德，倒真以为他是个奴隶。女王问："你叫什么名字？"

艾斯阿德泣不成声地说："我叫艾斯阿德。"

女王见小伙子落泪，怜悯之心油然而生。女王问："你识字吗？"

"识字。"艾斯阿德答道。

女王吩咐侍从取来笔墨和纸，对艾斯阿德说："你写几个字，让我看看吧！"

艾斯阿德提笔写了一首诗：

> 运交奴隶埋怨谁，且请诸公细思味：
> 绳捆索绑海中抛，有人却喊莫沾水！

女王拿过诗文一看，由衷地同情这个识文断字的奴隶。她对白赫拉姆说："把这个奴隶卖给我吧！"

白赫拉姆说："女王陛下，我不能卖掉他呀！因为我手上只剩下这么一个奴隶了。"

女王说："这个奴隶，我要定了！你要么卖给我，要么送给我。"

"我既不卖，也不能送。"

"你敢抗拒本王旨意？"

T. 达尔齐尔 绘

女王领着艾斯阿德就走,将他带进了城堡。旋即,女王派人送给船长一封信:

船长阁下:
　　限你今夜离开此地;如若不然,我将没收你的一切东西,捣毁你的船只。

　　　　　　　　　　　　女王麦尔加娜

船长一见信,神情立即慌张起来,连声说:"这真是一次倒霉的航行!"

说罢,船长命令水手们立即做起航准备,收拾好东西,等待着夜色降临,以便扬帆起航。他对水手们说:"赶快做起航的准备工作!把皮袋灌满水,下半夜就开船。"

水手们开始忙碌起来。

麦尔加娜女王把艾斯阿德带进城堡,打开临海的窗子,又吩咐女仆们端来饭菜……

讲到这里,眼见东方透出黎明的曙光,莎赫札德戛然止声。

第二百零三夜

夜幕降临,莎赫札德接着讲故事:

幸福的国王陛下,船长一见麦尔加娜女王的信,神情立即慌张起来，连声说："这真是一次倒霉的航行！"

说罢，船长命令水手们立即做起航准备，收拾好东西，等待着夜色降临，以便扬帆起航。他对水手们说："赶快做起航的准备工作！把皮袋灌满水，下半夜就开船。"

水手们开始忙碌起来。

麦尔加娜女王把艾斯阿德带进城堡，打开临海的窗子，又吩咐女仆们端来饭菜。

女王陪着艾斯阿德吃完饭，又吩咐宫女送来酒，二人开始把盏对饮。

说来也是天意，女王自打看见艾斯阿德那刻起，就很喜欢这个小伙子。

女王不断斟满杯子，递给艾斯阿德。艾斯阿德每每举杯一饮而尽，不知不觉已感到头重脚轻。

艾斯阿德想去方便一下，于是步出厅堂，见一座花园出现在眼前，那里果树成行，硕果挂满枝头，百花开放，香气四溢。

艾斯阿德来到一棵树下，方便之后，向园中的喷水池走去。

艾斯阿德行至喷水池旁，躺在地上，松解衣扣，和风拂面，不觉进入了梦乡。

夜幕降临，拜火教徒白赫拉姆对水手们说："张起风帆，起航吧！"

水手们说："遵命！不过，请稍等，让我们把水袋子灌满水，然后再起航吧！"

水手们纷纷上岸，他们在城堡周围转了一圈，发现那里有座花园，只有一墙阻隔，于是爬墙而过，来到园中。行不多时，便来到喷水池旁。他们见一个人躺在池旁睡觉，仔细一看，却是艾斯阿德，不禁高兴极了。他们灌满水袋，就背起艾斯阿德，越墙而过，把艾斯阿德带到了拜火教徒白赫拉姆面前。他们对他说："女王气冲冲地将你的俘房带去了，现在我们又把他弄回来了。你该高兴了！白赫拉姆，我们击鼓吹笛，欢乐一番吧！"

白赫拉姆看见艾斯阿德，心花怒放，兴高采烈，欣喜非常。他立即赏银钱给水手们，感谢他们做了一件大好事，并要他们立刻扬帆起航。

水手们拉起风帆，船像离弦之箭一样，向着大山驶去。他们一直航行到东方吐亮。

艾斯阿德离开厅堂之后，麦尔加娜女王一直等着他回来，但等了一个时辰，仍不见他回来，便派人去找，结果没有找到。女王又吩咐侍女们点着蜡烛，四下寻找，仍未见踪影。

女王走去一看，但见花园门开着，认定艾斯阿德进了花园，于是急忙去花园找。女王在喷水池边看到艾斯阿德的鞋子，就在整个花园里搜寻了一遍，结果还是没有找到。一直找到东方大亮，女王方才想到那条船。

女王问："那条船现在在哪里？"

侍女告诉她："那条船后半夜已经起航了。"

这时，女王断定是船上的人把艾斯阿德带走了，心中十分难过，大发雷霆。片刻后，女王下令调来十艘大船，做好追赶准备。

船只备好，女王亲自率领将士若干，登上一艘船，带上精良武器，扬帆起航了。

女王对将士们说："你们若能追上拜火教徒的那条船，我必赐赠给你们锦袍和银钱；假若你们追不上，我就将你们统统杀掉，一个不留。"

将士们和水手们一听,又是惶恐,又抱有巨大希望。

他们全速航行了三天三夜。第四天,拜火教徒白赫拉姆的那条船出现在他们的面前。他们追上那条船,天色还亮时,就把那条船包围起来了。

当时,白赫拉姆把艾斯阿德拉出来,一阵棍棒相加,毒打不止,直打得艾斯阿德大声求救,却无人敢出来劝阻或说情。

白赫拉姆正在毒打艾斯阿德时,无意中抬头一看,发现自己的船被包围了起来,简直就像眼白包围着瞳仁那样,整整一圈,没有缺口。他认为自己必死无疑,绝望悲伤,于是对艾斯阿德说:"艾斯阿德,你这个该死的东西!所有这一切,都是你招惹来的。"

白赫拉姆抓住艾斯阿德的手,命令水手们把他抛到大海里去。白赫拉姆恶狠狠地说:"凭火神起誓,我死之前,要先送你一死!"

水手们抓住艾斯阿德的双手和双脚,把他抛入了波涛汹涌的大海之中。

仿佛安拉有意让艾斯阿德活命,只见他沉下去,又迅速漂了起来。他轻轻划动脚和手,便被浪涛推到了远离拜火教徒船只的海面,然后慢慢漂游到了岸边。

艾斯阿德登上岸去,心中惊异不已,如在梦中,简直不敢相信自己竟能绝处逢生,化险为夷。

艾斯阿德脱下衣服,拧干水,摊在地上晾晒,自己则赤身裸体地坐在那里,静等衣服快干。此时此刻,此情此景,使他想到自己的种种遭遇,不禁潸然泪下。他凄然吟诵道:

呼声我的主,耐心已耗尽;精疲力也竭,心满苦与闷。
有苦对谁诉,一个可怜人?只有对主说,安拉知我心。

T. 达尔齐尔　绘

艾斯阿德吟完诗,站起身,穿起湿漉漉的衣服,一时不知自己从何而来,又该向何方而去。他终于选定了一个方向,走了一天一夜,饿了吃野果,渴了喝河水,终于看到了一座城市。

艾斯阿德心中高兴,加快步子,向城郭走去。但是,当他走近城门时,天色暗了下来,城门也已关闭。

说来奇巧,那座城市正是他沦为俘虏、哥哥艾姆吉德为相的地方。

他见城门紧闭,便向城外一片墓地走去。到了那里,看见一座无门空墓,便走进去,躺在那里,不知不觉睡着了。

女王麦尔加娜的船队包围了白赫拉姆的船,白赫拉姆略施小计,便冲出了女王船队的包围圈,顺利逃回自己居住的城市,他和水手们心中都有说不出的高兴。

白赫拉姆下船上岸,向城中走去,恰巧经过那片墓地。他见那里有一座无门空墓,心中好生奇怪,顺口说:"我何不进去一看呢?"

那就是艾斯阿德正在熟睡的空墓。白赫拉姆进了墓门,见有个人睡在那里,不禁一惊。上前留心细看,发现那不是别人,而是被他抛入大海的艾斯阿德,惊奇不已。白赫拉姆说:"喂,你这小子怎么还活着?"

随即,白赫拉姆把艾斯阿德带回自己的家中。

白赫拉姆家中有个地下室,那是他专为囚禁穆斯林而准备的。他有个女儿,名叫白斯塔妮。白赫拉姆给艾斯阿德加上沉重的脚镣,将之投入地下室,继之一顿毒打。白赫拉姆把室门锁住,将钥匙交给了女儿白斯塔妮。他让女儿日夜折磨艾斯阿德,一直到将他折磨死为止。

白斯塔妮按照父亲的旨意,到地下室里去折磨艾斯阿德。她到那里一看,发现那里关的是一个容貌俊秀、眉毛弯弯、双目炯炯有神的漂亮小伙子，一见便深深爱在心中。

白斯塔妮问："公子，借问尊姓大名……"

艾斯阿德说："我叫艾斯阿德①。"

白斯塔妮说："啊，你很幸福，你的日子是幸福的。你既是最幸福的人，就不应该受折磨。我知道你受了虐待。"

白斯塔妮好言好语安慰艾斯阿德，取下他的镣铐，向他请教伊斯兰教方面的知识。艾斯阿德对她说："伊斯兰教是正教。我们的先知穆罕默德是安拉的使者，创造了人间奇迹。拜火教是有害无益的。"

接着，艾斯阿德向白斯塔妮讲述了伊斯兰教教规。白斯塔妮听后，顿感信仰入心，表示愿意皈依伊斯兰教；与此同时，安拉也使白斯塔妮深深地爱上了艾斯阿德。

白斯塔妮说："我证万物非主，唯有安拉；我证穆罕默德是安拉的使者。"

就这样，白斯塔妮成了穆斯林。从那刻起，她给艾斯阿德端饭送水，相互促膝谈心，一起做礼拜。白斯塔妮还为艾斯阿德炖鸡汤，让艾斯阿德补养身体。

在白斯塔妮的关照下，艾斯阿德的病弱消退了，很快恢复了健康，强壮如初。

有一天，白斯塔妮外出。她刚出门口，便听见传令官高声呼喊："谁家收留了一个漂亮小伙子，身高……相貌……能献出者，必有重赏；若隐藏不交，一旦查出，必被绞死在自家门前，没收其全部家产！"

艾斯阿德已把自己的全部情况告诉了白斯塔妮。白斯塔妮听传令官这样一喊，立即意识到，他们要找的就是艾斯阿德，于是急忙

---

① 艾斯阿德，阿拉伯文意为"最幸福"，故有了下面"你很幸福，你的日子是幸福的"一段话。

转身回来……

白斯塔妮转身回到地下室,把传令官的话向艾斯阿德讲了一遍。

艾斯阿德说:"凭安拉起誓,他们找的正是我呀!"

随后,艾斯阿德立即走出门,前往相府。

艾斯阿德看到宰相,便说:"凭安拉起誓,这位宰相就是我的哥哥艾姆吉德!"

艾斯阿德一见哥哥艾姆吉德,便立即扑到他怀里;艾姆吉德认出那是弟弟艾斯阿德,兄弟俩久别重逢,欣喜难抑,紧紧拥抱在一起。宫仆们见此情景,纷纷围拢上来。艾斯阿德和艾姆吉德因为过分激动,晕了过去。

片刻过后,兄弟俩从昏迷中苏醒过来。旋即,艾斯阿德带着白斯塔妮来到王宫。艾姆吉德带着弟弟见过国王,将情况一一禀报。国王听后,立即下令查抄白赫拉姆的家。

讲到这里,眼见东方透出黎明的曙光,莎赫札德戛然止声。

❖❖ 第二百零四夜 ❖❖

夜幕降临,莎赫札德接着讲故事:

幸福的国王陛下,艾斯阿德一见哥哥艾姆吉德,便立即扑到哥哥怀里;艾姆吉德认出那是弟弟艾斯阿德,兄弟俩久别重逢,欣喜难抑,紧紧拥抱在一起。宫仆们见此情景,纷纷围拢上来。艾斯阿德和艾姆吉德因为过分激动,晕了过去。

片刻过后,兄弟俩从昏迷中苏醒过来。艾姆吉德带着弟弟见过国王,将情况一一禀报。国王听后,立即下令查抄白赫拉姆的家。

宰相艾姆吉德得令,遂派人前往查抄,他们将白赫拉姆的女儿白斯塔妮带到宰相面前,宰相热情款待这位善待艾斯阿德的姑娘。接着,艾斯阿德把自己如何受折磨及白斯塔妮如何照顾自己,向哥哥述说了一遍,艾姆吉德十分感动,更加敬重眼前这位姑娘。

随后,艾姆吉德把自己的经历向弟弟说了一遍。说到那个女子如何丧命,讲到自己如何免于一死,后来当上了宰相。

兄弟俩你一言,我一语,尽述劫后之感,苦也钻心,乐也融融。

国王下令把拜火教徒白赫拉姆带上来,要立即处以死刑。

白赫拉姆来到国王面前,问道:"国王陛下,你已经决定处死我了吗?"

"是的,决心已定!"国王说。

"国王陛下,请稍等一下!"

白赫拉姆低下头去,沉思片刻,然后抬起头来,大声念道:"我证万物非主,唯有安拉;我证穆罕默德是安拉的使者。"

白赫拉姆通过国王皈依了伊斯兰教。大家都为白赫拉姆改信伊斯兰教、笃信安拉而感到高兴。

紧接着,艾姆吉德和艾斯阿德把自己的身世和经历向白赫拉姆讲了一遍。白赫拉姆听后,说:"二位主公,你们准备一下吧,我送你们走。"

兄弟俩听后,为白赫拉姆的热情及加入伊斯兰教感到高兴,同时为自己别乡离亲感到心酸,禁不住泪流满面。

白赫拉姆说:"二位主公,不要哭了!你们俩久别重逢就和尼阿麦与奴阿美相会的情况一样。"

"尼阿麦与奴阿美相会是怎么回事呢?"

白赫拉姆开始讲《尼阿麦与奴阿美》的故事:

相传,古时候,库法有一位头面人物,名叫鲁巴伊·本·哈帖木。
鲁巴伊家财万贯,生活安逸。他有一个儿子,取名尼阿麦。
有一天,鲁巴伊走到奴隶市场上,看见一个女奴,怀里还抱着一个小女孩,长相极美。鲁巴伊指着女奴,问奴隶贩子:"这个女奴连同怀中的小孩,你要多少钱?"
奴隶贩子回答:"五十第纳尔。"
"我买下了,你写契约吧!"
鲁巴伊付了钱,拿起契约,又付了经纪费,领着女奴及其女儿回到家中。他妻子看见女奴,问道:"这个女人打哪儿来的?"
鲁巴伊答道:"从奴隶市场上买的,因为我喜欢她怀中的小女孩儿;日后女孩儿长大,可望成为天下第一美女,在阿拉伯国家和非阿拉伯国家都找不到第二个。"
他妻子问女奴:"你叫什么名字?"
"我叫陶菲格。"女奴回答。
"你的女儿呢?"
"她叫赛阿黛①。"
"名字不错,她很幸福,买下她的人也有福气。"
鲁巴伊妻子又对丈夫说:"你给这女孩儿起个什么名字呢?"
鲁巴伊高兴地说:"你就给她起个名字吧!"
"就叫她奴阿美吧!"
"这个名字好!"鲁巴伊欣然同意。
奴阿美和鲁巴伊的儿子尼阿麦在一个摇篮里成长,一道吃,一

---

① 赛阿黛,在阿拉伯文意为"幸福",女子名。

道睡,一直长到十岁。这一男一女,一个比一个漂亮。尼阿麦喊奴阿美妹妹,奴阿美唤尼阿麦哥哥。

一天,鲁巴伊把儿子尼阿麦叫到一旁,对他说:"孩子,这小姑娘不是你的妹妹,而是你的女奴;我是给你买的,当时你还在摇篮里。从今以后,你不要再喊她妹妹了!"

尼阿麦对父亲说:"如果是那样,我就娶她为妻。"

之后,尼阿麦去见母亲,说他要娶奴阿美为妻。母亲听后,对儿子说:"孩子,奴阿美是你的女奴。"

尼阿麦与奴阿美,彼此相亲相爱,不知不觉四年过去了。当时,在整个库法城,再没有比奴阿美更漂亮、更聪明、更文雅、更伶俐的姑娘了。

奴阿美长成大姑娘了,读了《古兰经》,学会了弹奏乐器,且能歌善舞,技高世人一筹。

有一天,奴阿美正与丈夫尼阿麦对饮时,奴阿美抱起四弦琴,调好调,边弹边唱道:

> 君若是施主,赖君能生存;
> 借君一口剑,足以定乾坤;
> 一旦遇难事,非君不求人。
> 无须阿慕尔①,何乞栽德②魂。

尼阿麦听后,欣喜不已。他对奴阿美说:"喂,奴阿美,看在我生命的面儿上,你和着铃鼓和乐声,再给我唱一首歌吧!"

---

① 阿慕尔(?—664),阿拉伯帝国建立时期的著名将领,率部征服了埃及。
② 栽德·本·萨比特(611—665),伊斯兰教先知穆罕默德的弟子。

奴阿美弹奏着乐曲，和着铃鼓声，欣然唱道：

>握我命运人，我向其起誓：妒我爱情者，我决不从之。
>反抗责备人，不惜弃兴致。我从掌命人，哪怕眠久失。
>我心意已决，六腑化坟址；专备你们用，吾心不觉此。

尼阿麦听后，赞叹道："奴阿美，我亲爱的，你唱得多好啊！"

才貌双全的情侣过着幸福美满的生活，消息传到库法总督哈加吉那里，这位总督说："我一定要设法把那个名叫奴阿美的女子弄到手，然后献给信士们的长官阿卜杜·迈里克·本·麦尔旺。因为哈里发的宫中没有比奴阿美更漂亮的宫女，更没有比她的歌声更美妙的歌女。"

哈加吉叫来老管家婆，对她说："你到鲁巴伊家去一下，会会那位奴阿美姑娘，设法把她弄来。因为当今世上没有比她更漂亮、更善唱歌的姑娘了。"

老管家婆一口答应。

次日天明，老管家婆穿上粗毛衣服，脖子上挂上一串有千颗珠子的念珠……

讲到这里，眼见东方透出黎明的曙光，莎赫札德戛然止声。

第二百零五夜

夜幕降临，莎赫札德接着讲故事：

幸福的国王陛下,哈加吉叫来老管家婆,对她说:"你到鲁巴伊家去一下,会会那位奴阿美姑娘,设法把她弄来。因为当今世上没有比她更漂亮、更善唱歌的姑娘了。"

老管家婆一口答应。

次日天明,老管家婆穿上粗毛衣服,脖子上挂上一串有千颗珠子的念珠,一手拄着拐杖,一手拿着袖珍水壶,向尼阿麦家走去。老太婆边走,边口中赞颂安拉不止:"万赞归主!万物非主,唯有安拉。安拉至大,大哉安拉。毫无办法,只有依靠伟大的安拉……"

老太婆虽然口中赞颂安拉,内心却充满阴谋诡计。晌礼①时分,老太婆来到尼阿麦家门前。敲过门后,看门人开了门,问她:"你找谁?有什么事吗?"

老太婆说:"我是一个穷信徒,晌礼时间到了,我想在这个吉祥的地方做个礼拜。"

看门人说:"老太太,这是尼阿麦·本·鲁巴伊的家,既不是礼拜堂,也不是清真寺。"

"我知道这里不是礼拜堂,也不是清真寺,这是尼阿麦·本·鲁巴伊的公馆。不过,我是哈里发宫里的管家,想出来做个礼拜,游玩一下。"

看门人说:"你不能进来!"

二人之间说话时间长了,老太婆觉得和看门人有些熟悉了,便说道:"我出入将相、大臣们的府邸如履平地,怎么进尼阿麦·本·鲁巴伊公馆就不行呢?"

这时,尼阿麦走了出来,听了二人之间的对话,笑了起来,然

---

① 晌礼,伊斯兰教每日五次礼拜的第二次礼拜,在正午之后举行,亦称"早午后祷"。

后让老太婆跟着自己进了家门。

老太婆见到奴阿美，忙上前亲切问候。她见奴阿美貌美出众，禁不住惊奇万分。她说："我的太太，你真漂亮！赞美伟大的安拉，造就了你和你的先生如此美貌。我求安拉保佑你们！"

说罢，老太婆走到神龛前，下跪叩首，连声祈祷，直至夕阳西下，夜幕降临。奴阿美说："老婆婆，你让自己的两条腿休息一会儿吧！"

老太婆说："太太呀，欲求来世幸福，今世必得受苦，今世不受苦累，休想得到来世幸福。"

之后，奴阿美给老太婆端来饭菜，对她说："老婆婆，请吃饭吧！然后再替我向安拉忏悔，求安拉怜悯。"

老太婆说："太太，请原谅！我正在斋戒。你年轻，需要吃、喝、玩、乐。安拉接受你的忏悔。安拉有言道：'唯悔过而且信道并行善功者，真主将勾销其罪行，而录取其善功。'① "

奴阿美和老太婆在一起谈了一个时辰，然后对尼阿麦说："我看这位老婆婆满面虔诚，就留下她，让她在我们这里住些日子吧！"

尼阿麦说："给她安排一间礼拜室，让她在那里修善功、拜安拉吧！不许任何人打扰她。但期安拉通过她的祈祷、礼拜，保佑我们永不分离。"

当天夜里，老太婆独居幽室，在那里祈祷、礼拜到次日天明。

天亮后，尼阿麦和奴阿美走来，向老太婆问早安。老太婆说："我要和二位告辞了。"

奴阿美问："老妈妈，你打算去哪里？我的主人已允许我单独为你安排一间礼拜室，供你修善功、做礼拜。"

---

① 见《古兰经》"准则章"第七十节。

老太婆说：“安拉为你们二位祝福。不过，我希望你们叮嘱一下看门人，等我再来时，让他不要阻拦我进门。我这就出去转一转。每天每夜礼拜完毕，我都会为你们祈祷，求安拉保佑你们平安无事。”

说完，老太婆便离去了。

见老太婆离去，奴阿美哭了起来，为离别感到忧伤，而她并不知道老太婆究竟为何而来。

老太婆离开尼阿麦家，一路小跑，直奔总督府。哈加吉问她："你带来了什么消息？"

老太婆说："我见到了那位女子，那真是天下第一美人，当世无与伦比。"

"假若你按照我的意见把事办成了，你会得到重赏。"

"我希望你宽限我一个月时间。"

"就宽限你一个月。"

从此以后，老太婆开始经常出入尼阿麦公馆。老太婆每一次来，都会得到那对夫妻的热情接待。老太婆还经常在尼阿麦家过夜，家中所有人都很欢迎她。

有一天，老太婆单独和奴阿美在一起。她对奴阿美说："喂，太太，凭安拉起誓，有一个极为清净、幽雅的地方，你如果想去，可以跟我一块儿去。到了那里，你会看到礼拜的老人们，他们会根据你的意愿为你祝福、祈祷。"

奴阿美说："老妈妈，这太好啦！就请你带我去好啦！"

"那么，你就去征求你母亲的允许吧！"

奴阿美来到母亲面前，说："妈妈，请代我向我的夫君求个情，让他允许我抽出一天时间，随那位老妈妈到一个清净、幽雅的地方，和老人们一道礼拜、祈祷吧！"

尼阿麦从外面回来，坐稳之后，老太婆上前要亲吻他的手，结果他没有让老太婆吻，老太婆只好为他祝福、祈祷，然后离去了。

第二天，老太婆来了，而尼阿麦恰好不在家，她便来到奴阿美身边，说道："太太，我昨天已为你们祈祷过了。现在，请马上跟我外出吧！在你的丈夫回来之前，我们就赶回来。"

奴阿美走到母亲面前说："妈妈，请允许我跟着这位善良的老妈妈外出一趟，以便到一个高尚的地方，领略一下安拉使徒们的风采。我会在夫君回来之前，赶回家中的。"

母亲说："我真担心此事让你的丈夫知道了……"

老太婆说："凭安拉起誓，老太太，我不让她坐在地上，就让她站着看。她不会迟误的！"

老太婆用了个小计，便带着奴阿美向库法总督哈加吉公馆赶去。老太婆把奴阿美带入一个阁楼后，方才去通知哈加吉。

哈加吉来到阁楼，一见奴阿美，不胜惊喜，果然不错，奴阿美确实是当世第一美人，确乎没有见过比她更漂亮的女子。

奴阿美见生人进来，立即用面纱把脸罩上。

哈加吉总督叫来侍卫官，吩咐他骑上纯种宝马，带上五十名骑士，护送奴阿美，日夜兼程，赶往大马士革，将她交给信士们的长官阿卜杜·迈里克·本·麦尔旺，并且修书一封，嘱咐侍卫官说："把这封信面呈哈里发，并请哈里发赐回信一封，火速回来向我报告情况。"

侍卫官走去，选了一匹好驼让奴阿美骑上，在五十名骑士护卫下，向大马士革进发了。奴阿美一路眼泪未干，因离开丈夫而感到无限忧伤。

大队人马来到大马士革城，请求觐见信士们的长官，立即得到允许。侍卫官来到哈里发面前，报告带来美女一名，并呈上总督的书信,哈里发立即下令为美女腾出一座宫殿。

哈里发回到寝宫,对王后说:"库法总督哈加吉给我买了个女奴,花了一万第纳尔,还写来一封信,人和信一起到了。"

王后听后,对哈里发说……

讲到这里,眼见东方透出黎明的曙光,莎赫札德戛然止声。

第二百零六夜

夜幕降临,莎赫札德接着讲故事:

幸福的国王陛下,哈加吉总督的侍卫官选了一匹好驼让奴阿美骑上,在五十名骑士护卫下,向大马士革进发了。奴阿美一路眼泪未干,因离开丈夫而感到无限忧伤。

大队人马来到大马士革城,请求觐见信士们的长官,立即得到允许。侍卫官来到哈里发面前,报告带来美女一名,并呈上总督的书信,哈里发立即下令为美女腾出一座宫殿。

哈里发回到寝宫,对王后说:"库法总督哈加吉给我买了个女奴,花了一万第纳尔,还写来一封信,人和信一起到了。"

王后听后,对哈里发说:"这真是安拉给你添福啊!"

片刻后,哈里发的妹妹长公主来到奴阿美的房间,一见她便说:"啊,凭安拉起誓,你真美,就是花上十万第纳尔也值得!"

奴阿美说:"美丽的公主,请告诉我,这是哪位国王的宫殿,如今我又在哪座城市呢?"

长公主说:"这是大马士革城。这里是家兄阿卜杜·迈里克·本·麦尔旺哈里发的宫殿。"

片刻过后,长公主又说:"姑娘,好像你对此一无所知,是吗?"

奴阿美说:"凭安拉起誓,美丽的公主,我对此一无所知。"

"卖你的那个人没有告诉你,是哈里发把你买下了?"

奴阿美听长公主这样一说,眼泪簌簌而下。她心想:"我受骗、中计了……如果我说出来,谁也不会相信的。我要沉默,我要忍耐,相信安拉会解救我的。"

奴阿美羞涩地低下头去,因长途跋涉,风吹日晒,她面颊绯红。长公主让她好好休息,告别离去。

第二天,长公主送来衣服和首饰,让奴阿美穿戴上。片刻之后,哈里发来看奴阿美。长公主对哥哥说:"你瞧瞧,人世间完美无缺、至善至美的天仙。"

哈里发对奴阿美说:"姑娘,揭去你的面纱吧!"

奴阿美无动于衷。哈里发没有看见她的面容,只看见了她的手腕,便已爱在心中。哈里发对妹妹说:"妹妹,你先和她熟悉熟悉,三天之后,我再与她亲热。"

说完,哈里发离开奴阿美走了。

奴阿美想到自己离开了丈夫,心中不胜忧伤。夜色来临,她感到四肢乏力,发起烧来,不吃不喝,脸色憔悴,美貌尽退。

女仆们将此事告诉了哈里发,哈里发心急火燎,立即盼咐请来多位大夫和有见识的人,但谁也对奴阿美的病情说不出个究竟。

尼阿麦回到家中,坐在床上,呼唤道:"喂,奴阿美……"

没有听到回言,尼阿麦立即站了起来,接着呼唤,仍不见人进来。他没有想到,家中的女仆因怕他责怪,都躲藏起来了。

尼阿麦站起身来，来到母亲房中，发现母亲手捂着脸坐在那里。尼阿麦问："母亲，奴阿美到哪里去啦？"

母亲说："孩子，她和那个善良的老太太一道出去了。她相信老太太胜过相信我。她和老太太一道去访问穷人了。"

"她什么时候有了这样一种习惯？她是什么时候出去的？"

"一大早就出去了。"

"你怎么允许她外出呢？"

"孩子，她说出口来，我不允许又有何用呢？"

"毫无办法，只有依靠伟大的安拉了。"

尼阿麦发疯似的走出家门，找到警察局局长，说："有人耍弄阴谋，把我的女奴从我家拐骗走了。我非到信士们的长官那里去告她不可！"

警察局局长说："谁拐走了你的女奴？"

尼阿麦向警察局局长描述了那个老太婆的形象，说她身穿粗毛衣服，手拿有千颗珠子的念珠。警察局局长说："你跟我去找那老太婆，我负责把你的女奴救出来。"

"谁认识那老太婆呢？"尼阿麦为难了。

"那只有伟大的安拉知道了。"

其实，警察局局长一听便知那是哈加吉总督的老管家婆。

尼阿麦说："你是警察局局长，我只能向你要人。你我之间还有总督哈加吉。"

警察局局长不耐烦了，说道："你愿意找谁就找谁去吧！"

尼阿麦向总督府走去。尼阿麦的父亲本是库法的一位头面人物，认识的人很多。尼阿麦来到哈加吉宅邸，出来迎接他的是总督的侍卫官。尼阿麦把来意向侍卫官说了一遍，便来到总督哈加吉面前。

哈加吉问："大公子，有何贵干哪？"

尼阿麦把来意说了一遍，哈加吉当即下令："把警察局局长叫来，我要他立即搜寻那个老太婆！"

警察局局长应召而来，哈加吉对他说："你马上行动，去寻找尼阿麦的女奴！"

警察局局长说："此事只有安拉知道。"

哈加吉说："你一定要骑上马，到各个路口和各个地方去寻找尼阿麦的女奴！"

哈加吉又回头望着尼阿麦，说："如果找不回来你的女奴，我就从我家和警察局局长家各挑十个女奴给你。"

哈加吉对警察局局长说："马上行动，寻找女奴去吧！"

警察局局长遵命出门执行任务去了。

尼阿麦满怀忧愁，悲观失望，回到家里，关上房门，失声痛哭，整夜不眠，一直哭到大天亮。尼阿麦已经十四岁了。父亲走来说："孩子，骗走奴阿美的是总督哈加吉。安拉总会解救我们的。"

听父亲这样一说，尼阿麦更觉愁上加愁了，不知道该说什么好，也不知道该怎么办。

一连三个月时间，尼阿麦的健康状况一天不如一天，就连他的父亲也感到失望了。父亲为儿子请过不知多少医生，医生们都说，除了找回奴阿美，别无救药。

有一天，鲁巴伊正坐着时，忽听说来了一位波斯神医。人们告诉他说，那位神医精通医术，尤善占卜，能知凶吉祸福。鲁巴伊甚感高兴，立即将神医请来，一番款待之后，对他说："神医阁下，请为我儿子看看病吧！"

神医对尼阿麦说："伸出你的手来。"

尼阿麦伸出手，神医开始切脉，然后看了看尼阿麦的脸，笑了笑，把脸转向鲁巴伊，说道："你儿子的病在心里。"

"神医高明，说得很对，"鲁巴伊说，"神医阁下，请运用你的学问，仔细看看我儿子的病，有什么情况，只管全部告诉我，不要隐瞒一丝一毫。"

神医说："他恋着一个女奴，这个女奴在巴士拉，或在大马士革。只要能见到那女奴，百病皆除，别无良方。"

鲁巴伊说："神医阁下，你若能让他俩见上一面，先生后半生的花费就包在我身上了。"

神医说："这件事轻而易举。"

神医望着尼阿麦说："你只管放心，没有什么可怕的！"

神医又对鲁巴伊说："先拿出四千第纳尔来吧！"

鲁巴伊取出四千第纳尔，递到神医手中。神医说："我想带着你的儿子到大马士革去。愿安拉默助，我一定把那个女奴带回来。"

神医望着青年，问道："小伙子，你叫什么名字？"

"我叫尼阿麦。"

"喂，尼阿麦，你坐起来，安拉保佑你平安无事，安拉定让你与心上人团圆。"

尼阿麦登时坐了起来。神医说："你要振作精神，鼓起勇气，多吃多喝，增强体力，准备出发。"

波斯神医开始准备所需要的一切，又从鲁巴伊那里拿了一万第纳尔。他牵来马匹、骆驼，驮上旅途上所需要的物品。

尼阿麦告别父母，和波斯神医登程上路了。

他们首先到达阿勒颇，没有打听到奴阿美的任何消息。之后，二人赶到大马士革，在那里休息了三天。波斯神医开办起一个药店，货架遍涂金色，上面放满各种大小的瓷瓶和玻璃瓶，里面装着各种药粉、药膏、药水，前面摆放着各种杯子，还放着一架星盘。神医穿着方士服装，尼阿麦站在他的面前，身着绸衫，腰扎绣花绸彩带。神医对尼阿麦说:"喂,尼阿麦,从今天起,你就扮成我的儿子,我们以父子相称。"

"遵命!"尼阿麦一口答应。

大马士革人纷纷围聚在波斯神医的药店前,观赏尼阿麦的漂亮容貌、店铺的美丽装饰及店里的货物。波斯神医和尼阿麦用波斯语交谈,因为库法城的上层人物家的孩子都会讲波斯语。

时隔不久,大马士革人都知道了这位波斯神医。人们遇上头疼脑热,都来此店求医问药,甚至只带着病人的尿样来到店里,神医一看尿样,便能说出病人的病症何在,随即开方给药,常常药到病除,令人惊叹不已。经他诊治的患者,无不称赞:"这位医生,真是神医,名不虚传。"

波斯神医为人们解忧祛病,大马士革人常光顾药店,神医的美名传遍大马士革,也传到了达官贵人的耳里。

有一天,神医正坐在药店里,一位老太太骑着毛驴朝店铺走来;虽是毛驴,鞍袋却镶金嵌银,宝石闪闪放光。来到店前,老太太勒住缰绳,驴子即止步。老太太说:"喂,店主,扶我一把,让我下去。"

神医马上扶老太太离开鞍子。老太太问:"你就是从伊拉克来的那位波斯医生?"

"正是本人。"神医随口答道。

老太太说:"波斯兄弟,我有个闺女,病啦。"

老太太边说,边拿出一个瓶子。神医看过瓶中的尿样,便问:"太太,你的姑娘叫什么名字?知道了名字,好让我给她看看星相,确定哪个时辰服药合适。"

"波斯兄弟,我的闺女叫奴阿美。"

讲到这里,眼见东方透出黎明的曙光,莎赫札德戛然止声。

第二百零七夜

夜幕降临，莎赫札德接着讲故事：

幸福的国王陛下，老太太问波斯神医："你就是从伊拉克来的那位波斯医生？"

"正是本人。"神医随口答道。

老太太说："波斯兄弟，我有个闺女，病啦。"

老太太边说，边拿出一个瓶子。神医看过瓶中的尿样，便问："太太，你的姑娘叫什么名字？知道了名字，好让我给她看看星相，确定哪个时辰服药合适。"

"波斯兄弟，我的闺女叫奴阿美。"

神医一听这个名字，随即写在手上，暗自盘算起来。

神医说："太太，因为地域不同，气候各异，我只有知道姑娘生在哪里，才能给她开药。请告诉我，你的闺女生在何地，今年芳龄几何。"

老太太说："我的闺女今年十四岁，生长在伊拉克的库法城。"

"她在此地住了多久啦？"

"她在这里才住了几个月时间。"

尼阿麦听老太太这么一说，断定那姑娘就是自己的心上人，禁不住心怦怦直跳。

神医说："姑娘当服这样的药……"

老太太高兴地说："感谢安拉！"

随手将十第纳尔递到神医手中。神医回头向尼阿麦示意，让他为姑娘准备药。

老太太望着尼阿麦说:"孩子,但求安拉保佑你。孩子,我那个姑娘长得和你一模一样。"

老太太问神医:"波斯兄弟,这孩子是你的童仆,还是你的儿子?""他是我的儿子。"神医答道。

尼阿麦把药放在一个小盒子里,拿起一片纸,写了这么一首诗:

> 靓妹奴阿美,惠顾我一眼;赛阿黛无福,加美勒失艳①。
> 劝我忘掉她,二十美女换;举世无伦比,我忘难上难。

尼阿麦写罢,塞进小盒子里,封好,又在盒盖上用库法体写上:"我是尼阿麦·本·鲁巴伊·库菲。"之后,尼阿麦把小盒子递给老太太,老太太告辞离去,径直回到哈里发宫。

老太太把药盒放在奴阿美面前,说:"小姐,一位波斯医生来到了我们的京城,我没见过比他更擅断疾病的大夫了。那医生看过你的尿样,我把你的名字一告诉他,他便知道你得了什么病,立即给你开了药方,然后吩咐他的儿子为你拿药。他那个儿子长得真帅,在大马士革,没有比他更漂亮的小伙子,在大马士革没有一个他那样的药店。"

奴阿美拿起药盒,见盒子上写着她丈夫和她公公的名字,脸色顿时起了变化,想道:"这家店主到此地来,一定是为了我。"

奴阿美对老太太说:"请给我讲讲那位小伙子的情况!"

老太太说:"那小伙子叫尼阿麦,右眼眉上有点儿伤痕,身穿很漂亮的衣服,长相俊极了。"

---

① 加美勒,意为"美丽",女子名。

奴阿美说:"把药递给我!全托伟大安拉的福!"

她接过药,笑着把药喝了下去。她对老太太说:"吉庆之药,吉祥之药!"

奴阿美朝盒子里面一看,发现了一张纸条。打开纸条,看到上面写的诗,断定那写诗之人就是她的夫君,不禁心花怒放,欣喜难抑。

老太太见奴阿美笑了,便说:"今天是吉庆的日子。"

奴阿美说:"阿妈,我想吃点儿东西。"

老太太立即吩咐女仆:"给小姐端饭去!"

片刻未过,一桌丰盛的饭菜呈现在奴阿美面前。奴阿美坐起身,吃起饭来。就在这个时候,哈里发阿卜杜·迈里克·本·麦尔旺走了进来,见女奴吃饭了,心中十分高兴。

管家婆对哈里发说:"信士们的长官,祝贺您呀!您的女奴病好啦!本城来了一位神医,善于断病用药,药到病除,我没有见过比他更高明的医生。我带回药来,仅给小姐吃了一次,小姐就完全好了。信士们的长官,您看哪!"

哈里发阿卜杜·迈里克·本·麦尔旺说:"带上一千第纳尔,赏给那位医生。"说完,高高兴兴地离去了。

管家婆带上一千第纳尔,来到波斯神医的药店,把钱给了神医,并且告诉他:"奴阿美是哈里发的宫女。"

老太太还把奴阿美写的一张纸条递给神医。神医接过纸条,递给尼阿麦。尼阿麦打开纸条,一见那是奴阿美的笔迹,当即昏厥过去,不省人事了。

过了一会儿,尼阿麦从昏迷中苏醒过来,打开纸条,但见上面写道:

此信由受骗上当的女奴写给心上人:

惠书收悉,心花怒放,欣喜不已。正如诗人所云:

惠书已到情人收,信中芳溢漫指头。

如同摩西①归母怀,又似优衣回叶手。②

尼阿麦读罢诗,登时泪若雨下。老太太对他说:"孩子,你哭什么呢?愿安拉擦干你的眼泪。"

波斯神医对老太太说:"老太太,那病人就是他的女奴,他是女奴的主人,他怎会不哭呢?他就是尼阿麦·本·鲁巴伊·库菲。女奴健康的恢复有赖于见到尼阿麦。奴阿美没有病,只是因为想念尼阿麦……"

讲到这里,眼见东方透出黎明的曙光,莎赫札德戛然止声。

第二百零八夜

夜幕降临,莎赫札德接着讲故事:

幸福的国王陛下,尼阿麦读罢诗,登时泪若雨下。老太太对他

---

① 摩西,《圣经》故事人物。相传一个利未族男子娶了本族女子,生一男婴。按规定,男婴要投入尼罗河,女婴可保住命。那利未女人见男婴英俊,做了个灯心草篮子,将男婴放入篮中,以防沉入河里。男婴哭声被在河边洗澡的法老女儿听见,她把男婴抱回宫中并要找一乳母,结果找到的利未女人正是男婴的母亲。这样,孩子回到了母亲的怀里。那个男婴,便是摩西。
② 优衣,优素福的血衣服;叶手,叶尔孤白的手。优素福的哥哥们因嫉妒优素福,将他推到井中,将其衬衣染上假血带回来,让父亲叶尔孤白看,说弟弟被野兽吃掉了。叶尔孤白看见小儿子优素福的衣服,声泪俱下,痛苦万分。后来优素福得救,在埃及当上宰相,父子得以团圆。

说:"孩子,你哭什么呢?愿安拉擦干你的眼泪。"

波斯神医对老太太说:"老太太,那病人就是他的女奴,他是女奴的主人,他怎会不哭呢?他就是尼阿麦·本·鲁巴伊·库菲。女奴健康的恢复有赖于见到尼阿麦。奴阿美没有病,只是因为想念尼阿麦。老太太,你拿上这一千第纳尔,其实还应该多给你一些,因为这见面之善事,只有依靠您老人家去完成了。"

老太太问尼阿麦:"你是奴阿美的主人?"

"是的。"

"怪不得她总是提起你来呢!"

尼阿麦把自己的经历从头到尾向老太太叙述了一遍。老太太说:"小伙子,你想和奴阿美见面,只有通过我才能实现。"

说完,老太太骑上毛驴回去。老太太见到奴阿美,望着姑娘,笑着说:"姑娘啊,你是因为离开了你的主人尼阿麦·本·鲁巴伊才哭泣、生病的吧!"

奴阿美回答道:"是的。盖子已经揭开,事情的真相已经显露出来了。"

"姑娘,你只管放心、开心就是了。凭安拉起誓,我一定让你们俩见面,哪怕是搭上我这条老命。"

说完,老太太又返回尼阿麦那里,对他说:"小伙子,我已去见过你的女奴,我发现她想念你比你想念她还要胜过一筹。信士们的长官想见她,她都不同意。假若你有决心,有胆量,我就能让你们俩见面。我愿意与你们俩一道冒这个险。我来想办法,帮助你进入哈里发的宫殿,让你与你的心上人见面,因为奴阿美是不能外出的。"

尼阿麦说:"安拉一定会嘉奖你的。"

老太太告辞,转身回到奴阿美那里,对她说:"你的主人爱你入心，他想见你，你愿意和他见面吗？"

"愿意。因为我日夜想念他，很想和他见上一面。"

老太太取来一个包袱，里面包着首饰、面纱和一套女人衣裙，到尼阿麦那里去了。她见到尼阿麦，对他说："喂，尼阿麦，带我到一间空房子里去吧！"

尼阿麦把老太太领进药店后面的一间厅堂，她开始为尼阿麦梳洗、理发、修面、描眉，给他穿上女人的衣裙。一番精心梳洗打扮之后，尼阿麦外貌大变，简直成了一位天上的仙女。老太太一番仔细端详之后，说道："赞美伟大的造物主！凭安拉起誓，你比奴阿美还漂亮。"

老太太又说："你走两步，让我瞧瞧！你走时，要左右摇晃，臀部要微微摆动……"

尼阿麦照老太太的吩咐，在她面前走了几趟。老太太见他走得像女人的步子时，高兴地说："尼阿麦，明天上午，你在这里等我，但期安拉保佑，我带你进哈里发宫。看见门卫、宫仆们时，你要沉住气，只管低着头，不要开口说话，有我应付他们就是了。愿安拉默助我们。"

次日上午，老太太按时带着男扮女装的尼阿麦来到哈里发宫门前。老太太在前面走，尼阿麦在后面紧跟。侍卫想拦住尼阿麦，不让"她"进宫门，老太太说："你这个下等奴才，也不看看这是谁！这是信士们的长官的爱妃奴阿美的女仆，你怎敢不让她进宫呢？"

老太太转脸对尼阿麦说："侍女，进来吧！"

尼阿麦随着老太太走到通往宫中大殿的那座门前，老太太嘱咐尼阿麦："喂，小伙子，你要大大方方，从容镇静，不要慌张！进了门，向左拐，数完五道门，进第六道门，那个地方就是专门为你准备的。你不要害怕，有人和你说话，你不要理睬他！"

老太太带着尼阿麦走过多道门,来到一道门前,侍卫迎上来,问老太太:"这是哪来的姑娘?"

老太太回答说:"这是我们的夫人让我给她买来的女仆。"

"没有哈里发的允许,任何人不得进门,她不能进去,你还是带她回去吧!因为这是信士们的长官的命令。"

老太太说:"侍卫长阁下,你怎么这样死心眼儿?奴阿美是我们哈里发的爱妃,病体刚有好转,哈里发仍旧放心不下,特别让我给夫人买来了这个女仆,以便照顾夫人。你可不要阻拦她进宫,免得夫人得知此事,一怒之下,削掉你的脑袋!"

老太太对尼阿麦说:"姑娘,不要听他的,快进门!你也不要告诉夫人说这位侍卫不让你进门。"

尼阿麦低着头,迈步进了宫门。他本想往左拐,但弄错了方向,结果向右拐去。他想数五道门,进第六道门,结果数了六道门,进了第七道门。

尼阿麦进门一看,只见那是一间宽大的卧室,地上铺满地毯,墙上挂着金丝绣花幔帐。房中放着一张大床,上铺锦缎褥子。香炉里燃着麝香和龙涎香,芳馨四溢,沁人肺腑。尼阿麦坐了下来,不知道等待着他的是什么命运。

尼阿麦坐在那里,正在沉思之时,突然哈里发的妹妹长公主走了进来,身后跟着她的一个女仆。

长公主见有人坐着,便走上前去,问道:"姑娘,你是谁呀?你怎么进到这个房间里来了?"

尼阿麦没有吱声。长公主又说:"假如你是我皇兄的嫔妃,他对你发了脾气,我会代你去向他求情的。"

尼阿麦没有答话。这时,长公主对自己的女仆说:"你站在门口,不许任何人进来。"

长公主走到尼阿麦面前,见其容貌俊俏,说道:"姑娘,告诉我,你是谁,你叫什么名字,为什么进这个房间。我在宫中没有看见过你呀!"

尼阿麦仍然不回答。这时,长公主生气了,伸手摸尼阿麦的前胸,发现他没有乳房。长公主想扒开他的衣服看个究竟,尼阿麦这才开口说话:"我的女主人,我是个奴隶,你就把我买下来吧!我是你的奴仆,请你雇用我吧!"

"这倒无妨。告诉我,你是什么人,谁让你坐在我的房间里的。"

"我叫尼阿麦,全名尼阿麦·本·鲁巴伊·库菲。我冒着生命危险到这里,为的是找我的女奴奴阿美,她是被哈加吉骗到这里来的。"

"原来是这样!你不要害怕,没关系。"

长公主呼唤自己的女仆,吩咐道:"你到奴阿美的房间去一趟!"

老太太此时已来到奴阿美的房间,老太太对奴阿美说:"你的主人到你这里来过了吗?"

"没有哇!"奴阿美回答道。

"也许他走错门了,进了别的房间,没找到你这里。"

"那有什么法子呢?只有依靠伟大的安拉了!该我们倒霉了。"

老太太与奴阿美坐下,正在沉思之时,长公主的贴身女仆来了。她首先向奴阿美问安,然后说:"我们的长公主叫你到她那里去呢!"

奴阿美高兴地说:"遵命!"

老太太说:"也许你的主人进了长公主的那个房间,这样,秘密已经揭开了。"

奴阿美立即站起身来,向长公主的房间走去。长公主见奴阿美走来,迎上去,说:"你的主人坐在我的房中,他好像走错了地方。没关系的,你们俩不要害怕。请你到我这里来吧!"

奴阿美听长公主这样一说，放心地向尼阿麦走去。

尼阿麦见奴阿美走来，立即站起来迎了上去……

讲到这里，眼见东方透出黎明的曙光，莎赫札德戛然止声。

第二百零九夜

夜幕降临，莎赫札德接着讲故事：

幸福的国王陛下，老太太与奴阿美坐下，正在沉思之时，长公主的贴身女仆来了。她首先向奴阿美问安，然后说："我们的长公主叫你到她那里去呢！"

奴阿美高兴地说："遵命！"

老太太说："也许你的主人进了长公主的那个房间，这样，秘密已经揭开了。"

奴阿美立即站起身来，向长公主的房间走去。长公主见奴阿美走来，迎上去，说："你的主人坐在我的房中，他好像走错了地方。没关系的，你们俩不要害怕。请你到我这里来吧！"

奴阿美听长公主这样一说，放心地向尼阿麦走去。

尼阿麦见奴阿美走来，立即站起来迎了上去，二人紧紧拥抱在一起；因为过分激动，双双晕倒在地。

过了一会儿，二人苏醒过来。长公主对二人说："二位请坐下休息休息！我来想办法让你们摆脱目前所处的困境。"

"这事就全靠公主了！"这对情侣异口同声地答道。

长公主说:"凭安拉起誓,我绝不会伤害你们的。"

长公主又对女仆说:"你去端茶饭!"

茶饭端上来,吃完饭后,又摆上杯盏,大家开怀畅饮。酒足饭饱之后,尼阿麦说:"但期我能知道会出现什么情况!"

长公主对尼阿麦说:"喂,尼阿麦,你爱奴阿美姑娘吗?"

尼阿麦说:"尊敬的公主,正因为我爱她,才敢冒着生命危险来见她。"

长公主又问奴阿美:"喂,奴阿美,你真的爱尼阿麦吗?"

"我的长公主,正因为我爱他,我才害了一场大病,面色憔悴,身体虚弱。"

长公主说:"只要你们俩相爱,谁也无法把你们俩分开,你们俩只管放心就是了。"

一对年轻人高兴异常,奴阿美说:"请拿一把四弦琴来!"

女仆立即递来四弦琴,奴阿美怀抱四弦琴,调好弦,边弹边唱道:

我与人无冤,你与他无仇;何故中伤者,让你我分手?
无人相援助,袭击突临头。剑火刺耳目,情侣泪双流。

奴阿美唱罢,把四弦琴递给尼阿麦,并且说:"请给我们唱首诗吧!"

尼阿麦抱起四弦琴,边弹边唱道:

明月若无蚀,与你正相像;若无日食生,你恰似艳阳。
情中多怪事,忧虑加惆怅。踏上平常路,终点近可望。
上路寻情侣,总觉路漫长。

尼阿麦唱完，奴阿美斟满一杯酒，递给尼阿麦。尼阿麦一饮而尽，又斟满杯子，递给信士们的长官的胞妹长公主。

长公主接过酒，一饮而尽，然后抱起四弦琴，紧了紧弦，边弹边唱道：

愁闷痛苦胸中藏，爱浪情波荡心肠。
体态瘦削呈显势，原因爱情身遭殃。

长公主唱完，把四弦琴递给尼阿麦。尼阿麦接过四弦琴，调好弦，边弹边唱道：

纳我灵魂者，切请尽折磨，纵使结果之，我亦无话说。
修复情人心，勿等夕阳落。因为时已到，生命末一刻。

他们且唱且饮，边奏边歌，津津有味，兴致勃勃。正当他们沉浸在欢乐之中时，哈里发突然出现在他们面前。大家看见哈里发来了，立即迎上去，向他行吻地礼。哈里发见奴阿美怀抱四弦琴，说道："喂，奴阿美，感谢安拉带走了你的忧伤和痛苦。"

哈里发把目光转向尼阿麦，见他一身女儿装，便问长公主："阿妹，坐在奴阿美旁边的那个姑娘是谁？"

长公主说："你的这位爱妃只有和她在一起方才有兴致吃喝呢！"

说完，长公主吟诵道：

情侣天涯散复聚，互叙别情苦亦甜。

哈里发望着尼阿麦，惊叹道："凭伟大的安拉起誓，好漂亮的姑娘,像奴阿美一样。明天,我在奴阿美的房间旁边为她腾出一个房间,放入豪华陈设,提供她所需要的一切,以表示对奴阿美的盛情与款待。"

长公主唤女仆们端来茶饭。哈里发吃完,与她们坐在一起,然后斟满酒杯,示意奴阿美唱首歌。奴阿美饮下两杯酒,然后抱起四弦琴,边弹边唱道:

酒友敬我酒三觞,杯盏铿锵下肚肠。
漫拖裙角翩跹舞,仿佛我成王中王。

哈里发听罢,欣喜不已,忙斟满第二杯,递给奴阿美,令她再唱一首。奴阿美举杯一饮而尽,轻弹玉指,引吭唱道:

世上至尚人,自豪今无双。
慷慨尊位高,遐迩美名扬。
人间第一王,施予尽大方。
主为你添寿,不计愁与殃。
主为你增辉,万民皆敬仰。

哈里发听过奴阿美唱的歌,说道:"奴阿美,唱得好哇!你口舌伶俐,诗才超群!"

他们举杯把盏,且饮且唱,兴高采烈,不觉已到夜半。长公主说:"信士们的长官,我在书上看到一个关于才子佳人的故事。"

"什么故事?"哈里发问。

长公主说:"信士们的长官,原在库法城,有一个小伙子,名叫尼阿麦·本·鲁巴伊。尼阿麦有个女奴,他喜欢这个女奴,女奴名叫奴阿美。女奴与尼阿麦自幼睡在一张床上，青梅竹马，两小无猜，两个孩子长大成人，情投意合，彼此相爱至深。不料时光降下大灾，将这对情侣分开了。中伤者使用阴谋诡计，将女奴骗出尼阿麦家，偷偷送到一个地方，然后将她卖给一位君王，卖得一万第纳尔。女奴仍像原来那样爱着她的主人，痴心不改。女奴的主人为了寻找女奴，离别家乡和亲人，长途跋涉，遍走天涯。尼阿麦冒着生命危险，终于见到了心爱的女奴。尼阿麦刚一见到女奴，从骗子手里买到女奴的那位君王便闯了进来。国王见有人和那个女奴在一起，勃然大怒，不容分说，不问青红皂白，下令处死那对青年男女。信士们的长官，这位君王如此不公正，你有什么评论？"

哈里发说："这件事真是出奇！那位君王应该尽力宽容、谅解。有三件事，那位君王应该记住：其一，那两个人是一对相爱的情侣；其二，那两个人在他的家中，都在他的掌握之下；其三，他应该缓判，问个究竟。那位君王的做法有失君王的体面。"

"哥哥，"长公主说，"您作为当代天子、君王，应该令奴阿美唱歌，听听她唱些什么。"

哈里发说："喂，奴阿美，唱一首吧！"

奴阿美怀抱四弦琴，边弹边唱道：

时光一叛仍在叛，扰乱心神思不安。
相聚情侣又分离，且看泪将面颊漫。
当初生活本安逸，如今重逢泪如泉。
我哭血与泪合淌，念君黑夜继白天。

哈里发听罢这首歌，欣喜若狂。

长公主说："哥哥，规定别人做到的事情，自己理应做到。您既然要那位君王那样行事,那么,您也应该说到做到。"

长公主对尼阿麦说:"喂,尼阿麦,请站起来吧!奴阿美,你也站起来吧!"

奴阿美和姑娘打扮的尼阿麦站了起来。长公主对哥哥说:"信士们的长官,站在您面前的这位奴阿美,便是被库法总督哈加吉骗出来的那个女奴;他将奴阿美送到宫中,诈称花了一万第纳尔买来的。这另一位,便是奴阿美的主人尼阿麦·本·鲁巴伊。看在我们列祖列宗的面儿上,我求你宽恕他俩,并将女奴赏给她的主人,把女奴许配给主人,赏给二人利禄,因为二人都在您的手中,已经吃过您的饭,喝过您的酒。我现在特别向您为他俩求情。"

哈里发说:"妹妹说得好,我说出去的话,决不反悔。"

哈里发问奴阿美:"这是你的主人吗?"

"是的,信士们的长官。"奴阿美回答。

"你们俩放心吧!我已经同意你们俩成亲了。"

信士们的长官又问尼阿麦:"你是怎样知道奴阿美所在的地方的?谁把这个地方告诉你的?"

尼阿麦说:"信士们的长官,请听我细说。凭陛下的列祖列宗起誓,我决不隐瞒任何事情。"

接着,尼阿麦把自己的经历及与波斯医生、管家婆之间发生的事情从头到尾讲了一遍,还把管家婆如何带他进宫,他又怎样走错了门的情况讲了个清清楚楚、明明白白。

哈里发听后,惊异不已,说:"赶快把那位波斯医生请进宫来。"

宫役们立即出动,将波斯医生请进宫中,哈里发让他做了自己的近臣,除了赐赠锦袍,还给了他重奖。哈里发说:"谁能做出这样的好事,我就把他纳为我的近臣。"

接着,哈里发给奴阿美、尼阿麦和管家婆赐赠了重礼。哈里发让这对情侣在哈里发宫欢欢乐乐度过了七天时间。

之后,尼阿麦和奴阿美请求返回库法省亲,哈里发欣然允之。

尼阿麦和奴阿美登程返回库法,见到父母双亲,从此过着安乐平静的生活,直到白发千古。

艾姆吉德和艾斯阿德兄弟俩听罢已经皈依伊斯兰教的白赫拉姆讲的这个长长的故事,惊异不已……

讲到这里,眼见东方透出黎明的曙光,莎赫札德戛然止声。

第二百一十夜

夜幕降临,莎赫札德接着讲故事:

大福大贵的国王陛下,艾姆吉德和艾斯阿德兄弟俩听罢已经皈依伊斯兰教的白赫拉姆讲的这个长长的故事,惊异不已。兄弟俩一夜安睡。

次日天亮,艾姆吉德和艾斯阿德骑马来到王宫门前,请求拜见国王。兄弟俩获准入宫,国王热情款待。

他们正谈话时,忽听城中有人高声求救。侍卫官进来禀报道:"国王陛下,一位国王亲率大军兵临城下,剑拔弩张,不知目的何在。"

宰相艾姆吉德听侍卫官这样一说,立即说道:"我去城外看看,探探虚实。"

艾姆吉德来到城外,果见那位国王率领千军万马,正准备攻城。

J. 坦尼尔 绘

他们看见艾姆吉德此时此刻出现，知道他是城中国王的使者，便把他带去见他们的统帅。

艾姆吉德来到来军统帅面前，即行吻地礼。礼毕，艾姆吉德抬头一看，原来那是位蒙面女子，知道她就是他们的女王。那女王说："你要知道，我来贵国，本为找一年轻奴隶，若能顺利找到，一切平安；若找不到，必与你们激战一场。因为我是专门来寻找他的。"

艾姆吉德问："女王陛下，你找的那个奴隶长相如何？有何特征？姓甚名谁？"

"他叫艾斯阿德，我叫麦尔加娜。这个奴隶是拜火教徒白赫拉姆带来的，他不肯卖给我，是我硬从他的手中把他抢来的。不料，他又趁夜色悄悄从我那里把奴隶偷走了。"

接着,麦尔加娜把奴隶的长相描绘了一番。

艾姆吉德听后,立即意识到他们要找的正是弟弟艾斯阿德,于是说:"女王陛下,感赞安拉为我们解决了这个难题。您要找的这个奴隶不是别人,正是我的弟弟。"

艾姆吉德把兄弟二人在异国他乡的经历及离开阿卜努斯的原因,从头到尾讲了一遍。

麦尔加娜听后大感惊喜,高高兴兴地向艾姆吉德赐赠了锦袍。

艾姆吉德回来将兵临城下的情况向国王详细禀告,大家听后,无不感到高兴。国王即带着宰相艾姆吉德和艾斯阿德出城拜见麦尔加娜女王。他们来到女王帐中,正坐着谈笑言欢时,忽见远处尘土飞扬,霎时之间弥漫了天空。

一个时辰过后,烟尘飞扬之处,出现了一片人马,如波涛汹涌的大海,各个武器装备齐全,直奔城下而来,没过多时,将京城围了个水泄不通,就像戒指将手指圈了整整一圈。他们人人披坚执锐,剑拔弩张,摆出了一副决战的架势,大有乌云压城城欲摧之势。

见此光景,艾姆吉德、艾斯阿德说:"我们属于安拉,我们都要回到安拉那里去。这支大军无疑是我们的敌人。假若我们不联合麦尔加娜女王抗击他们,我们的城池必被他们攻陷,我们也将会丧命在他们的刀剑铁蹄之下。眼下,我们别无良策,我们只有先去探探虚实,弄明他们的情况,然后再想办法。"

说罢,艾姆吉德走出城门,穿过麦尔加娜女王的营帐,来到围城大军军旗前,一看,才知晓原来那是他的外祖父、七座宫殿之主埃尤尔国王率领的大军……

讲到这里,眼见东方透出黎明的曙光,莎赫札德戛然止声。

第二百一十一夜

夜幕降临，莎赫札德接着讲故事：

幸福的国王陛下，他们来到女王帐中，正坐着谈笑言欢时，忽见远处尘土飞扬，霎时之间弥漫了天空。

一个时辰过后，烟尘飞扬之处，出现了一片人马，如波涛汹涌的大海，各个武器装备齐全，直奔城下而来，没过多时，将京城围了个水泄不通，就像戒指将手指圈了整整一圈。他们人人披坚执锐，剑拔弩张，摆出了一副决战的架势，大有乌云压城城欲摧之势。

见此光景，艾姆吉德、艾斯阿德说："我们属于安拉，我们都要回到安拉那里去。这支大军无疑是我们的敌人。假若我们不联合麦尔加娜女王抗击他们，我们的城池必被他们攻陷，我们也将会丧命在他们的刀剑铁蹄之下。眼下，我们别无良策，我们只有先去探探虚实，弄明他们的情况，然后再想办法。"

说罢，艾姆吉德走出城门，穿过麦尔加娜女王的营帐，来到围城大军军旗前，一看，才知晓原来那是他的外祖父、七座宫殿之主埃尤尔国王率领的大军。

艾姆吉德来到埃尤尔国王面前，行过吻地礼，递上一封信。

埃尤尔国王说："我是埃尤尔国王，为寻我的女儿路经此地。我的女儿布杜尔离开我很久了，不仅听不到她的消息，就连她的丈夫盖麦尔·泽曼的消息也打听不到了。你们听说过他们的消息吗？"

艾姆吉德听罢，低下头去，沉思了许久，确信眼前这位白发统帅就是自己的外祖父，于是抬起头来，再次向国王行吻地礼，然后说："我叫艾姆吉德，就是陛下的外孙。"

埃尤尔国王听说他就是自己的外孙，立即将他搂在怀里，祖孙二人双双泪流满面。

埃尤尔国王说："赞美安拉，孩子，我平平安安地见到了你。"

艾姆吉德告诉外祖父，母亲布杜尔、父亲盖麦尔·泽曼平安无事，他们现住在檀香岛国的京城阿卜努斯。他还告诉外祖父，说父亲生了他和弟弟艾斯阿德的气，如何下令处死兄弟俩，幸亏执行处死任务的老司库同情、怜悯他兄弟二人，他们方才得以逃生。

埃尤尔国王说："我把你和你的弟弟送回你们的父亲那里去，为你们父子说合。我要和你们一起，共享天伦之乐。"

艾姆吉德向外祖父再三行吻地礼，埃尤尔国王向外孙赠送了礼物。

艾姆吉德微笑着回到国王面前，将埃尤尔国王的情况一一禀报国王。国王一听，惊喜不已，立即下令送去慰劳品，其中有马匹、骆驼、牛羊等。

国王旋即来到麦尔加娜女王大帐，将发生的事情报告给了女王。女王听罢，说："我愿意率军队和你们一道前往，全力为你们说合。"

正当此时，又见远方荡起一片烟尘，遮天蔽日，天昏地暗。片刻后，便听喊声雷动，战马嘶鸣，遂见剑闪寒光，长矛舞动。当他们接近城边时，见那里有两支大军，便开始擂响战鼓。

见此情景，国王说："今天是怎么啦？今天定是吉庆的日子。赞美安拉已让我们与这两支大军和解，但期也让我们与那第三支大军和解。"

国王对艾姆吉德说:"宰相阁下,你带着你弟弟艾斯阿德去探探那支大军的虚实!看来那支大军来势凶猛,人马众多,均属见所未见,闻所未闻呀!"

国王因怕来军入城,下令将城门关上。

艾姆吉德和艾斯阿德打开城门,走了出去,来到那支大军军旗前,发现那是阿卜努斯国王的军队,统帅便是他们的父王盖麦尔·泽曼。

艾姆吉德和艾斯阿德看见父亲,立刻上前行吻地礼,然后哭了起来。

盖麦尔·泽曼看见自己的两个儿子,立即扑上前去,将两个儿子紧紧搂在怀里,禁不住泪如雨下,频频向两个儿子表示歉意。接着,父亲向两个儿子倾诉了离别之后强烈的寂寞和痛苦之情。

艾姆吉德和艾斯阿德告诉父王,说埃尤尔国王就在城外。盖麦尔·泽曼国王立即翻身上马,在两位王子和侍从的陪同下,向埃尤尔国王的营帐飞奔而去。

来到埃尤尔国王营帐前,先派一人进去禀报。埃尤尔国王得知女婿盖麦尔·泽曼就在大帐外,喜出望外,立即出帐相迎。见面之后,他们无不惊喜,想不到在异国他乡相遇,感到格外亲切。

艾姆吉德兄弟回宫禀报国王,国王喜不自禁,即命令宫仆们大摆筵席,热情款待来客,并向盖麦尔·泽曼率领的大军赠送了大量马匹和骆驼。

宫廷宴会开始,宾主把盏交杯,乐曲回荡在大殿之中。

正当此时,宫仆忽报城外又荡起一股烟尘,弥漫天际;马蹄声响,惊天动地;鼓声齐鸣,如同暴风。片刻后,烟尘下出现一支大军,各个身披锁甲,人人手持锐器,全军身着一色黑袍,其中有位长者,身穿黑衣,白须长垂。

眼见大军来到城下，国王对宾客们说："诸位贵宾，各路大军同日而来，仿佛事先已经约好。城外那支大军又是哪国部队呢？"

宾客们齐声说："大王不必惊惶！我们三位国王在此，各个有雄兵在握，可谓兵强马壮，不管敌人从哪里来，我们均有力抵抗。我们一定全力和陛下一道抗击外来敌人，哪怕敌军超出我们三倍。"

他们议论得正起劲时，来军的使臣进了城，被守城人带入王宫，来到盖麦尔·泽曼国王、埃尤尔国王、麦尔加娜女王和本地国王面前。使臣向国王行过礼，然后说："国王陛下，我们的国王来自一个遥远的国家。我们的国王与其儿子离散的时间已久，特来寻子，今日来到了贵国都城。假若王子在贵国，务请交出，彼此相安无事；若匿之不交，必大动干戈，捣毁你们的城池，荡平你们的国家。"

盖麦尔·泽曼国王说："你们的王子没有来过这里呀！借问来使，你们的国王姓甚名谁？"

使臣说："我们的国王名叫舍赫曼，是永亨岛国之王。为寻找儿子，特别组建了这支大军。"

盖麦尔·泽曼国王听来使这样一说，情不自禁，一声大喊，旋即倒在地上，昏迷过去了。

一个时辰过后，盖麦尔·泽曼国王慢慢从昏迷中苏醒过来，失声痛哭。

盖麦尔·泽曼国王对艾姆吉德和艾斯阿德说："孩子，快跟使臣去向舍赫曼国王行礼、问安！舍赫曼国王就是我的父王、你们的祖父啊！快去向你们的爷爷报喜，说我就在这里。我知道，他老人家因与我离散，长期痛苦难耐，直到现在还为我穿着丧服。"

接着，盖麦尔·泽曼国王讲述了自己青少年时期经历的事情，众宾主听后，无不感到惊奇。

随后，国王们陪同盖麦尔·泽曼国王出城迎接舍赫曼国王。

盖麦尔·泽曼国王快步跑到舍赫曼国王跟前,父子俩紧紧拥抱在一起。因为过分高兴,父子一时昏迷了过去。父子苏醒之后,父亲向儿子述说了别后的情景。之后,众位国王齐向舍赫曼国王父子问好致安。

数位国王及无数侍从簇拥着舍赫曼国王进入城中,来到王宫,共赴筵席,乐声阵阵,共庆这大团圆的日子。

接着,他们为艾斯阿德与麦尔加娜女王举行了隆重的结婚典礼,然后欢送女王携新婚丈夫艾斯阿德回国。临行时,舍赫曼国王、盖麦尔·泽曼国王叮嘱女王,日后务必保持密切联系,常通音信。

之后,他们又为艾姆吉德与白斯塔妮举行了隆重婚礼。婚礼毕,他们返回阿卜努斯去了。

回到京城,盖麦尔·泽曼国王向老国王艾尔马努斯讲述了发生的一切,老国王听后十分高兴。

埃尤尔国王见到女儿布杜尔公主,父女相互问安致意。在阿卜努斯住了一个月,埃尤尔国王带上女儿回国去了。

讲到这里,眼见东方透出黎明的曙光,莎赫札德戛然止声。

❖ 第二百一十二夜 ❖

夜幕垂降,莎赫札德接着讲故事:

洪福齐天的国王陛下,埃尤尔国王见到女儿布杜尔公主,父女相互问安致意。在阿卜努斯住了一个月,埃尤尔国王带上女儿回国去了。

艾姆吉德随外祖父埃尤尔国王回到京城,埃尤尔国王退位,由艾姆吉德担任国王,治国理政。

盖麦尔·泽曼国王让艾姆吉德替代自己登上王位,开始处理朝政,埃尤尔国王对此感到十分满意。盖麦尔·泽曼国王准备行装,随后跟父王舍赫曼返回永亨岛王国。

国王父子同返京城,消息传开,万民欢腾,立即装点城郭,张灯结彩,热烈庆祝,整整热闹了一个月。

时隔不久,盖麦尔·泽曼荣登王位,励精图治,朝纲大振,国泰民安。

莎赫札德讲到这里,舍赫亚尔国王说:"莎赫札德,这个故事实在太精彩了。"

莎赫札德说:"国王陛下,这个故事与《长公主与宰相》的故事相比,就算不上精彩了。"

"那就讲给我听听吧!"

莎赫札德开始讲《长公主与宰相》的故事:

四大哈里发①在位时,伊斯兰帝国的首都设在麦地那,意取先知陵墓所在之吉利。大马士革的伍麦叶王朝,则把麦地那作为阿拉伯诸部落各派别所在地。阿拔斯家族在波斯人的支持下,夺取了哈里发职位,遂将他们的首都建在波斯帝国的边境上,先在库法,因为那里的人首先向他们宣誓效忠;然后迁至幼发拉底河畔的安巴

---

① 四大哈里发,即艾卜·伯克尔、欧麦尔、奥斯曼和阿里,公元六三二年穆罕默德去世后,他们为继任者,被称为"四大正统哈里发"。

尔，阿拔斯王朝的首任哈里发赛法哈及第二任哈里发曼苏尔都归真在那里。曼苏尔容不下曾帮助阿拔斯家族夺取政权的黑旗领袖艾卜·穆斯里姆将军，担心他夺取自己的职位，故将之暗杀。

将军被暗杀后，其追随者们曾在拉旺迪亚举事，曼苏尔恐慌不安，幸得穆阿尼·扎伊德保护，方才免遭一死。随后，曼苏尔派兵镇压了举事的人。曼苏尔仍然怕爆发起义之类的事，于是开始构筑城池，以供家眷及政府要员藏身。他把巴格达建成团城，称之为"曼苏尔城"。哈里发宫建在城中心，命名为"静宫"，其周围是亲王们及国家要员们的公馆、官邸和市场。

巴格达有三道城墙：内城墙由房舍围绕，墙外筑有城堡；第二道城墙外面有一条环形人行道；环形道外便是外城墙，下临护城河，河里常年有水。巴格达有四座城门，分别以其所朝向的城市命名，被称为巴士拉门、库法门、沙姆门和呼罗珊门，每座门内都有一条大街，直通城中心。

曼苏尔起初住在城中心的静宫。当他的心事平静下来，城内也变得拥挤时，他便在城外底格里斯河畔新建了一座宫殿，取名"永宫"。从曼苏尔到拉希德，静宫和永宫一直是哈里发的起居之地。拉希德更喜欢永宫，故大部分时间住在那里。

仅仅曼苏尔城，是住不下军队及其家眷和从属于他们的商人的，更容不下陆续来到首都的穆斯林及非穆斯林，于是他们在城外相继建造了许多住宅。为了缓解拥挤状况，曼苏尔鼓励人们移居城东一个名叫"拉萨法"的地方，在那里建起了清真寺和公馆，人们相继在那里建起住房。

曼苏尔的儿子马赫迪率大军从呼罗珊归来，因拉萨法紧靠呼罗珊，便在那里驻扎下来。随后，曼苏尔命令他们留在那里，并给他们封地，于是，他们在那里大规模建造住宅，故拉萨法很快变成了大镇。当初,拉萨法被称为"马赫迪兵营",其后逐渐向南北延伸,出现了迈赫来姆区和舍马西亚区。

哈里发在底格里斯河东西两岸建造了大批房舍,其中永宫和祖贝黛宫,均位于河西岸;而贾法尔·巴尔马克宫和艾敏宫,则坐落在河的东岸。

哈里发拉希德时代的巴格达城,宫殿林立,花园密布,居民幸福安乐,国库丰盈充裕,君王开明慷慨。为了谋生,人们陆续来到巴格达城,千方百计讨好哈里发及其群臣……有阿拉伯人、波斯人、罗马人、土耳其人、库尔德人、亚美尼亚人、格鲁吉亚人、信德人、印度人、中国人、黑人和埃塞俄比亚人等。人们的种族和职业各不相同,有工匠、商贾、牲口贩子,也有诗人、歌手、文法学家、说书人……他们有的是穆斯林,也有的是被护民①;有自由人,也有奴隶;有男仆,也有女婢。他们时常围着哈里发宫或大臣们的公馆转,千方百计把货物卖给王公大臣,或向他们极尽奉承献媚之能事,以便获得巨额钱财。王公大臣们挥金如土,少则一掷数百迪尔汗,多则一抛成千上万,用以赏赐那些向他们献媚的人,钱库往往流水般地被挥霍一空。他们之所以能够如此大手大脚地花钱,因为当时他们除了有大量的税收和战利品外,还能分享土地所有者的一半谷物收成。这批钱财到了哈里发及其大臣们的手里,他们便迫不及待地赏赐给那些围着他们转的人。

哈里发宫中靠诗歌谋生的人当中,有一位诗人,名叫艾布·阿塔希亚。他和当时的大部分诗人一样,本是被释放的奴隶。

艾布·阿塔希亚起初是做陶罐的,常常背篓荷筐在库法城里走街串巷叫卖。他颇负诗才,后在巴格达城住了下来……时隔不久,

---

① 被护民,指改信伊斯兰教的人。

他便以其绝妙诗作跻身于哈里发的门客之列。首先接近他的是马赫迪·伊本·曼苏尔。马赫迪喜欢他的人品和诗作，常要他陪自己外出打猎或游玩，对他款待备至。艾布·阿塔希亚与哈迪·伊本·马赫迪关系融洽。尽管哈迪执政时间很短，但他给艾布·阿塔希亚心灵上带来的影响却是深刻的。哈迪死后，艾布·阿塔希亚暗下决心，自此不再作诗。

哈伦·拉希德继位，命艾布·阿塔希亚作诗，诗人拒不从命，拉希德大怒，遂下令将诗人关押在一个不足五尺见方的囚室。艾布·阿塔希亚为求哈里发宽恕，作了一首诗，并由著名歌手穆苏里谱曲演唱，拉希德听后大为高兴，随即赏给诗人五千迪尔汗……从此，这位诗人在哈里发拉希德那里得宠，与哈里发形影不离，只有朝觐时例外。艾布·阿塔希亚不但能从国家要员那里得到数千迪尔汗的奖赏，哈里发拉希德还给诗人规定了年薪，诗人因此成了富翁。尽管艾布·阿塔希亚腰缠万贯，但贪心未减，且极其吝啬，想尽办法捞钱，只捞不花，尤其是立誓出家修行之后。他下决心不再作诗，收入锐减，于是开始找别的生活门路。

约在回历一七八年①，拉希德在位时，艾布·阿塔希亚来到拉希德的儿子艾敏身边。

当时，艾敏只有十六岁。艾敏自幼喜欢纵酒狂歌，席前不能没有歌手、酒徒、男仆和女婢。他是第一个大量使用奴婢的人，他不仅从群仆众婢中精心挑选自己所喜欢的人，而且想方设法让他们精心梳妆打扮。那时，有许多诗人光顾艾敏的客厅，尤其不乏狂放、幽默之辈，著名酒诗人艾卜·努瓦斯便是其中一位常客。艾布·阿塔希亚平日与艾敏的母亲祖贝黛十分亲近，也常到艾敏那里做客，

---

① 回历，即伊斯兰教教历，教历元年是六二二年。回历一七八年即公元八〇〇年。

目的在于得些钱财或奖赏。艾敏慷慨大方,挥霍无度,一掷千金,根本不知道金钱的价值。

那些一本正经、智谋双全之辈是不到哈里发那里去的,除非有什么政治目的。他们有事先去找艾敏,利用艾敏接近其母亲祖贝黛,因为祖贝黛是拉希德的堂妹,也是拉希德最宠爱的王后,她的话在拉希德那里最有分量。

当时,哈里发的嫔妃们多数都是被释放的女奴。因此,在阿拔斯王朝的哈里发当中,父母双亲都是哈什姆人的只有艾敏一位。那些企图以献媚、求情或阴谋手段接近拉希德的人,无不竭力赞扬祖贝黛所生之子,虽然他们都认为艾敏并没有担任哈里发的才能;与此同时,他们在祖贝黛面前也毫不例外地贬低艾敏的哥哥马蒙,因其母是一个波斯女奴。其实,马蒙的智力和才干均胜过艾敏。

在这方面付出力量最大的要数法德勒·伊本·莱比阿。因为他的父亲曾是曼苏尔和马赫迪的宰相,故自荐当上了宰相。拉希德继任哈里发,十分亲近叶海亚·伊本·哈立德·巴尔马克,并让其儿子贾法尔担任宰相,因为叶海亚曾为拉希德继任哈里发立过汗马功劳。法德勒因此记恨在心,千方百计陷害贾法尔。但他无计可施,只有设法讨好祖贝黛及其儿子艾敏,因为他深知祖贝黛憎恨所有波斯人,尤其不满巴尔马克家族,特别是贾法尔。原来,贾法尔曾迫使拉希德的大臣们向马蒙宣誓效忠,并决定让马蒙在艾敏之后担任哈里发……而祖贝黛则亲近支持艾敏、反对马蒙的人。法德勒常去艾敏那里,陪伴其纵情作乐,极尽阿谀奉承之能事,正是为了上述目的。

有一年,艾布·阿塔希亚来到艾敏客厅,谈话间,艾敏说他想买一批能歌善舞的白种女奴,将她们养在自己的宫中,因为当时的多数歌女舞姬都是黄种女奴。

他们之所以挑选白种女奴,仅仅是为了寻欢作乐。当时,最善于挑选歌女的是拉希德的歌手易卜拉欣·穆苏里。

法德勒听艾敏说想买白奴歌女,当即对艾敏说:"有一个奴隶贩子,带来了一批美貌女奴,全都寄养在巴格达的一个大奴隶商那里。那个奴隶商是个犹太人,名叫方哈斯。人们都说他那里的那批女奴貌美绝伦。买来之后,可以让穆苏里教她们唱歌。"

第二天,法德勒表示愿意去找那个奴隶商,为艾敏挑选一批相貌绝美、音色极佳的白种女奴。

艾布·阿塔希亚得知这一消息,暗想:"若能跟方哈斯串通一气,定能发一笔大财。"因为他知道艾敏喜歌好色,为买女奴,他是不惜耗费巨资的。

就在那天傍晚,艾布·阿塔希亚决定去见那个商人……

讲到这里,眼看东方透出黎明的曙光,莎赫札德戛然止声。

❖ 第二百一十三夜 ❖

夜幕垂降,莎赫札德接着讲故事:

大福大贵的国王陛下,法德勒随即表示,第二天就去找那个奴隶商,为艾敏挑选一批相貌绝美、嗓音极佳的白种女奴。

艾布·阿塔希亚得知这一消息,心中暗想:"若能跟方哈斯串通一气,定能发一笔大财。"因为他知道艾敏喜歌好色,为买女奴,他是不惜耗费巨资的。

就在那天傍晚,艾布·阿塔希亚决定去见那个商人,将艾敏的想法如实相告，并且强调说是他为艾敏买女奴的，要求商人尽量抬高价钱，将超出原价的部分回扣给他。

夕阳刚刚落山，艾布·阿塔希亚便去找那个奴隶商了。他住的地方离那个商人的家很远，因为艾敏宫位于巴格达城东南面的迈赫来姆区，而方哈斯的家则在巴格达的西北面，距曼苏尔所建、专供被抢占的男仆女婢居住的奴隶房舍不远。

艾布·阿塔希亚面孔白皙，头发乌黑，衣着整洁，相貌堂堂，素以风度翩翩、精明谨慎著称。那天夜里，他一反到哈里发或其儿子那里做客、赋诗时的常态，衣着十分朴素。他自打决心出家修行之时起，便开始穿穷人常穿的富贵衣，也许因为他过分吝啬，不肯花钱买好衣服。平日里，他常披一件宽大斗篷，头蒙大方巾，与普通百姓没有什么两样……那天夜里，他仍然披着那件斗篷，只是头巾的形状稍有变化，意在掩饰一下外貌，因为他此次外出要办的事情需要严格保密。

艾布·阿塔希亚沿着底格里斯河岸走去。究竟该乘船先到桥那里，然后下船步行去奴隶房舍，还是一直沿河岸走下去，他一时拿不定主意。为省下船钱或租牲口的费用，他认为还是步行好。他无意中向底格里斯河望去，见离岸不远的水面上有一面张着的风帆，帆下有一只船，正乘风破浪，急驶似箭，不禁心中高兴，决心以船代步。

夜幕已经垂降，周围一片寂静。一则因为那里远离凯尔赫的拥挤和喧闹，二则因为那里的建筑都是雄伟壮观的宫殿楼阁，周围全是花木繁茂的花园苗圃，仅供哈里发及其家人、亲戚享用，自然人少，故显得格外清静。

艾布·阿塔希亚喊船停下，但没听到船家的应答声。他又喊了一声，船家回答说无法靠岸。他再次喊道："站住……我忘不了你的好处！"

只听一阵吵嚷声传来,又见水手降下风帆,船速减慢,随后看到水手摇起了船桨……知道船家有什么急事,不像是巴格达人来河上赏风观景的,因为当时并非明月良宵,也没有什么好看的景色。忽听站在船边的一个人大声问道:"你是谁?"

"我是外乡人,想去哈尔比区,天这么黑,不认识路呀!"艾布·阿塔希亚回答说。

船长听后,转身离开船边,人影消失了,而那条船仍然慢慢行驶。艾布·阿塔希亚等待片刻,那船长又出现了,招呼道:"欢迎你……请上船吧!"

船长令船靠岸,吩咐一水手放下一块跳板,艾布·阿塔希亚上了船,遂向船长问安,船长回礼后,让他坐在风帆旁的一个座位上。

艾布·阿塔希亚坐下,环视四周,见只有四名水手,正在齐力荡桨划船。他又朝船尾看了一眼,借火把的光,看到身着贝都因人服装的一男一女坐在那里,困倦得抬不起头来,那男子的身边放着希贾兹人穿的那种大鞋子。那一男一女面前躺着两个孩子,头靠在妇人的怀里,一侧一个……两个孩子穿的也是贝都因人服装,那妇人将一件宽袍盖在两个孩子的身上……艾布·阿塔希亚觉得奇怪,很想打听一下他们的情况。

船破浪前进,周围一片寂静,除了波涛撞击船体和船桨击打水面的声音,什么也听不到。过了不多时,巴格达的建筑物便映入眼帘,两岸上的宫殿灯火辉煌,接着响起嘹亮的宣礼声,在呼唤人们做宵礼了。艾布·阿塔希亚认为正好用此机会跟船长说几句话,于是问:"船长,能借块礼拜毯给我吗?"

船长站起来,去取来一块礼拜毯,铺在甲板上。

艾布·阿塔希亚站起来,开始做礼拜,而两眼却不住地望着那两个陌生人及那两个孩子,仔细打量他们的面孔。他发现那一男一女都是中年人，观其衣着，贝都因人的质朴特征清晰可见，可知他俩都是从希贾兹来的……火把的光照在两个孩子的脸上，借着那跳动的火光，艾布·阿塔希亚看得出那是兄弟俩，其中一个约莫五岁，另一个四岁的样子，面孔有城市居民的那种美，白里透红，皮肤细嫩；眼睫毛长长的，眼窝里像是涂上了化妆墨；他俩都在熟睡，似乎温暖使面色显得更加红润光彩。

艾布·阿塔希亚很想了解一下那一男一女的真实情况，于是刚做完礼拜，便走近船长，问道："这些人……莫非他们也像我一样，都是异乡人？"

"是的。"船长答道。

"他们从哪里来？"

"你问这些有何用？"

"都是异乡人，见面亲三分嘛！"

船长牵强一笑，说："不要打听别人的情况！你还是不要多管闲事的好……我既没有问你打哪儿来，又没问你往何处去，更没问你姓甚名谁、家庭门第！"

说罢，转身向船边走去。船已行过开启的浮桥。因为桥是用船搭成的，相互用铁链连接，上面架着一层木板，以供行人及牲口来往，故开启、连通方便易行。船行过浮桥，临近大桥，曼苏尔城出现在眼前。这座桥很少开启，所以船长说："我们已经接近大桥，这是我们的终点站……请准备下船吧！"

船长如此不客气，使艾布·阿塔希亚颇伤脑筋，真想把自己的真实身份告诉他。他心想假如对方知道自己是谁，定会格外敬重。因为当时诗人在哈里发宫中享有崇高地位。但是，艾布·阿塔希亚还是决定不告诉他，而是听到船长喊自己，立即站起来，向船边走去。

艾布·阿塔希亚来到船边，定神向岸上望去，发觉拉希德住的永宫已近在咫尺，只见那里灯火辉煌，烛光透过窗子，映照着园中花木……百花吐艳，芬芳四溢，与香烟会聚，奇香无比，令人陶醉。艾布·阿塔希亚想着自己此行的任务，盘算一旦完成，必将得到一笔可观收入，便顾不上再去打听别的事了，只是笑着问船长："我们在哈里发宫下船吗？"

"我们把你送到哈里发宫附近的桥下。"船长答道。

"好吧！"

说完，艾布·阿塔希亚又开始想自己的任务，考虑见了奴隶贩子方哈斯，自己该对他说些什么……剩下的一段路已经不长，他准备步行；与此同时，他真希望面前这座桥也像那座浮桥一样开着，以便坐着船过去。他正了正头巾，紧了紧腰带，披好斗篷，船也靠岸了。水手们放好上岸用的木板，艾布·阿塔希亚谢过船长，走下船去。虽然他还看着眼前的景色，然而期望得到一笔钱的欢乐终于使他忘记了一切……

艾布·阿塔希亚登上岸，快步向北走去，穿过呼罗珊大街，进入奴隶院大街，多数店铺已经关门，然而小巷中依旧挤满过往行人。他想雇一头毛驴骑，却又怕花钱，还是加大步子向前走去，一直来到方哈斯公馆。

方哈斯做奴隶生意，发了一笔财，不仅腰缠万贯，房舍也格外气派。他贩卖的奴隶多是卖给哈里发及其儿子们，因此，一旦得到一个美貌女婢或一个英俊男奴，便派捐客去哈里发宫或亲王府等处游说，设法替他兜售，故亲近哈里发或王子、同时又想赚些钱的人，尤其是诗人和歌手，常去充当这种捐客。艾布·阿塔希亚此行的目的正在于此。

望见方哈斯公馆时，天色已经暗下来。艾布·阿塔希亚生怕方哈斯已经上床入睡，因为他知道，若没有人聊天喝茶，方哈斯是很少熬夜的……方哈斯喜欢在游手好闲的公子哥中推销自己手中的艳品，乐意看到人们大把大把花钱，以便把钱赚到自己的腰包里。他习惯于日落时分吃晚饭，而晚饭时分，他却要上床睡觉了。

艾布·阿塔希亚明知情况如此，但期望方哈斯那天晚上正在熬夜……他朝公馆望去，只见公馆里灯火通明，非同平日，心中暗喜，自认成功有望……他从奴隶房舍大街向左拐，踏上通往哈斯公馆的那条路。当他进入通往公馆大门的那条胡同时，看到门外有几个人影，远远听到阵阵喧哗声。他留心细听，同时凝神察看，只见那里有两头牲口，继之从牲口背上跳下两个人来，还带着两个孩子……艾布·阿塔希亚想起曾在船上看见过那几个人，心中不禁一惊，认为那两个孩子是奴隶，带来是想卖掉的。但看那男子的模样并不像奴隶贩子或商人，倒像贝都因人……

艾布·阿塔希亚不慌不忙，躲在一个看得着、听得见，而谁也瞧不见他的地方。只见那个男子离开骡子之后，肩上扛着孩子，抓住门环，轻轻叩击了几下，站在那里，等待门里答话。那个女子问："你说他们会等着我们吗？"

那男子答道："当然会的……你瞧不见公馆里还亮着灯吗……主人一定在焦急地等待着我们，因为我们来晚了。"

艾布·阿塔希亚听那一男一女的口音，觉得他俩既不是麦加人，也不是麦地那人，倒是更像巴格达人，于是相信其中定有秘密。

片刻后，便门开启了，一女子探出头来，手里端着一盏灯，灯光照在她的脸上，面庞清晰可见……那是一张俊秀的面孔，生着一双丹凤眼，两道弯弯的柳叶眉，笑意盈容，长长的发辫飒然后垂……看样子显然是个白种女仆，虽已年近四十，然风韵犹存。

艾布·阿塔希亚的目光一落到女仆身上，心跳陡然加速。因为他突然想起一张他熟悉、喜欢的面孔。十几年前，他曾炽烈地爱着那张面孔，但未能如愿，留在心中的只有忧伤……他仔细打量那个女仆，想证实一下自己的猜测，但听那女仆热情地说："你们来啦？感赞安拉……喂，里亚士，你们来得好慢呀！"

那男子回答说："我们不是故意来晚的。你问问白拉，我们在路上遇到了多少困难吧！我们先到了我们的主人那里，主人一直把我们留到天黑，方才离开那里，径直往这里赶……阿蒂白，我们的女主人在这儿吗？"

艾布·阿塔希亚听到女仆的话音，又听到那男子呼唤女仆的名字，不禁一惊，心跳得更快了，相信她正是马赫迪在位时期他所爱过的那个女仆。他曾多次赞美过她，但不敢追求她。在一年的元旦，他曾赠送给马赫迪一只陶罐，内装一件香衣，在衣角写上了几句诗，表达他对那个女仆的追慕之意。诗云：

> 我恋世间宝一件，求主助我得实现。
> 虽我无望得到它，恋意依旧在人间。

马赫迪明白他的意图，想把阿蒂白赏给他，但阿蒂白着急了，说道："信士们的长官，难道你乐意将我推给一个陶器贩子，一个靠作诗谋生的人？"

马赫迪宽容了女仆，说："那么，你们就把那只陶罐装满钱，然后还给他吧！"

与此同时，马赫迪嘱咐艾布·阿塔希亚不要再赞美阿蒂白。从此以后，艾布·阿塔希亚再也没有提过她……然而对她的爱却一直深深地刻在心中。马赫迪去世，侍女们东分西散，阿蒂白的命运如何，艾布·阿塔希亚不得而知。那天夜里，当阿蒂白突然出现在他的眼前时，青春热血再次沸腾在心中……

讲到这里，眼看东方透出黎明的曙光，莎赫札德戛然止声。

✦── 第二百一十四夜 ──✦

夜幕垂降，莎赫札德接着讲故事：

幸福的国王陛下，那天夜里，当阿蒂白突然出现在艾布·阿塔希亚的面前时，青春热血再次沸腾在他的心中。

阿蒂白回到便门内，吩咐看守人开门。门开启了，那男子将一个孩子扛在肩上，那女子将另一个孩子扛起来，阿蒂白在前面举灯照明，相继走进大门，步入庭院，直至消失在艾布·阿塔希亚的视野中。

时隔不久，艾布·阿塔希亚看见胡同里有个骡夫赶着两头骡子走来。他站在原地，一动不动，思考着自己所看到的情景，忘掉了自己的来意，很想探索那个秘密，尤其听他们问起他们的女主人之后。他想："那位女主人究竟是谁呢？说不定此事有什么奥秘，一旦弄清，会发一笔大财！"他决定迟一会儿进门，免得那家人知道他晓得那两位来客的秘密……等进门之后，再设法探索。

听到大门吱吱响，见门已经关好，艾布·阿塔希亚方才走上前去，轻轻叩击门环。他听到里面有人问道："谁？"

艾布·阿塔希亚再叩门，门开了，一个黑肤色的奈巴特人探出头来，那就是方哈斯的看门人，名叫哈亚。

哈亚认识艾布·阿塔希亚，曾不止一次见他来拜访主人。不过，此次见艾布·阿塔希亚夜半而至，不禁惊异万分，但还是表示欢迎，忙打开门，请他进来。艾布·阿塔希亚进了门，显得疲惫不堪，问道："哈亚，主人在家吗？"

哈亚操着奈巴特人的口音答道："在呀……你想见他？"

艾布·阿塔希亚走到庭院，说："如果不是看到这里灯火辉煌非同平日的话，我是不会在这个时辰来拜见你们的。据我所知，方哈斯师傅是不常熬夜的。而今夜的公馆却灯火辉煌，我感到奇怪，很想知道这里举行什么晚会。我想不是结婚盛典，就是有某位贵客临门。"

这话颇有开玩笑的意味，他期待看门人吐露一点儿什么消息。

"没有什么令人不安的事，但我不晓得究竟为什么举行晚会……"

话未说完，哈亚突然改变了话题："你现在就想见老爷吗？"

"是的……他在哪里？"

"我这就给你叫去！"

哈亚快步离去，穿过走廊，登上楼梯……艾布·阿塔希亚相跟而去，唯恐等在外面会发生什么意外，使他无法上楼。走廊里及楼梯上烛光通明，可路上连一个仆人也没看见，而且听不到任何喧闹声。艾布·阿塔希亚知道来者希望保密。

哈亚来到艾布·阿塔希亚与方哈斯常坐的房间，那里漆黑一片，随即点着一支蜡烛，请客人进屋坐下。哈亚喊主人去了，艾布·阿塔希亚坐在屋里，边等候主人到来，边思考留在公馆中过夜的办法。他很想知道那些客人究竟在公馆的什么地方。不料，无意中听到孩子的笑声，知道他们就在离那里不远的房间，且晓得去那个房间的路。

哈亚回来了，告诉他说："老爷已经上床休息，我去把他叫醒吧？"

听说主人已经睡觉，艾布·阿塔希亚心中暗喜，当即回答道："让他睡吧！我明天早晨再见他……"

说罢,他伸了伸懒腰,打了个哈欠,显出疲劳困倦的样子。哈亚问:"你想睡呢,还是先给你拿些吃的?"

"我不需要吃什么,只是觉得有些累……我一路骑牲口,走了那么长的路,实在累得很。当我走近公馆时,见灯火非同往常,便想来找方哈斯师傅一起聊天,于是打发走了骡夫和牲口。我不晓得,假如我想离去,是否能在附近找到牲口?"

"你如果一定要走,那就从牲口圈里牵一头牲口,因为这里有的是牲口。但是,我觉得你没有必要这么着急……今夜就宿在我们这里好了!你既然想睡觉,我现在就领你到床铺齐备的房间去。"

"灯火如此耀眼,我睡不着觉呀!"

"我们已经开始熄灯,过不了多大一会儿,你就会看到公馆一片漆黑。"

"如果是这样,我就在这里宿一夜,明天再回去。我来找方哈斯师傅,有要事相商,蒙安拉默助,可望从中得到一笔可观的收入……"

看门人一听,更想留客过夜了。他知道,虽然主人家财万贯,但贪财的欲望有增无减;为了捞取钱财,良心丧尽,不择手段。在主人看来,世上的人大多迷失了方向,尽坚持那种毫无意义的东西,顾及什么体面、尊严,从而空耗生命,白白失掉了许多获取钱财的良机。尊严……尊严又有什么用呢?!饥饿之时,不能饱人之腹;干渴之时,不能解人之渴……而钱财,在主人看来,那是权力或权杖;谁握住它,就成了君王,一呼百应,众人为之低头,众友为之效劳……这些就是方哈斯师傅的生活准则,艾布·阿塔希亚对此了如指掌。因此,艾布·阿塔希亚常借助于他,使二人同时发财,而他今夜来的目的也正在于此。

看门人知道艾布·阿塔希亚带来了令主人高兴的消息,再三要他留下过夜,让他跟自己到房间去。

艾布·阿塔希亚边跟着哈亚走，边左顾右盼，但期能够了解一下先进来的那几位客人的秘密。

哈亚站在一房门前，打开门，自己先端着蜡烛进去，随后请艾布·阿塔希亚进门。艾布·阿塔希亚进门一看，只见地毯上铺着褥子，急忙说："这褥子干干净净……安拉会赐福给你的！"

看上去，客人想睡觉，哈亚便告辞了。

艾布·阿塔希亚已弄清那几个人所住的地方。

哈亚走了，公馆中的灯火熄灭了，人们也都已睡下，艾布·阿塔希亚摘下头巾，脱掉斗篷，穿上软底靴，走出房门，摸着墙走去，两膝不住地打战……人们已经睡熟，公馆内一片寂静，很快便可知道那个房间的秘密，即使听不到什么声音，但门缝里透出来的光，足以充当他的向导……

艾布·阿塔希亚刚一靠近那个房间，便听到里面的人窃窃私语，仿佛怕别人听见他们在说什么。

他站在那里，透过门缝朝里看去，见房间正中央坐着一位女子，身穿帝王朝服，一派天使风貌，她怀抱着那两个孩子，吻了又吻，双目中泪珠欲滴，面浮悲喜交集的表情，令人捉摸不清她因喜而哭，还是因悲而泣泪。

艾布·阿塔希亚仔细打量那女子，她看上去二十五岁到三十岁年纪，容貌俊秀、端庄，实属罕见。尽管他在哈里发宫、王储府里，或者贾法尔·巴尔马克以及巴尔马克家族人的家里，见过数不胜数的美女佳人，但他觉得房间中那位女子的美貌中包含着某种难以言状的庄严、严肃，是他所见过的那些女性根本不具备的。

假如你再细细观察她那种庄严表情，便会发觉那种表情来自她那双眼睛。她那双眼睛并不大，也不宽，却放射着炯炯的光。她的眼睛并不像别的美女那样倦怠无神，而显得敏锐锋利，令男子感到那目光总是瞧着自己，能穿胸透心，将之隐私一览无余。那位女子的皮肤并不是当时人们崇尚的白色，而是褐中透红。她一声不响，就像镜中人那样，有情无声。

艾布·阿塔希亚看到女子戴着缀有宝石的额带，禁不住一惊，因为他从来没有见过那样的装饰品。他不知道，第一位戴这种宝石额带的是马赫迪的女儿、拉希德的胞妹。因为那位公主的前额格外宽，影响了她的美貌，于是戴上这种额带，以遮其丑，遂成了一种美容发明。艾布·阿塔希亚之所以没有见过，原因在于当时这种额带还未流行开来。

那位女子梳着赛基娜式的发式；因这种发式的发明人是侯赛因的女儿赛基娜，故而得名。女子额头前部戴着一种镶嵌着钻石的饰物，形似飞鸟，两只眼睛用纯绿宝石制成，翅膀上嵌有红宝石和钻石，排列有致，在明烛下闪闪放光，令人感到照亮房间的不是蜡烛，而是那枚精美的头饰。女子蒙着一块淡紫色金线绣花纱巾，一对耳环上各有一颗鸽子蛋大小的珍珠，脖子上戴着一条宝石项链，人与头饰相配，若珠璧联合，似天衣无缝。女子的衣服尽管用昂贵的织物制成，但显得朴实无华……衣服呈天蓝色，边角处均有精致绣花。

艾布·阿塔希亚细看那女子的容貌衣着，不胜惊异，心想："这位天仙无疑是哈里发拉希德的家人，定有什么奥秘；一旦弄清，少不了要发一笔大财。"

再朝房间各个角落扫视一眼，只见那一男一女仍然穿着希贾兹人的服装，恭恭敬敬地坐在地上；看得出，那男子已入壮年，头发和胡须业现斑白。仔细凝视、打量那个男子的面孔，觉得他并不像贝都因人……断定他为了达到某种目的，进行了一番乔装打扮。至于那个女子，看上去则像一个女仆，如今年纪已经大了。

最引艾布·阿塔希亚注意的还是阿蒂白。但见她坐在那张椅子前,正在好言劝慰自己的女主人……细看阿蒂白,见她的面部风韵犹在,只是比先前胖了些。那天夜里,阿蒂白没蒙头巾,头发梳成十几条辫子,每根的末梢系着一块银元或一种装饰物,脖子上戴着一条华贵项链,手腕上戴着镯子,身着绿底红花绸袍。

眼见此情此景,艾布·阿塔希亚惊奇不已,心中激动,两膝不住地相互撞击,因为只有弯着腰才能透过门缝往里看,故腰背都觉疲劳。但是,他仍然坚持着,边看边倾听他们在谈些什么。首先传入他耳中的是阿蒂白的话。她说:"小姐,没有什么过不去的……你哭什么呢?"

那女子搂着两个孩子,抬头望着阿蒂白,声音哽咽地说:"阿蒂白,我心想,这是我最后一次看见他俩了。"

"小姐,我们谨求安拉保佑,但期你能像今天这样,每年有数次机会见到他俩……这位就是里亚士,安拉保佑他,每当听到你的吩咐,他就会到我们这里来的……但愿天遂人意,让他俩时时刻刻陪伴着你。"

女子叹了口气:"唉,阿蒂白呀,你在梦想不可能实现的事啊……要知道,我们的敌人残忍凶狠,不仁不义,贪图享乐,为所欲为,只顾自己……至于别人渴死、饿死或郁闷而死,他是一概不闻不问……他只关心自己,毫无怜悯之心!"

说着,女子从自己的衣袖里掏出一块绣花绸帕,擦了擦眼泪。

阿蒂白说:"小姐,那些男人正是这样。他们大权在握,把自己看得比女人高得多,禁止女人与他们享有同等权利。一个男人可以娶几个女人为妻,并且任意纳妾,霸占女仆,但却不让女人同自己相爱的一个男人结为百年之好……"

女子打断女仆的话:"男子中,没有一个像我哥哥那样行事的;

女子里，再也没有像我这样命苦的……我哥哥把我许配给一个他所喜欢的男子，然而却不让我们共享安拉赐予的那份幸福；与此同时，他的宫中却集聚了成群的罗马、土耳其、波斯、信德美女，其中有白肤色的，也有黄、红、褐、黑肤色的。"

说到这里，女子咽了口唾沫，擦了擦眼泪。那两个孩子仍在她的怀里，其中一个稍大的孩子用惊异的目光望着她的面孔，见她哭，也跟着她哭起来。那稍小的孩子，见哥哥哭，他也哭，接着阿蒂白也哭了起来……霎时之间，房间内哭声一片……

阿蒂白竭力克制着自己的情感，安慰说："小姐，你也知道，你的哥哥是信士们的长官，他之所以不让你与那位宰相结婚，无非是因为他没有本事。你是哈里发的公主，又是哈里发的胞妹，血统高贵，与先知的叔父一脉相承。至于那位宰相，不过是个波斯奴隶，怎配与你结配成亲呢？像你这样的大家闺秀，应该与哈什姆人的后裔结亲……人们都知道，信士们的长官很喜欢自己的胞妹；他阻拦这桩婚事，目的全在提高你的地位呀！"

"阿蒂白，你这个该死的……难道你还被蒙在鼓里……如果我哥哥真的认为与奴隶或仆人结婚有碍于哈里发尊位，那么，他为什么与一波斯女奴结合，并且生下了儿子，还要儿子继承王位呢……难道说女奴比男奴的地位高？此外，他的宫中奴婢成群，他随意纳妃子，连婚约都没有……看起来，我哥哥很喜欢、敬重他的堂妹祖贝黛，可是，他为什么不与她结为夫妻呢？他总想施展自己的权威，但又找不到对象，看我软弱，就欺负起我来了……他把一个青年介绍给我，而且认为我的哈什姆人堂兄当中再也没有比他更好的了。让我同他结了婚，之后却又禁止我与他接近，致使我们认为接触就是犯罪，生怕人们知道我们的秘密，好像我们在通奸、姘居……但求安拉保佑……事情到了这个地步，谁又敢在我哥哥面前为我说两句公道话而不怕自己的生命遭到威胁呢……"

讲到这里,眼看东方透出黎明的曙光,莎赫札德戛然止声。

第二百一十五夜

夜幕垂降,莎赫札德接着讲故事:

幸福的国王陛下,阿蒂白好好安慰了小姐一番。

这时,艾布·阿塔希亚弓腰透过门缝往里看,两腿不住打战,而且屏住呼吸,生怕有人听见,已感背痛腰酸。

从那一番对话中,他知道那位女子就是拉希德的胞妹、长公主阿芭萨。他晓得,拉希德把妹妹许配给了自己的宰相贾法尔·巴尔马克。因为拉希德很喜欢这位宰相,希望常与他相见,不忍其远离;与此同时,拉希德也很喜欢自己的胞妹阿芭萨,期望常常见到她……之所以将阿芭萨许配给贾法尔,不仅是为了常见到妹妹,也是出于担心由此而引起的某种后果……

从听到和看到的情景中,艾布·阿塔希亚了解到贾法尔与阿芭萨结为夫妻,而阿芭萨搂在怀里的那两个孩子,便是这种结合的果实;阿芭萨生怕胞兄拉希德知道此事,进而将她杀掉……

艾布·阿塔希亚的心怦怦跳个不止,为此发现而感到由衷高兴,认定这正是发财的良机妙缘。因为他知道贾法尔的敌对派往往用数以千计的银元收买此类情报,尤其是法德勒·伊本·莱比阿,原因已在前面讲过。艾布·阿塔希亚两眼流泪,并非为阿芭萨的处境而动感情，而是由于隔着门缝往里看的时间太久了。他觉得自己要打喷嚏，担心因之使自己的事情泄露……于是急忙揉着鼻子尖，终于驱散了打喷嚏的征兆，又开始了侦探活动。

他听到阿蒂白安慰阿芭萨说："不要哭泣落泪了！既然你克服了种种困难艰险，终于看到了自己的两个孩子，那就好好地看看他俩吧！至于命运如何，全靠安拉安排了……"

阿芭萨擦着眼泪，怀中的两个孩子以惊异的目光望着她。阿芭萨见孩子的眼里噙着泪花望着自己，禁不住微微一笑，眼泪又夺眶而出。她把大孩子紧紧地搂在怀里，亲吻孩子的双颊、双目、前额、头部、脖子和胸脯，亲切地嗅吸着孩子的气息；孩子以为母亲在逗自己，哈哈大笑不止……

孩子怎会晓得母亲此时此刻的心境和情感呢？孩子毕竟是孩子，只晓得吃喝，只知道玩沙弄土，母亲的乳头是他唯一的希翼；断奶之后，他所关心的仍然是自己的肚子，贪婪的是童车或皮球，用石子儿堆小屋，和泥捏的娃娃玩……看到死蛇，认为是一条绳子……不怕搬迁，不畏困难，不知祸福。也许他爱手中的某个玩具，胜过爱自己的亲生父母，因为他喜欢抓到的每一件东西，就连到手的一只小鸟儿，几天之后突然飞走，他也会感到痛惜无比。

母亲究竟如何怜惜自己的孩子呢？孩子乃母心头肉，是母亲生命的一部分、心中崇拜的偶像……即使孩子不晓得母亲是如何喜爱自己，那也不能责怪他们，因为那是秘密，除了父母谁也不知。

年轻人，无论他们的感情升华到何种地步，无论他们与家庭的关系多么亲密，也不论他们对母亲的关怀体察得如何深刻，只要他们还没有生儿育女，没有尝过养育子女的甘甜和痛苦：见子女活泼可爱而喜不胜收，听到幼儿咿呀学语感到无比欣兴；遇子女生病而心神不安，常伴病儿度过深夜，少语寡言，连药的苦味都不肯吐露……不到这个时候,就体会不到父母的养育之恩。

父母总是聚精会神地注视着孩子的一举一动;想到孩子,就会放掉手中的活儿,神魂不安,觉得整个世界都变得狭窄了……尤其是母亲,心总是与儿女紧紧相连,孩子走路时,母亲的心与孩子一起走;孩子笑,母亲为之心花怒放;孩子说话,母亲倾耳聆听,但期从孩子的话中听到什么令自己高兴的话儿,即使听不到高兴的活儿,她也心甘情愿。母亲在哺育孩子的过程中付出的辛苦越多,她便越发喜欢、怜悯自己的孩子。母亲对于儿女的爱抚、慈悲之心,只有做了父母的人才会理解,而已经结婚,但尚未养育子女的夫妻,他们是无法领会母亲对亲生儿女的慈爱之情的;也许他们可以通过想象去理解,然而想象与现实之间的距离何止千里!

阿芭萨的心在希望与失望之间动荡徘徊,边落泪,边亲吻自己的儿子,而儿子笑着,天真无邪、幼稚纯洁充分表现在每一个动作中。

人们总把儿童比作天使,因为他们是纯洁、神圣、忠诚的典范,他们从不掩饰自己的感情,从不隐瞒自己的心事,自然情感表露无遗……儿童最为自爱,只要看到某样东西对自己有益,他都喜欢。儿童也有嫉妒心,但从不掩饰,而是全部表现出来,毫无害羞之感。因此,兄弟俩当中有谁看到母亲亲吻其中的一个,那么,另一个便扑到母亲怀里,仿佛想把兄弟挤走。阿芭萨吻了吻儿子,然后把目光转向阿蒂白,情不自禁地说:"这两个孩子多么可爱!一个叫哈桑,一个叫侯赛因,多么优雅的名字啊!哪怕是在简陋的茅舍,或旷野上的帐篷,安拉会允许我与他俩生活在一起吗……"

阿蒂白急忙答道:"安拉是万能的……你不认为他俩回你的宫殿的时间到了吗……黑暗即将过去,黎明近在眼前。不过,我真担心有人知道你已回来,我们会面临可怕的处境。"

"阿蒂白,我不忍心离去,但不得不离去啊……拿来钱了吗……把它交给里亚士吧!"

阿蒂白拿出钱袋,递给里亚士。里亚士接过钱袋,谢过阿芭萨,然后站起来,上前亲吻她的手……白拉照样行事,吻过女主人的手。

阿芭萨对他俩说:"关于哈桑和侯赛因的事,我没有必要再嘱咐你们了。这俩孩子是我的心肝儿。"

哈桑的年龄大些。他知道母亲决心分别,又见母亲已经站起来,便一下子扑到母亲怀里,抓住母亲的手,把面颊贴到母亲的掌心上,声音哽咽地说:"妈妈,跟我们一起走吧!告诉爸爸,让他也和我们一起走吧……"

阿芭萨见孩子眷恋地凝视着自己,且两眼噙着泪珠,双唇颤抖,想说话又说不出来,想哭又哭不出来,只是往下咽唾沫……听到孩子那句话,看到那种伤感的情景,阿芭萨的心情自不待问,难以言状。她怕骨肉分离,竭力克制着自己的情感,心中不胜郁闷。眼见此情此景,听见哈桑提到自己的父亲,苦苦哀求母亲让父亲和他们一起走,阿芭萨只觉撕心裂肺,痛感分别之苦,更加恐惧不安,禁不住突然坐下去,将哈桑紧紧搂在怀里,失声喊道:"孩子,你说得对呀!"

随之痛哭不止,终于昏迷过去。

阿蒂白站在那里,观察着女主人的一举一动,心随阿芭萨的感情一起一伏,很想好好安慰她一番……见她突然坐下去,恐怕她会昏倒,因为已不止一次看到她昏过去了。

听到女主人一声哭喊之后再无声息,知道她已昏迷过去,阿蒂白急忙从蜡台上取下一支蜡烛,匆匆向房门走去,喊仆人拿玫瑰水为主人喷洒。

艾布·阿塔希亚仍在门外站着,通过门缝往屋里看。

阿蒂白手举蜡烛将门拉开,艾布·阿塔希亚大吃一惊,一时不知如何是好，似乎血管里的血都凝固了，瞠目结舌，呆若木鸡，一动不动地站在那里，只觉眼前一片漆黑。

阿蒂白以为他是仆人，于是喊道："快拿玫瑰水去！"

顷刻，她从他的衣着上知道他不是家奴，见他那样呆站在那里，觉得非常奇怪。

艾布·阿塔希亚愣了片刻，很快醒悟过来，扭脸想跑，刚一迈步，忽然想到阿蒂白认识自己。

阿蒂白很快认出了那是艾布·阿塔希亚，心中不免生疑……但是，想到昏迷中的女主人，她还是快步走到仆人房间，喊人去了。

家仆拿来玫瑰水，阿蒂白忙为女主人喷洒，时隔稍许，女主人苏醒过来了。阿蒂白边好言好语安慰阿芭萨，边想着艾布·阿塔希亚……回忆着他看到自己时的不安神态，原来他正在那里偷听他们的谈话，无疑听到了其中的一些话语。阿蒂白心里明白，艾布·阿塔希亚不应该知道这样的秘密；他若了解了这两个孩子的事，必将给阿芭萨带来威胁。阿蒂白好言安慰阿芭萨的同时，脸上却挂着局促不安的神情，一时不晓得该不该向女主人吐露此事。阿蒂白左思右想，决定瞒着阿芭萨，以免加重她的痛苦与恐惧。

阿蒂白决计设法不让艾布·阿塔希亚泄露这个秘密。想到这里，她的不安心情消失了，又安慰起女主人来。她示意里亚士先把两个孩子带走，只见里亚士站起来，将两个孩子分别扛在两个肩上，有说有笑，孩子高高兴兴，仿佛要去参加什么令人高兴的约会似的。

阿蒂白仍然守在阿芭萨的身边，但见阿芭萨不时地叹气，昏迷过的痕迹依然挂在脸上。里亚士和白拉出门后，阿蒂白即吩咐取玫瑰水的家仆去喊哈亚。仆人离去，片刻带着哈亚回来。哈亚依旧睡眼蒙眬，因为喊他时，他还在睡梦之中。

哈亚头戴一顶小帽，只能盖住部分头发。阿蒂白对他说："小姐要你找个人，给这两个孩子安排一条船，送他俩渡过底格里斯河……"

讲到这里，眼看东方透出黎明的曙光，莎赫札德戛然止声。

❖❖ 第二百一十六夜 ❖❖

夜幕垂降，莎赫札德接着讲故事：

洪福齐天的国王陛下，阿蒂白仍然守在阿芭萨的身边。阿芭萨不时地叹气，昏迷过的痕迹依然挂在脸上。里亚士和白拉出门后，阿蒂白即吩咐取水的家仆去喊哈亚。仆人离去，片刻带着哈亚回来。哈亚依旧睡眼蒙眬，因为喊他时，他还在睡梦之中。

哈亚头戴一顶小帽，只能盖住部分头发。

阿蒂白对哈亚说："小姐要你找个人，给这两个孩子安排一条船，送他俩渡过底格里斯河……"

哈亚用手一指自己的头，表示听命，转身出了房门。

阿芭萨和阿蒂白一直在那里等待着他。片刻过后，阿蒂白说有事要找哈亚，于是走出房间，正好看到哈亚回来，便叫住他，和他单独说了一会儿。阿蒂白将手中一块包着钱的手帕递到哈亚手里，说："小姐让我感谢你对我们的特别照顾。这手帕是她送给你的。"

说完，又掏出一袋钱，递给哈亚，说："这袋钱交给方哈斯师傅。"

哈亚连声感谢阿蒂白……阿蒂白打断他的话："艾布·阿塔希

亚在这里待多久啦?"

"他是今夜来的。"哈亚回答说。

"你可要对我说实话……"

"我说的是真情实话……今天夜里,他来找老爷,而老爷已经上床休息了,我便请他在我们这里过夜,他就住下了。"

哈亚自认说的全是实话,毫无犹豫之嫌。

"我有件事想麻烦你一下……能给我办吗?"

"当然咯!"

"我希望你把诗人留在你们这里,我明天早上回来之前,请别让他离去。"

哈亚对她的要求感到不解,说:"只怕老爷让他走掉,不听我的。"

"你告诉老爷,就说哈里发想留他,有要事相商。"

听阿蒂白提到哈里发,哈亚的心怦怦直跳。因为他认为阿芭萨不过是巴格达宫中的一个女子,夜里借用那个房间,只是为了一件私事。哈亚说:"我将把此话转达给老爷。"

"你不要小看我这句话呀!"

"遵命!"

"给我们准备好骡子,我马上就回来。"

说罢,阿蒂白急忙回到女主人身边,见阿芭萨等着,嫌她动作太慢,开口问起原因,阿蒂白说找哈亚备骡子去了。阿芭萨信以为真,随后二人出了房间,骑上骡子离去。

哈亚思考着阿蒂白要他留下艾布·阿塔希亚的原因,不解其中奥秘,但听她提及哈里发,心中不免有些害怕……他决计明天早晨把阿蒂白的话转达给主人,以便摆脱由此产生的任何后果。

大半夜已经过去,哈亚上床睡觉去了。

艾布·阿塔希亚大吃一惊，急忙躲开阿蒂白，血管里的血几乎都要凝固了……但是，他以为阿蒂白没有认出他来。他回到房间，关上门，双膝打战。他一声不响，侧耳倾听，但期听到传来什么声音或动静，以便晓得那种不期而遇会产生什么后果……他屏住呼吸，留心细听，不觉夜幕浓重，阿蒂白的影像不时浮现在他的眼前……想到这次碰面，心中不免有些惧意。

艾布·阿塔希亚所在的那个房间窗子下临通往院大门的胡同。时隔不久，窗外传来马嚼子的响声，随之听到马夫们的吵嚷声。艾布·阿塔希亚急忙站起来，透过窗缝向外望去，只见里亚士和白拉带着两个孩子，骑着骡子走了。他很希望看到阿芭萨及其女仆，他先听到马夫鞴牲口，继而看到主仆二人各骑一头骡子出了门，且见一马夫的手搭在阿芭萨坐骑的后臀。

阿芭萨身披斗篷，头上蒙着一块缠头巾似的东西，看上去像是着意化装过的。知道那一主一仆果真走了，艾布·阿塔希亚方才放下心来，然后回到床上，开始思考他来找方哈斯的任务……他决计次日一早到方哈斯房间去，开门见山，谈明自己的来意，然后再去艾敏家或法德勒·伊本·莱比阿那里，带上他俩派的人，以便去选女奴……

艾布·阿塔希亚睡下不久，便听到胡同里人声喧嚷，群马嘶鸣，牲口笼头噼啪作响，惊醒过来，忙跳下床，走到窗前，轻轻打开窗子……但见天已大亮。他探头向外望去，见几个人骑着马；一看那鞍鞯辔头，就知道那是艾敏的马队，禁不住心怦怦直跳。他仔细打量骑者，发现法德勒·伊本·莱比阿也在其中，周围是艾敏的卫士，其中多数人是他所熟悉的，同时看见队伍里有一些奴仆。他听法德勒说："人们还在睡梦中吧？"

一个人回答道："叫醒他们无妨，因为方哈斯师傅只在乎赚钱，不关心睡觉。"

法德勒一阵哈哈大笑，然后说："除非他认为我们是来没收他的财产的，或者为了一件要他的命的事……"

那个人说："哈里发挥金如土，替哈里发收点儿钱，没什么可怕的。国家要人，包括哈里发，都需要女婢男仆，给这么一个人带来点儿麻烦，又有什么了不起的呢……"

说话时，一仆从上前敲门，大家相继下马。

第一个离鞍的是法德勒。法德勒身材修长，略显清瘦，胡须稀疏，肤色褐中带黄，年轻气盛，容易发火，但他有隐藏真实感情的习惯，他能够在敌人面前装出友好的样子，从而使自己的意图不易被对方发觉。具有这种秉性的人最善于掩饰内心情感，极有耐性，深藏不露，待时机一到，便会紧抓不放，一举达到自己的目的。他不像是那种神经过敏、动则眼目和额头怒气四溢的人。因此，他能够沉着镇静，胆大心细，遇事不慌。

艾布·阿塔希亚知道来者是法德勒，心想："他来这里，定有急事。艾敏喜欢纵酒狂欢，整日沉湎于逸乐歌舞，很想得到一批女奴，故特派他来办此事……"想到这里，艾布·阿塔希亚生怕法德勒此行夺去他发财的机会，因为他还没有见到方哈斯，于是急匆匆离开窗子，向方哈斯卧室走去。他看见公馆里的人都动起来，走在前面的是哈亚，他正急速步入走廊，准备迎接来客。

艾布·阿塔希亚一直走到方哈斯门前，见房门紧闭，边敲边喊道："哈斯方师傅还在睡吗？"

片刻过后，屋里传出脚步声，接着房门开启了，方哈斯探出头来，他仍然穿着睡衣，除了裤子和衬衣，仅仅罩着一件马甲……但见他睡意蒙眬，头发乱蓬蓬的，鬈发与胡子相互交织在一起；胡子已经斑白，分成两束，长垂胸前；鼻子大而尖……因为心惊，且迅速走来开门，故衬衣半敞着，脖子和胸部全露着，不仅皱纹清晰可见,就连卷曲的胸毛也裸露无遗,乍一看去,还以为他是个流浪汉呢!

方哈斯揉着眼睛,用衣袖擦着眼屎走了出来,一看到艾布·阿塔希亚,便立即认出了他,随后大声问道:"喂,艾布·阿塔希亚,有什么消息吗?"

艾布·阿塔希亚进了屋,随手关上门,回答道:"我昨晚就来了,带有一项任务,当时你已睡下,只得等到这个时候。我见你久久不起来,便来把你喊醒,打搅你啦!"

方哈斯捋了捋胡子,扣好衣衫扣子,说:"说不上什么打搅……有什么事,请讲吧!"

"你别怕,这可是一桩赚钱的事……我鼓动我们的王储大人弄一批女婢,他只能从你这里买。诗人在哈里发们及国家要人们眼中的地位,你是一清二楚的。王储服从了我的主意,我赶忙前来告诉你,你可千万不要让我白跑一趟……"

方哈斯打断他的话:"我明白……你只管放心好了……王储的差使一来,我立即算上你一股,安拉会报赏你的……这不就是你的要求吗?你是个热心肠,为我出了不少力气……如果你愿意,这笔生意一旦做成,我就赏给你一个漂亮的女奴。"

"正如你所知,我是不需要女奴的。"

方哈斯边找外套,边笑着说:"好吧……我明白你的意思。不过,你要知道……还有一个条件,买卖做成之后,才能满足你的要求。"

"买卖成功近在咫尺。因为艾敏已派法德勒前来,眼下已在阁下公馆门外。我想他们已把他带到奴隶大院去了。请千万小心,不要让任何人知道我们俩说了些什么……"

方哈斯伸手捂住艾布·阿塔希亚的嘴,说:"天呀,你是多么天真哪!我本以为你更聪明一点儿……"

说罢，方哈斯拢了拢头发，捋了捋胡子，紧了紧腰带，披上大袍，步出房门，艾布·阿塔希亚跟着出了门，只见哈亚快步朝他俩走来。

哈亚一看到艾布·阿塔希亚，不禁一惊，想起阿蒂白的嘱咐，打算叫住主人，除了告诉有客人来，还要把阿蒂白的托付转达给他。不料方哈斯先开口说："你的意思我明白了。我这就去见他们……他们在哪里？"

方哈斯以为哈亚仅仅告诉法德勒到来的消息……哈亚一惊，未敢将自己心里的话全部说出，尤其是在艾布·阿塔希亚面前。哈亚忙随声附和说："法德勒·伊本·莱比阿先生来了，我们把他领到奴隶大院去了，他正在那里等着你呢！"

哈亚打算另找机会转达阿蒂白的嘱托。

艾布·阿塔希亚望着哈亚，像往常一样微笑着，并不知道哈亚心中在想什么。哈亚恭恭敬敬地向他问安，继之随着他走去……

讲到这里，眼看东方透出黎明的曙光，莎赫札德戛然止声。

◆← 第二百一十七夜 →◆

夜幕垂降，莎赫札德接着讲故事：

幸福的国王陛下，艾布·阿塔希亚望着哈亚，像往常一样微笑着，并不知道哈亚心中在想什么。哈亚恭恭敬敬地向他问安，继之随着他走去。

方哈斯抱着大袍，跌跌撞撞出了房门，穿过走廊，来到大门旁

1249

的一座小门,那就是奴隶大院的入口。进门一看,但见宽大的院子四周大约有三十多间房子。院中挤满了法德勒的仆人,他们都目不转睛地望着那些房子,仿佛看到了一种什么罕见的东西似的。小门内侧有间房子,里面铺着地毯,靠墙边处摆着靠枕,墙上绘满了彩画。

法德勒和几个侍卫进了那个房间,在那里等待着方哈斯的到来。

方哈斯步入那个房间,见法德勒双手搭膝端坐在房中央,便急忙走过去,微笑着,恭恭敬敬地俯下身去,亲吻客人的手。法德勒一笑,抽回自己的手,说:"我们此次来访,打搅你了!"

"谈不上打搅……大人,对于我们来说,你们的访问是我们莫大的荣光……"

法德勒示意方哈斯坐下,然后说:"王储大人想让我们给他选一些会唱歌的漂亮女奴,我们本打算派几个人找你来完成这个任务,但最后还是决定来拜访你一趟,顺便看看奴隶大院,因为我们听说你这里的男奴女婢数不胜数,来自四面八方,肤色各不相同。"

方哈斯受宠若惊,忙说:"你们光临寒舍,不辞劳苦,使我感到无比荣耀。有什么事,说一声就行了……我们完全可以把整个奴隶大院搬到大人面前,何劳大人远道而来呢?这个院中的奴隶,都是我花了很多力气买来的,白、黄、红、黑,各种肤色的全有,有男有女,且身材、语言、年龄各不相同……有生在伊拉克的,也有从遥远的土耳其、罗马、塔布尔斯坦、呼罗珊、信德、马格里布买来的,其中有斯拉夫、罗马、土耳其、波斯、阿尔美尼亚、柏柏尔等地的男奴女婢……"

法德勒打断他的话:"你这里有善歌的女奴吗?"

"怎么会没有……她们就是从哈里发的御用歌手那里学的歌,且背熟了多首诗,又会操琴击鼓……有的会操四弦琴,有的会弹冬不拉,有的会打铃鼓,有的会弹竖琴……"

法德勒一笑，说："好像你在描述哈里发的丫鬟们……不过，我认为你说的那些都是黄、黑肤色的女奴歌手，而我们的主公大人仅要白女奴。"

"你所要的，我这里应有尽有。"

"巴格达人通常是不教白女奴唱歌的。正如你所知，他们买来女奴，只是为了娱乐消遣罢了。据我所知，教白色女奴唱歌的只有一个人，那就是哈里发的御用歌手易卜拉欣·穆苏里。"

"我对阁下说过，我能满足你的全部要求。"

法德勒站起身来，方哈斯及众侍卫相继站起来。

方哈斯在前面走，大家陆续出了房门，步入大院，但见奴隶们纷纷为客人让路。方哈斯带路，法德勒紧跟其后，众侍从跟着，一齐走进院子，来到右侧第一间房子前。那房门微微开着，方哈斯伸手将门打开，法德勒看到里面有一群白肤色的小姑娘，最大的也不过十岁，一个个几乎赤身裸体，身上穿的破烂衣服，刚刚能够遮住羞体……面上游牧人的粗糙痕迹清晰可见，头发蓬松披散，就像生来不曾梳理过似的；但是，一种自然的美却表露在张张脸上，白里透红的面色标志着她们个个健康无比……加上美丽的眼睛、金黄色的头发、透蓝的眼珠，也有黑发、黑眼珠的姑娘，更是标致绝伦，人间难寻。

房门突然开启，姑娘们看到法德勒及其下人，立即像羚羊似的，一个个面浮惧色，纷纷东逃西窜。然而房间太小了，她们无处可躲，只有扎堆儿，相互遮挡，眼睛注视着陌生人，有的哭泣，有的叫喊求救，只是在场的人都不明白她们的语言。

眼见如此情景，法德勒不禁一惊，忙向方哈斯望去……方哈斯主动告诉客人："大人，看到这些情况，你不要觉得奇怪！要知道，如今王宫和相府里的那些能歌善舞的美貌女婢，当初都是这个样子。我之所以把你们先带到这里来,正是为了让你们看一看她们初来时的情景,让你们知道,要把她们培养成能卖一千、一万或两万银元的歌手乐姬,我们要付出多少辛苦。"

"确实是项艰苦工作……法丽黛、穆娜、迪娜尔和乌姆·哈莉等歌女原来也像这样粗俗吗?"

"是的……她们多数人来时都是这个样子。"

"都是从哪儿领来的?"

"奴隶贩子远走土耳其、斯拉夫、罗马等国,历尽千辛万苦,排除千难万险,才把她们领来的。"

"他们是怎样找到的呢?"

"有的是捡来的,有的是从她们的父母或亲戚那里低价买来的,然后用高价卖给我们。"

"她们的年纪这么小,就让她们与自己的父母分开,把她们带到异国他乡,这不是犯罪吗?"

方哈斯害羞地讪笑着说:"大人,这说不上什么犯罪。她们沦为奴隶,正是她们走向幸福道路的重要基础,因为她们可以远离游牧环境,来到大城市,从而过上主公们的那种她们难以体验到的豪华生活,尤其是那些姿色过人、声音甜润的女孩子。当然,并非每个女孩子都能享受那份荣华,只有出类拔萃者才有那份福气。我们卖她们时,要的价钱也高,说不定一个要卖五枚或八枚银币。哪个相貌出众、天资聪颖、嗓音悦耳,我们就教她唱歌、背诗,而其余的女奴,我们则让她们学些力所能及的家庭手工艺……你们将看到这些房子中的女奴等级各不相同……"

法德勒听后觉得奇怪,表示看够了这间房间,把脸转了过去。方哈斯急忙带路来到下一间房间,打开门一看,只见那里住的是黑皮肤、卷头发、扁鼻子的姑娘,法德勒认得出她们是黑人……她们的相貌、洁净程度远赶不上刚才看过的那间房间里的白姑娘，因为黑色最丑，根本无漂亮可言……

方哈斯看出法德勒希望尽快离开那里，于是带他出去，并且说："这些黑姑娘是奴隶贩子从苏丹南方领来的，多数是抢的，没有付钱，所以我们卖的价钱也低。她们多数人要学习干较重的服务性活儿，让她们伺候白色女奴。"

他们到第三间房间之前，方哈斯说："这间房间住的是柏柏尔姑娘，是奴隶贩子从非洲带来的。大人要知道，她们之所以来巴格达，都是为了抵税的。下一间房间里住的是黄肤色的信德女奴，再下一间住的是罗马红种女奴。其他一些房间里住的那些女奴，大体上适于做姨太太、梳头丫鬟、保姆、厨娘、面包女等服务性工作。这些房间里住着各个等级的黑、白肤色的男奴，他们学过做饭、烤面包、清扫、侍弄牲口之类的活计。他们当中有懂文学、会背诗、通阿拉伯语的人，也有歌手、酒友、善说笑话者之类的黑、白男奴，年龄各不相同……"

讲到这里，眼看东方透出黎明的曙光，莎赫札德戛然止声。

第二百一十八夜

夜幕垂降，莎赫札德接着讲故事：

幸福的国王陛下，方哈斯详细介绍了女奴的来历。

法德勒认为把那些房间全转一遍太费时间，便说："不要看这么细了！时间不允许我们都看完，你就把最好的让我们瞧瞧吧！"

方哈斯说："你想瞧瞧那些黑、白肤色的女奴吗？她们的情况与你看到的差不多。"

"好的……让我们看看那些女奴吧！"

二人走过几间房间，方哈斯推开一扇房门，只见里面住的是白肤色的姑娘，年龄在十五到二十岁之间。她们各个显得幼稚天真，衣着简单，有的头发披散，有的编着辫子；各个戴着耳环，脖子上挂着彩珠项链，无不具有女性的柔美与羞怯……她们看到法德勒及其手下，不胜羞臊、害怕。

法德勒的目光落到其中一位姑娘的身上，但见那姑娘双目闪烁着神奇的光，身材苗条，天真纯洁的表情使她显得更加秀美、端庄……法德勒对她顿生好感，遂用阿拉伯语呼唤她。她虽不明白法德勒的意图，但知道是在喊她，于是慌忙躲到另一个女奴的身后，把脸扭过去，用手捂起来。

少女惊逃的神采美姿，令法德勒心神欢悦，忙问："艾布·阿塔希亚、艾卜·努瓦斯在哪儿？让他们给我们吟两句诗来描绘一下这番美景吧！"

方哈斯想起艾布·阿塔希亚，遂回过头去，估计他就在自己的身后，然而出乎意料，没有看到他的身影。要不是及时想到艾布·阿塔希亚的保密嘱咐，他简直会顺口喊出他的名字。方哈斯说："大人的称赞很有道理。这个女奴是我们从塔布尔斯坦买来的众女奴当中的一个……没有比她更漂亮的了。但是，你将看到使你更加满意的……假若你能看到那些巴士拉、库法的混血女奴，保你一饱眼福，她们个个语言甜美，身段苗条，腰肢纤细，酥胸高耸，亭亭玉立，鬓角舒展，秀发如丝，人人秀目含娇，天生丽质，衣饰华丽……其中有的身材细长，肤色洁白；有的个子中等，肤呈褐色；

有的小巧玲珑,肤色偏黄。她们当中有的人臀部丰隆,直立之时,若把一罐水浇到她的头上,你会发现她的大腿上连一滴水也不会沾。正像人们谈论塔勒哈特的女儿阿伊莎时说的那样,假如她想站起来,便会有两个人帮助她。"

方哈斯虽然老气横秋,然而谈起女人的美来,却口齿伶俐,眉飞色舞,令法德勒笑口难合。

法德勒说:"方哈斯,你描述起美色来,真是出口成章,身手不凡呀!"

方哈斯手捋胡子,忙说:"不敢当,不敢当啊……大人,我们去哪儿?"

法德勒说:"你就带我们去看那些混血女奴吧!"

方哈斯随即转身向院子的另一侧走去,法德勒及其手下紧紧跟随。

法德勒对手下说:"看来你们站得有些累了,我现在带你们去看看那些能背诗、会唱歌、善弹琴奏乐的女奴吧!"

方哈斯带领客人来到一间房间,推开房门一看,只见屋里铺满地毯,四周放着靠枕,有三个白肤色女奴坐在那里,身上散发着麝香的芬芳……其中有一女奴,红薄衬衣外披着一件枣红斗篷;头戴一绣花额带,两束鬓发自然下垂,发束端部各系着一块红宝石;长发披背,乌黑闪亮;周身散溢着沉香与麝香的气味。因为她的相貌最俊,故坐在其余两个女奴的前面……那两个伙伴与她的衣着相仿,只是容貌、身条稍显逊色。她的两只眼睛黑而明,像是涂着化妆墨似的……她的肤色洁白,似水晶石一样清晰透亮,脖子上挂着一条玛瑙项链,端坐在两个女奴之间的一只靠枕上。

门开启后,方哈斯先开口说:"喂,格兰法尔,站起来,上前吻吻法德勒·伊本·莱比阿大人的手吧!"

她听说过这个名字,知道其人与宫廷的关系……她想站起来,然而因大腿太重,准备过程那样久长,正如诗人所云:

坐着是单个,站起似双人。

格兰法尔慢悠悠地站起来,摇摇晃晃地走到法德勒面前,微笑着向他问安,躬身要吻他的手,法德勒急忙阻止。法德勒回头用赞许的目光望了方哈斯一眼,方哈斯说:"大人跟她说几句话吧!她很有口才。"

法德勒向她问好,只听她对答如流。听其口音,法德勒知道她是巴士拉人,但肤色、相貌不同……他望着方哈斯问:"她是巴士拉人?"

方哈斯说:"不是……但她从小在巴士拉长大,原籍格鲁吉亚。我把她买来时,她就像你刚才在第一间房间看到的那些小姑娘一样幼稚。我见她聪明貌美,就把她送到我在巴士拉的一个顾主那里,由他教她阿拉伯语、《古兰经》经文和诗歌。她回来后,我发现她不仅口齿伶俐,而且嗓音圆润悦耳,同时得知一些朝中要人想效仿哈里发,教白肤色女奴唱歌,于是我想把她送到哈里发的歌手穆苏里那里,让他教她唱歌;这件事不易呀,我付了许多钱,穆苏里才同意接受她……我每天早晨让她去学,学了一支又一支曲子,终于取得了今日的成果,不仅巴格达的女奴中很少有人能与她相比,就是在哈里发宫中也是罕见的。"

方哈斯边说,法德勒边仔细打量那个女奴的美貌。

格兰法尔假装不听方哈斯那些赞扬的言辞,转身去摘挂在墙上的四弦琴,只见她的手一举,衣袖下垂,露出戴着镯子的细嫩腕子,衣袖的颜色也显得清清楚楚……耳环闪闪放光,耀眼夺目。

方哈斯说罢，法德勒问："你说她通晓阿拉伯语，而且会背诗，是吗？"

"如果你乐意的话，可以问问她，听听她讲话，或者瞧瞧她亲手绣在额带上的那些字嘛！"

法德勒走上前去，仔细观看女奴的额带，只见用金线绣着两行诗：

并非艳色饰衣袖，倒是衣袖令色艳。

法德勒大为叹服，望着方哈斯，说："多么漂亮的额带！多么奇妙的手艺！多么高明的发明者！"

方哈斯说："我猜想你在赞美拉希德的胞妹阿芭萨。正是她为妇女们创造了美丽的装饰品。"

"你晓得她为什么采用这种额带吗？"

"不晓得……"

"我把原因告诉你吧……阿芭萨的前额宽，简直有些丑，她想掩饰这个缺点，便用缀有宝石的额带遮盖。别的妇女效仿之后，对它稍加修饰，大为女性容貌增色。你所瞧见的比最初发明的美多了。"

方哈斯知道法德勒要买这个女奴，但也希望他买下其余两个，于是向其中一个打了个手势，那女奴心领神会，急忙躲到一个角落，面对挂在墙上的一面镜子，不让任何人看见她的脸。

法德勒仍然在目不转睛地望着摆弄四弦琴的女奴。方哈斯见第二个女奴已按自己的旨意行事，转过脸去对法德勒说："你瞧瞧这张脸蛋儿吧！"

他随即喊道："喂，苏斯娜，你过来！"

但见那个女奴身着紫色长裙,大摇大摆走来。法德勒仔细观看她的面庞,看到她的脸蛋儿上有用麝香写着"法德勒·伊本·莱比阿"的字样。法德勒的目光为之所吸引,立即表示也要买下这个女奴。

第三个女奴看到买主的表情,恐怕把自己一个人剩下,于是躲到房间的一个角落,偷偷地摆弄着一个苹果,然后转身走到法德勒跟前,将苹果递到他的手中。

法德勒接过苹果一看,见上面用龙涎香写着几行诗:

乘客头巾偏,疲劳令神丧。熬夜人困乏,倒歪入梦乡。

法德勒知道那是艾布·戴赫伯乐·吉穆希的诗句。那首诗的下几行是:

甘愿为你奴,备衣和马缰。苍天多不公,欢乐化忧伤。

仿佛这个女奴是说她愿意跟着另外两个伙伴一起走……法德勒欣赏她的聪慧,决计将三个女奴全都买下……他本想在买下她们之前听听她们唱歌,但怕误了时间。此外,他也没有娱乐的兴趣,只不过是听从艾敏的指令,来执行国家的某项政策罢了,故决心按时起程回返。

法德勒转身离开那间房间,手下也跟着走了出去。

走在前面带路的方哈斯说:"如果大人有意,我将让你看看其余的白、棕、红、黑肤色的女奴。不过,大人已经看见了我这里的最佳货色。"

他之所以这样说,目的在于催促法德勒买下他选定的女奴。他带着客人们来到接待室坐下，然后吩咐仆人端茶上水。法德勒说时间紧迫，不容久坐，接着问道："这三个女奴，你要卖多少钱？"

方哈斯恭恭敬敬地站起来，回答说："王储大人有令，还讲什么条件或价钱！女奴是他的奴仆，我们都是他的奴仆，付不付钱一样……"

法德勒知道方哈斯的策略，随口说："不错，我们都是王储的奴仆。可是，买卖究竟是买卖。"

"卖也无妨，只是我羞于开价……大人就看着办吧！"

"你是货主……你说价钱吧！"

"像你这样的，哪个不晓得物价呢？再说，王储大人慷慨无比，只要货色中他的意，出多少钱，他是不在乎的……哈里发付多少，他就付多少好啦……"

说罢，方哈斯微微笑着，像是在开玩笑，或者认真与玩笑掺半。法德勒问："哈里发付多少钱？"

"一个比格兰法尔或苏斯娜还逊色的女奴，哈里发不是付了十万第纳尔吗？"

说罢，方哈斯笑了，法德勒也笑得前仰后合。法德勒说："难道你不晓得那是哈里发初登基时的情况？当哈里发命令他的宰相叶海亚·哈立德付钱时，宰相拒付，哈里发大怒。叶海亚想说明国库在这方面的沉重负担，于是将钱换成十五万迪尔汗，堆放在哈里发做小净时经过的走廊里……哈里发看到那么大一堆钱，方才嫌太多，知道那是浪费了……"

"如果王储大人不同意照他父亲那样付钱，那就照他父亲的宰相那样付吧！"

法德勒知道方哈斯指的是王储的政敌贾法尔·巴尔马克，随之想起他俩之间的争斗。但是，法德勒假装糊涂，脸上也没有任何激动的表情,只是问:"他付了多少?"

"一个女奴四万第纳尔……王储大人付的钱少于这个数,怕不合适吧……不管怎样,我先把女奴送进王储王宫,他付多少钱都行。"

这种讨价还价,令法德勒感到心烦,而他又不能让王储显得比其政敌寒酸。

当时,人们通常用慷慨来赢得支持,而方哈斯熟知那种斗争和所有人的秘密……他那样说,因为他知道法德勒会拼命维护王储艾敏的尊严,以保持王储在国家要人中间的地位,不至于处于被人瞧不起的境地,尤其是在当时那种情况下……因为法德勒执意显示艾敏的高贵,故使方哈斯的计划大获成功。

法德勒说:"如果这三个女奴与宰相买的女奴属于一个等级,你的要求当然是合理的。不管怎样,这三个女奴嘛,我总共给你十万第纳尔。"

方哈斯显出不在乎钱多钱少的样子,说:"大人不论付多少钱,都是对我们的慷慨施予……我们连同我们所有的一切,无不听候大人调用。"

法德勒对于这个犹太人的奴颜并不陌生,但他随声附和道:"安拉嘉奖你……请派个可靠的人,把女奴送到王储宫中,顺便把钱取回来吧!"

"我马上送人去……钱嘛,不急不急呀!"

说罢,法德勒及手下人站起身来,其中一名侍卫走到院子里,令仆人们鞴好马匹。法德勒边对方哈斯说着客气、赞扬之类的话,边用缠头巾将自己的鼻子和嘴遮住,以期掩饰自己来此处的真实目的……

讲到这里,眼看东方透出黎明的曙光,莎赫札德戛然止声。